法医秦明

VOICE OF THE DEAD

万象卷 01

THE
WHISPER

尸语者 上

法医秦明 著

死亡不是结束
而是另一种开始

北京联合出版公司
Beijing United Publishing Co.,Ltd.

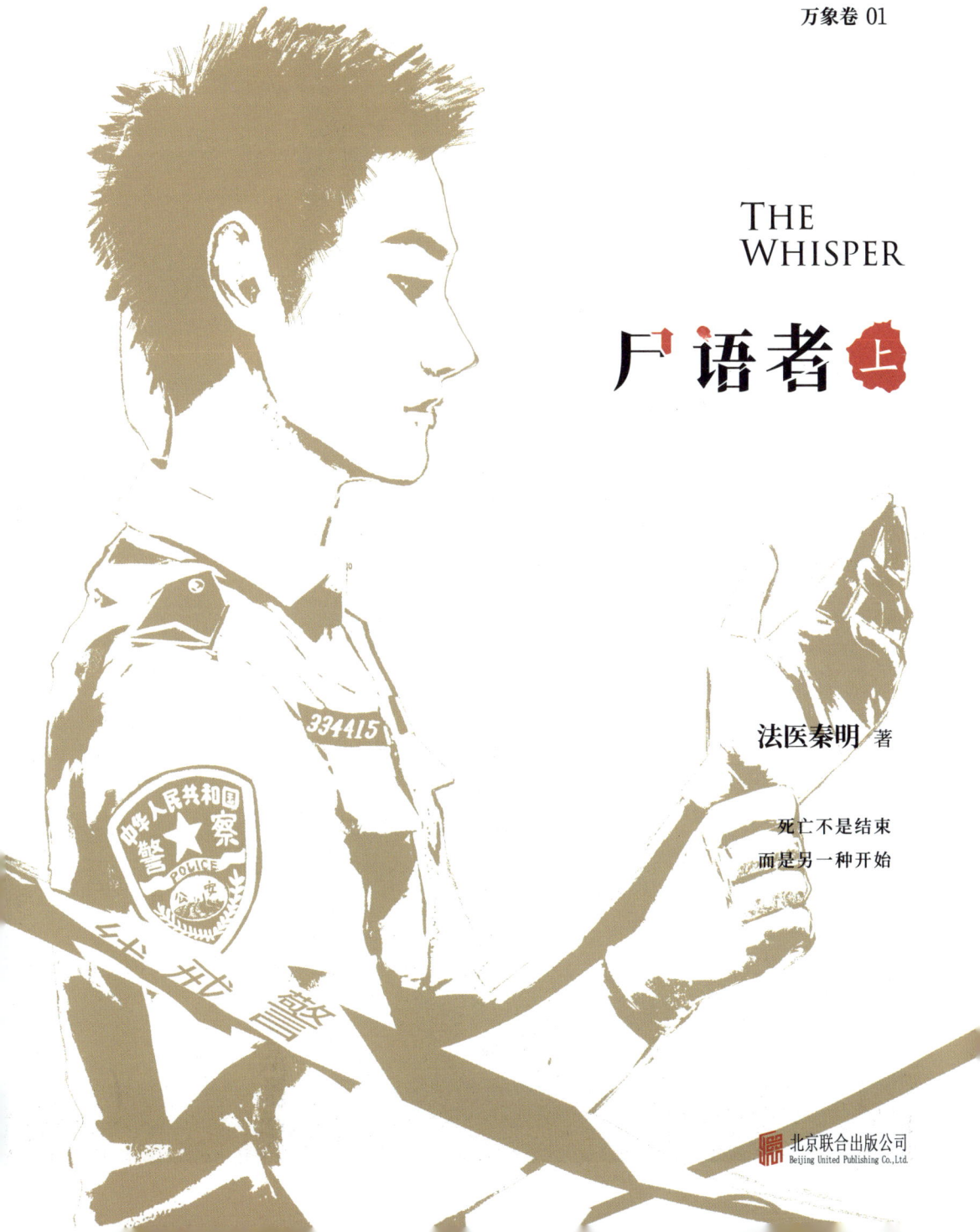

法医学大三学期
医学院

期末考试即将来临，
所有教室的座位都是满的。
对了，实验室可以通宵供电！
只是得经过停放着两排标本的走廊。
瑟瑟发抖的女友突然尖叫起来，
我瞥见尸体在黑暗中扭动着……

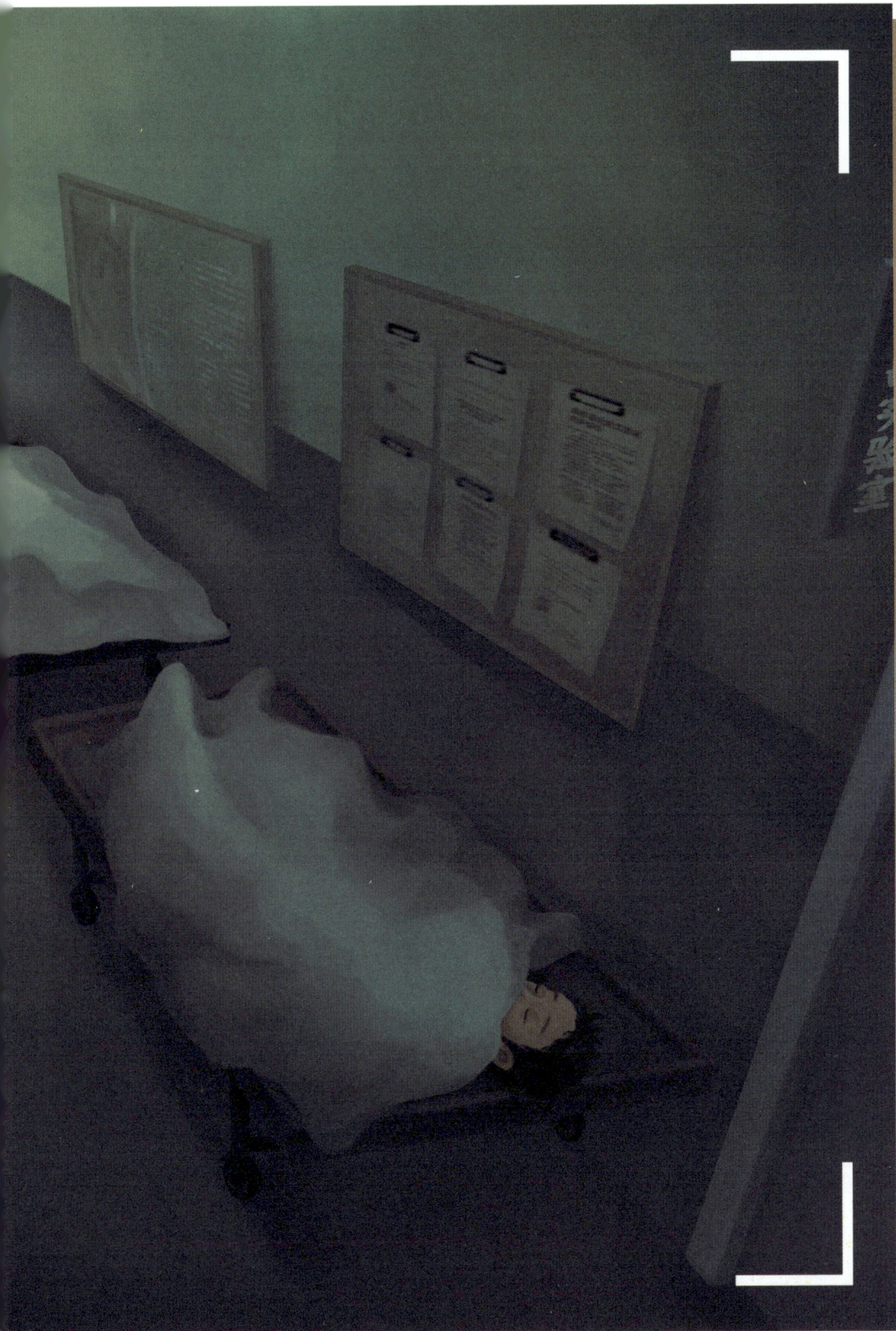

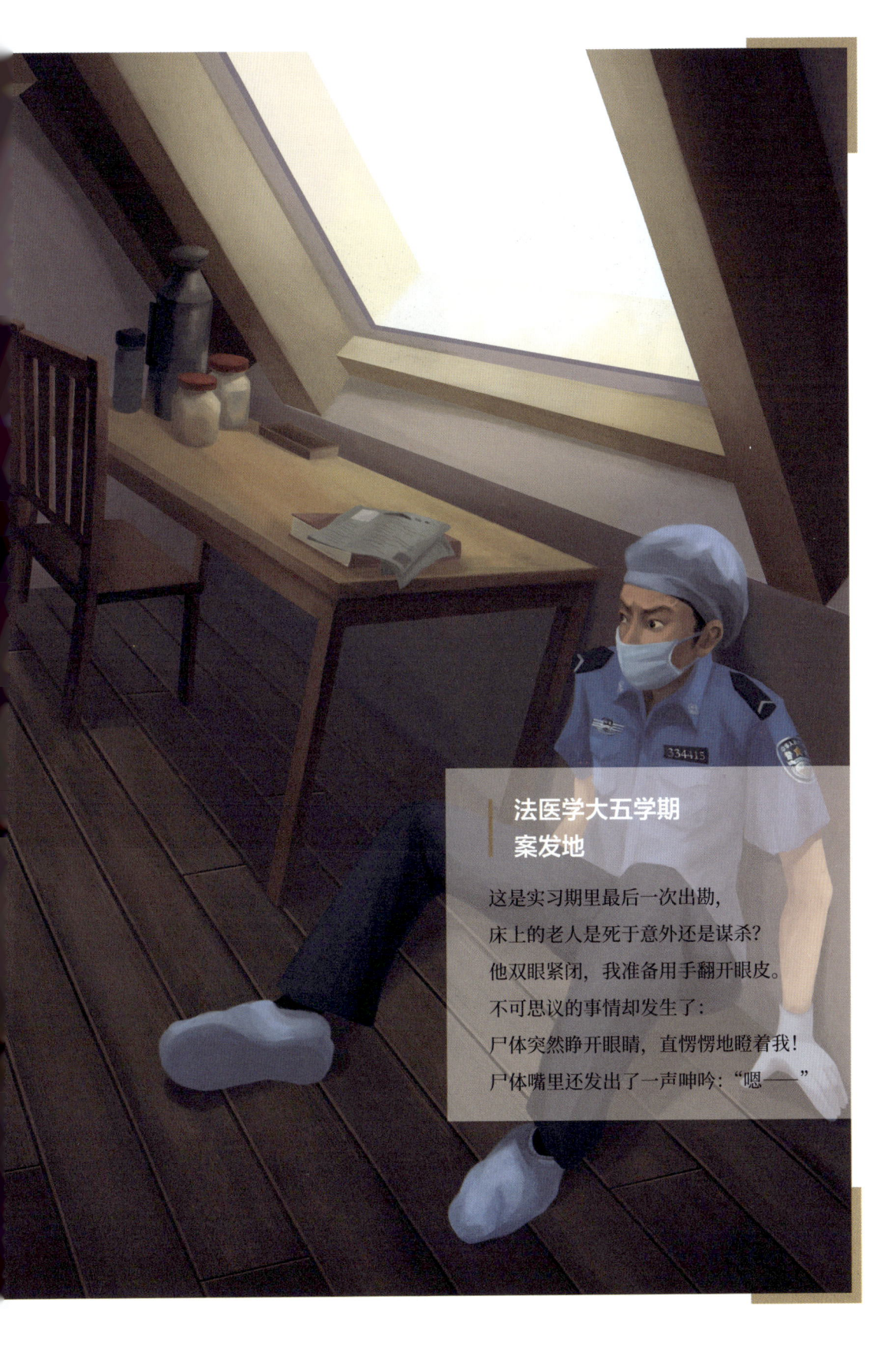

法医学大五学期
案发地

这是实习期里最后一次出勘，
床上的老人是死于意外还是谋杀？
他双眼紧闭，我准备用手翻开眼皮。
不可思议的事情却发生了：
尸体突然睁开眼睛，直愣愣地瞪着我！
尸体嘴里还发出了一声呻吟："嗯——"

法医学大一学期
婚礼

参加同学家的婚宴，
同学向他父亲介绍我的专业：
"爸，这是我哥们，学法医的！"
"法医？"叔叔的笑容瞬间凝结，
准备握手的双手像触电般缩回去。
最后我的座位换到了婚礼大厅的角落。

万象

死亡不是结束，而是另一种开始……

献给支持和热爱着法医工作的人

———————

法医秦明

VOICE OF THE DEAD

序言

"万劫不复有鬼手，太平人间存佛心，抽丝剥笋解尸语，明察秋毫洗冤情。"

是的，我是一名法医。1999 年，一部著名的香港电视连续剧《鉴证实录》走红内地后，法医这个充满了神秘感和刺激感的职业走进了人们的视野。越来越多的高等院校开始筹备建立法医学系，越来越多的高中毕业生在第一志愿填写了法医学专业。而这个时候，我已经是法医学系大二的学生了。

看到法医这个职业的走红，我是骄傲的。记得我走进皖南医学院法医学系大门的时候，法医学这个专业还是个大大的冷门。因为受到传统世俗观念的影响，大部分人对这个职业还是敬而远之的。那时候，全国每年的法医学毕业生仅有 300 人左右，而我们班 40 个人里，只有我填了第一志愿。我不得不佩服自己的远见。

参加了法医学实践后，我更加体会到这个职业的魅力所在。现场勘查前的期待，勘查和尸检时的思考，案件侦破后的成就感，无一不对我产生强烈的吸引力。但是，法医工作的艰苦是常人所不能想象的。所以，我也总是会发发牢骚。牢骚过后，我依旧热爱这个职业。

毕业后，我被分配到了省公安厅工作，接触疑难命案的机会更多，挑战性也更强。曾经我就有过写点儿东西的想法，想把经历过的案件加以改编，揉捏成一个个小故事，再塑造出一个胆大心细、有勇有谋的法医人物，直至涂鸦出一本所谓的罪案悬疑小说。可惜因为我的才疏学浅，连个题目也编不出来，更别说去杜撰情节了，所以这个想法一直就被压抑在脑海的深处。

后来也尝试动过笔，可是写到万余字就写不下去了，一方面不会设计情节，另一方面也的确没有时间。总之，想法夭折了。但这一次的失败经历，刺激我去阅读了一些优秀的小说，积累了更多的写作经验。于是，在那个辞兔迎龙的日子，在几个同事的鼓励下，这些年通过法医技术破案的细节化为创作灵感又不断冲击在我的心头，我终于迈出了艰难的第一步。从此，网络上就多了一部名为《鬼手佛心——我的那些案子》，实为描写法医艰苦卓绝工作的小说。

在网络上更新 3 个月后，在广大网友的支持和鼓励下，我有幸和博集天卷这家优秀的出版公司合作，将我的网络小说变成了一本对我来说十分厚重的实体书。公司在反复推敲之后，为这本小说量身定做了一个更加贴切的书名——《尸语者》。我很喜欢这个名字，因为我们就是那些能够读懂尸体语言的人。

《尸语者》第 1 季共 20 个案件，今后能不能写出第 2 季、第 3 季，就要看我有没有那么多业余时间、能不能创作出那么多故事了。不管能写多少，我都不会忘记我的写作初衷：尽可能让更多的朋友了解法医学知识、理解法医工作、支持法医工作。这本书，也当是写给自己的，纪念我的法医生涯。

作家朋友们不要指责这本小说没有艺术感和悬疑性，行内朋友们不要指责情节的幼稚。只当是一个小法医的劣作，请宽容地一笑了之。

小说中每起案件的情节、人名、地名都是我搜肠刮肚虚构出来的，不过天下之大，难保不会有雷同。为了避免非议，本人在此一并声明：如有雷同，实属巧合，切勿对号入座，否则后果自负。小说里唯一真实的，是一个一个巧妙推理的细节，是书中法医的专业知识和认真态度，是法医和其他警察同行在破案中展现的睿智和明鉴。

谨为此文为序。

2012 年 1 月

/典藏版/

序言

"万劫不复有鬼手，太平人间存佛心，抽丝剥笋解尸语，明察秋毫洗冤情。"

一双鬼手，只为沉冤得雪；满怀佛心，唯愿天下太平。

这首诗和这句话，我已经记不清在书里写过多少次了。

2012 年，当我的第 1 本著作《尸语者》问世时，我充满了惊喜和期待，当时还不知道将来有没有机会出版第 2 本书；如今，2022 年了，当我写下《尸语者》典藏版的序言时，我内心感受到更多的是满足和欣慰。

10 年间，法医秦明系列已经出版了 9 本小说（万象卷 6 本 + 众生卷 3 本）。万象卷已经完结，其中 5 本书都出了典藏版（第 6 季《偷窥者》典藏版正在筹备中，估计很快就能和大家见面了）。目前我正在写众生卷第 4 季《白卷（暂定名）》的稿子，希望明年可以出版。

在法医秦明系列中，《尸语者》是我的开山之作，有着其他作品所不能替代的意义。熟悉我作品的读者都知道，法医秦明系列的故事都是根据真实案件改编，而《尸语者》中的 20 个故事全都改编于我亲自侦办的案件，这些也是我职业生涯中印象最深刻的案件。

10 年之后，当我再次翻阅原版稿件，总觉得有些不尽如人意。毕竟这些被我视若人生中最精彩的案件，还有很多细节没有被淋漓尽致地展现出来。2022 年是《尸语者》出版的 10 周年，也是法医秦明系列诞生的 10 周年，所以我选择在这个具有特殊意义的年份里，重新修订这本书。

一方面，我尽可能地还原 20 个案件更为丰富的细节；另一方面，我还补充记录了年轻时那些令人难以忘怀的生活片段：从一名懵懂无知的法医学生，到满腔热血的新人法医，再到能够独当一面的主检法医师……希望大家能透过书中"我"的视角，去感受真实的法医成长史。

这个策划，就让我有了更多的内容展现给大家，而一本书的体量已经无法容纳这么多内容了，《尸语者》于是变成了上、下册。如果你同时拥有原版《尸语者》和典藏版《尸语者》，希望你们能看到我的小小努力和进步。

这10年来，我不敢说自己呕心沥血，但确实是笔耕不辍。

除了法医秦明系列，我还创作了守夜者系列小说和科普书系列作品。这些作品被改编成数部影视剧、有声剧、话剧……这些足以让我这个普通的公安法医获得莫大的满足了。

写了这么多部作品，我的写作初衷从来没有变过——我仍然希望让更多的人了解、理解、支持法医职业，同时希望让心善的人提高警惕，让怀恶的人放下屠刀。比起血腥恶臭的命案现场，对法医的偏见和不理解更容易令我们感到心寒。

好在，这10年的心血没有白费。

曾经，路人一听说我是法医，就投来异样和歧视的眼光，而如今我感受到更多的是充满崇敬和信任的目光；曾经，我去吃酒席时和别人握手，别人觉得晦气而拒绝，而如今在图书签售会上，每一个读者都很暖心地要求和我握手；曾经，法医职业鲜为人知，现在越来越多的孩子来问我如何成为一名法医，也有越来越多的影视剧和文学作品出现了以法医为主角的设定……在自己能力范围内实现了自己的初衷，我真的感到很欣慰。

现在，我已经是一个有着17年工龄的老法医了，如果从大学第一次参加法医实习时算起，已经过了24年。人生中，能有几个24年？我深爱着这份职业，直到现在，也还是这样。

开始写作后，我有很多机会去从事别的更轻松、更有前途的岗位工作，但都被我拒绝了。因为我说过，"法医秦明"没了"法医"二字，便一文不值。

确实，用我书里的话说，我也会发牢骚，但是牢骚过后，依旧热爱。我爱这份职业在侦破案件时的抽丝剥茧，为死者洗清冤屈后的成就感和背抵黑暗、守护光明的荣誉感。

所以至今，我仍然是一名光荣的公安法医。

10年来，我也从一个30岁出头的小伙子，变成了步入不惑之年的中年人（喊我"秦叔"的小读者也越来越多）。回望这 10 年光阴，是我人生中最为充实的一段岁月。

10 年来，我收获了太多掌声和喝彩，是的，读者就是支撑着我写下去的最大动力。有了你们的鼓励和催更，我才能坚持笔耕不辍，拥有更精彩的人生。感激你们！

10 年来，我的家人们一直默默地支持着我，我的领导和同事们一直鼓励着我，元气社和出版合作方（无论是过去的博集还是现在的磨铁）的小伙伴们一直帮助着我。感激你们！

10 年来，无数与我合作过的影视、话剧、有声等领域的主创人员，用自己的努力，诠释法医职业的真谛，让更多的人看到法医。感激你们！

10 年来，是我时常鞭策着自己，改掉惰性，改掉常立志的毛病，不断突破自我、拓宽人生的边界。感激自己。

我相信，接下来的 10 年，我依旧会笔耕不辍。

因为继续创作出好的作品，是对你们、对自己最大的回报。

谨以此文为序。

2022 年 1 月

法医秦明
VOICE OF THE DEAD

法医秦明

VOICE OF THE DEAD

| 第一案 |

初次解剖

———

你来人间一趟，
你要看看太阳。

———

海子

第一次站在露天解剖室前，面对一具新鲜尸体的时候，我刚刚过完18岁的生日。

此时的我，站在一个绿色的穹顶之下。夏日的阳光，透过穹顶，照射到我的脸上，晃得我有一些睁不开眼睛。我的脑子里嗡嗡的，就连自己此刻是一种什么样的心情，都说不清楚。

这种复杂的精神状态操纵了我的神经系统，使得我全身麻木，像是触电一般。这种精神状态还操纵了我的心电传导系统，如果我不去主动地深呼吸，我胸膛里的那颗心脏似乎都要从嗓子眼儿里蹦出来了。

早知如此，我真的不知道当初还会不会报考法医……

1

心跳的咚咚声，仿佛瞬间将我带回那个满脸好奇与渴望的小男孩身上。

小时候等着我爸出门，是我一天当中最期盼的时刻。看着他佩好锃亮的手枪，扣好警服上的每一颗扣子，空气里顿时充满了令人兴奋的味道。我爸"吧嗒"一口亲在我脸颊上，摸了摸我的脑瓜，然后威风凛凛地去上班了。

这样的画面，经常会在我的梦中出现。爷爷是军人，爸爸是警察，看来我这辈子应该是和制服大盖帽结缘了。作为新中国第一代正儿八经的专业刑事技术人员、痕迹检验的专家，我爸当然希望他的儿子子承父业，接过他手中的枪。

可我妈偏偏不这么想。

"别看你爸那神气样儿，吃的苦可多着呢！"

当了一辈子警察的家眷，我妈才不舍得让她唯一的孩子也去卖命。我爸天天加班加点、出生入死的，工资还不如她一个护士拿得多。在她看来，安安稳稳地当个医生就是最好的出路，她在医院里当护士长，大小事儿还能有个照应。再说了，当医生，有一门手艺，既能帮助亲戚，还受人尊敬。更重要的是，救死扶伤无比崇高啊，有什么比不上警察的啊！

我妈说得也没错。我爸总是好几天不着家，好不容易回来一趟，结果没聊两句，就在客厅的沙发上直接睡着了。看着我爸总是一副疲惫不堪的模样，我的"制服梦"也开始动摇了。

警察真的那么累吗？我能干得了吗？

当警察还是医生？

在我还小的时候，我爸和我妈就一直争执不休，他们的意见从来就没有统一过。谁也不想得罪的我，总是在他们的争执中，不停地左右摇摆：一阵子立志要当警察，一阵子又觉得当医生也不错。

就这么"警察、医生、警察、医生……"地左右摇摆着，我很快读完了高中，来到了 1998 年。

高考结束后，我很头疼。作为化学课代表，我居然把最擅长的化学考砸了。平时能把高考模拟卷做到 140 分以上，我对完高考卷答案，居然只估出了 90 分。那个时候填报志愿的流程和现在不一样，在真实成绩和分数线未下来前，我们就要根据估分的情况来填报志愿。志愿表格分为几档：提前录取院校、重点本科院校、普通本科院校、大专、中专。而我的估分成绩，约莫着够不上重点本科院校的分数线。

去什么学校呢？公安大学还是医科大学？

直到志愿表必须要提交的前一夜，我还在犹豫着，爸妈也还在争执着。

"这样吧，我退一步。"我爸说，"报医学院，但为了两全其美，选法医学专业。"

我激动得想直接举双手赞成。哈，居然还有两全其美的选择！只是，我对这个新名词充满了疑惑。

"法医？是干什么的？"我和我妈同时问道。

"就是又可以当警察，又可以当医生的专业。"我爸耍了个滑头。但事实证明，他也没有完全说错。

"这么多就业选择，那是不是报的人很多啊？我的分够不够？"我有些担心。

"放心，你的分儿，报了肯定能上。"我爸说道。

"那行，就报这个，你们俩就不用吵了。"我果断地在第一志愿栏里，填报了皖南医学院的法医学系。

我估的分很准，录取通知书也很快就下来了，我期待的大学生活，终于就要开始了。

没能去上公安大学或刑警学院，我爸还是有一些失落的。

"咱们得把话说在前头，干这个专业，得胆儿大。"我爸说。

"你都说了多少遍了？"我爸在我填报志愿后就一直唠叨，我不耐烦地回应道，"你不知道，从小到大，同学们都喊我'秦大胆儿'吗？"

小学的时候，我家住在一楼，我的房间直接对着马路。有一天晚上，我迷迷糊糊地醒来，发现房间的窗帘后面，居然伸出一只手。换别的小孩都得吓哭吧？我倒是不怕，直接拿台灯把那手给打回去了。后来才知道，我砸的那人正是个小偷。

"也是，上医学院挺好的。"我爸不知道是在安慰我，还是在安慰自己，"医学院女生多，好找个儿媳妇儿回来。"

后来我才知道，我爸为什么对我的分数那么有信心。因为在 1998 年，法医学这个专业完全是冷门儿中的冷门儿。用我们系主任的话说，那时候，全国只有九所院校培养法医学专业学生，而每所院校每年都招不到 40 人。全国一年的法医学毕业生，也只有 300 名左右。

入学后，我问了一圈，原来班里 40 个同学中，只有我一人以第一志愿填报法医学，其他同学都是被调剂过来的。于是，好奇也好，懊恼也罢，我们这 40 个法医新生，就这样开始了完全陌生的新生活。

还记得高中的班主任为了缓解我们的压力，说过最多的一句话就是"等熬过了高考就好了，美好又轻松的大学生活等着我们"。结果等我看到课表就傻眼了，各种医学基础课程安排得满满当当的。

听直系的师兄师姐说，前 4 年的时间，法医学的课程和临床医学的课程是一样的，到了大四的时候，还要进行数百课时的法医学专业课程①。学医的同学们都知道，医学生的课程，打大一开始就不轻松。系统解剖学、组织胚胎学、病理学等这些涵盖无数个专有名词的痛苦课程不说，单是那令人头疼的高等数学，就能让人吐

---

① 涵盖法医学概论、介绍死亡的法医病理学、介绍损伤的法医临床学、介绍人体骨骼毛发特征的法医人类学、介绍毒物的法医毒理学和法医毒物分析，还有诸如法医遗传学、法医物证学、法医精神病学、现场勘查学、刑事技术等诸多专业课程。

血。我虽然是个理科生，但是也害怕数学啊。

看看隔壁学校，大一整个学期就跟玩儿似的。可是我们，一到期中或者期末考试，那真的是集体通宵达旦来背诵那些晦涩难懂的名词，整栋宿舍楼在深夜传来各种喃喃自语，恍惚间我差点儿以为梦回高考前夕。我一度非常后悔报了医学院。

那时候，系主任经常来给我们讲课，希望激发起我们对专业的热爱和激情。只是系主任没有在公安机关待过，他讲的大多都是就业前景的概述，诸如法医学的就业前景是全院最好的，我们这个专业是最吃香、最抢手之类的话语。不过，多亏了系主任不厌其烦地介绍法医学专业的就业方向，我大概了解了公安法医的工作内容，比如出勘现场啊、解剖尸体啊、破案分析啊之类的。

听起来，果真比当医生要刺激多了。

大一的学习很快就过去了，等到期末各科综合成绩出来的时候，大家一片哭爹喊娘，尤其是系统解剖学，这门噩梦般的课程，挂科率简直惨不忍睹。好在我大一所有的课程，都顺利通过了。据说，在医学院里 5 年不挂科的人，一定是学霸。我倒不敢说自己是学霸，只暗暗期望自己的"考试运"能够一直延续下去。

暑假不需要复习补考，我显得有些寂寞。有一天，我爸回到家里，对我说："暑假两个月，你总不能一直窝在家里看电视吧？"

"我也可以玩会儿电脑。"我嬉皮笑脸地说。

那时候的电脑还是个稀罕玩意儿，但是所谓的玩电脑不过是玩一些简单的单机游戏。因为互联网还没有在我们这种小城市里普及开来。

"别整天想着玩儿，爸和你说件正经事儿。你有没有兴趣，先去接触一下你学的专业？"我爸试探着问道。

"啥意思？"

"就是，每天去公安局上上班，跟着我们局里的法医跑跑现场？"我爸问。

我当时的脑海里，立即出现了各种刑侦探案剧的刺激场面。我立即从床上跳了起来，说："愿意啊！愿意！"

"那行，我今天就去申请。"我爸说，"明天一早，你和我一起去上班，我送你去汀棠市法医门诊报到。"

一想到电视剧里的刺激场面就要成真，我兴奋得一晚上都没睡着觉，第一次巴不得太阳从凌晨三四点就赶紧升起来。

可是没有想到，真实的法医工作和我想象中的大相径庭。

我作为"实习法医"并没有去市公安局报到，而是去了位于汀棠市公安医院的"法医门诊"。我当时心里直打鼓：我不会以后都是像医生一样天天坐在这里工作吧？为什么和老师们说的天天跑现场、破命案的感觉差距这么大？

走进了"法医门诊"，才发现这个地方和隔壁的医院门诊不太一样。不是一人一诊室，没有检查设备，工作人员也不穿白大褂。门诊里的工作人员坐在各自的办公桌前，在纸上写着什么，工作环境看起来就像普通的政府办公室。不同的是，办公桌的旁边放着一张医院的检查床，检查床上方的墙壁上还悬挂着一张视力表，仅此而已。

后来我才知道，这些人都在忙着写鉴定书。那个时候还没有电子信息化办公，大多数人还不会使用电脑（我当时也不太会用 windows 95 系统），所以得先手写鉴定书，再交给专门的打印人员转成电子版。

这就是法医工作？天天写写画画的？我的心里更不踏实了！

我去报到，第一个认识的人是圣兵哥。

圣兵哥姓刘，比我大 10 岁，是汀棠市公安局刑事科学技术研究所的副所长，法医部门的负责人。所以无论是法医门诊的工作人员还是医院的医生护士们，都会亲切地喊他"刘所长"。他个子不高，瘦弱得很，一副文质彬彬的样子，无论见到同事还是来做鉴定的群众，都是一脸笑眯眯的样子。亲切随和、与人为善，和我脑海中冷酷的法医形象不太一样。

就这样，圣兵哥顺理成章地成了我的启蒙老师，即便后来他不再从事法医这一行了，我也一直对他崇拜有加。

"圣兵哥，我们法医就在这里工作啊？"我还没坐到我的临时办公桌前，就迫不及待地问了一句。

"是啊。"圣兵哥的回答让我一下跌入了冰窖。

"哦，当然，也会在殡仪馆工作。"圣兵哥又补充了一句。

他看见我一脸如释重负的样子，笑着又说："哪有你这样的？在这里工作，总比在殡仪馆工作强吧？"

圣兵哥说的是这个理，但我总觉得坐办公室不是一名法医该有的样子。

"走吧，我正好要去殡仪馆为一个案子的尸体办理移交手续。"圣兵哥拿起一个黑色的挎包，夹在腋下，说，"正好，带你去参观一下。"

"你参观完，就知道还是这里好喽。"正在奋笔疾书的另一名法医泽胜哥笑着说道。

警用吉普车穿过了市区，来到了郊区，接着穿过了一个写有"陵园"二字的牌坊大门，最后在一大片的绿色塑料穹顶下面停稳了。绿色的塑料穹顶是汀棠市殡仪馆主告别厅后面的一条走道，连接着告别厅、尸体存放室和火化间。

圣兵哥带着我跳下车，穿过走道，打开了尸体存放室的大门。

尸体存放室是所有殡仪馆都必须有的地方，里面一般都有一个巨大的不锈钢冰柜，冰柜由数十个长方形的冷冻舱组成。冰柜的表面，则是一个个排列整齐的正方形舱门。舱门上有一个机械把手，把手的旁边都贴着标签。标签上填写着一个个名字、年龄、地址等信息，像是在告诉人们，舱里的尸体，不久前也是活生生的人。

尸体存放室的隔壁就是火化间了。火化间里有三台自动化火化炉，每当一具尸体被装进纸质的棺材，塞进炉子里，几十分钟后就会变成一缕青烟。每年不知道有多少具尸体，在告别厅经历完遗体告别仪式后，就被人推着经过绿色穹顶下的过道，告别人世间的繁华，然后灰飞烟灭。

"我们工作的地方在解剖室。"圣兵哥找到了殡仪馆的工作人员，交接文件只用了两分钟的时间。完事儿后，他说："你可以先去熟悉一下。"

"咱们汀棠，还有解剖室呢？"我问道。直到此刻，我还没搞清楚为什么要参观这里，为什么要熟悉这里。

一直以来，我都认为自己的老家汀棠市是个经济不够发达的地方，基础建设也一般。可是没想到，居然还有"解剖室"这么高大上的地方。

虽说我们的医学院也有解剖室，但是和一般的实验室没有区别。实验室没有解剖台，尸体只能放在移动运尸床上。我们就身穿白大褂，站在实验室中间解剖尸体标本。因为没有什么防护，一堂解剖实验课下来，我的白大褂上沾了好多福尔马林，甚至还有标本的脂肪组织，我每次回去都得用手搓洗好久。

对于公安机关的解剖室，我还是挺好奇的。

"喏，就在过道尽头，我带你去看看。"圣兵哥说，"等你放寒假的时候，要是有解剖，就在那里进行。"

"什么叫寒假的时候要是有解剖才在那里进行？"我听得莫名其妙，问道，"那假如明天就有解剖呢？"

"解剖的案例没有那么多。"圣兵哥说，"只有命案或者家属有异议的非正常死亡才会解剖。现在这么热的天，在解剖室里解剖有点儿受罪。"

这就更把我说迷糊了。天越热，越是要往阴凉的地方钻啊，没有空调，总有电风扇吧？为什么在解剖室里解剖，反而会是受罪呢？

我一肚子疑惑，跟着圣兵哥，向过道尽头走去，想去看看解剖室是什么样子。

结果，我大失所望。

所谓的解剖室，原来就是一间砖砌的小房子，看起来起码有 30 年的历史了。小房子的窗户还是老式的木窗，窗框上的部分油漆都脱落了，还有两块玻璃是碎裂的。

我走到窗外，探头从外面向里面看，刚刚挨近窗户，就闻到一股浓烈的消毒水味道，呛得我咳嗽了几声。

"里面洒了消毒水，就不让你进去看了。"圣兵哥笑着说道。

这间所谓的"解剖室"，估计占地面积最大也就 20 平方米。屋中央用砖头砌成一张解剖台。解剖台上面贴着瓷砖，以便清洗。地上还有一些不知道装了什么东西的桶桶罐罐。此外，这个房间就没有其他东西了。

解剖室那扇破碎的窗户上方有个排气扇，此时没有通电。扇叶被风吹着，慢慢地转动。

"这就算条件不错的了。至少冬天，在房子里解剖不用忍受寒风，但到了夏天，尸体容易腐败，腐败气体没法散发，解剖室就成了毒气房。所以，咱们解剖室的使用频率啊，是有季节差异的。"圣兵哥说，"不过这也不错了，像咱们下属的县级公安机关，连个解剖室都没有，法医只能露天解剖。"

"可这里也啥都没有啊……"我忍不住嘟囔了一句。

"不然呢，还能有什么？"圣兵哥哈哈一笑。

"至少得装个空调吧？"我皱起了眉头。

圣兵哥似乎严肃了起来，带着一些担忧的表情说道："法医，是要吃苦的。"

2

由于工作环境的恶劣，我对这份职业产生了一些心理落差。

我每天都在质问自己，为什么要选择一份这么艰苦的工作？甚至有的时候我还想去问问我的父亲，把儿子推到这种艰苦的岗位上，他不心疼吗？

但转念一想，如果真能如电视剧那般刺激地破个案，环境再"脏、乱、差"，至少也有成就感吧。可是，接下来一个礼拜的实习期却彻底打破了我的幻想。自从参观完解剖室后，别说破案了，我连殡仪馆都没去过，整日泡在办公室里。

我别提有多失望了。难道这就是法医的工作吗？

圣兵哥给了我答案。

从圣兵哥的口里，我知道现在的公安机关有专门的刑事技术部门，隶属于刑警支队，叫作刑事科学技术研究所，有的地方是科级单位，有的地方是股级单位。刑事科学技术研究所虽然架子不大，但是涵盖范围很广。大多数地方的刑科所都至少有法医、痕检、理化、照相、文检等五个大专业，只不过每个专业也就两三个人罢了。

由此可以知道，公安机关有很多警种，刑警只是其中之一；刑警下属又划分了很多分工，刑事技术只是其中之一；刑事技术还包含很多专业，法医只是其中之一。这样看起来，法医只是公安机关这个庞大队伍中，小到不能再小的一个专业了。

虽然法医的职位很渺小，但负责的工作并不少。

从圣兵哥的口中，我了解到市公安局的法医工作主要有三大块：一是对打架斗殴或者交通事故等案件里的伤者进行伤情鉴定和伤残鉴定；二是出勤非正常死亡事件的现场、明确事件有没有疑点；三是参与命案的侦破。

还好，虽然机会很少，但法医确实会参与命案的侦破，那我还是有兴趣的。

但前面两大块的工作，听起来就乏味多了。

比如所谓的"伤情鉴定"，就是指"人体损伤程度鉴定"。在 20 世纪 90 年代，当时的人体损伤程度鉴定[①]，分为轻微伤、轻伤和重伤三档。如果鉴定是轻微伤，只

---

① 当时伤情鉴定文件包括《人体轻微伤的鉴定标准》《人体轻伤鉴定标准（试行）》和《人体重伤鉴定标准》。

需要治安处罚；如果是轻伤，就要追究刑事责任，但是可以调解解决；如果是重伤，那就要判比较重的刑罚了。法医的一纸鉴定，就决定了一起伤害案件的处理和解决方式，更是牵涉了双方当事人的利益。只是当时我还没有意识到这一点有多重要。

而"伤残鉴定"是指"人体伤残程度鉴定"。一共分为十级，一级是最严重的、没有自理能力的残疾，而十级是最轻的。伤残鉴定关系着赔偿金额，但不涉及刑事处罚，一般都只是民事案件，所以对于法医的压力相对要小一些。后来，这种鉴定基本都由第三方鉴定机构去做了。

受理伤情鉴定和伤残鉴定的地方，就是我之前看到的法医门诊。果然，实习期的大部分时间都要在这里度过了。

于是，我成天跟在圣兵哥的后面，像个小跟班儿似的到处转。当时每天做得最多的事情就是伤情鉴定，这项我原本不以为意的任务，真正实操起来才发现一点儿都不容易。虽然我也很认真，可鉴定工作除了运用法医学知识，还得通科了解临床知识，偏偏大一的我对于这些知识都一知半解，所以我时常看鉴定看得一头雾水。

圣兵哥倒是天天乐呵呵的，一副与世无争的样子。

我以为他永远都不会生气，直到我第一次看到圣兵哥受委屈。

那天，法医门诊接了一个鉴定。

鉴定过程不复杂，鉴定内容也不疑难，所以鉴定结果很顺利地就出具了。

伤者被人用刀划伤了面颊，因为是在运动中受的伤，所以创口的两边比较浅、中间比较深。伤者去医院清创缝合的时候，医生在病历上写道："右面颊部可见一长约 5cm 的创口。"当然，这里的 5cm 只是医生估计的长度。

按照当时的轻伤鉴定标准，面部 3.5cm 创口就是轻伤。在法医的眼里，必须是皮肤全层裂开的才叫作创口，创口首尾部位的细小损伤不能称为创口，只能称为划痕。因此，圣兵哥只在伤者的面部损伤中发现了 2cm 的创口，于是鉴定为轻微伤。

可是伤者在不理解法医学知识的情况下，担心鉴定结论对他不利，所以一口咬定法医一定是收钱了。于是伤者到处去闹，甚至还打了广播电台的群众热线。督察、纪委也不理解为什么病历上的 5cm 到了圣兵哥这里就剩 2cm 了，对圣兵哥进行了轮番调查，让圣兵哥很是恼怒和委屈。

好在，他是个乐观主义者，过了几天，他又恢复了往日笑呵呵的样子。

我看在眼里，很不是滋味。但圣兵哥告诉我，追求正义和真相，是需要付出代价的。真正的正义，建立在事实的基础之上，就必须要承受被那些打着"正义"的幌子，存有私心、别有用心之人泼脏水的委屈。法医是刑事技术中唯一和老百姓直接打交道的警种，法医的一纸鉴定牵扯了诸多利益，所以在伤情鉴定这一块，没有哪个法医不会成为被告。

这段插曲在我的心中留下了一抹阴影。年轻气盛的我并不知道，未来某一天，同样的事情真的也会发生在我的身上。

很快，一周过去了。

我们没有接到一起非正常死亡事件，更不用说命案了。我每天的工作都是在不断地重复：受理案件、验伤、调阅病历、写鉴定书……工作如此枯燥，我的情绪也越来越低落。圣兵哥见到我蔫头耷脑的样子，并没有过多的安慰，可能他觉得，这是每个新手法医必经的道路吧。

第二周的周末，我们法医门诊桌上那台并不经常使用的电话，突然响了起来。

"法医门诊。"我拿起电话，自报家门。

"我是重案大队小李，石城路发生一起群殴事件，一名男子死亡，请过来看现场吧。"电话那头的声音充满疲倦。

"命案？"我一时有些手足无措，心里说不出是畏惧还是期待。

原本在审核鉴定书的圣兵哥，突然站了起来，三步并成两步走到我的身边，一把抢过电话，说："什么情况？有头绪吗？"

后来我才知道，"有头绪吗"算是警局内部的俚语，问的是犯罪嫌疑人是否明确。

如果明确，那么法医只需要做一些基础的工作就可以了，压力会比较小。但要是没有头绪，法医需要分析推理的内容就会有很多，现场勘查和尸检工作的细致程度就要更高，至少会多花一倍的时间。

"打架而已，抓了好几个了，剩下的都在追，跑不掉。"

"好，马上到。"圣兵哥长舒一口气。

"我们要去破案了吗？"我的眼睛里闪烁着兴奋的光芒。

"好像案件已经破了。"圣兵哥哈哈一笑，说道。

"破了？"我大失所望，"破了……还要我们去干吗？"

"不管案件破没破，法医都是要去的。"圣兵哥说，"即便不是案件，非正常死亡事件，咱们法医也得去呀。"

说完，圣兵哥从法医门诊门后的架子上，拿下了一个银光闪闪的箱子，上面写着"法医现场勘查箱"几个小字。圣兵哥打开箱子，清点了一下里面的工具，然后从柜子里拿了一个小袋子放在箱子里。

虽然案件破了，但是我至少可以体验一下出现场的感受吧，我在心底安慰自己。

圣兵哥、泽胜哥带上整理好的勘查箱，领着我走出了公安局的大楼。泽胜哥是比我高五届的师兄，此时也是刚刚参加工作不久。圣兵哥说，如果是出勘非正常死亡事件的现场，只需要一名法医和一名痕检技术员就可以了。但如果涉及命案，要对尸体进行解剖，则需要两名法医，这就必须喊上泽胜哥。

咦，案件不是破了吗？怎么尸体还要解剖？我很不理解。不过不要紧，既然我以后的工作就得要解剖，那早一点儿接触、早一点儿学习，总是好事嘛。

楼下，一辆面包车已经停车等待了，蓝白漆面的车子上标有"刑事现场勘查"的字样，开车的是刑科所里的痕检员老郭。之前我听圣兵哥说过他，老郭从警20年，一直在痕检的岗位上坚守，因为刑科所还没有专人司职照相，所以现场照相、录像的职责也是由他一个人担着。

我们登上了现场勘查车。这辆车似乎可以装下七八个人，后面的一部分被木板隔开，前面只有五个座位。后来我才知道，有很多现场勘查设备，因为体形比较大，不能像勘查箱那样随身拎着，只能损失勘查车一部分的运兵功能，用来装载勘查设备。

一路上警报声直响，我的心头莫名其妙地涌上一阵刺激感，脑海里浮现出电视剧里各种各样的凶案现场。对嘛！这才是法医该有的样子！

现场却很平静，比想象中平静太多了。

我们的警车一直开到了石城路的马路牙子边儿，就开不进去了，因为人行道的树木之间拉着一圈警戒带。警戒带外，熙熙攘攘地挤着看热闹的路人。我忍不住从座位上起身，想透过风挡玻璃看一看现场究竟发生了什么。远远望去，警戒带中间啥也没有，实在不知道这群人在围观些什么。

我们依次下了警车，群众看圣兵哥和泽胜哥穿着警服，自觉让开了一条通道。他们注视着我们拎着勘查箱，跨过警戒带走到了人行道上。

"人都清楚了？"圣兵哥打开勘查箱，拿出一个小袋子，里面装着手套、帽子、口罩和鞋套。他也递给我一个同样的袋子。

远处跑过来一个小伙子，听声音就是那个打电话来的重案队小李，他说："何止是清楚了，都抓了。就是几个小混子，来寻仇的，几个人搞一个，搞死了。"

说得这么轻松，一时间我觉得这名面容稚嫩的年轻警察，没有同理心。我低着头不作声，学着圣兵哥的样子，把"四件套"——穿戴，其实我也不知道为什么这么简单的现场，还要这样大费周章。

穿戴好了四件套，我跟在圣兵哥的身后，走到了警戒带圈住的范围中心，看到被围起来的地面上有一摊血，血泊周围可以看到一些排列成条状的滴落状血迹和少量的喷溅状血迹。

没有看到尸体，看来已经被运走了。我不由得纳闷，电视剧里不都会按照尸体的轮廓画一个白圈吗？而实际上，他们并没有这样做。后来我才知道，警察在实际办案的时候，会录像、拍照，一般情况下，都不需要画白圈。

老郭蹲在血泊的旁边看了看，说："怎么有这么多血足迹？"

"我估计啊，这里都没有嫌疑人的足迹。他们捅完就跑了，哪还有足迹啊。"重案队的小李说，"不过捅人的时候，旁边有好些路人，惊慌失措地乱跑。哦，后来120来了，把人拖上车，估计这边的足迹都是他们的。"

"所以，这现场也没什么可看的。"老郭说。

"是没啥好看的，不过没关系，十几个目击证人。"小李轻松地说，"这个，他们赖不掉。"

我心想，好嘛，现场都没的看，我一直期待的命案侦破，就这么迅速结束了？

我有些失落地问圣兵哥："我们，是不是要回去了？"

圣兵哥似乎能看透我的心思，他朝我微微一笑，并没有回答我的问题，而是从勘查箱里，拿出了几根棉签，用生理盐水浸湿后，在血泊、喷溅状血迹和滴落状血迹中各取了一部分。

"还要提取血吗？"我问。

"估计不用了，但是现在要求，都要取材备检DNA的。"圣兵哥装好了棉签，说。

"DNA"这个词，在那个年代，算是个时髦的词儿。不过毕竟我已经实习了两周多的时间，也听圣兵哥提过。据说，DNA在当时是很先进的技术，各个市局都做不了，遇见了疑难的大案，才会送检去省厅做。那时候DNA检验刚刚开始使用，用的还是原始的方法，工序非常复杂，得出的数据也不像现在都是数字化的，不是专业人员还真看不懂。因此，公安机关一般不会动用这种高科技，尤其是这种已经明确了犯罪嫌疑人的案件。

看着圣兵哥忙活了一圈，我觉得自己什么也没学到。

现场看完了，我们重新上车。

"圣兵哥，我们去哪儿？"

"殡仪馆啊。死者是在送去医院的路上死的，现在尸体已经被拉到殡仪馆了。"

就是那个两周前我参观过的殡仪馆！虽然早就盼着参与解剖，但是事到临头，我还是有点儿紧张。不，是夹杂着兴奋的紧张！"不是说案件已经破了吗？人不都被抓了？那还用得着我们去解剖吗？"

"怎么会没用？"圣兵哥看着我笑，"只要是刑事案件，都是要进行尸体解剖和检验的。这可是基础工作，也是保障案件准确办理和完善证据锁链的重要一步。"

"对，只要是非正常死亡事件，无论是自杀、他杀还是意外，又或是猝死，法医都必须到场进行现场勘查和尸表检验。"泽胜哥此时补充道，"只要是命案，不管案件有多简单、多清晰明了，尸体都是要解剖的。这是程序上规定的。"

我想都没想，便接嘴道："也就是说，我们去做的都是无用功？"

圣兵哥没有继续和我纠缠这个问题："去看看吧，先看，你还不能上手。至于侦查部门说案件已经破了，那可不一定。不信你看。"

殡仪馆一般离市区都比较远，利用坐车的时间，我拿起小李之前放在车上的案件前期调查材料，随手翻了起来。

根据多名目击证人的供述，今天下午两点钟左右，几名社会上的小混混，正在石城路边的人行道上行走。突然从北边跑来另外几名小混混。两拨人很快就开始扭打起来，后赶来的一拨小混混甚至从口袋里掏出了匕首。

被打的小混混因为事先没有准备，赤手空拳，很快便落了下风。与死者一起的几个人，纷纷四散奔逃，但死者跑得最慢，被人按倒在地。接下来，几名小混混在死者的身上捅刺了几刀，然后离开。

打架刚刚发生的时候，就有群众利用路边小店的公用电话报了警。石城路派出所距离事发现场只有1公里，所以派出所民警、附近的巡警和交警抵达得很快，在现场就抓获了两人，剩下的行凶者也在不久后被捕。

死于群殴事件中的男孩，只有18岁，叫作饶博，他身中数刀，当场倒地，在送往医院的途中不治身亡。

真巧，这个人居然和我的一个小学同学同名呢。

我暗暗产生了一种不祥的预感。

毕竟这个姓，这个名，还有这个年龄……

一路忐忑。很快，警车开进了写有"陵园"字样的牌坊大门。

3

不知道从什么时候开始，中国人认为入殓的时间应该是上午而不能是下午或者晚上。因此，殡仪馆有个特点，就是上午忙得不可开交，而下午就无事可做了。

现在是下午，所以殡仪馆里静悄悄的，除了公安局来的几个人之外，只剩下负责拖运尸体的殡仪馆工作人员了。

"刘所长啊，今儿咋亲自来啦？"一名老者穿着一身白大褂，戴着一副黄色的橡胶手套，推着一台运尸车从存放室里走了出来。

运尸车上面放着一个黄色的尸体袋，拉链拉得紧紧的，看不到袋子里的情况。可能是因为袋子里的空气比较潮湿，袋子紧紧贴在了尸体上，所以可以看到尸体袋呈现出一个人仰卧着的轮廓。

我不自觉地哆嗦了一下。

袋子里这个男孩，和我年纪相仿，我有点儿不敢想象袋子拉开后的样子。

开学，我就是法医学系大二的学生了。虽然刚过完 18 周岁的生日，那也算是成年人了。从小就被叫成"秦大胆儿"的我，绝不能在众目睽睽下，表现出内心的恐惧。

想想在学校里，我不也没怕吗？系统解剖课上，别的同学躲得远远的，只有我坦然处之，直接动刀子。刀子动多了，我对解剖结构就熟悉了，要不然怎么能在这门噩梦般的课程上拿到好分数。

可那种感觉，和现在不一样。

在医学院里，确实有真的尸体。我们把它们尊称为"大体老师"，也叫作"标本"。之所以叫标本，是因为尸体经过了福尔马林长时间的浸泡，组织器官都已经被固定，不再发生细胞的自溶和组织的腐败，永远都是同一副样子：全身通体黄褐色，皮肤干硬，软组织干瘪瘪、皱巴巴的，面部的皮肤紧紧贴在面颅骨上，几乎看不出面容是啥样。

所以，标本虽然也是真人的尸体，但我总是觉得和"人"还是有一些差别的。

而眼前的这具尸体，是在1个小时前刚刚失去生命的，用圣兵哥的话来说，就是"新鲜尸体"。1个小时之前，他还和我们一样，活蹦乱跳、打诨说笑。

圣兵哥用"新鲜"这个看起来并不太恰当的词语，倒不是为了和医学院解剖课上的尸体标本作对比，而是为了和腐败尸体做区分。但我只有小时候见过亲戚老人去世，长大后就没见过新鲜尸体，更别提腐败尸体了。

这些词在我的脑海里都只是专业术语，现在很快就要近距离接触了。

不知道他长啥样，死状惨不惨烈，面容狰不狰狞？我深深地吸了一口气，调整了一下呼吸，想借此来缓解一下逐渐加速的心跳。

"是啊，老张头儿，这是命案，我肯定要自己来才放心啊。"我的思绪都已经跑了一大圈了，圣兵哥似乎一点儿都没察觉到，他对着推尸体的老者笑了笑，还是那副慈眉善目的模样。

"哟，有几个月没命案了吧？"老张头儿把运尸车调整好角度，放在了过道的中间，说，"这人才18岁，有点儿可惜啊。"

"唉，是啊，不学好，学那些小混混。"圣兵哥一边说着，一边撕开了一个塑料袋，里面装着一件一次性手术衣、一顶无纺布帽子和一个医用口罩。

这是法医解剖用的"三件套"，穿戴上这些，再戴上乳胶手套就可以干活了。

我还没穿过这些，但是在法医门诊上班的时候，见过它们。

"怎么不去解剖室啊？"老张头儿问。

"天气热，解剖室里没有空调，太闷了。"圣兵哥说道，"你们过道里新装了自来水，我们就拿你的过道当解剖室喽。"

"嘿，随便。"老张头儿笑着摆摆手，说，"结束后，给我把地面冲干净，别弄得血呼啦渣的就行。"

这个"血呼啦渣"听起来格外刺耳，我情不自禁地脑补了一下画面。

很快，圣兵哥和他的助手泽胜哥已经穿戴完毕了，正在整理着身上的防护装备。

"看好了啊，从最开始就要记好步骤。"圣兵哥对我说，"仔细观察好我们动作的细节，等下一次解剖，就让你上来当助手。"

"那没问题的。"我嘴上虽然这样说，但其实一点都不淡定。下次就让我上解剖台了？

圣兵哥开始严肃起来，动作一丝不苟，和他平时的样子大相径庭。随着"刺"的声音，黄色的尸体袋被缓缓地拉开。我在一旁聚精会神地盯着，心脏越跳越快，甚至连双腿都微微颤抖了起来。

18年来我无数次期待像父亲一样亲历现场，伸张正义。没有想到，我入行法医的第一课来得如此凶猛而残酷。

尸袋里慢慢露出一张苍白、僵硬却熟悉的脸。

一瞬间，血腥味和悲痛感像海啸一样扑面而来，让我无法呼吸。

天底下哪能有那么多同名同姓的巧合呢？

就算是七八年不曾见面，这眉眼的痕迹也不会说谎。是的，他就是我认识的那个小学同学，饶博……

年少时的种种回忆淹没了我的喉咙，也模糊了我的眼睛。

这一定是我的幻觉，上天怎么会对我开这么残忍的玩笑？

第一次看解剖，解剖的就是我的小学同桌？

圣兵哥可能看出了我的异样："怎么，受不了了？这可是新鲜尸体啊，如果新鲜尸体都受不了，那怎么面对高度腐败的、尸蜡化的、烧死的、被碎尸的尸体？那，可干不了法医啊！"

我还没有调整好自己的情绪："不，不是……饶博……他是我同学。"

"啊，是吗？"圣兵哥像是明白了一些什么，"那，要不，你先回去？"

我怔了10秒，还是下了决定："我不走，我看。"如果我这一关都挺不过去，还当什么法医？

圣兵哥用怀疑的目光看了我一眼："好，看看也好，就当是一次锻炼吧。要是受不了了就到车上去，没事的。"

"我受得了。"我全身麻木，却不知哪里来的勇气仍然站在那里，一动不动地盯着解剖台。

"法医啊，尤其是我们小城市的法医，碰见自己的熟人，也不是什么稀罕事。"圣兵哥一边将尸体身下的尸体袋抽出来，一边说道，"看一次也好，这样你心理的强大程度，就会成倍增长。当法医啊，理论操作能力不说，心理强大还是很重要的。"

圣兵哥的声音似乎很远。我耳朵嗡嗡直响，并没有听进心里去。

尸袋终于被完整取下。我曾经的同桌和玩伴，就这么直挺挺地躺在我的面前，一只胳膊因为僵硬而半举着，眼睛微张，似乎还在望着什么，一点儿也不像书上说的，人死的时候就像睡着了一样。

他身上的白色T恤已经完全被血染红，裤腰到裆部也都浸透了，翻动衣服时，破口处还缓缓地往外涌着血。漫出来的血液，在不锈钢的解剖台上开了花，令人有些反胃。我以为人死了就不会再流血了，后来我才知道不是这样的。机体死亡后不可能所有的血液都立即凝固，而且即便心脏停止了跳动，无法继续泵血，但原来血管里尚未凝固的血液，依然会随着尸体的翻动而从创口处流出来。我就这样呆呆地站在那里，看着那些仿佛还温热的血液，脑海里一片空白。

圣兵哥和泽胜哥没有直接检查尸体，而是仔细检查起死者的衣着，边看边讨论着什么，一旁的痕检员老郭紧张地做着记录。

"别发呆了，过来看看，这一点对你很重要。"圣兵哥朝我招手。

我这才回过神来，走到圣兵哥身边，看他在干什么。

"在尸体表面检验开始之前，我们先检验衣着。"圣兵哥说，"衣着检验有的时候会给法医工作带来很多有价值的信息。比如，你看看这个，能看出来什么？"

圣兵哥想逼着我思考，因为思考是能减少震撼、恐惧等不适感的最好办法。我看过去，圣兵哥戴着乳胶手套的手指，正从死者上衣上的破洞里伸出来，于是回答说："破了个洞。"

"废话。"圣兵哥哑然失笑，"谁捅人，也不会撩起他的衣服捅。隔着衣服捅，自然会把衣服也捅破。"

"所以呢？"我还是木木的，不知道圣兵哥什么意思。

"因为人的皮肤和软组织是有弹性的，所以你在皮肤上看到的创口形态，不一定就能反映出致伤工具的横截面形态。"圣兵哥说，"但是衣服纤维的弹性就小很多，在很多时候，衣服上的创口形态可以更加贴切地反映致伤工具的形态。"

"致伤工具？不是刀吗？人抓了，刀不是都缴获了吗？"我结结巴巴地说。

"是啊，这个案子是被缴获了，当你不知道凶手的时候，分析致伤工具就很重要了。"圣兵哥说，"所以你要牢牢记住，致伤工具推断，也是法医工作的重要组成部分之一。"

初 次 解 剖

"所以，这破口，不就是刀捅的吗？"我看了看衣服上的破洞，说，"几个破洞都差不多。"

"是的，从衣服上的破口来看，凶器大概刃宽 4cm 左右。"圣兵哥说，"对于锐器的推断，还有个重要的指标，就是看这个锐器是单刃的，还是双刃的。"

"哦，这个我们系主任在上法医学概论的时候好像说过。"听着熟悉的词汇，我开始找回一点状态了，"创角一钝一锐就是单刃的，两侧都锐就是双刃的。这个好像很简单啊。"

"理论听起来很简单，但是在实践中，就没那么简单了。"圣兵哥指了指尸体，说，"你看看他身上的创口，容易判断吗？"

此时，饶博的衣服已经全被泽胜哥脱光，露出了他身上我从未见过的文身，那文身已经被血液浸染得很模糊了。知道死者是饶博的时候，我已经深受震撼，此时又要近距离去观察他身上那血腥的创口，我实在是有些于心不忍。我胆子再大，也于心不忍。

我梗着脖子，眯着眼睛瞄了一下。这一看，鸡皮疙瘩都出来了，我隐约看到了他胸腹部翻出来的层层脂肪和肌肉。创口细节，比我想象中的更触目惊心。唉，看来饶博之前真是伤得不轻。

"看到了吗？"圣兵哥检查完衣物，走了过来，说，"因为皮肤的回弹作用，创角的形态在皮肤上并不是那么容易看得清楚的。"

说完，圣兵哥用两只手把死者胸腹部那些敞开的创口，合拢了起来，说："皮肤的张力会把创口拉变形，我们把创口复原，就能看出最开始的形态了。你再看看两个创角，就会比较容易分辨出是一钝一锐，还是两侧都锐了。不过，这一看，还是没有直接看衣服来得直接和准确。"

我似懂非懂地点了点头。

"一般情况下的非正常死亡尸体，我们都会在现场对尸体进行一个初步的尸表检验。"圣兵哥说，"如果有疑点，或者确定是命案，就一定要对尸体进行解剖。如果可以排除命案，那就不需要解剖了。"

"解剖。"我的心里默念着这个词，一会儿就要看到熟悉的人被开膛破肚了，我真不知道自己能不能撑得住。

"解剖前，我们会对尸体进行全面的取材备检，这是解剖程序的要求。"圣兵哥说，"就是要提取死者的心血、指甲和一些敏感部位的擦拭物。男性尸体要提取口腔、肛门、龟头的擦拭物，女性尸体则要提取口腔、乳头、阴道、肛门的擦拭物。以前是没有这个要求的，但是近些年来，DNA技术出现了，所以就要求我们更多地提取检材，从而发现一些意想不到的证据。"

此时圣兵哥一直在一边检查着尸体，一边絮絮叨叨，就像唐僧念紧箍咒一样令人烦躁。虽然我知道圣兵哥讲这些都是为了我，但我现在只希望早点结束解剖过程，摆脱这噩梦一般的经历。

"取材完后，我们还要对死者的眼睑球结合膜、口鼻、外耳道、颈部、双手等关键部位进行检验。"圣兵哥一边用止血钳夹起死者的眼睑翻了过来，一边继续提问我，"你知道，看眼睑有什么用吗？"

"什么用……难不成视网膜真的能保留人死之前看到的最后影像？"我信口胡说道。

"那是谣传，扯淡的。"圣兵哥笑了笑，"眼睑球结合膜出血点，是机械性窒息死亡的一个重要征象。简单说，就是窒息征象，这对于法医判断死因是有重要作用的。"

我似懂非懂地点了点头，也不知道自己能不能记得住。

"而看口鼻和指甲，也是要看看死者有没有被人捂压口鼻的迹象，看看死者有没有拼命抵抗的损伤。"圣兵哥还是不紧不慢地检查着尸体的表面。

大约花了半个小时的时间，圣兵哥才把尸体表面的取材和常规检验做完。时间果然可以让人的心跳变得平静。我似乎已经忘记了死者是我的熟人，看着圣兵哥左右摆弄着饶博的尸体，居然也没有我想象的那么难以忍受。

"现在，我们需要对尸体表面所有的损伤进行测量、固定和记录。"圣兵哥说，"所谓的固定，和你们医学院用福尔马林固定器官不一样，这里说的固定，是用照相机和录像机拍摄下来的意思。"

说完，圣兵哥拿着一根标尺，一处处地量着创口。我清楚地听见圣兵哥报出的数字：饶博身中7刀，其中胸部3刀、腹部4刀。7处创口的创角都是一钝一锐，创口长3cm到4cm，致伤方式很清楚——他是被刃宽4cm左右的单刃锐器刺伤的。

这也太磨叽了。我心里充满了不解。

"好了，尸表检验结束，开始动刀。"圣兵哥不紧不慢地说。

我的心脏又是一抖，说："圣兵哥，这真的需要解剖吗？死因不是很清楚了？"

"死因清楚？你知道哪一刀是致命的吗？"圣兵哥反问我。

"不管是心肝脑肺肾哪个脏器被捅破了，不都是致命伤吗？"我说。

"那也得明确具体的死因啊。"圣兵哥说，"不然上了法庭，你怎么说？他是被刀捅死的？"

"不是吗？"我还是不能理解。

"这样说吧。"圣兵哥一边安装手术刀片，一边说，"假如你不解剖尸体，不明确死因，凶手的家属会说，死者是不是没有致命伤，而是心脏病发作死的呢？是不是刀捅得不深，但被吓死了？"

"这，这不是在狡辩吗？"我一脸蒙。

"如果你不解剖尸体，这就不是狡辩。"圣兵哥说，"法医工作不仅仅是为侦查提供线索，更重要的是为法庭提供证据。而证据不能是推测性的，必须是唯一的、排他的。"

"这个……有意义吗？"我还是有点儿捋不清。

"呵呵，没事，你只要记住规则就行了，是不是有意义，随着你的年龄增长和工作阅历的增加，你自然也就明白了。"作为主刀的圣兵哥站在尸体的右侧，他刚说完，没有一丝犹豫，举起了手中的手术刀。

刀起皮开。圣兵哥麻利地一刀从颈下划到耻骨联合的上方。皮下组织顿时露了出来，黄的、红的，十分扎眼。

不可否认，这种视觉上的冲击，和单单看一具完整的新鲜尸体，没法相提并论。

"一字划开胸腹部，这是我们国家法医习惯的解剖术式。颈部解剖一会儿再进行，先解剖胸腹部，这样相当于放血，可以防止解剖颈部时划破血管，导致血液浸染肌肉组织。你知道的，颈部的血管最为丰富，非常容易被划破，一旦划破污染，就会无法判断颈部的血是肌肉内出血还是血液浸染肌肉组织，那也就无法明确颈部是否遭受过外界暴力了。颈部是关键部位，要留心。"圣兵哥一边分离着胸部的肌肉组织，一边喋喋不休地解说着，"分离胸部的肌肉要贴着肋骨，不要采用像外科医生那样的小碎刀，我们没有那么多时间。一刀是一刀，范围要广，下刀要准，刀面要平行，不要切伤肋骨，更不能刺破胸腔。"

圣兵哥的动作很大，大刀阔斧的感觉。

看着饶博的胸部被一点点打开，我的神经已经绷紧到了极限，只能强忍着呕吐的冲动。

分离开胸腹部的皮肤和肌肉组织，白花花的腹膜就暴露在了眼前。圣兵哥用手术刀的刀尖划破了腹膜，然后将一只手的两根指头伸入腹膜内，作为衬垫和支撑，再用另外一只手拿着圆头组织剪，沿着两指之间撑开的区域剪开腹膜。

"必须要用这种办法来打开腹膜。"圣兵哥说，"如果简单粗暴地直接用刀，很容易把肠子划破。到那时候，你就搞不清死者的创穿孔是你的刀划的，还是凶手的刀刺的了。"

很快，饶博的腹膜被打开了，胀了气的肠子"噗"的一声涌了出来，随之溢出的，还有一股说不清道不明的奇怪气味。我不自觉地用前臂揉了揉鼻子。

圣兵哥把手伸进死者的腹腔里，拨弄着死者的肠道和腹腔气管，来回看了几遍，又仔细检查了死者的肠系膜，然后摇了摇头，说："肚子上4刀，没一刀伤到脏器和血管，连肠子都没破，腹腔内也没有积血，看来致命伤和这4刀没有任何关系。"

4

检查完饶博的腹部，我还以为解剖工作已经进行得差不多了。没想到圣兵哥并没有结束的意思，他的解剖动作反而缓慢了下来，显得更加小心翼翼。

他用手术刀沿着肋软骨和肋骨的交界处切开，每一刀都直接切断了一根肋骨。

"手术刀这么锋利？"我有些诧异。

"不是手术刀锋利。"圣兵哥说，"我切开的位置，都是肋软骨，而不是肋骨。如果是肋骨，手术刀是没那么容易切断的。死者年纪轻，肋软骨骨化程度弱，所以很容易就切开了。"听到这竟然是因为"年纪轻"，我不由得揪心了一下。

接着，圣兵哥用止血钳夹起被切开的肋软骨的一角，向上提，连带着提起了胸骨。但胸骨的背面有软组织把它和胸膜紧紧地连在一起，所以提起的空间很小。圣兵哥歪着头，把手术刀伸到提起的空间内，沿着胸骨的背侧一刀刀地分离软组织，我知道他这是要把死者的胸骨取下来。

那种刺耳的组织分离的"唰唰"声，在幽静的走廊上回荡。

饶博的胸腔被打开的时候，我实在受不了了，只好离开手术台，远远站着。只听圣兵哥说："真是不巧，只有1刀进了胸腔，刺破了主动脉弓。剩下两刀都顶住了肋骨，没进胸腔。这孩子真是运气不好，刀歪一点儿，顶多是个血气胸。"我回头去看，发现饶博焦黑的肺脏已经被拿出了体外，我顿时又涌上一股想呕吐的冲动。

"圣兵哥，他，是不是烟瘾大，所以……"

初次解剖

"你说肺背侧的黑色吗？呵呵，不是，这是尸斑。人死后，血液由于重力往下沉积，然后从已经松弛的血管壁上渗出来，沉积在软组织里，所以感觉比上面的组织黑一些。"

"那确定死因了吗？"我向前挪了几步，观察了一下现实中的尸斑的模样，然后小心翼翼地问。

"是的，他中了 7 刀，但是只有 1 刀致命，就是胸口这一刀，"圣兵哥边说边掀起死者左侧的胸大肌，指了指皮肤上的创口，"你看，用探针可以把创道复原出来。就是这一刀刺破了主动脉，导致了大失血死亡。"

说完，他又蹲到勘查箱边，从里面拿出来一个汤勺。请原谅我用"汤勺"这个词，但是确实就和火锅店的汤勺一模一样。圣兵哥用汤勺一勺一勺地把胸腔的血液舀出来装在一个杯壁有刻度的器皿里。

"胸腔积血 1500 毫升。"圣兵哥说，"加上流出体外、遗留在衣物和现场的血液，足以致死了。再加上尸斑浅淡等失血的尸体现象，所以死因很明确，是锐器刺破主动脉，导致急性大失血死亡。"

"所以，证据明确了？"我从来没有见过这么多血，有些紧张，说，"解剖结束了？"

"没有，哪儿那么容易结束？头颅还没有打开呢。"圣兵哥拿出一根半圆形的缝针和一条长长的黑色缝线，说，"等我们缝合完尸体的胸腹部，就要开颅。"

"开颅？"我的脑海里又浮现出各种可怕的画面，说，"这案子，和脑袋有什么关系啊？"

"一样的道理，为了证据的唯一性和排他性，这是程序性要求。"圣兵哥说，"只要解剖，就要三腔全部打开。三腔就是颅腔、胸腔、腹盆腔。"

缝好了胸腹腔，圣兵哥开始用手术刀刮尸体的头发。随着大团乌黑的头发脱落，饶博那铁青色的头皮逐渐暴露了出来。刮完头发后，圣兵哥从尸体左耳后，绕过头顶，到右耳后，一刀切开了头皮。他这一下，令人猝不及防，看着乌黑色的血液从刀口中流了出来，我感觉整个人都不好了。

不过，更令人窒息的操作还在后头。划开头皮后，圣兵哥用力向前向后掰开头皮，撕裂了头皮和颅骨之间的那层像是蜘蛛网一样的东西，暴露出了颅骨。翻到前面的头皮把饶博整个脸都盖住了，我以前只听说过"前胸贴后背"，第一次看到"头皮贴脸蛋"的场景，又是奇怪又是恐怖。

紧接着，圣兵哥再次打开勘查箱，从里面拿出了一个不锈钢制的、弯把的小钢锯。这种小钢锯大概长 30cm，单手就可以操作，和木工用的手锯区别不大。泽胜哥很配合地用手固定住尸体的头部，圣兵哥就在暴露出来的颅骨上，开始来回拉锯了。

随着手锯和颅骨的反复摩擦，骨屑纷飞，尸体的颅骨上开始出现一条深深的裂痕。骨屑的味道，即便戴着口罩也无法完全遮挡，让人毛骨悚然，我至今依然最怕闻到。

"咔啪"一声，颅骨被彻底锯开了。圣兵哥随即剪开了顶部的硬脑膜，白色的、有着沟回的大脑出现在眼前。

其实我在学校的解剖课上就看过"大体老师"的脑组织，但那也是被福尔马林固定过的、呈暗黄色的东西。可眼前这个脑组织，红花花的，上面还有蛛丝般分布的血管，着实让我狠狠地恶心了一把，再瞥了一眼那把血淋淋的汤勺……从此以后，我吃火锅就再也没有点过猪脑花。

虽然颅内是正常的，但是圣兵哥还是把大脑取了下来，对正面、反面都进行了拍照，甚至还检查了颅底，这才把大脑和颅盖骨还原，然后缝合了头皮。

刚刚做完这一切，圣兵哥终于示意我们准备收工，我如释重负般长舒一口气，却看到侦查员小李一路小跑了过来。

"怎么样，审讯有进展吗？"圣兵哥很关心审讯的情况。

"别提了。"小李擦擦汗，"三个人持刀，都固定了证据。但是三个人的刀的样子基本上差不多，他们三个都不承认捅了胸部，都说是捅了肚子。"

现在的地痞流氓也都知道捅肚子比捅胸口捅死人的概率低多了。

"那不是扯淡吗？胸口三刀怎么解释？"圣兵哥皱皱眉头，指了指尸体的胸部创口，说。

小李摊了下手，表示无助。

"刀带来了吗？"圣兵哥盯着尸体上的伤口，一会儿，突然眼睛一亮，"知道哪把刀是谁拿的吧？"

"没问题，证据都固定了。"小李说，"三个人被抓获的时候，这三把刀是从他们身上直接搜出来的。过程都有录像，这个他们赖不掉。"

"你是想通过刀来找人？"我似乎意识到什么，但是想想总觉得哪里想不通，"刀几乎一模一样，那捅出来的创口，也就一模一样，怎么辨别哪一处的致命伤是由哪一把刀形成的？"

圣兵哥没回答我，他从勘查箱里拿出一个放大镜，沿着致命伤的皮肤创口边缘，仔细地看了一遍，又用放大镜仔细看了看其他的伤口。

看完了创口，圣兵哥的嘴角洋溢出一丝微笑，挨个儿拿起分别装着三把刀的三个透明物证袋，同样也是用放大镜仔细看了看刀刃。他像是胸有成竹般，指着其中一把红色刀柄的匕首说："致命伤，就是这把刀捅的。"

我顿时觉得很神奇："为什么？这也能分辨出来？别是瞎猜的吧？"

"秦大胆儿，有这样和带教老师说话的吗？"圣兵哥扑哧一声，说，"证据无儿戏！你仔细看看尸体上的7处刀伤，看上去形态基本一致，粗略分析是由一种凶器形成。但是，再仔细看一看创壁，致命伤的这处创口，创壁有一处皮瓣，看出来了吗？"

"皮瓣？"我听着这个名词很陌生，于是好奇地凑近去看致命伤的创口。果然，在创口的边缘，有一个小小的游离状的凸起，就像是冬天的时候指甲边翘起的倒刺。而其他的创口，创缘都非常整齐，看不到类似这样的"皮瓣"。

"为什么其他创口没有皮瓣，就这一处有皮瓣呢？你想象一下，刀插入人体，就形成了创口，创口里面是一个狭长的通道，我们叫创道。创道的内侧面，就叫创壁。一般刀面都是平滑的，创壁上不会留下皮瓣。但这里出现了皮瓣，那就说明，刀刃上很可能存在一些凸起，导致创口和创壁被划出了皮瓣。比如说，这把刀卷刃了。"圣兵哥说。

"噢！对啊！"大家恍然大悟，争相去看那三把刀。果不其然，那把红色刀柄的匕首是卷刃的。

"如果刀的材料不是很好，刺进肋骨后再拔刀，很容易形成卷刃。死者的致命伤就是从肋骨间隙进入胸腔、刺破主动脉的。在这个过程中，如果刀刃发生扭转，就有可能因为肋骨的作用变成卷刃。当然，也有可能在刺入胸腔之前，这就是把卷刃刀了。总之，可以肯定，致命伤就是这把刀形成的。"

我的心情很复杂。圣兵哥的一系列推断，确实是我之前没有想到的。

"有您这分析推断，我们就放心啦。"小李说，"那就麻烦你们固定好证据，这小子肯定还会一味抵赖，有了证据就由不得他了。到时候移交到检察院，他们肯定也是要证据的。"

"我会写在鉴定书里，放心吧。"圣兵哥说。

小李高兴极了，一蹦一跳地走了。

我愣在一旁，还在回想刚刚的创口分析。圣兵哥看了看我，说："怎么样，刚才不是说这种已经明确了犯罪嫌疑人的案件，法医工作、尸检工作就不重要了吗？"

我回过神来，对圣兵哥肃然起敬："真是没有想到，原来铁板钉钉的案件，也会出现问题，这些问题还是需要我们来解决。之前我真是小看法医学了。"

泽胜哥也在一边说道："是啊，这样一推断，就明确了多名参与斗殴的行为人中导致死者死亡的直接关系人，这可是案件定罪量刑的关键证据，尸体是不会说假话的。"

回去的路上，虽然还没有从同学被杀的悲伤中走出来，但是哀痛之余，我又有了一种说不出的感觉。这是我第一次亲眼见证了法医学的关键作用，法医不仅仅是为侦查提供线索、为审判提供证据那么简单，如果不是今天的解剖分析，我们就找不到真正该为死者负责的凶手，而另两个犯罪嫌疑人也许会因此蒙冤……

对我来说，那是非同寻常的一天。

虽然无法改变饶博已经死亡的事实，但是法医替他诉说了死亡的真相。我暗暗下定决心，我也要成为一名像圣兵哥那样细致入微的好法医。

5

有了这次磨炼，我对新鲜尸体也没有那么恐惧了，甚至还对圣兵哥说的腐败尸体也产生了一些好奇和向往。一听到办公桌上的指令电话响起，我都会异常兴奋，以最快的速度接起电话，学着圣兵哥的口气说："法医门诊！有现场吗？有头绪吗？"

每次听到对方说"看调查是没什么问题，应该是意外（自杀）"的时候，我都会有一点点失望。

我内心默默期待着，实习结束前最好还能有机会上手解剖一次。可是转念一想，一旦有命案发生，就说明又一个像饶博这样的人失去了生命，又有一个家庭变得不再完整，这样的悲剧，实在于心不忍。

在这种矛盾的心情之下，实习期过得飞快，我渐渐习惯了法医门诊的日常工作。

两个月里，虽然没有再发生命案，却有十几起非正常死亡现场。几乎都是交通事故、猝死或自杀，都是刚刚死亡就被路人或者亲属发现、报警的事件。

熟能生巧，已经看过十几具非正常死亡的尸体的我，早就没有了初次解剖时的手足无措，并且学着圣兵哥的模样，已经能够像模像样地对现场进行勘查、对尸体进行表面检验了。

初次解剖

所有的非正常死亡事件发生后，如果能排除命案的可能性，那就直接和家属通报结果，便可以结束。如果不能排除命案的可能性，则要进一步解剖。如果家属对警方"排除他杀"的结论有异议，公安机关也有义务对尸体进行解剖。

后来我才知道，整个龙林省，每年包括意外、自杀和猝死等非正常死亡事件，有近万起。那个时候，就连所有的交通事故都需要刑警部门的法医出勘现场，因为交通事故也是属于非正常死亡事件的一种。也就是说，在人口众多的北方城市，法医每年要承担近千起的非正常死亡事件的现场出勘任务，这是一个很难以想象的工作量。

不过好在我老家汀棠市，人口还不如北方城市下辖的半个县城的人口多，所以非正常死亡事件也就少很多，即便把下属所有县都加在一起，一年也就三百起。

"非正常死亡事件中的尸表检验，也十分重要。虽然之前侦查部门会有一个大概的调查情况，但我们去到现场之前，并不能确定这是不是一起命案。"圣兵哥这么嘱咐我，"在无数的非正常死亡事件中，也会隐藏着极少数的命案。"

所以每次我们出勘非正常死亡事件的现场、检验尸体时，圣兵哥都无比认真，甚至比去命案现场还要仔细。不过，我跟着他去了那么多次现场，最后的结果都是一样的：没有疑点，排除他杀。家属也没有任何异议。所以，圣兵哥的这番话，我听是听进去了，但真正理解了它的含义，还是几年后的事。

实习期很快到了尾声。

圣兵哥又跟我叮嘱了很多法医的事。他说，法医要做好法医的工作，不管侦查部门的调查情况如何，任何一个死亡案事件的中心就是尸体，而法医是唯一接触尸体的警种。要读懂尸体最后的语言，才能保证法医在案件定性上不犯错误。

在案件定性上犯错误是一件很严重也很可怕的事情，会让沉冤无法得雪，会让灵魂无法安息。而法医，就是保障生命尊严的最后一班岗。

圣兵哥把法医这个职业说得很崇高，我甚至都不再觉得他絮叨了。

可能年轻人的热血就是这么容易被点燃，那段时间，我开始有点儿飘飘然，为自己选择了这个神圣的职业而感到自豪。

只可惜，一盆冷水很快浇在了我的头上。

在暑假即将结束的一天晚上，同学的哥哥结婚，同学盛情邀请我去参加婚宴。婚礼现场，格外热闹。作为一个 18 岁的年轻人，我最喜欢这种热闹的场面了，所以也就格外兴奋。

我帮着同学整理喜糖、指挥婚车，窜来窜去忙得不亦乐乎。在新郎新娘迎宾的时候，同学带着我，去和他的父母打招呼。

新郎官儿的父亲穿着一身西服，显得很是隆重，正在喜笑颜开地招呼着客人。

"爸，这是我哥们儿，秦明，皖南医学院的。"同学说道。

"大学生啊！不错不错。"新郎官儿的父亲微笑着向我走来，说，"学医好啊，悬壶济世。"

"我是学法医的。"我纠正道。

新郎官儿的父亲脸上的笑容顿时凝结了，伸出来准备和我握手的手，也像是触电了似的收了回去。

"爸，今天老秦帮了咱们不少忙呢。"同学显然没有注意到这个变化。

"法，法医啊？在火葬场上班是吧？"对方有些尴尬地说道，"收入好像还不错。"

"不，我以后会在公安局上班。"我有些不悦，说，"收入也不高。"

"一样啦，都一样。"对方皱了皱眉头，对同学说，"你，带你同学到第21桌。"

我顺着对方的手指看去，21桌是整个婚礼大厅最角落的桌子。

这么一走神，我发现我同学已经被他父亲拉去了墙角，指指点点不知道在说些什么，等同学回来时，他一脸不好意思地跟我说："别介意哈，我爸有点儿信佛。"

"信佛和我有什么关系？"

"他的意思是，意思是，我们挂的这些红双喜，你别摸就行了。"同学挠了挠头，说道。

我顿时明白了，这人是在嫌弃我的职业晦气，不能给这个大喜事抹了黑。

我不可能再忍受下去，转头离开了酒店，骑上我的自行车就回家了。

回到家里，爸妈还正在吃晚饭，见我气鼓鼓地回来，有些莫名其妙。

"怎么了？你不是去参加婚宴了？"爸爸问道。

"不吃了，没什么好吃的。"我去电饭煲里盛了一碗饭，坐在父母旁边开始一声不吭地吃了起来。

良久，父亲似乎看穿了我的心思，意味深长地说道："不管什么职业，总会遇见困难和挫折，但是关键要看你选择如何面对。沉沦和反抗，都是选择的一种。"

父亲好像是这样说的，我记得不是很清楚了，因为那个时候，我的脑海里全是委屈："我们法医，是瘟神吗？"

法医秦明

VOICE OF THE DEAD

| 第二案 |

沉睡之妻

生气的时候，开口前先数到十，

如果非常愤怒，先数到一百。

托马斯·杰弗逊

1

怀着委屈和疑惑，我进入了大二。大二的医学基础课程让我知道，大一那些课程顶多算"热身"的难度，大二学习的难度直接"升维"了，尤其是生物化学，各种嘌呤、嘧啶什么的，背起来简直生不如死。

好在大学生活还是丰富多彩的，一直喜欢足球的我，终于在大二组织起了法医学系的足球队，还取得过不错的比赛成绩。

高强度的学业和丰富的业余生活，让我渐渐地淡忘暑假中所经历的种种委屈和沮丧。

在考生物化学之前的备考阶段，我端着一盆衣服去水房洗。洗着洗着，身边来了个人。这人是比我高两届的师兄，姓闫，因为同样喜爱运动，所以和我志趣相投，关系不错。

闫师兄整天挺着肚子走路，不紧不慢的，说话也是这样，活像个老教授（后来他真成了学校的法医学教授）。他一边洗着衣服，一边老气横秋地说："师弟啊，明天考什么啊？"

"生化。"

"哟，这门课不好考啊，我当年就没过。"

"是啊，背得我头晕。"我一边说着，一边心想：你这不是给我泄气吗？

闫师兄的一番话，让我从考试前就开始有种不祥的预感。果不其然，期末我的生物化学就挂科了。

暑假回到家里，父亲又张罗着让我去公安局实习，可是这次我拒绝了。我要在家里复习生物化学，以应付下学期开学时的补考。毕竟，在毕业前但凡有任何一门课程没通过，我将面临拿不到学位证书的尴尬。

但只有自己知道，这些都是表面的理由。

沉睡之妻

那次婚宴给我带来的伤害是无形的，这种感受就像扎在心底的一根刺，怎么都挥之不去，如影随形了我一年。学业的事情，再难也只是脑力的疲劳，而偏见却让我心灰意冷。我对法医这个职业都产生了怀疑，甚至不知道该如何面对圣兵哥。

父亲看出了我的心思，但他也没有点破。

整个暑假，我常常会在家里发呆，一边复习备考，一边试图将清楚自己对法医职业的感受——我究竟是更在意找出真相的那种成就感，还是更在意被人歧视的那种落寞感呢？毕竟还不到 20 岁的年纪，我将来将去也没有将明白，甚至看到法医学的课本就很烦躁，也无法专心地投入复习。

在大三上学期的生物化学补考中，我再次以 59.5 分的成绩，没能通过。那段时间我感到十分失魂落魄，生化老师居然这么不通人情，0.5 分都要如此计较。

好在，在我人生如此低谷的时候，我遇见了铃铛。

人家说"防火防盗防师兄"，这个是有道理的。

铃铛比我小两届，也是学法医的，算是我的小师妹。

我和她相遇，是在学校举办的"同一首歌"大型合唱比赛中。我们都在法医系的合唱团里，她一头乌黑的秀发，很快就吸引了我的视线。

当时我对她的印象就是，鼻梁高高的，人很漂亮。虽然她的话不多，看起来有点儿憨憨的，但她人缘很好，男生们都喜欢捉弄她，因为她在他们班里年纪最大，还被称为大姐大。

都说女孩比男孩心智成熟得早，铃铛虽然是我的师妹，在她面前，我却是那个更幼稚的人。无论遇见什么事情，她都比较理智，除非——除非是我故意吓唬她。

我当时很好奇，铃铛为什么会想学法医。

铃铛告诉我，她的偶像是聂宝言。

那是 1999 年，香港电视剧《鉴证实录》在内地播放，剧中的女法医聂宝言英姿飒爽。在此之前，即便影视剧中有法医的戏份，法医也不过就是个递尸检报告的路人甲。但从聂宝言开始，法医进入了更多人的视野。受她的影响，很多女生在高考结束后，都选择了法医学专业，希望自己也能成为那样帅气的女法医。

铃铛说了这个理由后，我才发现：前几届的法医班，班里 30 个人，女生就只有三四个；我们这一届，班里 40 个人，女生 6 个；到了铃铛这一届，班里 50 个人，女生 12 个。我不由得感叹，一部电视剧居然有这么大的影响！

在那个时候，我就在心里埋下了一颗种子——或许有一天，我也能影响别人对法医的看法。

我忘不掉同学父亲那种嫌弃的眼神，如果有一天，当我们说到自己是法医，这种嫌弃的眼神变成了崇敬的眼神，那该是一件多么美好的事情啊！

那个时代没有手机，年轻人之间互相留的都是呼机号码。

虽然宿舍也安装了电话，但电话费是一分钟4毛钱，呼机则是一条1毛钱。打电话实在有些奢侈，用呼机还能省一些生活费。

现在的孩子们可能都没听说过"呼机"这个古老的名词了。用呼机交流，不像现在用微信那么方便，什么文字、语音、表情包都可以随便发。当时大部分呼机，只能显示来电号码和数字信息，一般都是有什么急事，打呼机给传呼台，传呼台再把信息发到对方的呼机上。这样如果有急事，对方就能找个有座机的地方，再回电话了。

听起来是不是特别麻烦？

但恋爱让人头脑发热，我没事就给铃铛打呼机。为了在朴素的数字信息中表达出我的意思，我用尽了当时能想到的各种数字谐音。什么"520（我爱你）"啊，"530（我想你）"啊，"02825（你爱不爱我）"啊，"045692（你是我的最爱）"啊，怎么肉麻怎么来，反正外人看上去也就是一串数字。说句题外话，现在网络上还在使用的很多数字谐音，其实就是在呼机时代传下来的。

尴尬的是，我发了两个月的数字"暗号"，才发现铃铛的呼机居然是摩托罗拉大汉显，那家伙，价格是普通呼机的好几倍，而且重要的是，它是能够显示汉字的……我这费心费力地"编码"，都白费力气了。

当然，这种小小的尴尬，在我和铃铛的大学时代比比皆是。

年轻的男孩女孩谈恋爱，男孩总会想各种办法表现自己，我也不例外。只是在和铃铛的交往过程中，我越想要表现自己，事情的发展也就越容易以尴尬而告终。

比如在圣诞节的时候，我买好了花和礼物，准备冒充圣诞老人把礼物扔去铃铛的阳台。结果因为数学不好，数错了阳台，扔去了别人的寝室，还砸碎了别人的玻璃。

又如因为铃铛喜欢听歌，所以我硬着头皮去参加了校园歌手大奖赛，结果唱到一半，麦克风坏了，一个歌手比赛硬是被我演成了哑剧。

最后实在没办法，只有拿出我的"撒手锏"——我唯一的文体特长——足球了。从小学开始一路踢到大学，虽然没经过什么正规训练，但我在同龄人中也算是佼佼者。于是我利用学生会副主席的职务之便，组织了第一届"法医系 vs 麻醉系足球比赛"，要求法医系所有女生都到现场加油助威。

比赛是如火如荼地举行了，看台上全都是来加油助威的同学。作为影子前锋，我本来想斩获全场第一粒进球，结果在开场没多久争抢头球的时候，和对方的后卫撞在了一起。我的头顶被撞得裂开了一道口子，血染球衣，对方后卫也没好到哪里去，眉骨骨折。这事儿就比较尴尬了，不仅体现了我的脆弱，更是讽刺了我的身高。

好在铃铛并不在意这些，哪怕我的表现再尴尬，也不影响我们愉快地交往。我们一起挑灯夜读，迎接考试，一起带着从超市买来的打折食材去打火锅。我的大学生活又充满了梦幻的色彩。

到了大三的下学期，我才知道法医系的课程安排变了，原本大二才上的生物化学改到了大一。所以我和铃铛刚交往不久，她就要挑战生物化学这门高难度的科目了。不过我也是爱莫能助，一来我大二就没通过这门考试（这一点我并没有告诉铃铛），二来大三的功课负担也很重，比如人体寄生虫这门课程就很难啃，我总是背不下来。

该来的还是会来的，很快就到了大三的期末考试。

考人体寄生虫前一晚，我又端着一盆衣服去水房洗衣服。

可没想到的是，正洗着，闫师兄居然又来了。

我低着头洗衣服，假装没有看到他，预备开溜。

"师弟啊，明天考什么啊？"

可是闫师兄还是看到我了，而且主动挑起了话头。

"寄生虫。"我小声说道，说完就后悔了，一直默念着祈祷师兄别再接话。

"哟，这门课不好考啊，我当年就没过。"

几乎和一年前一模一样的台词。

我心里"咯噔"了一下，心想：不会这么玄乎吧？你老闫这是干什么？在诅咒吗？

为了不让悲剧重演，那天晚上，我约了铃铛通宵自习，想临时抱抱佛脚，争取把人体寄生虫一次过了。铃铛一口答应了，因为她第二天考的是生物化学。

医学院的期末考复习氛围，是别的专业的学生无法想象的。为了通过考试，医学生们不得不通宵背题，学校还专门开设了深夜供电的"通宵教室"。我和铃铛找遍了所有的"通宵教室"，居然没能找到一个座位。甚至那些不供电的"非通宵教室"，也有很多人点着蜡烛在背书。

我当然不会用点蜡烛这种土办法。我知道，我们学校的解剖实验室也是通宵供电的，大多数人都不会想到去那里背书，可谁让我是"秦大胆儿"呢。

"我不敢。"铃铛直接甩着头拒绝我。

"别人不敢，咱们得敢啊。"我拍了拍胸脯，说道，"我们是学法医的，如果连尸体都怕，那你还怎么当聂宝言？"

铃铛似乎觉得我说的有道理，盯着我看了半天，说："那先说好了，你不能中途丢下我去上厕所。"

解剖实验室的大门是上锁的，毕竟用作医学生实验的尸体标本都是很珍贵的。不过，我是局部解剖课的课代表，所以有实验室的大门钥匙。

打开大门后，就是一条曲折的走廊，黑洞洞的。只要穿过这条走廊，就能走到后面那个灯火通明的小教室了。

不过，并不是所有人都敢在晚上穿过这条走廊的。因为走廊的两侧，数十张运尸床一字排开，而每张运尸床上，都有一具尸体标本。尸体标本不能直接暴露在外，所以每具尸体都被一条绿色花纹的毯子包裹着，放在床上。

我们学校开学时会给学生发被褥，每个人都会领到一条绿色花纹的化纤毯子，用作春秋季的保暖用品。这毯子质量是不错，就是看上去有些廉价，所以毕业生很少会把毯子带走。于是，解剖教研室的工作人员，就会在每年的毕业季，去已经腾空了的宿舍里回收那些被遗弃的毯子，作为裹尸的用具。

对于这一点，大家还是颇有微词的，毕竟学校每年发的毯子款式都一模一样，所以当我们看到自己的毯子和裹尸的毯子毫无区别时，总觉得有点儿不对劲。

我和铃铛牵着手，走在两排被绿毯子裹着的尸体之间，她瑟瑟发抖，手掌心全是汗。而我觉得她胆小的样子特别好笑，尸体有什么好怕的？

快要走到走廊的尽头时，我感觉到铃铛似乎松了一口气，紧绷的上臂肌肉也放松了下来。但仅仅放松了两秒，她突然尖叫起来："啊，诈尸！"

我被她吓了一跳，扭头看见左边的"尸体"好像真的扭动了几下。可能是因为铃铛的高分贝音量，这个"尸体"居然裹着毯子坐了起来。

我当时没有思考的时间，下意识地挥了一拳过去，正好打在"尸体"的鼻梁上，"尸体"居然疼得哇哇叫了起来。

"秦大胆儿，你发什么神经？！"

毛毯从"尸体"的身上滑落，我一看，这不就是麻醉班的解剖课课代表，夏程嘛。

"你看到没？这世上没有鬼，鬼都是人装的！"我赶紧转头安抚脸色惨白的铃铛。

"谁装鬼了？我就是背书背困了，找个床睡一下。"夏程"哇啦哇啦"地喊着鼻子疼。

"没听说过人困了要找运尸床睡觉的。"我说，"而且还裹着这毯子。"

"这解剖教室不开风扇就热，开了就冷。"夏程从运尸床上跳下来说，"为了防止考试期间感冒，只能自带毯子了。"

于是，我们三个人占据了一间宽敞的解剖教室，背了一夜的书。

可是，没用。

闫师兄的诅咒挥之不去，我的人体寄生虫以59分的"高分"未能及格，而铃铛也意料之中地挂掉了生物化学，唉，这下真有难兄难妹的感觉了。

"啧啧啧，生化你怎么能挂呢？这可是主课！生化学不好，后面的课程都学不好的。最关键的是，有一门课不过，都拿不到学位证书啊！"

我钦佩自己的演技，这就叫"先发制人"。

"那怎么办？"铃铛吓得脸都变色了。

"还能怎么办？暑假在家好好学生化，开学了你还有一次补考的机会。"我说，"抓住这次机会，不然拿不到学位证书，你怎么找工作？"

送走了忧心忡忡的铃铛，我也打点行装返回了老家。

虽然这学期也有一门要补考，但是人体寄生虫实在是比生物化学简单多了。所以我准备在开学前一周再来个突击背书，就不信差的那1分补不回来。当然，也是因为间隔了两年没有实习，我又开始跃跃欲试了。

回到了法医门诊，我发现什么都没有变。

法医门诊的陈设一丝未变，大家的工作还是那样繁忙，圣兵哥还是那样絮絮叨叨。

"去年咋没来呢？嘿，去年暑期案件可不少呢。"圣兵哥说，"什么凶杀啊，巨人观啊，都出现了，你要是去年暑期来实习两个月，肯定能学到很多知识呢。"

听圣兵哥这么一说，我甚至有些后悔了。

"你还别怀疑我吹牛，去年这时候还发生了一起枪案呢！"圣兵哥说，"我们国家全面禁枪，枪案，那可还真是比较少见。我参加工作快 10 年了，也从来没见过枪案。这可是第一次。"

"真的吗？用什么枪打的？"

"微冲。"

"还有微冲？"我惊讶道，"那人的死状惨吗？是凶杀吗？"

"打到头了。"圣兵哥耸耸肩膀，说，"不过人没死。"

"微冲打到头，人没死？"

"是啊，一个人擅自闯进了我们公安局的打靶训练场，被特警的一颗跳弹打进了头颅里。"圣兵哥说，"我们去验伤的时候，他还活蹦乱跳的。后来子弹取出来了，就没事了。"

"那怎么可能？"我简直难以置信。

"这个就要从枪弹伤的机理上来说了。"圣兵哥继续开启唐僧念经模式，"子弹伤人啊，不仅仅是因为弹头贯穿身体形成的损伤，更重要的是因为子弹的高速旋转而导致的弹后空腔效应。而跳弹呢，是子弹打到石头上，发生了折射，这时候子弹已经不旋转了，所以仅仅能造成弹道的贯穿伤。这案子，弹道贯穿的部位没有经过小脑和脑干，没有破坏重要的部位和血管，就有救。你知道什么是弹后空腔效应吗？"

"丁零零……"桌上的指令电话突然响了起来。

我终于从圣兵哥的"魔咒"里逃脱出来了。

"法医门诊。"我拿起电话听筒，说道。

"我是石城路派出所，我们这边的新绿小区，有一起猝死事件，你们过来看一下吧。"对方说道。

"猝死？"我脑袋转了一下。

"是啊，就是病死的。"对方打了个哈哈，说，"我们大致看了现场，封闭的，不可能有外人进入，估计不是案件。"

真是乘兴而来，败兴而归。为什么我不在的时候，就会出现各种命案和奇怪的尸体；等我一来，就是各种猝死这样的非正常死亡事件？

我这人，究竟算是运气好呢，还是运气差呢？

2

这个小区离法医门诊很近，很快我们便赶到了现场。

面前是熟悉的场景：楼房的单元门道口有一道蓝白相间的警戒带，旁边还有两名派出所民警把守。如果不是住在这个单元的居民，是不允许进入的。从单元门口上楼到五楼，楼梯左侧的大门上也挂着一条警戒带，我知道这就是中心现场了。

"好久没出现场，都生疏了吧？"圣兵哥的随堂测验说来就来，"进入现场第一步是干什么？"

"戴'四套'呗。"我一边说着，一边打开勘查箱，拿出了装有"四套"的小包装。

"两年没碰过新鲜尸体，现在还受得住吗？"圣兵哥一边穿戴着勘查装备，一边笑嘻嘻地对我说。

我看了看周围几个派出所民警想笑不敢笑的表情，心中的胜负欲瞬间燃起："有什么受不了的？我'秦大胆儿'可不是浪得虚名，这次，我先来！"

说完，我便雄赳赳、气昂昂地率先走进了现场。

现场是一套两居室，住着一家三口。家里的摆设很简单，也很破旧，看起来，这是一个条件并不是很好的家庭。

要偷要抢，也不会选这样的穷困家庭啊。我这样想着。

客厅中央摆着一张破旧的布艺沙发，对面有一台老式的彩电。这就是整个客厅的全部摆设了。沙发上，坐着一个三十多岁的男人和一个七岁左右的小男孩。一名派出所民警正蹲在两人的对面，趴在茶几上，在调查笔录上写着什么。

"喏，这是前期的调查情况。"派出所所长递给圣兵哥一个小本子，上面密密麻麻地写着很多内容。

我知道，这是因为死者的丈夫和儿子都还在现场，所以并不方便当着他们的面来议论他们的家庭情况。

圣兵哥瞄了笔记本一眼，就直接把本子递给了我，还小声在我的耳朵边说："我们需要在检验前大致了解调查情况，但是你要记住，无论是现场勘查还是尸体检验，都是需要独立完成的。因为我们的工作是客观的、科学的，我们只尊重我们发现的真相。"

笔记本上的字写得歪歪扭扭，不过大概还能看得懂。大致的意思是说，死者的丈夫叫储亮，也就是眼前这个坐在客厅、哭哭啼啼的男人。今年37岁，是个下岗工人，下岗的原因是他一直体弱多病，是医院的常客。为了谋生，储亮会在身体状况还不错的时候，去附近的一个小作坊里打工，不过也是隔三岔五就因病请假。

他的妻子，也就是死者，叫作李顺侠，35岁，长得五大三粗，身体强壮。李顺侠也没有固定工作，只能靠捡些废品赚些外快。可见，两个人的收入都少得可怜，只够勉强维持生计。这个家里还有个7岁的小男孩，储贝，长得十分可爱，而且在学校里品学兼优。

"就算有人要进来偷抢，怕也是无功而返吧？"痕检员老郭正在检查门锁，他用刷子在门框上刷来刷去，又拿放大镜左看右看，嘴里也不闲着，说道。

"不会的，没人进来，我们俩昨晚都在家。"储亮听见了门口老郭的话，转头过来说道。

"你别管他们现场勘查得怎么样，你先和我说一下经过。对了，小陈啊，你带孩子到房间去，问一下经过。"派出所民警重新吸引回储亮的注意力，并且喊来了一个站在大门口的女警。

储亮唯唯诺诺地转过头来，神情憔悴还顶着乌青色的黑眼圈，一边抹着眼泪，一边念叨着："你怎么就这么走了？你走了，我们怎么办？"

储贝则站在一旁，脸色煞白，更多的是惊恐，而不是悲伤。他太小，大概还体会不到失去亲人的伤痛吧。女警走了过来，温和地和储贝说了两句话，然后拉着储贝的小手，走到了另一个房间里，反手关上了门。

"说一下你发现的情况。"民警见已经隔离开了储亮和储贝，便递给储亮一张纸巾，问道。

"是这样的，平时我老婆睡觉打呼噜，而我身体不好，最怕睡眠不好。"储亮吸了吸鼻子，说，"所以，正常情况下，我都是和儿子在小房间睡觉，而我老婆一个人睡大房间。今天早上，我按照平常那样，洗漱完毕就准备送孩子去上学，出门之前，喊我老婆起床。每天都是这个点儿去喊她起床的，因为她要去垃圾站收废品，去晚了就来不及。可是我左喊右喊，发现她完全没有反应，走近一看，她没气儿了。哎呀妈呀，这个家没了我老婆该怎么办啊？我这不争气的身子骨啊！孩子怎么办啊！"

说完，储亮又开始呼天抢地了。

沉睡之妻

"咱们还不去看尸体吗？"我被储亮吵得脑瓜子疼，于是问圣兵哥。

圣兵哥微微摇了摇头，并没有动。

不一会儿，女警拉着储贝从房间走了出来。

"怎么样？"圣兵哥凑过去问道。

"说是昨晚他爸带他睡觉的，早上起来，一起发现他妈没气儿了。"女警对圣兵哥耳语道。

"就是嘛，估计是猝死。"我小声嘀咕了一句。

圣兵哥看了我一眼，我想起两年前在出勘非正常死亡事件的时候，圣兵哥曾经提醒过我，无论心中有什么想法，都不要在现场——尤其是不要当着侦查员和死者家属的面说出来。因为法医不检验完尸体，下的结论一定是不牢靠的。

我知道圣兵哥这是在照章办事，但是这么明显的案子，他是不是有些过度谨慎了？唉，他的这个慢性子啊，我实在是受不了。要是我，说不定早就干完活儿收工了。

可是圣兵哥并不急于勘查现场，他等派出所民警询问完储亮之后，把民警拉到门外，开始询问前期的调查情况。

"前期调查很正常。上午接到报案说女的死了，我们就立马赶来了。把男的和小孩分开问的。男的说是昨晚他在小房间带小孩睡的觉，"民警擦了擦汗，接着说，"刚才你也听到了，小孩也证实是他爸爸带他睡的觉。"

"屋里正常吗？肯定没有人进来过？"圣兵哥又转头问还在检查门锁的老郭。

痕检员老郭直起身子，说："肯定没有。门是从里面锁住的，没有撬门和技术开锁的痕迹。窗子我也看了，都是关着的，完好无损。可以确定是个封闭现场。"

"所以肯定不是命案了。"我说，"没有外人能进来。"

"封闭现场，说明如果是命案，那就只有可能是房子里的人作的案，"圣兵哥说，"而不是说明这不是命案。"

"可是，可是。"我被圣兵哥纠正了，却不知道该怎么反驳。从逻辑上看，圣兵哥是对的。但是，总不能因为我们好久没有遇见命案，就把什么案子都往案件上靠吧？

"这夫妻俩，平时感情怎么样？"圣兵哥接着问。

"哟，那他俩可是我辖区里的模范夫妻，感情好得没话说。"派出所民警像是打开了话匣子，"这男的身体不好，前不久住在工人医院，治疗了几周，经济上支撑不住，就主动要求出院。因为医院离家有六七公里，他们又不舍得花钱打车，是妻子一路背着丈夫走回来的。这个过程啊，好多人都看到了。真是赞不绝口，多贤惠的女人啊！刚才我们把他们家的邻居都问了一遍，都称赞他们的感情好。"

"我说吧。"我嘀咕了一句。

"你的意思是说，可以排除储亮杀妻的可能？"圣兵哥问道。

"是的，我觉得不可能是命案。刚才我们把在家的邻居都问了一遍，邻居们都说，从来没听他们拌过嘴，那杀妻就更不可能了。哦对了，外围调查也有结果，我们也没有发现他们双方谁有婚外恋的迹象，又不可能是情杀。更何况，你看看这男人的身板儿，再看看那女人的身板儿，不是一个重量级的。"派出所民警对自己的判断信心满满。

"那就好。"

圣兵哥的表情轻松了许多，他整理好手套，径直走进中心现场——大卧室。

现场的窗帘自然地合拢着，房间采光也不好，光线暗淡，只能通过模糊的轮廓来判断房间里家具的摆设。

圣兵哥打开了房间的灯，可是房间还是有些昏暗，他只能从勘查箱里拿出一个警用强光手电来照亮。

家具虽然破旧，但是很整洁，物品摆放都井井有条，看来死者生前是个很爱干净的人。现场没有任何翻动的痕迹，显得很平静。房间的中央摆放着一张大床，床上的草席很整齐，尸体仰面躺在草席上，盖着一条毛巾毯，表情很安详。

我迫不及待地去掀起毛巾毯的一角，将尸体从上而下地扫视了一遍，说："没伤，颈部也没伤。"

"别急，勘查现场要有顺序。"圣兵哥说，"由四周到中心、由静态到动态的顺序是不能变的，就像是画画一样，你要明白你的作品什么东西在最上层，什么东西在最下层。一乱了顺序，勘查就会出现问题。"

影响不大吧。我心里想着，圣兵哥不仅教条，还真是磨叽。

圣兵哥听不到我的腹诽，他绕过了大床，走到了窗户的旁边，轻轻地掀起窗帘，看了看窗户，又用手推拉了一下窗户。

"窗户我检查过了，都是关死了的，从里面扣上的。"老郭从外面拿着一个足迹灯走进了卧室，见圣兵哥正在推拉窗户，于是说道。

"大热天的，关窗户睡觉不嫌热吗？"我嘟哝了一句。

圣兵哥回头看看我，又看了看房间四周的墙壁。墙上并没有挂着空调。那时候的空调还是挺稀罕的，价格不菲，这样条件的家庭肯定买不起。

圣兵哥笑了笑，对我说："很好！我们就是要带着问题去看现场、做尸检。作为一名法医，你要随时'怀疑'，'怀疑'就是我们的法宝。"

可是这么明显的事件，都要去怀疑，那我们的工作效率就下降了啊。我心里依然吐槽着。

看了一圈现场，并没有发现任何疑点。圣兵哥于是走到了尸体的旁边，把尸体身上的毛巾毯拿开，开始进行初步的尸表检验工作。

尸表检验的程序是从上到下、从外到内。圣兵哥从勘查箱里拿出了两把止血钳，开始仔细地检验。

在尸体检验的时候，止血钳并不是用来止血的，而是法医的"手"，它可以帮助法医更轻松地翻开死者的眼睑、口唇。在解剖的时候，法医可以用它来夹住被切开的软组织，更方便动刀，也能防止误伤自己。

"死者眼睑内有明显的出血点，口唇青紫，指甲青紫。从尸表情况来看，她的窒息征象明显。"圣兵哥一边说，我一边奋笔疾书。

"窒息？"站在一旁的民警很惊讶，神情一下子紧张起来。就连我也停下了记录，抬起头看着圣兵哥。

"不要紧张，很多疾病导致猝死的尸体也可以看到窒息征象，因为如果是疾病导致呼吸、循环功能的衰竭，死亡也通常是因为缺氧窒息。"圣兵哥依旧是那一副处变不惊的姿态，"不要紧，只要可以排除外力导致的窒息，就没事。"

圣兵哥说的这些，其实我心里也有数，因为在此之前，我已经看过好几个猝死的非正常死亡现场，所以虽然还没有进行专业课的学习，但也基本掌握了猝死的一般征象。只不过，眼前李顺侠的尸体，似乎比我见过的甚至想象过的猝死尸体窒息征象还要明显。

"口腔黏膜内未见损伤，鼻腔外耳道也都是通畅的。嗯，颈部皮肤未见损伤、瘀血。"圣兵哥继续检查尸体，双手的止血钳碰撞在一起，发出清脆的声音。

"看到了吧，口鼻和颈部都没损伤，为什么会窒息？说明这种窒息征象确实来自疾病。看来你们前期的调查没有错，的确是猝死。"我得意地对民警说道。

圣兵哥朝我摆摆手，意思让我多记少说，我不好意思地闭上了嘴。

圣兵哥继续进行尸表检验，他掀起了死者的衣服，看了看尸体，说："胸腹腔未见致命性损伤……"说到一半,他突然怔住,盯着死者许久,又用手指按压了几下死者的胸骨,用手电筒直射尸体的双乳之间,然后陷入了沉思。

"咋说了一半就不说了?"正在记录的我觉得奇怪,抬起头,看了看圣兵哥。此时,我看出了他面部表情的反常,于是赶紧探头去看尸体上被手电筒照亮的那一大块。

在强光的照射下,我似乎发现死者的胸骨部位有一大块明显的苍白区,比周围的皮肤颜色要白了很多。虽然看到了这一块不太正常的皮肤颜色,但我搜刮了脑海中能想到的各种可能性,还是想不明白这能说明什么。于是,我转头茫然地看着圣兵哥。

没想到,圣兵哥似乎不再追究这处异常,而是开始收拾他的检验器械。

我长舒一口气,暗想:就是嘛,这能说明什么,不过就是一块不正常的皮肤颜色罢了,又不能说明这是损伤。人死了,估计有很多这样的改变,我们不能少见多怪啊。

还有,系主任在上法医学概论时说过,我们要学会抓大放小。尸体征象都是因人而异的,不尽相同,所以法医不能因为一些小的问题影响整体的判断,这是法医工作的原则。这个案子的"大"就是指死者颈部和口鼻腔都没有损伤,基本可以排除机械性窒息,那么唯一的可能就是猝死。

想到这里,我为自己的推断感到十分自豪。

不过,我转念又想,不对啊,圣兵哥在所有非正常死亡事件现场,都会对尸体进行全面的尸表检验,可是现在,尸体的背部、阴部和四肢都还没有检验,就这样草草结束了?难道圣兵哥是意识到为了这个普通的猝死案件浪费了太长时间,所以也开始"抓大放小"了?本来嘛,这就是个简单的工作,如今已经做得够复杂了。

想到这里,我开始把记录本放回勘查箱里,并准备摘了身上的"四套"。

另一头的圣兵哥此时已经收拾好器械,脱了手套,拎着法医勘查箱走到客厅。痕检员老郭和派出所民警此时的表情也放轻松了,大家都准备收工了。在客厅坐着的储亮听见我们的脚步声,抬起红肿的眼睛看了我们一眼,紧接着又低下头继续哭泣。

"哟,你们结束了?那我去喊殡仪馆的同志来拉人。他们来了一会儿了,在下面等着。"派出所所长说道。

"好的。"圣兵哥回应道。

"死亡证明可以开了吧。"派出所所长站起身来，准备下楼，顺道说，"家里人急着办丧事。"

所有的非正常死亡事件，或者是卫生部门无法确定是否为正常死亡的事件，都需要公安机关开具死亡证明，殡仪馆才允许尸体被火化。这也是保护每一个公民生命权利的一项保障性制度。

圣兵哥盯着死者的丈夫，冷冷地说了一句："开不了。因为尸体需要拉去殡仪馆，我们要进一步解剖检验。"

3

在场的所有人，包括我，都愣住了。

因为我知道，在家属不提出异议的情况下，非正常死亡事件勘查的过程中，只有发现了疑点或者确定是命案的，才会进行解剖。然而，通过刚才的尸表检验和现场勘查，我并没有发现什么疑点啊——等等，难道，就是尸体胸口的那一块苍白区引起了圣兵哥的怀疑？如果真的是这样，那圣兵哥也太多疑了吧？

"不是……猝死吗？还需要解剖？"派出所民警也有些意外，不相信自己的耳朵似的，忍不住问了一句。

"不行！我不同意解剖！我不忍心让我老婆死后还被千刀万剐！"储亮突然暴跳如雷，把旁边的储贝吓了一跳。

"别急别急，你先坐下。"派出所民警连忙把储亮按在了沙发上，说，"你控制一下你的情绪，我们公安机关行事都是依法的。"

"这个，家属不同意的话，我们好像还不能解剖吧？"派出所所长把圣兵哥拉到一旁悄悄问，"有什么问题吗？你得告诉我们一个大概，这样我们好做家属的工作。毕竟，几千年文化的影响，解剖尸体还是需要做好群众的沟通工作的。"

"刑诉法有规定，只要我们怀疑是刑事案件，'对于死因不明的尸体，我们公安机关有权决定是否解剖'。所以，我们决定解剖尸体，是不需要家属同意的。只需要书面告知家属到场就行，如果他不愿意到场，我们也只需要在笔录中注明就可以。"圣兵哥斩钉截铁地说，"道理很简单，如果家属就是凶手，他当然不会同意解剖尸体。"

"这规定我知道。那，也就是说，你现在怀疑是刑事案件？死因还不明？"所长追问道。

"是的。"圣兵哥说。

"这个，不能搞错啊，万一你解剖了以后，不是刑事案件，我们不好向家属交代啊。"所长有些担忧。

"我也不能给你保证这一定是刑事案件，毕竟尸体还没有解剖。"圣兵哥说，"但是刑诉法这样规定，就是为了确保每一起死亡事件都没有问题，是为了保障每一个公民的权利，这才给了公安机关这样的权力。所以，怎么做家属的工作，那是你们的事情，我们只需要用好这个权力，防止意外的发生。"

"你说得是，你说得是。"所长擦了擦额头上的汗珠，说，"可是，现在群众工作不好做啊，而且还是解剖尸体这样的大事……"

"尸体我们会缝好的，穿了衣服就看不出来解剖了。"我插嘴道。虽然不清楚圣兵哥为什么坚决要解剖，但是我相信他有充分的理由。

"这我知道。"所长还是惴惴不安，"行吧，毕竟是一条人命，这个关，我们是得把住。万一不是命案，家属闹起来，我就会挨骂。"

圣兵哥笑了起来，说："万一不是，我们一起挨骂。"

"那，这个储亮？"所长指了指屋子里面。

"先要控制起来的。"圣兵哥说，"之前咱们都说了，万一是命案，那他就是唯一有可能杀人的凶手。"

"行了，明白了，你们忙去吧。"所长又擦了擦汗，说道。

我们转身向楼下走去，和抬着担架上楼的殡仪馆工作人员擦肩而过。

楼道里随即传来死者丈夫的咆哮："我看看谁敢抬走我老婆的尸体去解剖！我要告你们！我要去市政府告你们！"

上了车，在去殡仪馆的路上，我战战兢兢地问："在现场的时候，我说错了吗？李顺侠真的不是猝死吗？"

"当一名法医，最忌讳的就是先入为主。你要记住'先入为主'这个词，然后好好地品味一下这个词的含义。"圣兵哥缓缓地解释道，"比如说，还没看现场、没看尸体的时候，获得的很多侦查调查来的资料，只是我们的参考。这些内容可以'先入'，千万不可以'为主'。这会很大程度地影响我们的判断，会蒙住我们的眼睛。"

圣兵哥这样一说，我似乎有些理解了。我的脸青一阵红一阵，我想，不管我对死者死因的判断对不对，我承认自己确实先入为主了。没有任何人敢说夫妻感情好就一定不会出现杀亲案。

"另外，我要再和你强调一下你总是犯的毛病。在我们没有做完尸检的情况下，不能轻易表态。"圣兵哥继续说道，"如果我们说了，别人就会认为那是我们的结论。没有充分依据的支持，结论很容易出错。所以，在以后的工作中，一定要管好自己的嘴。"

"可是，她确实符合猝死的征象啊，难道就是因为胸口的那一块苍白区吗？"我仍然不太服气。

"一会儿就知道了，别着急。"

我们回法医门诊拿了正在消毒的解剖器械，接着驱车赶往殡仪馆。到达解剖室的时候，尸体也运到了。

"男的已经带到所里去问话了，小孩交给他们一个亲戚照看。"在解剖室外等候我们的派出所民警说。

派出所的办事效率很高。

我将近两年没来殡仪馆了，虽然过道上那一大块绿色的穹顶还在，但我总觉得似乎有哪些地方发生了改变。

"对了，你快两年没来了，我们这儿可是鸟枪换炮了，快去看看。"圣兵哥指了指过道尽头解剖室的位置。

我这才恍然大悟，原来的那一间旧房子的旁边又盖起了一间小屋，两间小屋连在一起，比原来的空间要大了一倍。只是窗户换成了塑钢推拉窗，和红砖外墙的小屋有些不太匹配，而窗户上方的那扇老旧的排风扇还是老样子，并没有替换成新兴的空调。

"解剖室扩建了？"我有些惊喜，在窗户边上左看右看。

"准确地说，是装潢。"圣兵哥打开解剖室的大门，让我进去。

解剖室里原本由砖头砌成、外表贴着瓷砖的解剖台已经不见了，取而代之的是一张崭新的、结构简单的不锈钢解剖台。解剖台的后面，放着一台黑色的工业风扇，估计是起到吹散臭气、给室内降温的作用。

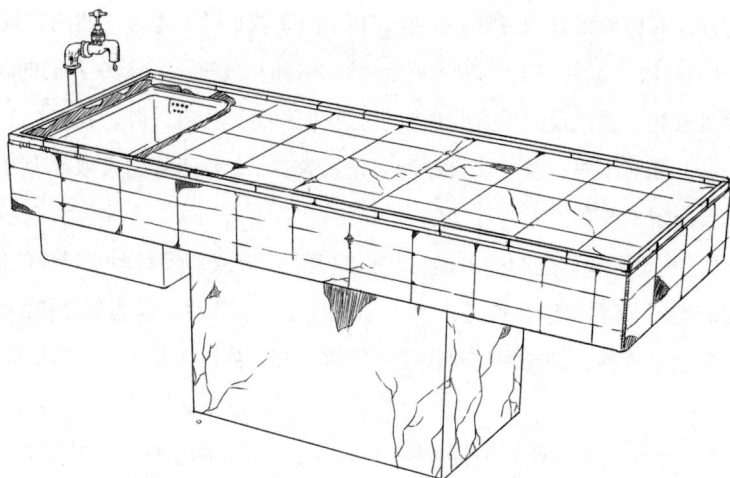

砖头解剖台示意图

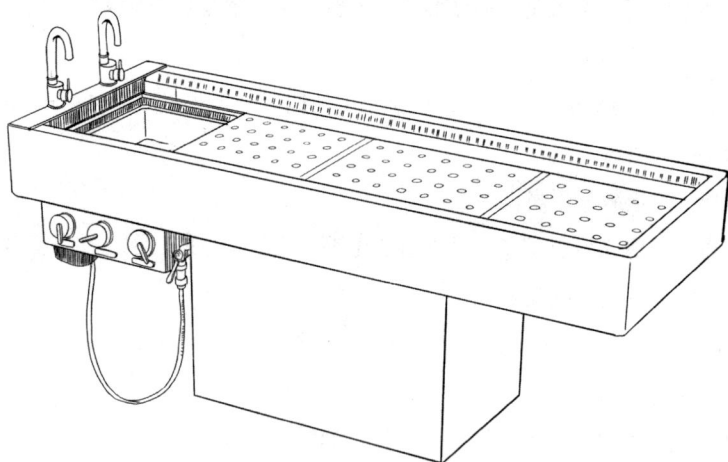

不锈钢解剖台示意图

虽然其他的摆设并没有发生变化，但正因为有了这张不锈钢解剖台的衬托，整个解剖室的档次瞬间提升了不少。

"老解剖室用了 20 年。"圣兵哥感慨道，"要敲掉那个砖头解剖台的时候，老法医们还有些不舍得呢。"

"这有什么不舍得的，又不是什么宝贝。"

沉睡之妻

"解剖室是法医工作的象征，所以解剖台在老法医们的心中，也是有纪念价值的吧。"圣兵哥打开了工业风扇，说，"至少现在水电充足，又有排风设施，不用去过道里露天解剖了。"

"我以后要是去省厅，就撺掇着领导，给各地都建造一个标准化的解剖室。"我雄心壮志般地说。

"标准化？"圣兵哥瞪大了眼睛，说，"公安部规定的标准化解剖室，那可不简单。要有空调、抽排风系统、全套的不锈钢解剖台和操作台，甚至解剖台本身就自带抽风系统的。还有防毒面具啊，蒸煮柜啊，紫外消毒系统啊，照明系统啊，得涵盖很多设备呢。建一个就得花很多钱，我们省没有哪个解剖室能够得上标准化的。"

原来我把"标准化"想简单了。但是我真心地希望，总有这么一天的到来。

"对了，这个也更新换代了。"圣兵哥戴上手套，从解剖室的柜子里搬出一个类似勘查箱大小的箱子来，打开后，我发现里面装着一个像是木工电钻的东西，旁边还有两个半圆形的锯片，这锯片的形状让我一下子想起圣兵哥用锯子打开饶博颅骨的场景。

"这是……电动开颅锯？"我蹲在箱子旁边问。

法医都会有个习惯，即便在熟悉的解剖室里，在没有戴手套的情况下，也是不会乱碰解剖室里的任何东西的。这也是圣兵哥经常说"法医都有些洁癖"的细节表现吧。

"这个是最有用的，从此我们也就告别了拉手锯的时代了。"圣兵哥说，"进口的，老贵了，三万多呢！"

确实，那是个天文数字。

"只可惜，过道太小了，只能扩建这么一小间。"圣兵哥说，"我还想着在解剖室旁边再建一个盥洗间，这样我们解剖完尸体——尤其是那些高度腐败的尸体后，就可以洗个澡，去一下味道。"

看着圣兵哥一脸憧憬的样子，我突然觉得他很好笑。我心想，你咋不在殡仪馆建一个澡堂子呢？说不定生意还不错。

参观完"新"解剖室，就要进入工作状态了。因为装有李顺侠尸体的袋子，已经被殡仪馆的工作人员抬到了解剖台上。

圣兵哥和殡仪馆的工作人员聊了一会儿后，递给我一套解剖服和一双手套，说："按照计划，今天该你出手了。不容易啊，等这一天，等了两年。"

我一愣，尽管心里十分紧张，但我还是故作镇静地接过了那淡青色的解剖服和白色的乳胶手套。我哆哆嗦嗦地撕开了外包装，然后笨拙地穿上解剖服，在戴上手套的那一刻顿时感到无比神圣。

"别紧张，你是新手，所以这次主要是当我的助手。"圣兵哥已经穿戴整齐，说，"我主刀。"

老规矩，在动刀之前，我们需要系统地对尸体表面进行重新检查，并对重点部位进行取材备检。

在这个过程中，我努力不让人发现我拿着手术刀和止血钳的手一直在微微颤抖。

圣兵哥用两把止血钳分别夹起死者的左眼的上下眼睑，说："在现场的时候，我就注意到，这只眼睛的眼睑球结合膜下有片状、密集的针尖状出血点。"

"这我也看到了啊。"我说，"你不是说有些疾病猝死，也会导致眼睑球结合膜的出血吗？"

"是的。"圣兵哥一边按照顺序检查死者的其他部位，一边说，"很多疾病导致的猝死，在死亡前也会出现急性呼吸困难的情况，导致末端黏膜内的毛细血管压力增加、破裂，形成点状出血。或者，有的是因为在濒死期，末端黏膜内的毛细血管松弛，渗透性增强，导致血液渗出。所以，这种情况下，都会导致死者眼睑球结合膜内出血点的出现。"

我基本上已经习惯了圣兵哥独特的带教方法，就是会一边解说尸体现象，一边解释尸体现象的产生机理。以前我只是觉得圣兵哥比较絮叨，后来我才知道，这恰恰体现了圣兵哥理论功底的扎实。

"但是，猝死的死亡过程短，呼吸困难的时间也短。"圣兵哥说，"所以即便眼睑球结合膜出现出血点，一般都是散在的，不会很多的。而机械性窒息的死亡过程长，所以由于毛细血管压力增加而导致的出血点就会比较多，呈片状地密集分布。"

"所以你在看她眼睛的时候，就怀疑啦？"我说。

"是啊。"圣兵哥说，"出血点什么叫散在，什么叫密集，这个没有一个准确的界限。既然眼睑球结合膜下出血并不是某种死亡的特异性指征，我们就不能仅单凭这一个尸体的现象而下结论。"

"那你？"

圣兵哥挥挥手，意思是让我不要着急问，把更多的精力放在看上。

他用两把止血钳夹住死者的上下唇，翻开，又放下止血钳，让死者的口唇处于翻开的状态。他用放大镜仔细观察死者的口唇内部的黏膜和牙龈，还用另一把止血钳不断地晃动着死者的牙齿。

"既然颈部没有外伤，那么怀疑的重点就还是口鼻腔。"圣兵哥说，"在大多数情况下，捂压一个有反抗能力的人的口鼻腔，会遭到激烈的反抗。这种反抗中，就有可能导致牙齿磕破口唇、牙龈出现组织内的出血，甚至牙齿都发生松动。"

我按照圣兵哥的指示，用手术刀划开死者牙龈上有可疑颜色的部位，观察内部是否有出血的迹象。

"没有出血、没有松动。"经过一番仔细的检查，我并没有发现任何不正常的地方。

"是啊，没有。"圣兵哥叹了口气，说道。

"这应该不是机械性窒息。"我摇摇头，说道，"口鼻腔和颈部都没有外伤，如果真的是机械性窒息，那也就是有东西卡气管里去了，那就不是命案了。"

说完，我心中得意地想着，这回圣兵哥你判断错了吧？虽然我冒失地在现场说了不少缺乏事实依据的话，但是现在的尸检就可以证明我并没有错啊。

"今天我们先看头吧。先解剖颅腔，也同样可以起到放血的效果。更重要的是，可以证实我的猜测。"圣兵哥没有和我辩驳，而是突然决定改变解剖的顺序，他说，"换你来。"

圣兵哥往后欠了一下身，意思是让我动刀。

"证实你的猜测？"我更纳闷了，"机械性窒息一般不都是口鼻腔和颈部的问题吗？为什么和头部有关系？"

圣兵哥没有回答我，而是伸了伸手，示意让我先刮去死者的头发。

第一次刮头发，我就发现这实在是一件很难操作的事情。虽然在圣兵哥的指导下，我知道要逆着毛根、保持手术刀和头皮呈二三十度倾斜角来刮。但是，我刮了很久才将死者的头发剔除干净，准确说，我并没有刮干净，因为手术刀在死者的头皮上割了好多小口子。我一边刮一边在心里默念，对不起啊，李姐，小弟第一次上手，请多多包涵。

"你要多多练习啊。"圣兵哥说，"如果死者的头部有创口，这样刮，就容易破坏创口，也许会影响判断。"

我心想，我上哪儿练习去？理发店也不敢收我啊。

随即我学着上次解剖的术式，从死者左侧耳后开始下刀，然后颤抖地划至右侧耳后，刀子划开头皮的"哧哧"声听起来十分刺耳。接着将头皮上下翻开暴露颅骨，圣兵哥用新买进的电动开颅锯轻松地取下了颅盖骨。

虽然电动开颅锯的工作效率是手锯的数倍，但也由于巨大的摩擦能量，产生了更多的骨屑。这一次我作为解剖助手，更贴近解剖台，这些骨屑更加密集地刺激着我的呕吐神经。

但我得忍住，作为一名法医，吐在现场了，传出去了多没面子。

我调整呼吸后，重新把注意力放回解剖上，接着剪开了硬脑膜，死者的脑组织就暴露出来了。和想象的一样，死者的脑组织并没有损伤，颅内也没有出血。我努力地回忆着上次的解剖流程，靠着记忆顺利地取下死者的大脑，并清除了颅底的硬脑膜，这下完整的颅底便暴露在我们眼前。

圣兵哥没说话，而是蹲在地上，让自己的视线和死者的颅底处在一个平面上，他细细地看了好一会儿，说："果然是这样。你来看看，颅底有什么异常？"

听圣兵哥这么说，我很是意外，于是探头去看："没……没有异常啊，没有骨折。"

"看颅底，可不是让你单单找骨折啊！你看这里。"圣兵哥用止血钳伸进死者的颅腔，指着颞骨岩部说，"颅骨的下面对应着内耳。如果是疾病导致猝死，内耳气压不会有改变，颞骨岩部就不会出血；如果死者是被捂死或者溺死，内耳的气压就会发生改变，从而导致颞骨岩部出血。"

我点点头，论局部解剖学我可是全班第一，颞骨岩部出血的理论也很容易理解。看着死者发黑的颞骨岩部，我说："是了，这人的颞骨岩部有明显的出血，不然这里应该是白色的，而不是黑色的。"

圣兵哥赞许地点点头："对，她很有可能是被捂死的。"

4

这下我有点儿蒙了。

"可是她的口腔没有损伤啊。"

如果是用手捂压口鼻腔，势必会造成牙龈附近口腔黏膜的损伤，刚才圣兵哥，似乎也是这样说的。

"如果有软物衬垫呢？"圣兵哥说，"床上可是有很多软东西的。"

"有软物衬垫，也很容易造成口腔内的损伤吧？"

"是啊，所以我刚才说绝大多数捂死，都是能找得到损伤的。"圣兵哥说，"但是每个人都不一样，每个案件的具体现场情况、作案实施的情况都不一样。我们要抓住事情的本质，而不能忽略小概率事件的发生。"

我发现自己对"抓大放小"的理解和圣兵哥是存在偏差的，于是进一步追问说："现场倒是有枕头、被子什么的。但是，这样就判断是被捂死的，是不是武断了点儿？"

"别急，不仅仅是眼睑球结合膜和颞骨岩部的问题。我们来看看她胸口的这块苍白区。"圣兵哥用止血钳指了指死者的胸骨部位。

在现场的时候，在强光的照射下，这一块苍白区域就被发现了。而此时，尸斑似乎更加明显了，虽然尸斑集中在后背和尸体侧面，但在尸斑的暗红色的对比下，胸口的这块苍白区域更加显眼了。

按照解剖的正规术式，我们以"一"字形打开死者的胸腹腔，刀口横断了那一块苍白区。从横断面上看，皮肤皮下的毛细血管内也没有一点儿血迹，甚至连皮下的肌肉都表现出缺血的颜色。

"这样的苍白区，说明什么？"圣兵哥问道。

我茫然地摇摇头。

"人活着的时候，血液充满了毛细血管，并且不断地流动。"圣兵哥解释道，"如果身体的一部分软组织被重物压迫，皮肤和皮下组织的毛细血管中的血液就会被挤压到旁边，受压的这部分软组织就会缺血。如果人在这种受压的情况下死去，血液不再流动，那么即使释放了这种压力，血液也不会再流回这部分组织的毛细血管中。"

我皱着眉头，点点头："血液流不回来，这里的颜色就是苍白的，和周围的皮肤自然就不一样了。"

"是的。这说明死者在死亡的过程当中，一直有重物压迫在胸口。大夏天的，有什么能压住胸口呢？而且还必须是足够重的重物，那么，很有可能就是人。"

圣兵哥用手指沿着苍白区的周围游走了一圈，说："看看，这个区域，像不像人的膝盖？"

被圣兵哥这么一说，我还真的越看越像。

我问："你的意思是说，凶手用膝盖顶住死者的胸口，然后将枕头等软物作为衬垫，把她捂死的？"

"是的，用膝盖顶住胸部，可以很好地控制住被害人，防止她剧烈反抗，而且可以腾出双手来捂压口鼻。"圣兵哥说。

即便圣兵哥似乎已经成竹在胸，但是我还不能完全信服圣兵哥的结论。

解剖还在继续，死者的肝脏、肺脏和脾脏都呈现出暗紫色，有的部位甚至都可以用黑色来形容，这说明她内脏的瘀血情况非常严重。圣兵哥"人"字形打开死者的心包，又把心脏给取了出来，指着心脏上的点状出血，说："看到没，心尖部也有出血点，这也是窒息的征象啊。"

一系列的尸体征象，更加印证了李顺侠不是猝死，而是机械性外力导致的窒息。

"现场既然是封闭的，那么最有犯罪嫌疑的人可能就是她丈夫了。"圣兵哥对辖区民警说道，"你总不会怀疑7岁的小男孩有这个能力杀人吧？"

派出所民警应声道："你还真是料事如神啊！现在看来，我们要把储亮移交到刑警队去审讯了。"

回来的路上，我依旧在思索案件的来龙去脉，可是脑中总有一团乱麻理不清楚，我开始陷入深深的担忧。圣兵哥说过，并不是所有的命案，都是你一眼可以看出来的。在一个小城市，每年数百起非正常死亡事件中，可能就隐藏着几起、十几起命案，需要法医从中发现。一旦没识破命案，就会有枉死的冤魂；而如果误判了命案，又会浪费大量的警力。

法医这个职业，肩膀上扛着千斤重担。其责任和压力，是我之前没有考虑过的。

圣兵哥像是看出了我的心思："你的眉头皱一路了，是有什么问题要问吗？"

"其实没什么问题，通过解剖，死因应该是铁板钉钉了。但是，结合案情，我有很多疑惑。"我说。

"法医办案当然要结合案情，但是我们不能只依靠调查。"圣兵哥说，"尸体是不会说谎的，我们唯一相信的，就是尸体要告诉我们的话。"

圣兵哥说得挺恐怖，我哆嗦了一下，说："可是调查结果也很明晰，既然他们夫妻关系这么好，互相又没有婚外恋，那么，储亮为什么要杀和自己感情很好的妻子？"

"从犯罪心理学的角度看，虽然大部分命案的动机都无外乎情、仇、财，但也有少数的命案，犯罪分子根本就没有动机，或者说只是一时的冲动。这种冲动，我们称之为激情杀人。"圣兵哥回应道。

"你是说，这个案子就是激情杀人？"

"目前看，这种可能性是最大的。"

"可是我们没有任何依据啊？"

"在现场的时候，你也注意到了，现场是封闭的，门窗紧闭，窗帘都是拉好的。现场没有空调，我注意看了一下，电风扇也没有开。这么炎热的天气，不开电风扇就罢了，为什么要紧关窗户呢？难道住在五楼的他们是为了防盗？他们条件这么差，有什么东西担心被偷呢？而且小房间和客厅的窗户都是开着的，仅仅关上大房间的窗户能起到防盗的效果吗？你想一想，这个反常的迹象，能说明什么问题？"圣兵哥问我。

我一时没了主意："难道那个男人伪装现场了？也不对啊，他如果想要伪装现场，那也应该打开窗户，谎称是别人从窗户进来捂死了他老婆啊。"

"再想想。"

"难道是这个女的怕冷？有关节炎？"我都觉得自己的推断越来越不靠谱儿了。

"夏天关窗拉窗帘，小两口会不会是想过夫妻生活呢？"圣兵哥道。

"对啊，我怎么没想到这方面？性生活不和谐，于是男的一怒之下捂死了女的。"我开始臆想杀人动机了。

"目前，这都只是猜测，还要进一步提取证据。"圣兵哥审慎地说。

"进一步？"这时候我才发现，我们的勘查车并没有向法医门诊的方向开，而是向着现场开去。

此时我们的法医鉴定结论已经传回了派出所，我们重新返回案件现场的时候，派出所的民警和刑警支队重案队的小李等人，正在现场办理着交接手续。小李拿着一张封条，正准备往门上贴。

"别急着贴，我们需要复勘一下现场。"圣兵哥拦住小李，放下勘查箱，开始穿戴勘查装备。

我也连忙拿出手套、帽子，往自己身上穿戴。

"现在 DNA 技术正在飞速发展，我们也买了 DNA 的设备，你知道吗？"圣兵哥问。

"我知道，今年刚买的。"我说，"我爸是搞技术出身的，所以他一听说有先进设备了，无论如何也要申请引进，他已经和我炫耀过了。"

"是啊，我们的解剖台其实就是买 DNA 设备附赠的。"圣兵哥哈哈一笑，走进了现场。

这一次复勘现场，我们主要的目标是中心现场——大卧室。卧室的床上有两个枕头，床边床头柜上，还有一个小熊的毛绒玩具，圣兵哥把这些都装进了一个大物证袋，说："幸亏是夏天，能用来捂人的软物就这些，如果是冬天，说不定连整床被子都要提取，那样就更是大海捞针了。"

复勘完现场，圣兵哥和我一起去了刑科所的 DNA 实验室，把我们提取的毛绒玩具、枕头、死者的十根手指指甲和从心脏里提取的血液全部都交给了实验室的负责同志。

"接下来，我们就等吧。"圣兵哥说，"既然是疑似命案，检验工作肯定是提前开始，不用排队，而且他们会加班加点的。现在啊，时代在进步，所以对证据的要求也越来越高了。"

"不仅仅是证据的问题，你拿不到东西，就靠我们一个死因鉴定，储亮他也不会交代啊。"我们身边的小李附和道。

第二天上午，DNA 实验室就有消息反馈回来：死者的指甲内发现了新鲜的皮屑，送去的物证中，在毛绒玩具上发现了死者的口腔上皮细胞。

"看来这个男的受了伤啊。"圣兵哥听到这些消息，精神大振，说，"走，我们旁听审讯去。"

旁听审讯？圣兵哥这又是唱的哪一出？他不是说，调查结果只能作为法医的参考吗？我们只需要听好尸体说的话就行了？

带着疑问，我跟着圣兵哥一起，来到了刑警支队的审讯室。

男人坐在审讯椅上，负隅顽抗："你们公安在干什么？我老婆死了破不了案就抓我？"

"别来这一套，你这样的，就是在给自己装势子，我们见多了。"小李坐在对面的桌子前，用笔头敲着桌面，淡定地说道。

看来小李也拿到了 DNA 室的报告，此时胸有成竹了。

圣兵哥并没有像我想象中那样，去隔壁房间旁听审讯，而是径直走到男人的旁边，淡淡地说："把上衣脱了。"

男人愣了一下："脱……脱衣服？你们想干什么？想动刑吗？都什么年代了……你们还敢……"

"脱了！"圣兵哥罕见地大声吼道。

男人立即噤声，缓缓地脱了上衣。胸口赫然有几道鲜红的指印。

圣兵哥说："这么新鲜的伤痕，只能是 48 小时之内形成的，你别告诉我是自己挠痒挠的。"

男人低下了头，估计是在想对策。

"储亮，劝你别浪费时间了，警察掌握的证据远比你想象的多！"

男人身体猛然一震，接着开始瑟瑟发抖。

"说吧，你是怎么用你们家那个毛绒玩具捂死你老婆的？又为什么要杀一个对你这么好的妻子？"圣兵哥加了一把火。

"想过夫妻生活遭拒就杀人，你可真是衣冠禽兽啊！"侦查员显然已经掌握了我们前期的分析结论，于是开始穷追猛打。

不料这个男人眼睛瞬间瞪得滚圆，转眼就一把鼻涕一把眼泪地号啕大哭起来。在场的人都吃了一惊。哭了好长一会儿，他才开始慢慢说道："在别人看来我们感情很好，但是我知道她打心底就看不起我！嫌弃我没本事，我已经忍她够久的了！"

原来，凶案的背后是男人的自尊心在作祟。

"是，是我杀了她……那天晚上，我们看完电视，正准备睡觉，我估摸着孩子已经睡着了，就去关窗拉窗帘，打算和她亲热一下的。"男人抹了抹鼻涕，继续说道，"结果她大声说：'大热天的关窗干吗？神经病啊？'我本来得的就是神经系统疾病，看了很多家医院都没看好，平时还会管不住自己发抖，在别人面前已经觉得够丢脸的了，哪里受得了老婆骂自己神经病。所以我二话没说就骑到她身上，想用力把她衣服给脱了。可没想到那天她不知吃错了什么药，一见我动手就暴跳如雷，一脚把我踢下了床，还说什么天天就想这些事儿，有这时间还不赶紧起来糊纸盒子赚点儿青菜钱，上辈子造了什么孽才嫁给了我之类的话。我越听越来气，哪有当老婆的这么骂自己老公的！一气之下，我继续去扯她的衣服，并且用膝盖顶住她。可能是我压着她无法动弹，她居然大叫起来，还抓破了我胸口，我当时气过头了，随手拿了床头柜上的毛绒娃娃就去捂她嘴。没想到捂了一会儿她居然就没动静了……"

说到这里，男人显得很害怕："后来我探了探，她真的是没气了。你们相信我！

我是真的没有想要杀她，我真的不知道这么轻轻地捂一会儿，她就会死掉！当时我真的吓坏了！真的吓坏了！我赶紧把被子铺好，就跑到儿子床上去睡觉，其实我根本就睡不着！我一晚上都没有睡！我当时就想你们或许会以为她是病死的……"

看到储亮已经交代，我悬着的心总算是放了下来。不过刚刚走出审讯室，我突然想起了什么，问道："圣兵哥，可是储贝明明是说他爸爸带着他睡觉的，难道这个小孩子记错了？"

圣兵哥微微一笑，说："小孩子在楼上呢，你去听听他怎么说吧。"

按照专案组的统一安排，储贝此时已经被带到了刑警队的办公室，和孩子一起来的，是孩子的小姨。根据法律规定，对未成年人的询问工作应有孩子的监护人在场。孩子的母亲死了，父亲又是犯罪嫌疑人，监护人的重担就落在孩子唯一的亲人——他小姨的肩上了。

负责询问的是一个穿便衣的女刑警，通过几次的沟通，才取得了孩子的信任。孩子毕竟是孩子，他在女警和小姨的教导下，很快就说出了实情："那天晚上不是爸爸带我睡的，我很早就学会一个人睡觉了，但是早上睡醒时，看到爸爸不知道为什么睡在我旁边。后来，我们就发现妈妈死了。爸爸说妈妈是病死的，如果警察叔叔问起来，就说我们晚上都在一起睡觉，不然你们就会带走爸爸。警察叔叔，我不是坏孩子，我爸爸也不是坏人……"

"嗯，你是个好孩子。阿姨还想知道，爸爸妈妈在家里会吵架吗？"女警柔声问道。

"会的。"储贝低下头说，"他们经常在我睡觉的时候吵架，有时候妈妈生气了还会摔东西……"

"看到没？调查的结果，都是外人所看见的。而一个家庭的内部情况，外人不一定了解。"圣兵哥拍了拍我的肩膀，说道。

案情逐渐清晰了，男人的作案时间和动机也都清楚了。

走出了刑警支队的大门，外面阳光灿烂，可是我的心情却很沉重，并没有破案后该有的喜悦。说到"死"这个字的时候，7岁的储贝还一知半解，不明白那到底意味着什么。他乖巧地坐在办公室的大椅子上，似乎还等着爸爸妈妈把自己带回家。

我在想，如果他长大后知道了残酷的真相，还能坚强地面对这一切吗？

法医秦明

VOICE OF THE DEAD

|第三案|

自杀少女

———

我闯入自己的命运，
如同跌进万丈深渊。

———

斯蒂芬·茨威格

1

破案后的好几天，我依旧心神不宁，总问圣兵哥："那孩子怎么样了？"

"政府会安置好的。"圣兵哥宽慰道，"现在有关部门正在协调孩子的监护权转移的事宜，他的亲戚们会照顾好他的。"

"那，储贝的心理会不会受影响？"我接着问，"毕竟他以后就是孤儿了。他还是个品学兼优的好孩子呢。"

圣兵哥叹了口气，盯着我的眼睛，徐徐地说："大胆儿啊，我得和你说一句话。"

"嗯。"我应承着。

"法医，是工作在社会的阴暗面里的。对于其他大众来说，社会的阴暗面极小，但是对我们来说，就是工作的全部。"圣兵哥说，"如何面对黑暗，这非常重要。我记得尼采说过一句话：'当你凝望深渊，深渊也在凝望着你。'如果我们一味地这样凝望深渊，我们真的会被深渊吞噬。那怎么办呢？要我说，我们的心里就要充满光明。当你心中的那束光足够闪亮，你不仅不会被深渊吞噬，反而还能把身边的黑暗照亮了。"

我心想，你这是一句话吗？

我看着圣兵哥："你的意思是，我根本就不用去操心那个小男孩？"

"政府部门众多，都有自己的分工和职责。"圣兵哥说，"我们不要去胡思乱想。每个人把自己的事情做好，就问心无愧了。"

圣兵哥看我依然一脸纠结，便继续说道：

"如果你深陷于这种焦虑，今天想想为什么受害者这么惨，明天想想为什么嫌疑人那么不冷静，后天再想想受害者的孩子该怎么办，"圣兵哥笑着说，"那你的心思就会被这些凶案的副作用给搅乱，这样你又怎么在办理下一个案件的时候，继续做到冷静、科学、公正、客观呢？"

可能是我办理的案件还少，还体会不了他话中的深意。确实，如果每个人都各司其职，那么这个社会，自然是会越来越好的。但是，仍在为那孩子忧虑的我，听到这些大道理，还是无法释怀。

"我讲这些，你目前可能觉得没有什么用。"圣兵哥从我的脸上读懂了我的心思，说，"以后随着工作的深入，你会渐渐明白我说这些的意义。如果你真的悟到了，你也会更爱你的职业。"

"对了，圣兵哥，学法医的，能当医生吗？"我突然问道。

圣兵哥有些诧异，似乎不太想回答我的问题，但还是回答了："这个问题，聊起来就比较郁闷了。以往，每年的法医学专业毕业生少，所以我们公安系统的各单位都是供不应求，所以一毕业，基本上就可以直接分配进公安局。但是现在不行了，从今年开始，公务员是'逢进必考'，每个公安法医，都必须要参加全省的公务员考试。我记得这个政策实施的时候说，会将公务员考试办成和高考一样最公平的考试。"

"哥，你扯远了。"

"我还没说完嘛。"圣兵哥说，"有了这个政策，你以后想进公安机关，就还得经过一次公务员考试了。我听说，公务员要开考，录取人数和报名人数是需要有一定比例的，也就是说，我们公安局招一名法医，就得有五个人报考才能开考，不然职位取消。那你想，根本就没有那么多法医学专业的毕业生，为了能招到足够的报考人数，就必须放宽法医公务员的招考条件。比如说，只要是学医的，都可以来报考法医职位。"

我并不知道，圣兵哥当时的预测是正确的，直到20年后的今天，情况还是这样。当圣兵哥对我侃侃而谈的时候，我唯一的感受就是，他真是太能聊了，我只是问了一个最简单的问题，他居然绕了那么多。

"换句话说，学医学各专业的，都可以当法医，只要你公务员考试足够厉害。"圣兵哥接着说，"但反过来，学法医的想当医生就不行了，因为执业医师考试对所学专业有严格的限制，所以学法医的并不能报考执业医师，当不了医生。你看，是不是很不公平？"

你直接回答我不行不就得了，我想。

"怎么了？你不想干法医？"良久，圣兵哥试探地问我。

"没有，我就是了解一下政策。"我说。

那段时间，我确实心事重重。

圣兵哥说的这个"在社会的阴暗面里工作"的职业，确实有让我纠结心痛和饱受委屈的一面。但我回忆着圣兵哥从一起看似正常的非正常死亡事件中，一点点发现真相、破解命案的过程，这个过程，无疑又是精彩且神圣的。

两天后的大清早，我刚刚到法医门诊上班，正和圣兵哥一起把茶杯里的残茶倒掉，那台久违的指令电话又响起来了。

"法医门诊。"此时接电话的我，早已经没有最初那种充满惊喜和期待的感受了，语气也变得平静得多。

"城北派出所，我们这边发生了一起中学生坠楼事件。"电话那头说道。

"有头绪吗？"

"目前看是自杀，经过调查，很多人反映这孩子最近情绪有问题。"

挂断了电话，我觉得有些惋惜。初中生也就十三四岁，就这样结束了自己的生命，实在是太令人扼腕了。不过，圣兵哥刚刚提醒过我，要心中有光明，要当一个乐天派，才能做好法医，所以我也只好暂时把叹息咽回了肚子里。

准备好勘查箱后，我和圣兵哥乘坐老郭开的现场勘查车，按照派出所给的地址，驱车前往城北郊区的新丰中学。坠楼事件就是在这所中学的教学楼发生的。

小女孩是在新丰中学的教学楼下，被晨练的宿管老大爷发现的。

新丰中学是一所可寄宿可走读制度的私立初中，在整个汀棠市，算是一个二流初中。因为这所中学位于郊区，很多住得比较远的学生就选择了寄宿。所以大概有一半学生选择了住校，剩下那些住在附近的孩子就选择了走读。

学校的管理是比较严格的，老师平时在上课期间都会严格管束学生的行为和去向；学生中午在学校食堂吃完饭后就在教室午休，下午就接着上课；学生晚上也是在食堂内吃饭，接着就开始上晚自习，9点结束后便各自回宿舍或回家。

根据前期调查，坠楼小女孩的家离学校较近，不住校。她的母亲在20公里外的工厂打工，住在工厂；父亲在自家村边的小鱼塘以捕鱼、卖鱼为生，酗酒。父母对这个小女孩关心极少，也从未去学校接过小女孩下自习。经查，事发当晚，小女孩的父亲李斌因和村民聚会酗酒，在家中睡了一晚，直到村干部通知他女儿死亡，才迷迷糊糊地跑到了现场，也就比我们早到了10分钟。

今天是工作日，学校还要正常上课，所以当我们8点半赶到现场的时候，可以听见教室里传来的琅琅读书声。只不过这些读书声听起来有些心不在焉，还掺杂着一些窸窸窣窣的议论声，毕竟，小女孩的尸体就在楼下。虽然在我们来之前，老师已经用床单覆盖了尸体，但是也很容易看出床单下面，是一具尸体。为了避免骚乱，孩子们被老师安排从侧门进入教学楼，但一样可以从楼上俯瞰到下面的这一变故。

"我昨晚不在家，我真没注意到她没回来。"

这个叫作李斌的男人，是孩子的父亲。此时他浑身酒气，舌头还在打转，不知道喝了多少酒。

"刘所长来啦。"一名穿着制服的警察走了过来，和圣兵哥握了握手，说，"死者是学校初二的学生，经过我们的调查呢，班里同学可以证实她昨天有上晚自习。大家9点钟离开的时候，她还在教室。之后，就没有人再见过她。"

"知道了，赵所长。"圣兵哥对制服警察说道。

"那她是几点钟跳的啊？"我也跟着问赵所长。

"这个得问我们。"圣兵哥一边戴手套，一边说，"我们才是让尸体说话的人。"

之前出勘的非正常死亡事件现场，死亡时间大概都比较清楚。这次轮到我们利用尸体现象来推断死亡时间了，我还真有点儿发怵，因为法医学专业知识，要到大四的时候才开始学习，我现在的大脑也是一片空白。

圣兵哥穿戴好勘查装备，走到了尸体的旁边，掀开了老师盖上的那一张床单。

床单下，一个短发的小女孩正仰面躺在地面上，眼睛微睁，面色苍白，双手无力地举过头顶，一条大腿也明显变了形。她穿着的蓝白色相间的校服上，有一些灰尘，还沾染了一些血迹。她头部下方的地面上，有一块不大的血泊。

女孩子长得非常可爱，有着白皙的皮肤、高挺的鼻梁，睫毛又长又弯，就像洋娃娃似的。唉，究竟发生了什么让她如此想不开呢？

"她叫李香香，今年13周岁。"赵所长也走了过来，说，"这孩子漂漂亮亮的，学习成绩也还不错，可惜了。"

圣兵哥点了点头，先是拿起死者的上臂，弯了弯。可是死者的上臂就像是在使劲对抗一样，随着圣兵哥的动作只发生了微微的弯折。

"尸体的尸僵强硬，在大关节处形成，但是还没有达到最强硬的程度。"圣兵哥说，"从尸僵来看，死亡时间在12小时之内。"

"那肯定的，现在9点不到，昨晚9点她还在上自习。"我说。

圣兵哥又把女孩子的上衣掀起一点，露出背后的鲜红色尸斑。他用大拇指按压了一下，鲜红色的尸斑中间，出现了一个拇指形状的空白区，过了一会儿，又恢复了。

"尸斑指压褪色，也可以证明是 12 小时之内。"圣兵哥说，"既然是死亡 12 小时之内，我们就可以用尸温下降的方法来判断死亡时间了，这样误差较小。"

我看着圣兵哥行云流水的检查和推断，脑袋里却闪过无数问题：为什么圣兵哥要用两种办法来验证死者的死亡时间呢？为什么 12 小时之内就可以利用尸体温度来判断？尸体温度究竟怎么算……

圣兵哥这次没有时间细讲了，他将女孩的校服裤子褪下一些，露出了臀部，然后从勘查箱里拿出了一个很长的温度计，插进了女孩的肛门。

在等候温度计计温的工夫，圣兵哥依照一贯的程序，对女孩的眼睑、口鼻、外耳道、颈部等重点部位进行了检查，又拿起了女孩的双手，仔细看了看手指、手掌和腕部的皮肤后，说："目前看，没有找到疑点。双手也没有约束伤。"

约束伤，顾名思义，是指别人为了约束住女孩的双手，而在她的双手上形成的损伤。这时候我还不知道，检查"约束伤""抵抗伤""威逼伤"是法医必须要进行的工作。

过了一会儿，圣兵哥拔出温度计，然后把女孩的衣服重新穿好。他看了看温度计，说："这样算的话，死亡时间是昨天晚上 10 点钟左右。"

"那差不多。"赵所长说，"9 点放学，她没走，犹豫了 1 个小时，跳楼了。"

"嗯。"圣兵哥点了点头。

圣兵哥掀起女孩的衣服，继续检查她的胸腹部，说："13 岁的女孩，已经发育得很好了，里面穿了内衣。可是，这里毕竟是中学校园，而我们又不好在校园里脱去死者的衣服进行检验。影响不好，也是对死者的不敬。我建议，还是把尸体拉到殡仪馆再进行进一步的尸表检验，最后确认死亡方式。"

"这个没问题，等她妈妈来，我们说一下，就可以把尸体拉走了。"赵所长皱了皱眉头，似乎是想到了即将要面对情绪崩溃的死者母亲。白发人送黑发人，人世间最痛苦的事情莫过于此。

圣兵哥突然想起了什么，问道："女孩的书包呢？"

"还不清楚。"赵所长用食指向天空指了指，说："我们的人，还有你们家的老郭，正在一层层找，找孩子坠楼的起跳点，估计书包在哪儿，哪儿就是起跳点。"

对于高坠案件，要明确死者的起跳点，然后对起跳点进行物体或地面上的痕迹检验，这样就可以明确坠楼发生时，现场是只有死者一个人，还是有其他人存在。搞清楚了这个，死亡方式究竟是自杀、他杀还是意外，就好判断多了。

圣兵哥又点了点头，开始检查死者校服的口袋。

"口袋里有东西啊。"圣兵哥从死者的上衣口袋里，掏出了一张叠得四方四正的字条。他把字条慢慢展开，字条的中央有一行写得非常工整的小字："活得痛苦，不如去死，妈妈我先走了，您保重。"

"哎呀，这是遗书啊。"我在旁边说道。

"唉，可惜了，可惜了。"赵所长摇着头说道。

"这个一会儿带到殡仪馆去。"圣兵哥说，"然后打一下李大姐的呼机，让她来殡仪馆，帮忙看看字条。"

李大姐是汀棠市公安局刑科所里的文件检验工程师，说白了，就是做笔迹鉴定的。虽然死者身上有遗书，但是要通过技术手段确定遗书确实是死者在正常情况下书写的，这也是整个证据链里关键的一环。如果不是圣兵哥这样说，我还真没有想到。

尸体刚刚看完，老郭就挎着相机，从教学楼的楼梯上走了下来，手里还拎着一个粉红色的书包。

"找到了？"圣兵哥说。

"嗯，找到了，唯一的。"老郭说。

"确凿了？"

"确凿。"

两个人像是打哑谜一般，对了几句话。圣兵哥对赵所长说："问题是没有什么大问题了，但是尸体还是需要拉回殡仪馆再仔细看一次。"

"行！这，第一节课快下课了，得赶紧拉走。死者母亲怎么还不来啊？"赵所长朝门口的殡仪馆运尸车挥了挥手，让他们先过来做准备，等死者母亲见过尸体后，就立即将尸体运走。

在我们收拾完勘查装备、准备离开的时候，学校门口突然传来了一声刺耳的刹车声。

一辆银白色的面包车很不规矩地停在了学校的门口，车辆还没有停稳，车门就被"哗"的一声拉开了。拉开的车门里，冲出来一个三十多岁的女人。她冲到小女孩的尸体旁边，蹲了下来，一只手抚摩着尸体的脸颊。她凝视着小女孩苍白的脸，眼神中充满了怜爱，却并没有过激的表现，甚至都没有流泪。

我之前虽然出勘过不少非正常死亡现场，但是在现场见到家属的不多，而现场的家属表现，也基本都和我想象中的差不多——呼天抢地。如今的这个母亲的表现，确实出乎了我意料。可能是因为我还没有出勘过孩子的死亡现场吧，所以没有经验。也许不是没有眼泪，而是悲痛到再无眼泪可流了。

"马上要下课了，所以我们得先把尸体运回殡仪馆，请您节哀。"赵所长站在她的身边，低声安慰道。

她没有回答赵所长，而是重新站起身来，整理了一下自己的衣摆，又扭头看了一眼傻站在一旁的孩子父亲李斌，什么都没说，重新回到了面包车里。

"这个就是死者的母亲，叫陈玉平。"赵所长见她回到了车里，和我们说道。

这个女人的淡定实在让我有些吃惊。她投向丈夫的那个眼神，说不清是责怪，还是怨恨。总之，是一种难以描述的眼神。

2

回到了勘查车上，我好奇地询问圣兵哥和老郭，刚刚他俩的哑谜是什么意思。

他俩这才给我进行了解答。

老郭通过现场勘查，发现教学楼楼顶的铁门是被打开的状态。从楼顶铁门上的厚厚灰尘和楼顶地面上的灰尘可以看出来——教学楼的楼顶是很少有人上去的地方。因为人少，痕迹就会少，那么检验出来的痕迹就会很有证明性。

老郭在楼顶铁门上，只发现了几枚新鲜的联指指纹，检验证明都是小女孩李香香的指纹。这就可以证实，是李香香自己走上楼顶并打开楼顶铁门的。楼顶铁门到楼顶边缘之间，只有一趟单向的灰尘减层足迹，通过鞋底花纹种类及磨损程度的分析，确定是李香香本人的足迹。这就可以证实，李香香是独自从楼顶入口走到了楼顶边缘，然后在边缘站立过一段时间，并且没有返回。她的书包，也是在这一片足迹的旁边发现的。

很显然，通过上述的痕迹检验内容，就可以判断李香香的坠落点是在楼顶，楼顶只有她一个人上去过。这个结果，是可以确凿地证实李香香的坠楼是自杀或意外导致的，是可以明确地排除他杀的。

这下，我就听明白了。我已经跑了不少非正常死亡事件的现场，我知道根据痕检、法医和调查的结果来综合判断一个死者的死亡方式（自杀、他杀还是意外）才是最客观、最准确的。

"那这案子，岂不是老郭一个人就能定性了？"我好奇地说道。

当然，我知道，刑事技术就没有轻松的活儿。老郭他们作为痕检，在一个楼顶上，去分析那些复杂的鞋底花纹和磨损痕迹、在一扇大门上寻找那些纹线，也是一份艰苦的活儿。但今天听下来，好像李香香的案子，在痕检这里就能下结论了。

"谁说的？"老郭边开车边谦虚地说，"什么事儿都有万一。我打个比方，可能不恰当，或者太夸张，你别笑话我。比如，一个人穿着李香香的鞋子，先把她弄死或者弄晕，然后抬着她的尸体到了楼顶，用她的手指去开门，走到边缘后，把她的尸体扔下楼，然后自己通过绳索的索降下楼，再把鞋子穿到李香香的脚上。你说，这不就是制造了一个'完美犯罪'？"

"还能通过绳索下楼，拍电影呢？"我哈哈大笑。

"当然，我们实践工作中基本碰不上这样的预谋犯罪。因为犯罪分子预谋的过程越复杂，就会留下越多的痕迹物证。其实，这确实是在电影中才能出现的情节，因为现实中根本不存在'完美犯罪'。"圣兵哥说，"老郭刚才说的办法，听上去很新奇，其实无法实现。想要劫持一个大活人，必须要令对方先失去抵抗能力。所以，无论是弄晕还是约束，我们法医都可以看出来。如果想把人先弄死再推下去，那么死者坠楼形成的损伤就是死后伤，没有生活反应，法医也是可以看出来的。"

"对，我的意思是，任何一个案件，都不能仅仅靠着某一个警种就可以定性。"老郭说，"人命关天，我们必须穷尽勘查、穷尽尸检、穷尽调查，最终得出的结论，才是最接近真相的。"

我似懂非懂地点了点头。

"而且，这个案子通过法医、痕检即便已经确定了'排除他杀'，但究竟是自杀还是意外，也是需要进一步确认的。"圣兵哥补充道，"如果是自杀，那没什么好说的。但如果是意外呢？学校是否需要承担相关的管理责任呢？所以，咱们的法医工作绝对不仅仅是判断是不是命案这么简单，里面的内容很多。虽然不能一次性给你介绍完，但你要记住一点，任何事情，打破砂锅问到底，就是诀窍。"

"嗯，不放过任何一个疑点，查到穷尽。"我点点头，说道。

这一次，我们比殡仪馆的运尸车更早抵达解剖室，而文件检验工程师李大姐已经在解剖室外面等候了。

圣兵哥从勘查箱里拿出一个透明的物证袋，里面装着从李香香口袋里找到的遗书。他把遗书递给李大姐，又指了指那个粉红色的书包，说："李大姐，麻烦比对一下，这遗书是不是死者自己写的。"

因为有李香香书包里的作业本字迹作比对样本，李大姐不费吹灰之力，就下了结论：确证这封遗书就是李香香自己所写。这样一个本该天真懵懂的小女孩，却写下了那么绝望的一句话，结束了自己的生命，令人惋惜又心痛。

有了以上的结论，结合现场的痕迹检验勘查和初步的尸表检验，这起事件确定为一起自杀事件，结论铁板钉钉，毋庸置疑，那么接下来程序性的尸表检验似乎会轻松一些。

殡仪馆的工作人员已经把李香香的尸体搬上了解剖台。李香香依旧穿着那身虽然沾染了灰尘和血迹但看起来还是很整洁的校服，躺在解剖台上，安安静静的，像睡着了一样。

"高坠伤的特点，你还记得吧？"圣兵哥问我。

之前实习时，我已经看过好几具高坠伤的尸体了，所以这个问题我已经驾轻就熟了，自信地答道："高坠伤的特征是外轻内重，一侧为重，全身损伤应该是一次作用力就可以形成，内脏破裂和骨折的断端出血却较少。李香香的全身都没有发现开放性损伤，只有鼻腔和外耳道流出少量殷红的血迹，加上眼周伴随着的青紫痕迹，这些都是颅底骨折的表现。没有开放性损伤，也就意味着没有多少体外的出血，所以现场也不血腥。"

高坠伤因为损伤暴力大，作用力时间短，所以高坠者死亡会很迅速。因为暴力大，会导致尸体内部出现严重的骨质损伤和器官损伤，而因为地面接触面积大，较少能造成皮肤表面的开放性创口。这就造成了高坠伤"外轻内重"的特点。而高坠后，死者一般是在第一下着地造成的力量最大，所以损伤都集中在身体的一侧。因为死亡迅速，所以内脏和骨折的出血较少，容易被没有经验的法医判断为"死后高坠"。

"不错。"圣兵哥满意地说，"尤其是对于颅底骨折的分析，很不错。但并不是光靠眼睛看就能确定的。"

我会意，伸手探查了小女孩的后枕部，发现有一块巨大的血肿，于是我用止血钳轻轻敲打了小女孩的额头，发出了"砰砰砰"的破罐音。

"有破罐音！所以可以肯定，李香香是高坠致颅底骨折、颅脑损伤而死亡的。"我坚定地下了结论，然后感慨道，"她留下的遗言说'活得痛苦'，是因为学习压力大吗？"

"听所长说，她家里人很少关心她。估计不单单是学业压力的问题，感受不到家庭的温暖，可能也是一个重要的原因。"圣兵哥一边分析着，一边和我一起脱掉了小女孩的校服。

意外出现了，小女孩的身体上居然有隐约的疤痕。

"我的天！"我惊叫了起来。

"看来这事情，比我们想象中要复杂得多。"圣兵哥皱了皱眉头。

"不过，既然是疤痕，那就是之前留下的旧伤，和跳楼事件没有直接因果关系了。"我说，"我们真的要像你说的那样，打破砂锅问到底吗？"

"谁说一定没有直接因果关系？"圣兵哥说，"你看这些疤痕，呈类圆形，与皮下组织无粘连，表面皱缩，多个疤痕形态一致。你知道，这是怎么形成的吗？"

"这……"我细想了一下，也吃了一惊，说，"是香烟烫伤的啊！虽然她不是瘢痕体质，疤痕形成得不明显，但是这么多处形态相似的疤痕，还是应该考虑是香烟烫伤的。这孩子，有自残倾向吗？"

"她才初二，没听说有什么不良记录，没听说她吸烟，她是个老老实实的小孩子。"圣兵哥说，"既然没听说她吸烟，那么她为什么要用烟头自残？我们见过很多青少年自残的损伤，有用剪刀的、有用刀的、有用圆规的，不吸烟却用烟头自残的真是没见过。"

"那照你的意思，她是被别人烫伤的？"我瞪大了眼睛。

"看来，通过这次尸表检验，我们很有可能发现了新的犯罪。比如说，虐待。"圣兵哥摇了摇头，"别急，我们进一步检验一下。"

我的脑子里不断地浮现出李香香父亲李斌的模样："你是说，这是不是她爸爸干的？咱们能找到依据吗？"

"调查反馈回来的情况，李香香除了上学就是在家做作业、做家务，没有其他的活动轨迹，谁又有机会这么欺负她却不担心被她的家人发现去报案呢？再说，你仔细想一想李香香的遗书，她是在和她的妈妈告别，并没有提到她的父亲。"圣兵哥分析道，"你不觉得，这是很反常的现象吗？李香香的母亲在外打工多年，她一直都由父亲照顾，按理说，她应该和父亲更亲密，可是自杀前她却不提她的父亲，这是为什么呢？"

我点头表示同意，心想有个这么可爱的女儿，爱她还来不及，居然虐待，真不知道有些人是由什么垃圾材料做成的。

圣兵哥让老郭拍摄了李香香手臂上的疤痕，又开始检验尸体的胸腹部和背部，除了因为高坠形成的一些擦伤以外，并没有其他可疑的损伤。

检验完躯干和四肢，最后一步程序是检验尸体的会阴部。

一分钟不到，圣兵哥改变了他的判断。

"这不只是一起虐待案件。"圣兵哥检查完死者的会阴部，说，"这，还是强奸案啊。"

"处女膜可见多处陈旧性破裂口。"圣兵哥补充道，"处女膜有可能是其他原因而发生破裂，但是多处陈旧性的破裂口只能用性行为来解释了。而李香香死的那天，才13岁半。所以，强奸的刑事案件肯定是存在的。"

我国的《刑法》规定，凡是和14周岁以下女性发生性关系的，一律以强奸罪论。

"这个，不会也是她爸爸干的吧？"我顿时一阵作呕，恶心的情节在脑中浮现。

"刚才我都分析了半天，关键李香香也不住校啊。那，不是她爸爸，还能是谁呢？"圣兵哥用止血钳夹着纱布，提取了死者的阴道擦拭物，"好在现在是科技时代了，不需要靠审讯来解决问题了。现在，不管怎么样，赶紧做出DNA结果，再说别的。另外，得告诉办案单位赶紧把她的父亲控制起来。毕竟，现在他是第一嫌疑人啊。"

通知完办案单位，我们驱车将检材送往市局的DNA实验室。

为了尽快做出检验结果，圣兵哥把具体案情和DNA室的负责人说了一遍。听到这样的案情，对方也是一脸厌恶，表示会以最快的速度做出DNA，来明确案件的情况。

可是，对精斑进行DNA鉴定，要比血液的DNA检验更复杂，耗费的时间也更多。所以，我们在法医门诊苦等了多个小时，直到夜幕降临，DNA实验室才传来消息。

DNA室的负责人说："刘所，你所料不错，我们在死者阴道擦拭物中检出人的精斑了。"

"果然是个强奸案件，我得给局长打电话，要求办案单位尽快立案了。"圣兵哥说，"我们已经有足够的证据可以证明有犯罪事实发生了。"

"好的。"对方说，"可是，你有一个推断错了。我们把精斑的DNA基因型和死者的DNA基因型进行比对后，确证精斑的主人和死者李香香无亲缘关系。"

"无亲缘关系？不是她爸干的？"圣兵哥的眉头皱了起来，说，"可是，前期调查一点线索也没有啊，而且李香香的性行为也不止发生过一次啊。"

"我说嘛，这么恶心的情节，现实中应该不会发生嘛。"听到这不是一起乱伦事件，我如释重负，对放下电话的圣兵哥说道。

圣兵哥坐在凳子上，沉思了好一会儿，说："几个小时之前，我们就通知办案单位去把李斌控制起来，为什么到现在也没消息传过来？"

"我来打个电话问一问。"我拿起了桌子上的电话，找到辖区派出所的电话号码拨了过去。

"法医门诊。"我说，"我们上午的时候，要求你们控制住李斌，你们控制了吗？"

"没有，没找到他。你们确定他强奸自己亲生女儿的犯罪事实了？"对方有些惊讶地说。

"那，那倒不是。"我说。

我话还没说完，圣兵哥拍了拍我的肩膀，拿走了电话的听筒。

"你们没有找到李斌？"圣兵哥问。

"是啊，我们去了李斌的家里，家里没人，所以我就打了他老婆陈玉平的呼机。"派出所民警说，"陈玉平和我说，她知道女儿自杀以后，就赶回工厂办离职手续、结算工资，现在还没有回家，她也不知道李斌去哪里了。"

"所以你们就没找了？"圣兵哥说。

"我们派出所就这么几个人，每天要出警几十次，我们哪有人手去找啊。"民警无奈地说道，"我已经和陈玉平说了，让她和李斌一起来趟派出所。她找到李斌的时候，肯定会来的。"

"这案子，我要和局长说，得移交刑警队办。"圣兵哥挂断了电话，说道。

"是啊，毕竟排查嫌疑人是一件很复杂的事情。"我说。

"不，第一步还是要先找到李斌。"圣兵哥说，"那边是郊区，找一个人确实不容易。"

"你还在怀疑李斌？可是 DNA 不是李斌的啊。"我说。

"DNA 的结果只是肯定了不是她的父亲干的，但是，没有肯定不是李斌干的，对吗？"圣兵哥意味深长地说。

我愣了好半晌，这才反应了过来，说："你的意思是说，李斌不是李香香的生物学父亲！表面上看，或者从我们公安系统的户籍系统里看，李斌确实是李香香的亲生父亲。但是出于某种原因，实际上他并不是李香香的亲生父亲，是吗？"

"是的。这样的情况不少见啊，比如陈玉平是在已经怀孕的情况下和李斌结婚，或者在孩子很小还没有上户籍的时候和李斌结婚的，或者更极端一点，陈玉平在外面有人，孩子不是李斌的。这些隐情，我们从户籍系统上是看不出来的。如果这孩子真的不是李斌的亲生女儿，且李斌心里清楚这一点的话，那么李斌作案的嫌疑就更大了！"圣兵哥说，"我去找局长，让刑警队来立案。"

3

公安机关的办事效率是非常高的。

在天完全黑下来的时候，案件已经移交到了分局的刑警大队，并由市局刑警支队刑科所负责指导侦破。

刑警队派员包围了李斌家，可是和白天一样，李斌和陈玉平并不在家里。所以，刑警队和派出所的民警开始走访李斌和陈玉平的亲戚朋友，期待找到他们俩的踪迹。

"他……可能畏罪潜逃了。"我跟着圣兵哥披星戴月地乘车赶往位于城市北部郊区的李斌家，问道。

"跑不掉的，天罗地网已经布开了。"圣兵哥说。

我们此次到李斌家里搜查，主要目的是找到李斌的DNA，由此来判断圣兵哥的猜测是不是正确的。

李斌家是个普通的农家小院子，里面有三联排的平房，中间是客厅，两侧是卧室。三联排的侧面，是卫生间和厨房。虽然家里的女主人不在家，但是整个家还是比较整洁的，并不像想象中那样邋遢。

但我们都知道，李斌这个酒鬼不可能收拾成这样，这应该都是死去的李香香打扫的。

我们走到房间里，左右看看，和普通人家的摆设几乎毫无二致，也没有什么特殊物品引起我们的怀疑。走出了三联排的平房，走进了卫生间，水池台面上放着两个漱口杯。其中一个漱口杯里放着卡通的牙刷，看起来是李香香的，而另一个普通牙刷发黄且岔毛，应该就是李斌的了。圣兵哥把牙刷拿出来，放进了物证袋。

"牙刷上是最容易检出当事人的DNA了。"圣兵哥对我说，"如果在无法采血的前提之下是这样。"

又看了一圈，我们重新上车赶回局里。此时已经是深夜了，但是刑警支队有值班的制度，也就是说法医、痕检、DNA这三个经常需要出勘现场或者需要处理紧急检材的警种，每天晚上必须要有人在办公室值班过夜，第二天一早才可以调休半天。

比如市局的法医室只有四个人，那么每四天，他们要轮换值班一次，不能回家。这种制度几乎在每个公安局都有，也意味着我以后加入了这份工作，会受到同样的待遇。

DNA室的周伟在我们赶回市局的时候，已经睡着了。我们敲了足足5分钟的门，他才睡眼惺忪地打开了办公室的门。

"局长没告诉你，让你待命吗？"圣兵哥笑着说道。

"说了，但是白天处理了几十份检材，太累了。"周伟揉着眼睛说，"不小心就趴在桌子上睡着了。怎么？样本提取回来了？"

"是的，取到了当事人的牙刷。"

"行，我立即来处理，估计明天早上能出结果。"周伟说道。

已经是深夜了，这时候回家就是打扰人家，所以我和圣兵哥就在值班室的高低床上，对付了一夜。准确地说，并没有一夜的时间。因为早晨6点钟的时候，值班室的电话就响起来了。

"怎么样？有什么情况？"圣兵哥一骨碌翻身坐起，抢过了电话听筒。

静静地听电话那头说了一会儿，圣兵哥这才默默地挂了电话，然后揉起了太阳穴。估计他和我一样，也因为没有睡好而有些头痛。

"怎么了？抓到了？"我在上铺探头问道。

"没有。"圣兵哥说，"他老婆清早自己去了派出所。"

"她不知道李斌的去向？"

圣兵哥摇摇头，说："她说在工厂的时候，一直不知道李斌在哪里。办完了离职手续就立刻赶回来了，一听邻居说警察上门了，她才想起来要去趟派出所。问她知不知道李斌去了哪里，她也不清楚，说有可能去捕鱼了。"

"捕鱼？女儿死了还有心思捕鱼？怎么可能？"我很惊讶。

"也不是不可能。"圣兵哥说，"李斌的职业就是在附近的几个水塘捕鱼来卖。可是，我们在他家里并没有看到任何和捕鱼有关的工具，不是吗？"

我回忆了一下，确实是这样。

"所以不管他有没有心思，他如果真的是带着这些东西出门，去捕鱼的可能性还是很大的。"圣兵哥说完，给刑警大队的大队长打了个电话，意思是让他们派员在李斌经常捕鱼的水塘附近进行搜索，看能不能找得到他的藏身之地。

布置完之后，圣兵哥看了看表，对我说："我们洗漱一下吧，尽早往那边赶。过一会儿就是上班高峰了，会有点儿堵车。"

虽然没有睡好，但没有办法，看来圣兵哥对这个案子的关注度还是很高的，我只能下床洗漱，然后和圣兵哥、老郭继续开着车向城北进发。

就在我们接近李斌住处的时候，圣兵哥的手机铃声骤然响起。

2001年，虽然呼机还是大行其道，但手机也已经开始冒头了。圣兵哥买了一个爱立信的手机，和半个砖头块儿一样大小。据说手机话费还很贵，而且就连接电话都要收费，所以也很少看见他用手机来打电话或者接电话，顶多是发发短信。当时几家运营商之间还不能互通短信，所以发短信只能发相同运营商的号码。既然有人打到了圣兵哥的手机上，看来是重要的情报。

圣兵哥连忙从手提包里掏出了手机，一看是前线侦查员打来的，迅速接通了电话："我们在一个水塘边找到了李斌的一些捕鱼工具和他的胶鞋，还有他平时当作小船划的木盆，怀疑他可能是在捕鱼的时候落水了，现在正在打捞。"

"落水？"这一结果，出乎了我的意料。

这一家也太惨了吧，两天之内，死了两个人。

而圣兵哥明显比我淡定多了，他说："走吧，在城北北门外国道的西面，我们按照这个方向去找现场。到时候会有刑警队的车在路口等我们。"

那个时候没有导航，找地方基本靠经验或者带路。

在刑警队的警车的指引下，我们在颠簸不平的土路上整整行驶了1个小时，才到达了现场。

现场真的很偏僻，位于距离国道一两公里的野水塘。国道两边还有隔离网，所以根本就没有人会来到这里。水塘的周围，长有一人多高的芦苇。因为这一片有足球场大的野水塘是活水，可以流通到附近的小河，所以里面肯定是有鱼可以抓的。可是因为交通不便，并没有多少人会来这里捕鱼或者钓鱼。但李斌家屋后的小路可以抵达这一片水塘，而且水塘没有主人，里面的鱼是可以随意捕捞的，所以这里应该是李斌经常会来光顾的地方。

自杀少女

到现场的时候，李斌的尸体已经被打捞上来了，湿漉漉地放在岸边，头发还在滴着水。此时太阳的光线渐渐蔓延至整片池塘，波光粼粼的景象象征着崭新一天的开始，但这样生机勃勃的画面里却赫然出现一具尸体，显得格外诡异。

在尸体的旁边，有一个比洗澡盆大一倍的木盆，还有一些渔网、钓竿、鱼饵袋、水桶等一系列捕鱼工具，还有一双胶鞋。

"是两位负责搜索的民警发现的。"给我们引路的刑警队民警小马说道，"他们沿着李斌家后面的小路，走了3公里走到了这里，发现水塘上漂浮着一个木盆，就估计有问题了。走到水塘边，还发现了胶鞋和水桶。后来我们对水塘进行了打捞，就发现了尸体和这些东西。陈玉平来了之后，经过辨认，确定死者就是李斌。"

昨天还看到了一身酒气的李斌，今天他就变成了浑身冰冷的尸体，我的心里总感觉不太舒服。不过一想到，他有可能是性侵小女孩的恶魔，我又觉得他罪有应得。一直以来，我最痛恨的就是强奸犯了。

尸体的周围站着几个民警，也湿漉漉的，看来为了打捞这具尸体，他们费了不少劲儿。陈玉平辨认完尸体后，呆呆地坐在一旁，村长在和她说着什么，但她就像没有听见一样，一动不动地坐在那里，木木地看着前方，似乎没有痛苦，没有绝望，没有悲伤，就像死水一样平静。

可以想象得到，两天之内，她同时失去了女儿和丈夫，内心该是多么崩溃啊。

"死者衣着整齐，指甲青紫，口鼻腔附近还黏附着蕈状泡沫，窒息征象明显，口唇和颈部没有损伤，胸腹腔膨胀。"圣兵哥说道。

等我回过神时，圣兵哥已经穿戴整齐，正在池塘边进行初步尸表检验了。因为这里没有什么人，所以不用像在校园里检验那样有那么多的顾虑。

圣兵哥几乎已经把尸体的衣服都脱下来，我也连忙戴好手套来帮助圣兵哥。

在之前的出勘现场中，我也遇到过一例因交通事故入水而导致溺死的非正常死亡事件。所以我对溺死的尸体现象，有一些简单的了解。所谓的溺死，就是指生前入水，而不是死后抛尸入水。

死者的口鼻正在往外冒着蕈状泡沫，用纱布擦去之后，还会涌出来。这种蕈状泡沫会在死于溺死、机械性窒息、电击等的尸体上见到，尤其是在溺死的尸体上比较常见，因此这是法医用来判断"死者是溺死"的重要指征。

我用止血钳扩张死者的鼻腔，用一根棉签伸进去，然后取出棉签，在一张白纸上擦蹭几下，棉签上黏附的泥沙就转移到了白纸上。如果死者是死后入水，因为没有呼吸运动，所以这些泥沙就比较难进入鼻腔的深部。当然，如果在水比较深、水压比较大的情况下，也有可能造成深部鼻腔的泥沙附着。

但现在除了蕈状泡沫、深部鼻腔的泥沙，尸体还存在全身窒息征象，而且口鼻腔和颈部还没有损伤，这样基本上就可以判断死者是溺死的了。

"溺死征象明显。"我一边检验一边和圣兵哥说，"他不会是畏罪自杀吧？"

"不会，他要是自杀，没必要带着这么多工具，还有木盆。"圣兵哥指了指旁边的一些捕鱼工具和木盆。

"是啊，有道理。看起来，像是他乘坐木盆进去捕鱼，结果木盆侧倾导致他掉落水中意外溺死。可是他水性很好，怎么可能是意外溺死？"我疑惑道。

"完全有可能。这水底下啊，全是水草！"刚才负责打捞尸体的民警一边说，一边用长竹竿拨动水面，"看到没有？幸亏我们是在岸边用长竹竿打捞的，要是下水的话，估计咱们兄弟几个的名字上全加黑框了。"

公安工作就是充满了未知的危险。

"他水性好，别人不会用推他下水这么笨的杀人手法，所以只有可能是意外落水后被水草缠住，然后溺死的。"我对自己的推断很是满意，简直滴水不漏了。

圣兵哥一反常态，在一旁不置可否，只是默默地用一根长竹竿在试探水深和水草生长的高度。

突然，圣兵哥的电话铃声响起。2 个小时之内，圣兵哥的手机响了两次，这种情况还是比较少见的。很显然，又是一条重要的情报。

圣兵哥拿着"砖头块儿"在耳边听了一会儿，一句话也没有说，就挂断了电话。他放下长竹竿，走到陈玉平的身边，蹲下身来，小声地问道："你们不是孩子的亲生父母？"

我心里"咯噔"了一下，很显然，圣兵哥之前的推断分毫不差。

陈玉平听到这话，像是被针刺了一下，突然跳了起来，眼中充满了惊恐："谁说的？你们别胡说！"

圣兵哥依旧蹲在那里，盯着陈玉平的眼睛。两个人就这样足足对视了两分钟，最终还是陈玉平败下阵来。

"我是说，我是说，女儿是我亲生的，但确实不是李斌的。我和李斌结婚的时候，就已经怀孕了。"陈玉平移开了眼神，像泄了气的皮球一样靠在了草垛上，泪水慢慢地流下。

自杀少女

其实在这个年代，亲子鉴定已经不是什么稀奇的事情，老百姓也大多知道公安机关是掌握亲子鉴定的技术方法的，陈玉平显然也是知道的。这种事情，狡辩也没有什么用。

而在一边的我，此时已经很清楚了。这个电话是DNA实验室的周伟打来的，他肯定是经过了一夜的工作，做出了牙刷上的DNA。而李香香体内的少量精斑，也一定和李斌牙刷上的DNA认定同一。

"你去用穿刺法，从尸体的心脏里抽一些血出来。"圣兵哥站起身来对我说，"虽然和牙刷上的DNA对上了，但是证据还不扎实，必须从尸体里直接抽出的DNA才是确凿的证据。"

我一想，也是。如果等尸体火化了，再狡辩说这个牙刷不是李斌的，那就真的是死无对证了。

所谓的穿刺法，就是用一根有很长针头的注射器，从死者胸部左侧的第三、四肋骨间隙插进去，那里是心脏的位置。只要针头抵达了正确的位置，注射器就能抽出心血来。不过究竟要插多深，是需要经验的。好在之前我已经"训练"过，所以没有费太多工夫就抽出了李斌的心血，然后储存在一根真空管内。

此时，我心里知道，不出意外的话，这起强奸案应该就是李斌做的了。现在李斌也溺死了，按照法律规定，就应该销案了。

真是恶有恶报啊！即便是这样，我的心情依旧低落无比。

只可惜李香香那个小女孩，我在她这个年纪的时候，还只知道苦恼作业太多影响踢球，而她却经历了那么多不堪的事情。"活着痛苦"四个字，字字都是血泪啊。

"李斌对你的女儿好吗？"圣兵哥依旧在盘问陈玉平，他的眼神无比犀利，盯着陈玉平，和平时的圣兵哥判若两人。

"好……不不不，我不知道，我长期在外打工，我什么都不知道。"陈玉平神色惶恐，语无伦次。

毕竟陈玉平受到了沉重的双重打击，这样的表现也很正常吧。

圣兵哥没有再继续问下去，站起身来，走到池塘边，用矿泉水瓶装了一瓶池塘里的水，然后走回来和我一起清洗、收拾器械。收拾完毕后，他回头又看了一眼陈玉平。而此时，陈玉平正在向我们这边张望，眼神交会时，她立即低下了头。

"我们走吧，尸体拉回中心。"

"好的，殡仪馆的工作人员，马上就到了。"刑警队的小马说。

"嗯，你们派个人回分局，办理一下解剖手续。"圣兵哥说，"我们需要对尸体进行解剖检验。而根据刑诉法的规定，需要县级以上公安机关负责人批准。"

又来？

小马想了想，什么都没说，就钻回了他的警车。

"又有疑点吗？"坐上了勘查车，我问圣兵哥。

"有。"圣兵哥靠在后座上，闭目回答，看起来很疲惫的样子。

我没再追问了，害怕打扰了圣兵哥的思考。一路上我们都没有说话，都默默地看着窗外，任凭颠簸的小路把车里的我们摇来晃去。

勘查车直接开到了殡仪馆的解剖室，我们跳下车，一边打扫解剖室，一边等候李斌的尸体被拉过来。

大约1个小时后，小马的警车后面跟着殡仪馆的运尸车，摇摇晃晃地开了过来。

"你们分局领导同意了？"圣兵哥从小马手上接过了《尸体解剖通知书》。

"那必须的。"小马说，"你刘所长的指示，我们必须照办。"

"通知死者家属了？"圣兵哥问。

"这不是写着呢吗？"小马指了指《尸体解剖通知书》的下方，说，"我们是告知了陈玉平，她也签字同意了，但是说自己害怕，就不过来了。"

尸体解剖是需要见证人的，但是如果死者的家属不愿意到场，我们一样可以找殡仪馆的工作人员作为尸体解剖的见证人。

"那行，手续办妥了，我们就干活儿了。"圣兵哥说。

"行哪，我就在这儿静候佳音。"小马"呸"了一声，说，"哪儿来的佳音啊。"

4

看着殡仪馆的工作人员正把尸体往运尸床上搬运，我一边穿着解剖装备，一边问圣兵哥："哥，你对这个案子，还是有疑惑？或者，你究竟发现了什么疑点？"

圣兵哥也在穿着解剖服，正背过身子，让老郭帮他系解剖服背后的系带，说："你想想，从李香香体内还存留有李斌的精斑这一点来看，说明李香香在自杀前的一天内，很有可能被李斌强迫发生了性关系。李香香尸体被我们带去殡仪馆的时候，李斌肯定知道我们要对尸体进行检验的，那么他应该害怕他的犯罪行为被我们发现才对，那么他还能那么悠闲自得地去捕鱼吗？那他心理素质也太好了，太没心没肺了吧？"

"这个我在现场的时候也想到了。"我说，"可是，这只是推断吧？也能算作疑点吗？可能他真的就是心理素质那么好？或者说，他想通过捕鱼来缓解自己紧张的心情呢？"

圣兵哥笑了一下，说："当然，不能仅仅靠这个疑点。还有其他的疑点。你仔细看看他的双手，很干净。"

"手？干净？这个说明不了什么吧？"我问道，"在池塘里捕鱼，随时都能洗手。"

"我不是说那种干净！"圣兵哥被我逗笑了，"在现场的时候，你忘了吗？民警们说，池塘里的水草长得好长。我还专门用竹竿试了试，确实有很繁茂的水草在池塘里。你想想，李斌如果是在水草丛生的地方落水，被水草缠住溺亡的话，根据尸体痉挛的理论，他的手中没有泥沙，也应该有水草，对吧？"

我知道，溺水死亡的尸体，因为求生欲的驱使加之溺水窒息死亡导致的尸体痉挛，通常会在手指夹缝中间发现泥沙和水草。

而李斌的双手松弛、干净，完全找不到泥沙或水草的痕迹。

"可是，他确实是溺死的啊。"我真是丈二和尚摸不着头脑。

确实圣兵哥说的这个问题很可疑，但是这个问题又和死者的死因发生了矛盾。和上一起案件不一样，这一起案件我可以很确定我没有判断错。那样的尸体现象、那样的蕈状泡沫，如果不是溺死，那也就奇怪了。

因为在郊区现场的尸检工作没有受到干扰，所以我们已经做过了细致的尸表检验，该提取的检材也都提取了，下面可以直接进入尸体解剖的环节。

我带着问题，闷声不响地对李斌的尸体进行系统解剖。

此时我已经不算是新手了，第二次上解剖台的我，基本上可以保证"一"字形切开的切口不再歪歪扭扭的了。

因为尸体上没有什么明显的损伤，所以解剖进行得很快。除了尸表检验中发现的溺死征象之外，我们还发现李斌的内脏瘀血、左右心脏内心血颜色不一致、肺水肿有捻发感、气管内发现了泥沙和水草、胃内大量的溺液。

圣兵哥告诉我，所有这些，都是溺死的征象。尤其是肺脏的捻发感和气管内的泥沙，都是证明死者是溺死的重要证据。当然，目前只能证明死者李斌确实是溺死的，却不能证明死者就是在事发小池塘里溺死的。

为了证明这一点，圣兵哥还教我如何进行硅藻实验。因为硅藻的种类千千万万，每一处水域的硅藻形态都不尽相同，所以比对"死者体内的硅藻"和"池塘里的硅藻"，就能确定死者是不是在现场水域内溺死了。

那个时候的硅藻检验，还是用传统的老方法。把尸体的器官取下一小部分，剪碎，放进烧杯里，再往烧杯里倒入硝酸硝化。很多研究文献表明，在死后抛尸入水的尸体肺脏里，也能找到现场水域内的硅藻形态。所以圣兵哥不仅提取了死者的肺脏，还提取了肝脏和肾脏。因为不经过人生前的代谢作用，硅藻是不可能进入这些器官的。

那个实验的情景我直到现在还印象深刻，当硝酸倒入烧杯后，立即浓烟滚滚，甚至把殡仪馆工作人员都吸引过来了，他们还以为解剖室失火了。

硝酸把组织硝化，但是因为硅藻这种微生物有着坚硬的外壳，所以并不会被硝酸破坏掉。通过离心被硝化的液体来取沉淀物，就能把死者器官里面的硅藻给提取出来了。

对现场池塘里的水，就不用硝化了，只需要离心，就可以找出硅藻。

实验结果表明尸体内硅藻与现场水样硅藻认定同一，证实了李斌是在那个小水塘中溺水死亡的。

做完了这一切，已经过去了3个多小时，到下午时分了。我算是松了一口气，还好我这次没有像上次那样，判断失误。死者真的是溺死的，那他也太没心没肺了，继女自杀、警方调查的时候，居然还有心思去捕鱼！

在缝合结束、准备结束解剖的时候，圣兵哥因为需要搬动尸体，无意中将尸体的手臂举上了头顶。突然，圣兵哥的眼睛一亮，指着死者的腋下，说："等会儿，别动！你看！"

我顺着圣兵哥的眼神望去，死者李斌腋下的颜色仿佛有些异常，但是又不能确证。

"这里像是出血啊！"圣兵哥说道，"切开来看看。"

一般情况，法医可以用肉眼就鉴别出皮肤颜色异常的原因，但有时候是比较难区分的，就需要切开皮肤来观察切面状态，由此来分辨出颜色异常究竟是因为损伤、尸斑还是腐败。

我用手术刀小心地沿着颜色不一致区域的中央切开，居然发现了死者的双侧腋窝里有片状的皮下出血！

"这里的皮下出血，可不多见啊。估计有损伤也是玩双杠玩的。"我调侃道。

"很简单，这里的损伤有可能是别人用双手在死者腋窝处着力、拖拽他形成的。"被圣兵哥一说，我茅塞顿开。

"既然是出血，就说明有生活反应，是生前形成的。"结论已经在我的脑海里翻腾，"但是，你怎么能确证这两处出血和李斌的死亡有直接的因果关系呢？"

"皮下出血是有固定模式的转归过程的。"圣兵哥继续开启科普模式，说，"简单来说，皮下出血的初期，可能不会在皮肤的表面上表现出来，但是逐渐会在皮肤上显现，最初是紫色，然后出血逐渐被吸收，形成含铁血黄素，皮下出血的颜色会变为青紫色、青色、黄绿色，甚至变成黄褐色。"

"你的意思是说，双腋下出血后不久，李斌就死亡了，所以才未在皮肤表面显现。既然这样，这两块出血的形成，离李斌死亡的时间就很短暂，所以就应该和李斌的死亡有关。"我立刻就明白了。

"结合刚才的线索来推断，如果我们确认这里的损伤是拖拽李斌形成的，说明这个时候李斌没有死。"圣兵哥若有所思地说，"那么……"

"李斌当时是昏迷的！"我抢着说，答案终于浮出水面。

"我发现你有长进啊，干这行有天赋。"圣兵哥笑着和我说，"答应哥，可不要轻易转行。"

可能是我上次问圣兵哥学法医的能不能转行当医生，圣兵哥一直把这事儿当成了心事。法医这行估计愿意干的人少，好不容易遇上我这种一点就通的苗子，圣兵哥就不想放我跑了，我暗暗有些自喜。

"人如果昏迷的话，肯定是有原因的。"圣兵哥说，"导致昏迷，不外乎几种可能性：一是窒息，但是李斌口鼻腔和颈部都没有损伤，没有证明的依据；二是颅脑损伤，他的头部被我们打开了，不是连头皮下出血都没有嘛，所以这种原因也可以排除；三就是中毒了，例如酒精导致人的意识丧失，这也是中毒导致昏迷的一种情况。"

"酒精，没有吧？"我说。

"嗯。我们打开李斌胃的时候，胃内容很充盈，没有酒味。"圣兵哥说，"这说明李斌是进餐后不久死亡的，而且他没有喝酒，那么只能是其他药物中毒使他昏迷了。"

我想了一想，恍然大悟道："哦！我似乎有点儿明白了！他是在深度昏迷的状态下被人扔入水中的，所以，虽然他有明显的溺死征象，但他的双手没有抓握泥沙和水草的痕迹。"

圣兵哥赞许地点点头，说："分析得很棒，会结合之前的尸表检验进行分析了。正如你说的，这起案件的嫌疑人很有可能利用了死者生前是捕鱼人这一情况，故意用药物致昏死者，扔入水中，伪装成意外溺死。"

"如果是这样，那么嫌疑最大的就是陈玉平了。"圣兵哥看了看天花板，"她的女儿因为被李斌这个禽兽残害而自杀，这就是陈玉平的杀人动机。而且，不知你注意到没有，陈玉平到达女儿自杀死亡现场时，还有我问她问题的时候，她的眼神都很反常。"

我这才明白，陈玉平看到自己女儿尸体的时候，为什么会下意识地看向丈夫那边，并且全程无言语交流、眼神冰冷，那不仅是悲痛，更有可能是隐藏着杀意，而且被问到女儿是不是自己亲生的时候，反应居然那么激烈。

"那，咱们接下去怎么办？"我问。

"没事。"圣兵哥说，"你不是在现场取了一管子李斌的心血吗？除了做 DNA 以外，再加做一套毒物化验，就能知道结果了。"

解剖检验结束了，我和圣兵哥回到了办公室。我们没有说话，不约而同地陷入了沉思：如果证实了李斌是被他人杀死的，那么怎么寻找证据去指向凶手呢？因为一起案件的起诉、审判，绝对不止推理、推断那么简单，法庭证据才是最关键的一环。

毒物化验是需要时间的，第二天早晨，我们终于等到了毒物化验的结果。

不出圣兵哥所料，毒物化验部门在李斌的心血中均检出了大量的安眠药成分。

我激动地欢呼了一声，几天之内，奇迹轮番上演。圣兵哥再次成功地从几个细微的异常现象中，发现了一起命案的存在。

圣兵哥第一时间拨通了小马的电话。

小马和几名分局刑警大队的刑警坐在我们的办公室，像听天方夜谭一样听完了我们的推断，然后问道："陈玉平倒是一直被我们控制着，抓人的麻烦不存在。但是，没有证据就不能侦破，那我们怎么着手侦破呢？如何寻找证据，有什么好建议吗？"

我瞬间被问住了。经过了一夜的思考，我也还没想到寻找证据的方法。确实不能根据陈玉平有犯罪动机就定她的罪。更何况，至少到现在，她并没有交代李斌是她杀的。

"有一个办法可以试试。"圣兵哥说，"小女孩自杀的那天，我们都看见陈玉平坐一辆车来到现场，然后又坐车离开。你们可以调查她离开后那段时间的行动轨迹。如果车不是她开的，就问一下司机他们驱车去了哪里，注意调查沿途医院或者药店的工作人员。"

"寻找安眠药的来源对吧？"小马心领神会地点了点头，带着几名刑警工作去了。

法医的工作已经完成了，我们也没有义务跟着小马一起去调查，于是回到法医门诊继续工作。这一天，我都心不在焉地给伤者验伤，时不时地看向桌上的电话机。

好在调查工作并不复杂，调查结果很快就反馈上来了。据陈玉平租车的司机所说，陈玉平离开李香香自杀现场后，就乘车回到了打工的工厂，辞掉了工作。这些事情只用了半天的时间。也就是说，陈玉平从李香香自杀的那天中午开始，就不知所终了，她有充足的作案时间。

小马他们就分析了从陈玉平的工厂到李斌的家之间的路线，认为她最有可能乘坐公交车回家。2001 年，公交车上虽然还没有安装监控，但是因为这条路线的乘客非常少，所以公交车司机居然记得陈玉平的样子和行踪。根据公交车司机反映的情况，陈玉平当时魂不守舍地上了车，然后在中途下了公交车。

根据陈玉平的下车地点，小马沿路调查访问了三家药店，其中的一家药店的营业员说，对陈玉平的样子有些印象，并且他们药店就安装了监控探头。

通过对监控视频的审阅，小马很快找到了陈玉平进店买药的画面。而根据这个画面，药店营业员也想起，她买的就是安眠药。因为陈玉平苦苦相求，说自己住得远，进城买一次药不容易，所以店员破例卖给了她十几粒安眠药。

这些药量，足以让李斌昏睡得不省人事了。

证据确凿，也不怕陈玉平不交代了。但是圣兵哥和我一样，一点儿也高兴不起来。我们知道，这起杀人案件源自一个母亲的愤怒。

被带到公安局的陈玉平已经知道事情败露，她没有做任何抵抗，直接交代了事情的原委。

"我和李斌结婚的时候已经怀孕了，孩子出生的时候，他就知道这不是他的女儿。当时他说他原谅我了，我信以为真，但我没有想到的是，他居然隐藏得这么深，居然在十多年后这样报复我。他打我的女儿，还打我。我被打得遍体鳞伤，一气之下就离家出去打工，想靠自己多赚一点钱，将来能带着香香一起生活。

"可这个禽兽，我一离开家门，他就变本加厉了，香香还那么小……香香跟我说了他做的丑事，我跟他闹了一场，那时候就控制不住自己想杀人了。但家丑不可外扬，我怕这事儿捅出去，香香将来不好嫁人。我警告了他，又劝香香忍一忍，等妈妈攒够钱了，我们就远走高飞。但没想到……香香一死，我也没什么盼头了，我一定要杀了这个禽兽。"

此时的陈玉平已经泪流满面，但眼泪掩饰不住的是她表情里的杀气。

"我买了安眠药，回到家里时，发现这个畜生居然根本没把香香的死当回事。他居然又和那些狐朋狗友赌博去了。我知道他去哪里赌博，就去找了他，说是想和他好好谈谈。他虽然因为我扰了他的牌局而很不耐烦，但毕竟香香刚刚去世，他可能也不想和我闹得太凶，于是答应了。

"我带着他去了我一个朋友开的饭店，和他边吃边说。说的都是假装和他谈条件，问他要钱的话。他听出来我不会报警，心里就踏实了，其实，这些话都是给我打掩护的。钱有什么用呢，换不回香香了。

"我趁他不注意，在汤里放入了我买的安眠药。果然，他喝了汤很快就睡得像死猪一样。我整理好他的衣服，把他拖上了饭店门口停着的、我朋友的三轮车，把他运到水塘边，然后扔进了那片水塘里。看着他一点点沉下去，我心里麻麻的，一点感觉都没有。

"后来我想到，这人渣死了，我又没被人看到，干脆就让大家以为是意外好了。于是，我又偷偷潜回到家里，当时家里并没有警察，所以我就拿了他所有的捕鱼工具，在池塘边布置成他捕鱼的样子，好让你们认为他是捕鱼的时候意外溺死的。

"对了，我那个开饭店的朋友，他什么都不知道。他给我们做了饭，就出去了，想给我们提供一个安静的谈话环境。我做的事情，我自己担，你们就别为难他了。"

小马面色铁青地向我们介绍了陈玉平交代的情况。我知道我们都一样，为这起惨剧感到惋惜。

"究竟是谁有错在先呢？"我茫然地看着上空蔚蓝的天，"如果陈玉平最初可以通过法律手段把李斌送进监狱，李香香是不是就不会被逼到绝境？难道守住脸面和清白比孩子的生命还重要吗？"

"谁错都已经不重要了，可怜的是一个无辜幼小的生命，就这样成了这段孽缘的牺牲品。"圣兵哥感慨道。

法医秦明

VOICE OF THE DEAD

| 第四案 |

婆婆之死

———

很多人觉得他们在思考，
而实际上他们只是在重新整理自己的偏见。

———

威廉·詹姆斯

1

天气越来越热，盛夏的早晨令人心烦气躁，太阳对着大地喷吐着热焰，知了在树上聒噪地鸣叫着，路上行人稀少，店铺门可罗雀。

我的实习期眼看着就要结束了。

再过几天开学后，我会进入大四的学习，也就是专业课的学习。大四一结束，连暑假都没有，我们就要直接进入大五的实习阶段了。

"估计这几天也没什么案子了。"我说，"哎，没想到啊，我大学的最后一个暑期就要一去不复返了。"

"嘿，最好是没案子。"圣兵哥笑着说，"现在这天儿太热了，法医一般都是最怕这个天气的，你知道为什么吗？"

"高度腐败？"

"是啊，最怕遇到巨人观！"圣兵哥说道，"不过你小子运气好，到现在还没遇见过呢。"

"这叫运气好？"我不屑地说，"哥，你别说得那么夸张，谁家冰箱里还没臭过肉？我倒是觉得运气好的话，得我让在实习期结束前就见识见识。"

圣兵哥笑了一下，无奈地摇了摇头。

第二天一早6点钟，我家的电话突然响了。

"圣兵哥？"

"是啊，县里有个案子，你去不去？"圣兵哥问。

我们省的法医职位体系是每个地级市公安机关都配有法医学专业人员，市辖区内的各个区级公安分局不配备法医，而在距离市区较远的市辖县级公安机关配备法医。所以，一般情况下，县级公安机关辖区内的伤情鉴定和非正常死亡现场都是由县级公安机关来负责。

不过，毕竟人命关天，一旦县级公安机关发生了命案，都是需要市级公安机关派员来参加现场勘查和尸体检验。如果遇见了社会影响较大、死亡人数较多或者疑难的命案，市级公安机关还会上报省公安厅派员开展工作。

所以，圣兵哥既然邀我去县里，那一定是命案了。

虽然我并不想在炎热的周末，离开清凉的空调房外出办案，但是毕竟实习期还剩下最后几天，我以后想去都没的去了，于是在百般挣扎下起床。一出门，就感觉到自己从头到脚都被燥热的空气包裹了，真热啊。

等我赶到了市局，圣兵哥正在大院里焦急地等着我，老郭开着闪烁着红蓝色警灯的现场勘查车，等候在一边。

"汀山县一起命案，一死两失踪。大事儿！"圣兵哥说，"你咋这么磨叽，领导让我们8点半之前就要赶到。"

我抬腕看了看表，已经7点多了："那是要快一点儿，至少得1个小时的路。"我拎起勘查箱，和圣兵哥跳上了警车。

侦查破案时间不等人，快一分钟可能就会有不同的结果。当然，快一分钟也可能会酿成惨剧，有很多警察都是因车祸牺牲的。我紧紧地抓着扶手，任凭警车呼啸着冲向100公里外的汀山县。

汀山县是汀棠市下属县，所以老郭和圣兵哥都轻车熟路，甚至把我耽误的时间都一分一秒地追回来了，终于及时赶到了现场所在地，汀池镇。

当地的公安局局长和法医正在警戒带外面等候，几名痕检员正在一座平房的地面上铺设勘查踏板，还用挂在脖子上的相机不停地拍摄着。

看这架势，这起命案应该不简单。

圣兵哥下车，和当地的同行们简单地寒暄以后，就让我戴上口罩、鞋套、手套和帽子，和他一起跨进了警戒带。

现场位于这个小村落边缘的一座平房内。平房是当时很流行的三联体结构，从平房正中的大门进入后，首先看到的是客厅，客厅的东、西两边各有一个门框。西边的门框没有木门，只有一块花布帘把西房和客厅隔开。东边有一扇木门，此时正虚掩着。

进入大门后，就看见客厅的东边墙角处摆放着一张单人钢丝床。床上垫着一张草席，席子上躺着一具老太太的尸体，一条花色毛巾随意地搭在尸体的腹部。尸体面向墙壁，左手无力地搭在钢丝床边，指甲呈现出暗紫红色，显得格外瘆人。

"西边的这间是杂物间。"刚刚做完地面痕迹勘查的痕检员说，"里面全是杂物，地面条件非常差，没有取证的可能性。"

"有翻动痕迹吗？"

当地法医已经进行了尸表检验，初步判断死者是被掐扼颈部、捂压口鼻导致机械性窒息死亡的，所以圣兵哥更关心案件的性质。案件性质和死亡方式不同，案件性质其实是指这一起案件发生的性质，或者说是凶手作案的动机，比如因财、因仇或因性。尽快明确案件的性质，就可以迅速指出案件侦查方向、划定侦查范围，是一起案件尽快破获的第一道关。

圣兵哥一边问，一边撩开帘子小心地沿着勘查踏板走进杂物间。

勘查踏板是痕检员在进入现场后铺设的通道，由一块块踏板组成，像是一条小桥，通往关键区域，防止勘查人员的进入而对地面上的痕迹造成破坏。

"初步看，死者生前生活习惯不好，里面很乱，但不像有翻动的痕迹。"痕检员说。

勘查踏板示意图

婆婆之死

屋内杂乱堆放着各种破旧的家具、废弃的三轮车和一些瓶瓶罐罐。杂物上都积了很厚的灰尘，灰尘有深有浅，可以看出，房子的主人也经常会来这里翻找工具，压根判断不出是否混有凶手的痕迹。

圣兵哥摇了摇头，走出了西屋，来到东屋。东屋的一张大床上垫着一张旧席子，席子上两床毛巾被向两边掀开着，两个枕头状态正常地放在床头，床的另一头搭着一条黄绿色的裙子。

我绕着现场的三个空间走了一圈，家具、抽屉、柜子都没有被翻动的痕迹。尤其是东屋里的五斗橱和客厅钢丝床边的床头柜，看起来都是可以藏匿贵重物品的地方，结果都没有被打开的痕迹。

我说："一点翻动的迹象都没有，那么应该不是侵财。对了，刚才听说是一死两失踪，这个房子还住着哪两个人？"

侦查员听见我发问，走过来说："具体情况还正在调查中。目前查清的死者老太太叫孙玲花，她的老伴十几年前就因病死亡了。平常孙老太带着她的孙子曹清清住在东屋。1个月前，孙老太的儿媳妇金萍因为身体状况不好，从打工的地方辞职回家，就和曹清清住在东屋里，孙老太搭了张钢丝床睡在客厅。今天早晨，孙老太的好友李老太像往常一样来喊孙老太一起去地里摘菜，发现孙老太家的门虚掩着，喊了几句没人应，觉得不太对，推开门发现孙老太躺在床上，她赶紧走过去一摸，身体都硬了。李老太跑到东、西屋，都没看到人，就报了案。"

所以一起失踪的，应该是金萍和她的儿子曹清清了。这样一看，这案子就有点儿耐人寻味了。

我走到老太太的尸体旁边，发现死者的手指关节屈曲、不可活动。于是我拿起尸体的胳膊，学着圣兵哥教我的样子，弯了弯死者的肘关节，发现根本就弯不动。这说明尸体的尸僵已经完全形成。

"知道大概的死亡时间了？"圣兵哥像是在考我。

我思索了一下，回答道："死者是昨晚天黑以后死亡的。"

"和我刚刚推断的结果一样，需要再测肛温吗？"汀山县乔法医问。

"意义不大。"圣兵哥收起对我赞赏的眼神，对乔法医说，"天太热了，屋里更热，通过尸体温度推断的死亡时间也不会准确。算来算去，估计也只能得出'天黑后死亡'这样的结论。"

"大门锁是好的吗？"我抬起胳膊擦了一下额头上的汗珠。

"我刚才也看了，没有任何撬压痕迹，门锁完好无损。"老郭说。

"我看了一下，房子的几个窗户都加装了防盗窗，虽然劣质，但是没有损坏的痕迹。大门又是完好无损的，只能说是能和平进入现场的人作的案。"圣兵哥说，"或者，就是这间屋子里的主人作的案。"

我点了点头表示同意，接着问："能查到什么因果关系吗？"

侦查员说："目前我们怀疑是金萍作的案，至于其他的因果关系正在调查当中。"

"金萍作案有依据吗？"圣兵哥问。

"金萍和孙老太关系很不好。金萍刚回来的时候还好，住了半个月后，两人之间出现了不少矛盾，吵吵闹闹是经常的事情，邻居说，她们婆媳俩之前甚至动过手。"侦查员抹了一把脸，汗珠还是不住地往下淌，"从初步调查的情况来看，昨天下午金萍带孩子在几公里外的汀河里捞虾，直到晚上7点多才回到家。孙老太在家里等他们两人吃饭等得心急，跑到离家100米左右的路边去看了好几次，等金萍带着孩子回到家后，两人又吵架了。"

"吵架了？"圣兵哥问，"是邻居提供的线索吧？他们听得真切吗？"

"邻居说应该是吵架了，不过好像只听见吵了几句，准确地说不是严格意义上的吵架，就是老太埋怨了几句，金萍不冷不热地回应了几句。"侦查员说，"后来就没有听见其他的声音了。不过，如果她们后来在家里吵嘴打架，声音不大的话，也有可能没引起邻居的注意。"

"嗯，那就是了。"我说，"看来这个金萍具有重大犯罪嫌疑，关键是她莫名其妙地失踪了。这说明即便不是她干的，她也应该是知情者。"

圣兵哥沉默着，这次并没有回应我的推断。

"是的，我们也认为是金萍杀人以后带着孩子跑了。"侦查员说，"目前我们正在积极设卡追捕，附近交通工具不多，还带着个小孩子，估计她跑不远。"

"孩子几岁了？"圣兵哥问。

"今年5周岁。"侦查员说。

"你们怀疑金萍有充足的依据，"圣兵哥突然说，"但是，我总觉得事情没有那么简单。"

"不是吧？难道这一次我们又错了？"我有些担心，问道。

圣兵哥皱起眉头说："也不能说你们就错了，就是我觉得有一些疑点，隐隐约约地缠绕在脑子里，你们让我捋一下。"

婆婆之死

"我觉得没有问题。"乔法医说，"通过现场勘查，倾向于熟人作案，住在这里的两人又神秘失踪。这样看，金萍无论如何也逃脱不了干系。"

圣兵哥点了点头，说："我知道你们有理由，但是，孩子那么小，奶奶和妈妈打架，他不哭？我记得刚才调查说，拌了几句嘴，就没其他声音了对吧？"

侦查员说："确实没有人说听见小孩哭。对哦，如果小孩哭得很厉害，肯定会引起邻居注意的。"

"另外，"圣兵哥接着说，"你们看，东屋房间的毛巾被是掀开状的。看起来，这像是睡眠中突然起身掀开的。睡觉睡得好好的，起床去杀人？而且，床边的裙子，显然不是孙老太的，也不会是男孩的，应该是金萍的裙子。她总不可能杀完人，穿个睡衣就跑吧？"

"这个不好说吧？"我说，"说不准是她晚上睡下了以后又气不过，起身掐死孙老太，然后穿了别的裙裤，带着孩子走了呢？"

"嗯。这就可以解释掀被子、裙子没有穿、小孩没有哭等诸多疑点了。"侦查员附和说。

圣兵哥被我的解释弄得哭笑不得，他说："所以，只能说是疑点嘛。不要紧，不管怎么样，先把尸体拉去殡仪馆再看吧。尸体才是命案现场的中心，才是承载信息量最大的。"

为了防止尸体上的证据遗失，我们用物证袋包裹住死者的手脚和头部，然后示意殡仪馆的工作人员来运送尸体。

当殡仪馆工作人员开始动手用白色的尸袋装尸体的时候，一个侦查员跑过来报告说："又有一个新发现！孙老太家的一个邻居发现自己放在屋外的三轮车丢失了。今早他起床就听说这边出事，跑过来看热闹。刚才回到家里的时候，突然想起自己的三轮车昨晚是停在自家门口的，没有上锁，就这样莫名其妙地消失了。"

这个时代，在农村丢三轮车的并不多。

"难道是金萍畏罪逃跑，因为没有交通工具，所以偷了一辆三轮车带着自己的孩子跑了？"我说。

"当然，这丢车的事件也有可能和本案无关。"侦查员说。

"不会那么巧吧。"圣兵哥说，"好了，多说无益，先去检验尸体再说。"

我和圣兵哥各自怀着心事，坐上了勘查车，向县殡仪馆进发。

汀山县殡仪馆正准备搬迁，所以汀山县公安局没有急着建设尸体解剖室。他们准备在新的殡仪馆落成以后，再进行尸体解剖室的建设工作，否则就是在浪费资金了。不过，很多地方都是抱着这样的想法来等殡仪馆的搬迁工作，结果一等就是十几年。

我走进这个县的殡仪馆，左右看了一看，说："这个殡仪馆就一个小院子、一个火化间、一个告别厅，面积非常狭小。你们平时在哪里解剖呢？"

"就在告别厅和火化间之间的过道中进行。不过，快了，"乔法医一脸憧憬地说，"新殡仪馆建成后，我们就可以建解剖室了。"

我们走到告别厅和火化间之间的过道，发现这里的光线非常暗，也没有窗户，透气效果很差。我说："这种条件你们怎么工作？如果碰见了巨人观，还不得给熏死？"

"你还没见过巨人观，你咋知道会被熏死？"圣兵哥笑着问我。

乔法医说："我们这里水少，案件也少，尸体不多，更别说巨人观了。总之，很少见高度腐败的尸体。"

"少见不代表就见不着啊。"我好奇地接着问道，"你们以前碰见巨人观的时候，要怎么办？"

"话多。"圣兵哥笑骂了一句，说，"抓紧时间干活儿吧。"

乔法医挺有耐心，还回答上了我的问题："一般不是命案的，也不怕围观，就在前院做。如果涉密的，就得在这里做，臭气熏天也得忍着，基层法医不好干啊！"

我一边叹了口气，一边慢慢拉开尸袋的拉链。

因为没有解剖床，停尸床下面又有轮子不好固定，所以我们只有选择把尸体放在不锈钢担架上，再把担架放在地面上，然后蹲在地上进行尸体解剖。说老实话，蹲着干活，一蹲就是好几个小时，是件非常痛苦的事情，即便在我还不胖的时候，也这样觉得。有很多基层法医因为蹲的时间长，都长痔疮了。

孙老太穿着一件短袖汗衫、一条平角内裤，扭曲着身体躺在那里，看来死亡之前是经过了挣扎的。

"尸僵强硬，尸斑位于尸体底下未受压处，全身未见开放性损伤。"圣兵哥一边用力破坏尸体的尸僵，一边说，"面颊青紫，眼睑球结膜可见出血点，指甲青紫。"

尸僵在机体死亡后2个小时就开始形成，十几个小时会达到高峰。一旦尸僵在尸体关节处形成，尸体的肢体就很难被移动。这个时候，只有用力破坏了尸体的尸僵，才方便下一步的尸体检验。

"机械性窒息是没有问题的了，颈部还有这么多损伤。"我说着，用酒精棉球仔细擦拭死者的颈部，"咦，哥，你快看她的颈部损伤，挺有特征的。"

2

听我这么一说，圣兵哥凑过头来仔细看着死者颈部的损伤。

颈部的损伤是以表皮剥脱为主，偶尔还夹杂着几个月牙形的挫伤。我又用酒精棉球仔细擦拭了死者口鼻附近的皮肤，也可以看到几个月牙形的挫伤。

"你看完损伤的特征了，有什么分析？说给我听听？"圣兵哥问我。

我也习惯了圣兵哥的突击测试，自信满满地说："颈部有损伤，口唇周围皮肤有损伤，口唇黏膜有挫伤出血，看来凶手是扼压颈部和捂压口鼻同时进行的。所以死因应该是捂压口鼻加扼压颈部导致的机械性窒息死亡。"

"嗯，不错。"

"既然凶手捂压死者的口鼻，那肯定是害怕死者喊叫。"我接着说。

"说得对。"圣兵哥看了看我，见我没有再往下说的意思，上扬到一半的嘴角突然收回去了，追问道，"这就没了？那我问你，尸体颈部和口鼻周围皮肤上的表皮剥脱一般是怎么形成的？"

"皮肤和较粗糙的物体摩擦形成的。"乔法医也加入了抢答。

"这我也知道。"我咕哝。

"那么，这么严重的表皮剥脱，说明了什么？"圣兵哥问。

我皱起了眉头，这次我真的不知道圣兵哥是什么意思了。

"我知道刘所的意思。"乔法医说，"手掌皮肤和颈部皮肤是不可能形成这样严重的表皮剥脱的，只有戴了手套才会形成，因为手套粗糙，和颈部皮肤摩擦的话就会形成表皮剥脱。"

"哦，有道理。"我说，"还得是那种工人用的粗纱手套。我们勘查现场的白纱手套，就形成不了。"

圣兵哥点了点头，又用止血钳指了指月牙形的挫伤，说："这个月牙形的损伤，我说是指甲印，你们没有意见吧？"

"没有。"我和乔法医同时摇了摇头。

"那么，问题来了。"圣兵哥接着说。

"我知道你啥意思了！"我忍不住赶在乔法医之前举手抢答，"如果是金萍干的，她是自己家人，为什么要那么麻烦去戴手套？"

圣兵哥无奈地笑笑，说："是，你说得对，这是一个疑点。"

"可是我不理解，"我说，"如果不是金萍，还能有谁？如果不是她，她去哪里了呢？"

"先别急啊。"圣兵哥说，"我刚才想表达的问题是，既然凶手戴了手套，又怎么能在死者的皮肤上留下指甲印呢？"

我恍然大悟。对啊，戴了手套，尤其是粗纱手套，怎么可能还把指甲露出来？

我用手在空气中比画了一下，说："我在想，是不是说明凶手只戴了一只手套？可是，没见过哪个预谋杀人的人，就戴一只手套的。"

"小小年纪，你见过几个杀人案？"乔法医哈哈一笑。

"我是说电视上，电视上也没这么演的。"

"我倒是在考虑，是不是金萍约了人来杀人，杀人凶手戴了手套，金萍没有戴手套，两人合力杀死孙老太的呢？"乔法医说。

"如果是有备而来，戴着手套来用掐、扼的方式杀人，孙老太这么瘦小，需要两个人一起杀？两个人一起扼压颈部、捂压口鼻也太不方便了吧，现场那么狭小的地方，床边站两个人都难。"圣兵哥反驳了乔法医的推测。

"那你觉得究竟是怎样？"乔法医也没想法了。

"要是金萍激情杀人的话，不可能还找只手套戴着。我总觉得，凶手另有其人。如果是凶手应金萍之约来杀人，既然戴了手套一定会戴一双。"圣兵哥说，"有没有可能凶手是到现场偷东西，顺手在附近捡了一只手套戴上？不过我的设想也不能解释为什么凶手能够和平进入现场，为什么金萍会失踪，为什么现场没有任何翻动的痕迹……"

"那下一步怎么办？"站在一边的痕检老郭问。

"老郭，你去和他们说，追查金萍的工作不能停。毕竟，找到她，很多事情就可以搞明白了。"圣兵哥说，"另外，可以留下一个县里的同志来记录和拍照，你恐怕得重新去现场，负责组织对外围的搜索工作，看有没有可能找到一些相关的证据。"

尸体解剖工作继续进行。

圣兵哥告诉我，通过对尸体的尸表检验，我们已经基本推断了孙老太的死亡原因，接下来的解剖工作主要解决的问题就是彻底确定孙老太的死因，并且通过胃内容物进一步推断死亡时间。

我们按照正常的解剖术式，开展了解剖工作。我们取出了死者的舌骨，发现舌骨大角有骨折，颈部的深层、浅层肌肉都有明显的出血征象。另外，内脏瘀血、心尖出血点、颞骨岩部出血等诸多窒息征象，在死者的尸体上都有所表现。看来孙老太系被扼压颈部、捂压口鼻导致机械性窒息死亡的死因鉴定可以下达了。

打开死者的胃，发现胃内容物很多、很干燥，还没有完全消化成食糜状。乔法医见状，立即用汤勺从死者的胃里舀出一些，放在一个不锈钢的筛子上面，用细水进行了冲洗。经过冲洗，糊成一团的食糜就被冲开了，可以看得清里面的成分和状态，是一些玉米粒和咸菜叶。

之前遇到的几起命案中，我们没有检查过死者的胃内容物，这还是我的第一次。所以看着乔法医在水池旁边筛胃内容物，我不由得感到一阵恶心。不过，我隐藏得很好，没有露怯。

圣兵哥顺着胃幽门剪开了十二指肠和小肠，发现胃内容物已经开始向小肠内排了，他的心情好像完全没有被这些恶心的残渣所影响，游刃有余地继续向我解说："别小看这个步骤。食物进入人体后，消化的过程是有时间规律的，所以人死后，肠胃不再消化食物，我们就可以根据肠胃内容物的状态，来反推死者最后一次进餐到死亡之间的时间。一般情况下，餐后 2 小时，食糜才到十二指肠。像孙老太的情况，食糜已经经过了十二指肠，正在往小肠里排，那意味着孙老太是在餐后 2 小时以上才死亡的。再看胃内容物的消化状态，凭经验可以判断出她应该在末次进餐后3 小时之内死亡的。这样我们就把死亡时间的范围给缩小了。"

负责顶替老郭照录像的痕检员说："在现场的时候，我听见他们侦查员说，金萍和孩子是晚上 7 点半才回的家，之前孙老太都在等他们回家吃饭。这样算，孙老太应该是 10 点多钟死亡的了。"

"是的。"圣兵哥说，"农村睡觉早，这个时间点孙老太应该已经睡觉了。结合东屋里掀开的毛巾被，案发的时候，家里的 3 个人应该都已经睡了。到底是有别的凶手等他们睡觉后作案，还是金萍睡下后又起床杀人，目前还不好说，看看搜查那边有没有什么进展吧。"

尸体解剖结束后，我和圣兵哥在殡仪馆一旁脏兮兮的厕所门口洗手。我问："接下来我们怎么办？"

"反正不能回去，按照我们的惯例，不破案不回城。"圣兵哥哈哈一笑，说，"而且这个案子疑点重重，没有进一步的发现，我实在没法回去，回去了也睡不好。"

"不破案不回去？"我说，"那案子一直不破，我学也上不了？"

"拜托你说点好话吧。"乔法医用手肘戳了我一下，说，"一来就巨人观、破不了案的，晦气。"

"我还能说什么就是什么啊？行行行，那我说5分钟之内立马破案，怎么样！"我对乔法医的迷信嗤之以鼻。

"不和你贫了，你们回不去，那正好。"乔法医也洗好了手，对我们说，"我这里有几个伤情鉴定，疑难得很，下午正好帮我们看看。"

伤情鉴定极易引发信访事件，因为无论法医做出什么伤情鉴定结论，总会有一方当事人觉得自己吃亏了，有的时候双方都会觉得自己吃了亏。所以基层在进行伤情鉴定的时候都会格外谨慎，如遇疑难伤情鉴定，都会想方设法找上级公安机关法医部门进行会诊，统一意见、保证鉴定结论准确无误后才敢出具鉴定书。就像圣兵哥上次被告，他后来就说如果找省厅帮忙会诊一下就好了。

一下午都在研究伤情鉴定，研究得我头昏脑涨，但也学到很多法医临床学方面的知识。我晚上回到宾馆倒头便睡，真的累到不想多说一句话。但不知道为啥，夜里却数次被噩梦惊醒，总觉得床下有一具面容模糊的墨绿色尸体在敲我的床板。

"咚咚咚……"见鬼了，这声音那么真实？

眼睛猛然睁开，原来是有人在敲我房间门，听声音像是圣兵哥，我一骨碌从床上爬了起来开门。"还没起床呢？我知道年轻人觉多，但也不至于9点半还不起来吧？"圣兵哥还特意带了包子给我当早点，催促道，"赶紧起来吧，有新发现，非常有价值。"

"怎么了？人抓到了吗？"我胡乱地套上衣服。

"你说金萍吗？不，还是失踪的状态。不过，昨天老郭组织了几名技术人员在现场周边开始外围搜索，搜索范围不断扩大，今天早上在距现场3公里外的汀河边，发现了一只血手套。"

"血手套？"我一边洗漱一边问，"和本案有关吗？"

"肯定有关啊，昨天分析的那些你都忘光了吗？"圣兵哥说，"根据邻居和昨天从外地赶回来的死者的儿子说，这毛线手套啊，是孙老太前几年自己织的。以前她还经常戴着到处炫耀，毕竟编织一双非常合适的手套没那么容易嘛。听说，孙老太后来在地里干活的时候，丢了一只手套，还到处找了一圈，大家都有印象。根据死者的儿子说，他妈剩下那只手套后来也不知扔在家里什么地方了，再也没见过了。"

我想起来了！欣然自喜地说："我终于猜对了一把！看来凶手真的是戴了一只手套作案！"

"另外，他们在发现血手套的岸边往下看，发现了孙老太邻居家丢失的三轮车，被扔在水里。"圣兵哥接着说道。

"哇，重大进展啊！"我收拾完毕，拎着肉包子就往外走，"走啊哥，不是说没时间了，咱们边走边说吧！"

很快，我们驱车赶往发现血手套的现场。

车子在开到离现场 500 米的地方就开不进去了，我们只能下车徒步走去现场。圣兵哥一边走，一边观察方位，说："不对劲儿啊，按理说，如果是金萍作案，她要骑车逃跑，不应该骑去公路的方向吗？但这地方，不管怎么看，都不是去公路的方向啊。金萍为什么要在这里抛弃三轮车和手套呢？有点儿不合情理。"

"可能她是觉得把车抛在水里安全吧。"乔法医已经迎了过来，听见圣兵哥的疑问，分析道。

走到汀河的岸边，圣兵哥说："不太可能，她要是杀人偷车逃跑，完全没有必要走这崎岖的路来这里抛弃三轮车，反正也是偷来的，她为了什么呢？不管怎么说，继续打捞看能不能有什么新的发现。"

"是的。"乔法医说，"我们正在组织人打捞，好在这条汀河是小河，有什么都能打捞起来。"

我蹲在发现血手套的小河边，仔细地观察着汀河。小河是活水，落差不大，水流缓慢。河水没有严重的污染，却不显清澈。河岸旁边放着打捞出来的三轮车，那是一辆破旧的三轮车，锈迹斑斑，被河水浸泡得湿漉漉的。三轮车里放着一个透明的塑料物证袋，袋子里装的应该就是那只孙老太自己织的手套，手套上沾有灰尘。我拿起物证袋，仔细地观察着手套，这应该是右手的手套，材料很粗糙，织得也很粗糙，手套虎口的部位黏附了一片血迹。

"别放在这里。"圣兵哥把手套递给身边的侦查员，"赶紧送市局 DNA 检验吧。

还有，这车子也送去物证室，让技术人员看看有没有什么价值。"

话音刚落，突然听见了一阵骚动。我抬眼望去，原先在小河边围观的群众开始纷纷向下游跑，我和圣兵哥也急忙沿着河岸往下游走。走了 200 米，拐了个小弯，发现下游 500 米左右的水里，下水的民警在往岸上拖东西，一边拖，一边喊着什么。

"这肯定不是什么宝贝，"我说，"估计是尸体。"

圣兵哥歪头看了我一眼，说："如果真的是尸体，那就被你的乌鸦嘴说中了。这个天，泡在水里两天，肯定巨人观了。"

我的心里"咯噔"了一下，看圣兵哥正在往事发地点跑去，于是也赶紧跟了上去。距离还不近，我还没有看清那一团黑乎乎的是什么东西的时候，一股刺鼻的恶臭扑鼻而来。

而就在这时，听见另一组下水的民警在喊："快快快，这儿还有一个，小孩的，天哪，臭死了。"我的心里又是一沉。

走到了两具尸体的旁边，我的胃里开始翻江倒海，我为自己一开始拿冰箱臭肉来比较的说法感到可笑，这根本不是一个量级的！这种恶臭根本没有办法找到词语来形容，我整个人都麻木了！

更要命的是，到了跟前，不仅仅有嗅觉上的刺激，还有视觉上的冲击。

两具尸体并列躺在岸边，裸露出来的部位早已经不是正常的肤色，而是呈现出一种墨绿色的状态。墨绿色的皮肤上，还有弯弯扭扭、像是血管一样的黑线，后来我才知道，这叫腐败静脉网。

当然，最可怕的不是这些，而是尸体的面容。尸体的面部高度肿胀，眼睛突出了眼眶外，舌头也伸出了口腔，无数的苍蝇在尸体的附近绕着飞。

没想到，这就是我之前好奇不已的巨人观，我还真的在实习期的尾声碰见了，我心里有说不出的后悔。那种难以遏制的呕吐欲，反复折磨着我。我尽可能地不去呼吸，但是每次憋久了不得已吸一口气的时候，那种恶臭会更加强烈地刺激着我的呕吐神经。

圣兵哥似乎已经习惯了，至少从表面上，没有看出他的任何异常。他简单地穿上了隔离服，站在两具巨人观尸体旁边。我想着，如果我不是个法医，这时候完全可以和其他民警一样，躲得远远的。奈何我们职责所在，并不能走开，只能在尸体旁边看着、闻着。一想到过一会儿还要对这样的尸体进行全面的尸体解剖检验，而检验两具尸体，起码也得 4 个小时，我就担心自己到时候控制不住，真的吐了出来。

"不出意外的话，"圣兵哥看了看我发青的脸色，指着面前的中年妇女和五六岁幼童的尸体，说，"这就是金萍和她的儿子。"

圣兵哥猜测的同时，我也竖起了双耳，听侦查员在逐个问围观群众问题。原本聚集围观的人们此刻也开始向远处逃散。这臭气熏天、阴森恐怖的一幕，恐怕会久久地铭刻在他们的记忆里。被警察叫住的时候，他们都不敢再往那个方向多看一眼。

"你们认识这是谁吗？"

"哎哟，我不敢看。都变成这样了，谁还认识啊……"

"等等，天哪……这不会是金萍吧？"

"啊，我看看。"

"怎么看出来她是金萍？"

"脖子上的痣！"

"是啊，那红痣！"

群众七嘴八舌地说着，我和圣兵哥不约而同地朝女尸的颈部看去，果不其然，虽然尸体已经高度腐败，但是那颗黄豆大的红痣依旧清晰地印在女尸的颈部。

"看来金萍和她的儿子真的死了，难道凶手另有其人？"乔法医慨叹道。

"这就能合理解释金萍为什么带着她的儿子远离公路，来到这偏僻的小河边了。"我下意识地用前臂揉了揉鼻子说。毕竟我戴着手套，也不能用接触尸体的手套来碰自己的脸。

乔法医和圣兵哥都有点儿讶异，异口同声地问："怎么解释？"

"因为他们根本就不是为了逃跑。"我大胆推测，"他们就是来畏罪自杀的。别忘了，案发当天金萍就是带着她儿子来这里逮龙虾的。因为逮龙虾而吵架，因为吵架而杀了人，于是金萍就想到带她的儿子来这里畏罪自杀了。"

3

圣兵哥点了点头，说："你说是自产自销，听起来还是很有道理的。不过，我总觉得，就算她可以自杀了之，可是哪个母亲犯了错，还要带着自己的孩子一起死的？"

那还是我第一次听到"自产自销"这个词，凶手杀了人然后再自杀，这恐怕也是警察比较头疼的一类案子。

"是这个理。"乔法医说,"但是能因为几句话就杀死自己婆婆的人,思维肯定与常人不一样,或许是她害怕一个人上路,就找自己的孩子陪着吧。总之,咱们法医要有一个原则,就是不能用自己的所想来推测凶手的所想。"

"嗯,不要以己度人。"我文绉绉地总结了一句。

"对,就是这个意思。"乔法医说。

"这里人太多了。"圣兵哥没有再和我们辩论,而是说,"把尸体拉去殡仪馆检验吧。"

现场围观群众很多,如果在现场检验尸体,势必会导致泄密,围观群众不懂法医的操作,就会有各种误解和猜测,很多谣言就是这么传出来的。而且,我们也不希望让尸体一直暴露在大众视野里,也算是对死者隐私的尊重吧。所以我们还是决定把尸体拉回殡仪馆,到那条灯光昏暗、不透气的走廊上完成这两具高度腐败尸体的解剖工作。

想一想,都觉得这是一份艰苦的工作。

"你们有防毒面具吗?"车上,圣兵哥问乔法医。

"有,有一个。"乔法医说。

"就一个啊?"圣兵哥苦笑了一下,说,"又不是什么贵的玩意儿,多买几个不好吗?"

"咱们这儿用得少啊,报销也很麻烦。"乔法医说。

"行吧,那把防毒面具给秦大胆儿用。"圣兵哥说,"他虽说是胆大,但是估计闻臭不太行。"

我根本就没有推辞,到了殡仪馆,就迫不及待地把防毒面具戴了起来。其实这玩意儿就是一些工厂里经常使用的像猪嘴一样的面具,前面是一个活性炭盒,可以过滤掉一些有害气体。但是实践证明,尸臭味它是无法完全阻挡的,顶多能减轻两成尸臭味的侵袭。至少它能挡去一些损害身体健康的气体吧,我这样安慰着自己。

金萍和小孩的尸体并排摆放在过道的地面上,大批苍蝇在尸体周围盘旋。本来在这个僻静的殡仪馆中很难看到苍蝇,但这腐败尸体一到,就像下达了召集令,整个殡仪馆周围的苍蝇全部按时赶到。

圣兵哥看了看漫天飞舞的苍蝇,无奈地摇了摇头:"你看看,没有解剖室,怎么工作。有个解剖室,至少苍蝇飞不进来。"

可是我们也明白，说是这样说，不管条件有多艰苦，工作还是要进行的。

近看，巨人观的尸体更可怖了。

小孩只穿了个小兜肚，兜肚上沾满了黑色的河底淤泥，尸体表面呈现暗绿色，油光发亮；女性尸体上身穿着颜色已辨别不清的 T 恤，下身穿着深色的三角裤衩。因为腐败气体充斥尸体内，导致尸体像气球一样膨胀了许多，衣服、裤衩就像是买小了两号一样，紧紧地勒在皮肤里。女性尸体不仅仅是眼球突出、嘴唇外翻、舌头突出，就连子宫、直肠也已经被腐败气体压迫得从生殖道和肛门溢出，挤出三角裤衩外。

这样的场面，任谁见了都难以直视。

尸检前 5 分钟，那种恶臭仍透过防毒面具不断地挑衅我的忍耐极限，我时刻都想冲出去干呕。

"金萍逃离的时候，也不找条裤子或裙子穿？怎么穿条三角裤就跑了出来？这不合情理啊。"我的声音没能够透过防毒面具传出来，而是在面罩之内回荡着，发出嗡嗡的共鸣。

圣兵哥都没有听清我在说什么，他"啊"了一声。

"我说，金萍逃离的时候，直接穿条三角裤就跑了出来？这不合情理啊。"我拿下了防毒面具，重复了一遍。

我惊喜地发现，当我们全身心投入尸检之后，似乎渐渐就闻不见气味了，于是干脆把防毒面具递给了在一旁照相的痕检员。他的脸色也很不好看。

我说："但是既然她已经铁了心自杀，可能也就不在意穿什么了。"

"自杀的人，多见的是自杀前穿着整齐。"圣兵哥反驳道，"尤其是女性。"

"可能是她想不了那么多了，毕竟杀了人心情不一样吧。"我说。

圣兵哥沉默了一下，晃了下脑袋，说："不行，不行。我们不能这样先入为主，先查明了死因再说。这个案子里，死因是关键，如果他们是溺死的，那么应该就是自产自销的案件。毕竟通过溺死的手段杀人的案件不多，我们之前遇见的那个，都算是极端情况。但是如果他们有别的死因，就不好说了。"

"对，那抓紧时间干活儿吧。"乔法医说，"要不，先易后难，先看小孩的？"

我和圣兵哥一左一右蹲在小孩尸体的两侧，开始检查小孩的尸表。苍蝇除了围攻尸体，还不断地撞击我们的头面部，我似乎明白"无头苍蝇"是什么意思了，不过我们也只有忍耐。

尸体条件非常差，而且沾满了淤泥，我们只有用纱布轻轻清理尸体表面。因为尸体已经高度腐败，表皮层和真皮层之间都有气泡，表皮也非常容易脱落，所以我们每擦一下，都会不小心蹭掉尸体的表皮，露出不知道是绿色还是红色的真皮。这种触觉上的刺激，一点也不亚于嗅觉和视觉，我的鸡皮疙瘩一阵一阵的。

经过仔细检查，我们并没有在小孩的身体表面发现任何损伤，除了口唇黏膜有一处颜色改变。

"这是不是出血？"我用止血钳指了指口唇黏膜颜色改变的部位。

"像是，但是条件太差，已经没有办法确定了。"圣兵哥皱起了眉头。

说完，圣兵哥用酒精不断地擦拭着这一小片区域，觉得这确实已经失去了确定结论的条件，只有作罢。接着，我拿起手术刀，慢慢地划开了小孩的胸腹腔。

"快，屏住呼吸！"圣兵哥喊完就稍稍往后退了一步。

我还没反应过来，手下的解剖刀已经过了腹部，只听"噗"的一声闷响，尸体就像是被扎破了的气球，膨胀的腹部迅速瘪了下去，随之而来的是一阵难以忍受的极度恶臭。毫不夸张地说，没了防毒面具，我失去了防护，脑门像是瞬间被浓度极高的臭气给罩住了，那一刻，我的魂差点儿就被送走了。我忍不住干呕了一下，眼泪都出来了，圣兵哥真是的，不早说！

过了几分钟，腐败气体没那么浓郁了，我们才回到解剖台前。气管已经高度腐败成深红色，无法判断是否有明显的充血迹象，肺也腐败得充满了气泡，我们无法通过"捻发感"来鉴定是否为溺死。眼看还没发现什么有价值的线索，可当我们打开尸体的胃时，却发现胃内容物居然十分干燥。

"不是溺死。"我抢着说，"没有溺液！"

"不错，关注点对了。"圣兵哥说道。

"说不准是干性溺死呢？"乔法医还是不服，说。

当时的我还不知道这个冷门的词儿，其实所谓的干性溺死是指人跳入冷水时，冷水刺激喉头，导致痉挛，继而窒息，这样溺死，水是无法进入消化道的。

"干性溺死很少见。"圣兵哥说，"而且一般在冬季出现，夏天水温也不低，难以造成干性溺死。"

我没管他们在讨论什么干性溺死，而是想了一想，说："结合他口唇黏膜的色泽改变，我们应该可以确定这个小孩是被捂压口鼻腔导致机械性窒息死亡的！"

这个结论，显然和之前大多数人的判断不一样，因此，现场所有的人都沉默了。

几分钟后，乔法医率先打破沉默："我们想错了。其实小孩的死，不影响案件的定性。大家想一想，如果金萍带着小孩来到河边，她可以选择把小孩扔进水里，但同样也可以选择捂死小孩后再扔进水里。"

圣兵哥笑了一下，说："对，乔法医说得对，关键还是要看金萍的死因。"

被圣兵哥这么一说，我们一起转头看着放在一旁、落满苍蝇的金萍的尸体。

鉴定死因是法医最基本的工作，但通常都是基础工作。很多人认为，要是死者胸口插把刀，那还需要法医大动干戈去鉴定死因吗？仅仅就是为了给法庭提供证据吗？

其实不然。像这个案子，一个人的死因能牵扯到整个案件性质和侦破方向。

因为这一点，我们顿时对这具外形可怖的尸体的死因充满了兴趣，怀着无比的神圣感，开始了对金萍尸体的检验。

金萍的腐败程度更加严重。口唇更是被小河内的生物啃去了部分软组织，上下两排牙列部分暴露在外面，白森森的，金萍像是凶神恶煞一般，瞪着眼、龇着牙看着我们。我们用同样的办法检验了尸表，基本确定死者全身没有明显的外界暴力作用痕迹，排除了机械性损伤死亡。因为金萍的窒息征象非常明显，颈部和牙龈又没有暴力痕迹，我们之前的推断一步一步地被验证，难道她真的是投河自尽的？

金萍的内脏腐败程度更为严重，同样难以通过内脏的形态学改变来判断她是不是溺死的。但是当我们切开她的胃壁时，大家都惊呆了。

金萍的胃里和小孩的胃一样，非常干燥。

"胃内居然没有溺液！"我说，"金萍也是被人死后抛尸的！"

"你之所以说小孩不是干性溺死，是从统计学意义上说，很少见。"乔法医还是抱着一线希望，说，"但是金萍的死因可不能说可能性大小什么的，必须有个肯定性的结论。能不能完全排除她干性溺死的可能？她肯定是被别人杀的吗？"

我迟疑不决地说："如果两个人同时出现干性溺死，这也太巧合了吧？"

圣兵哥没有回答乔法医，而是默默地用剪刀沿着金萍的胃幽门剪开十二指肠，看了看，重新回到小孩的尸体旁边，以同样的步骤检查了小孩的十二指肠。

圣兵哥信心满满地说："虽然没有直接依据，但是我有间接依据证明这娘儿俩死于他人之手。"

我和乔法医疑惑地看着圣兵哥。

圣兵哥接着说："大家看，这两名死者胃内容物也是玉米和咸菜，和孙老太的一样。消化程度也是刚刚进十二指肠。这就说明，三个人的死亡时间基本上是相符的。那么，我想问，一个人杀了人，然后找三轮车，再骑车骑出 3 公里，接着杀害小孩，最后自己投河，最少需要多长时间？"

身边的侦查员说："这种农村的土路，光骑车也要四十多分钟。如果再加上偷车、杀小孩、投河，怎么说也要 1 个小时吧。"

乔法医显然已经被说服了，说："我知道了，我现在支持你的观点。"

我吃了一惊，原来死亡时间的推断居然还有这样的作用。

侦查员还没反应过来，一脸纳闷："支持？支持什么？他们是被别人杀害的？为什么？"

我说："你刚才不都说了吗？如果是金萍杀了孙老太，那她杀完人从家跑到河边自杀，怎么说也得 1 个小时，但从食糜的情况看，她和孙老太死亡时间差不多，这不就矛盾了吗？"

侦查员"哦"了一声，脸上依然有疑惑："那会不会是因为每个人的情况不一样，消化程度也会不一样呢？"

圣兵哥说："即便是存在个体差异，那也应该是年轻人消化得快，如果年轻人和老人消化程度一致，那么应该是年轻人先死的。而且，这么短的时间，个体差异不会影响多少，更不可能会有 1 个多小时的误差。"

说完，圣兵哥仿佛突然想到了点儿什么，他拿了止血钳轻轻地夹住金萍的门牙，轻轻地晃动。门牙没有反应，接着，他又耐心地晃动着金萍的每颗牙齿，夹到右侧下侧切牙和尖牙的时候，发现牙齿很容易就被拔了下来。圣兵哥说："你看！死者的这两颗牙齿严重松动！这是口鼻腔被侵犯的迹象。现在证明金萍死于他人之手的直接依据也有了！"

乔法医哈哈一笑，说："厉害啊！这都能想到！"

圣兵哥说："其实，能想到也很简单。现场的手套肯定与他们三人的死有关，手套上沾了不少血迹，但三人的尸体上没有开放性损伤，只有孙老太的脖子上有擦伤，这样的擦伤不会在手套上留下任何可见的血迹，所以手套上的血，要么是鼻血，要么是牙齿受伤后的牙龈出血！"

"好了，既然金萍母子被确定为被捂压口鼻致死，那么我们就要宣布这不是一起自产自销的案件了，凶手另有其人！"乔法医做了总结性发言。

侦查员流露出无奈的表情，因为我们这样的结论导致他们需要继续没日没夜地工作了。

"可会是什么人作案呢？"侦查员说，"根据我们之前的调查，他们对外没有什么恩怨情仇，更没有什么债务纠纷，凶手一下子杀了三个人，是为了什么呢？"

"杀人动机有疑点。"老郭说，"之前我们就判断得很清楚，凶手应该就在现场室内，或是能够和平进入现场室内，那么什么人能敲开他们家的门，然后逐个杀死呢？关键还是用捂压口鼻的方式，一个人只有一双手啊！如果不是都在睡觉，如何做到杀一个而其他人不呼救反抗的？"

"是的。"我立即附和道，"凶手应该是在三个人都在睡觉的时候，逐个捂死的。"

"对啊，那凶手是怎么进入现场的？从调查情况看，他们睡觉的时候很谨慎，门都是从里面用插销锁住的。"侦查员说。

我们在一边讨论得热火朝天，而圣兵哥则在解剖室的一角默默地脱下解剖服，一脸苦思冥想的样子，看来确实有一些事情让他也百思不得其解。

4

"我知道了！"

圣兵哥把脱下来的解剖服塞进了垃圾桶里，突然喊道。

大家都吓了一跳，迫不及待地看向他。

他兴奋地说："还记得凶手戴的这只手套吗？孙老太的一双手套，丢了一只，所以被凶手捡着了。那手套原先最有可能被孙老太扔在家里的什么地方？"

圣兵哥的思维真是有点儿跳跃，这正说着凶手的动机和进入现场的方法呢，他却想到了凶手作案时戴着的手套。

圣兵哥看大家没有明白他的想法，接着说："大家想想啊，死者家本来就很小，还有一个杂物间，那么，这只旧手套很有可能是扔在杂物间里，对吧？我们再结合前期调查来看一看，当天晚上天黑以后，孙老太因为在等金萍母子，心急的时候多次跑到 100 米外的公路边守望。你们想想，不过就是去 100 米开外的地方，而且去看一眼就回，这么短的时间空当，孙老太不会还把门给锁上吧？"

"你是说凶手是溜门入室的？"还是侦查员对这方面最为敏感。

"是的，凶手可能是趁着孙老太出门的时候进的屋子，没想到孙老太很快又回来了，于是他只有……"圣兵哥说。

"躲进杂物间！"我抢答道。

"是的，如果他这么狼狈地被堵在杂物间，说明了一点，他是没有准备而来的，是想顺手牵羊。"圣兵哥说，"既然是顺手牵羊，就不会带什么工具，所以我们没有发现死者身上有工具损伤。如果是预谋好了，专门来杀人或者是来偷东西的，至少螺丝刀、匕首要带一个吧。"

"有道理。"乔法医说，"我知道你刚才说手套是什么意思了。你是说小偷在杂物间里潜伏的时候发现了这只手套，就顺手戴上了，对吗？"

"是的！"圣兵哥拍了一下手，说，"这就是为什么凶手戴了一只手套，形成孙老太脖子上那种特征性损伤的原因！"

"如此这般，"乔法医点着头，说，"就可以解释所有的疑点了。那么接下来我们怎么办？"

"第一，凶手在杂物间潜伏几个小时，杂物间的东西上有很厚的灰尘，他很有可能在杂物间的物件上留下痕迹物证。之前我们找得不仔细，现在带勘查灯去，再仔细找找。"圣兵哥慢慢说道，"第二，凶手发现孙老太突然回家，躲进了杂物间而没有躲在东卧室，说明他了解房屋的结构和摆设，也了解孙老太一家一般不会去杂物间，加之他是为了顺手牵羊，那么，这个凶手应该是熟人，而且离孙老太家不远。下一步就查一下这个村子里头有没有手脚不干净、有前科劣迹的人。"

"能确定有前科劣迹吗？"侦查员问道，这个线索对侦查员非常有用。

"我觉得可能性会比较大。"圣兵哥说，"他有反侦查意识，不然他为什么要把金萍母子的尸体运走，而不一起运走孙老太的尸体呢？"

"前科劣迹"这个词，我是第一次听到。其实在刑侦实践中，这个点还是很重要的。就像是现在很多国家喜欢弄的"人格报告"。

"对，凶手想转移我们的视线，误导我们这是个自产自销的案子。"乔法医插话道，"他一定想不到我们这么快就从中发现了问题。"

侦查员走到解剖过道的外面，招手喊陪同我们到殡仪馆的辖区派出所民警过来。辖区派出所民警显然被尸体熏得已经吐了一会儿，这会儿看侦查员在招手喊自己，只有无奈地皱着眉头走了过来。

圣兵哥笑着走了出来，问："这个村，有没有因为盗窃被打击处理过的？"

"那，肯定是有的。"派出所民警对自己辖区的情况了如指掌，"回去总能找到十个八个的吧。"

"是啊，现在我们也没法甄别啊。"侦查员说，"总不能都抓回来审？"

"侧面了解这些人在发案当天的情况，有没有作案时间以及发案后的行为举止，如若可疑，就留置盘问。总之，要做到调查的全面覆盖，别让真凶跑了。"圣兵哥说。

"那是没问题，但是你们不给我们抓手，我们也不容易查下去啊。"派出所民警说。

"抓手，还是得靠老郭。"圣兵哥洗完了手，说，"我想一定会有的。"

案件侦破就是这样，一旦有了突破口，便如洪水决堤，一发不可收。对金萍母子的尸检，就是本案的突破口。

"真的案件不破不回家啊？"我问道，"可是我的假期就剩下不到一周的时间了。"

此时，我正和圣兵哥坐在宾馆的房间里喝茶，等着前线的捷报。我一边复习着人体寄生虫，准备开学后即将进行的补考。

"放心好了，估计你今晚就能回家睡觉。"圣兵哥抿了一口茶，信心十足。

下午4点30分，不出圣兵哥所料，痕检员老郭果然打了电话过来。他兴奋的声音快要从电话听筒里跳跃出来了："真的有痕迹，一枚鞋印、一枚指纹。这小子想找铁质工具的，找了个铁棒槌，拿了一下没拿动，留下了鞋印和指纹。"

因为之前我们去杂物间看过，里面很杂乱，各种脚印交叉在一起，我连忙小声提醒圣兵哥让他再确认一下。

圣兵哥会意，问道："能确定与本案有关吗？"

"确定，都是非常新鲜的，不过位置很隐蔽，若不是仔细查找，还真找不到。"老郭说，"派出所那边，有前科劣迹的人的指纹都有存档，我这就回去比对一下。"

圣兵哥挂了电话，不动声色地又抿了一口茶，但我分明可以感觉到他内心的振奋。

还不到半个小时，老郭又打来了电话，说："比上了，比上了！同村的村民，一个叫贺老二的，以前因为盗窃被治安拘留过，留下了指纹。我已经看过了，他的指纹和现场的对比，认定同一。"

当我和圣兵哥高兴地击掌庆贺之时，老郭接着说："根据局领导指示，他们已经去抓贺老二了，到案后，马上开展审讯，你们来不来旁听？"

"有啥好旁听的？听贺老二把我们推理的过程再说一遍？"圣兵哥哈哈一笑，说，"有这个时间，不如开车回市里，今晚可以睡个好觉了。"

老郭开着车回到宾馆，和我们一起退了房，打道回府。

可能是因为有了确凿的证据，所以贺老二在到案后，几乎没有什么对抗的能力，我们刚刚把车开到市公安局的大院，就接到了侦查员的电话。

"交代了。"侦查员松了一口气，说，"事实果然和你们的分析惊人地一致。看来，我们今晚也可以睡个好觉了。"

原来，当天贺老二途经孙老太家，见家门大开，于是向内张望了一下，屋内果真是没有人的。既然没有人在，贺老二又看见了挂在堂屋里的咸鸭子，决定一不做二不休，溜门入室去偷些东西。运气好的话，可以偷点钱缓解一下赌资的压力，运气不好，至少也能打打牙祭。

没想到，贺老二站在堂屋的小板凳上，正准备去够那一只挂在房梁上的咸鸭子时，孙老太骂骂咧咧的声音从门外传了进来。

贺老二一惊，他知道这个孙老太不是个省油的灯，一旦看到他，一定会不依不饶的。于是，他匆忙躲进杂物间。因为手上沾满了咸鸭子的油腻，贺老二就在杂物间顺手拿起一个布状物擦手，擦完手发现居然是只手套，于是顺手戴在自己的手上。

按贺老二的说法，他是准备找个机会从大门再溜出去的。结果孙老太居然不出去了，一直在堂屋的小板凳上坐着，自言自语地数落着什么。过了好一阵子，金萍带着孩子回来了。不知道是什么原因，孙老太迎过去，和金萍吵了起来。

本来贺老二希望两个人大吵特吵，等吵得不可开交的时候，他就可以趁乱逃走。可是两人也只是相互掉了几句，就没再吵了。孙老太在准备晚饭的时候，一个人嘟嘟囔囔的话被贺老二听到了。原来孙老太抱怨的是金萍不厚道，身上那1000元钱走哪儿带到哪儿，防她孙老太像是防个贼，自己又不会偷钱什么的。

一听到这儿，贺老二顿时来了兴趣。自己在这个闷热潮湿的杂物间里等几个小时，就能搞到1000块钱，那绝对是个不亏本的买卖。所以，他就继续躲着，静静等候夜晚的来临。

等晚上10点钟左右，确认三人都已经睡下了，贺老二就钻出来想找钱。可没想到，刚刚走出杂物间，他就惊醒了睡在堂屋的孙老太。好在他眼疾手快，冲上去把孙老太重新按到了床上。可能是因为没轻没重，等孙老太不再挣扎的时候，他发现孙老太已经死亡了。

掐死老太后，贺老二十分惊恐，可是当他正准备逃离现场时，发现东屋里的灯亮了。很显然，金萍也被惊醒了。

"妈，你怎么了？什么事儿？"金萍的声音从房间里传来。

既然到了这一步，贺老二也没的选择了，只能冲进了东屋，没等到金萍叫出声，就用身体压住了金萍，捂住她的嘴导致金萍也窒息而死。因为这次杀人动作大，孩子也迷迷糊糊地醒了过来，揉着眼睛坐了起来。孩子刚刚要大声哭出来，贺老二连忙又转身捂死了孩子。

10分钟不到的时间，贺老二杀了三个人，自己也蒙了。于是坐在房间里想了好久，这才想出了弄走金萍和孩子的尸体，伪装婆媳不和、媳妇打架致死婆婆，带着孩子畏罪潜逃的假象。

后来侦查员们才发现，那个提供婆媳不和的证词的人，其实就是贺老二。

"看到没？证词不能偏听偏信的，一定要结合我们的发现，做出判断。我们唯一能绝对相信的，是尸体告诉我们的话。"

这是在我实习期结束前，圣兵哥教会我的。

回到了学校，我已经是大四的学生了，见到了好久不见的女友铃铛，很是开心。

显然，铃铛的这个暑假过得没有我的丰富多彩。据她说，她两个月的时间都在不断地背诵生物化学里的拗口名词，她认为自己都快倒背如流了，这次补考不出意外，肯定能通过。她没有骗我，因为我看过她的那本《生物化学》课本，都已经被她翻烂了。

生物化学的补考被安排在晚上，考试地点是学校的大阶梯教室。我在操场上给铃铛"面授机宜"，把我所知道的答题心得和诀窍通通都告诉她，比如选择题如何用排除法啊，又如判断题如何找出句子里埋的圈套啊，尤其是那些问答题，要尽可能把步骤全部都答全了，因为在过程推演中，每一个步骤都是有分的。

在那个年代，两人携手在煤渣铺设的操场上吹着晚风散散步，就是最浪漫的事情了。

一路上，我牵着铃铛的手，感觉她手心里都是汗。这也正常，作为学生来说，考试前都会紧张。铃铛很认真地在听我的长篇大论，直到连我也不知道该传授什么

"经验"给她了，她才抬腕看了看表，说："还有 20 分钟，我可以去考试了吗？"

我点点头，说："走，我送你过去。"

铃铛一开始不太好意思让男朋友大庭广众之下送去补考，但是她又拗不过我，只能让我继续送她走进了大阶梯教室。

我们学校的规矩有的时候还是比较人性化的。比如英语四级考试，很多学校都要求必过，否则学生就拿不到学位证书。而我们学校那时候就不作要求，只需要考过英语"校四级"就可以了。又如这种补考，考场是没有考试号的，也就是说，只要参加补考的同学在指定考场随便找个位置坐下就行。只需要同排的两个人之间空出两个位置，防止抄袭，老师就不会作其他干涉了。

补考生物化学的学生很多，在可以容纳数百人的大阶梯教室，即便除去那些必须空出来的座位，补考的同学也已经黑压压地坐满了一大半。我心想幸亏来得早，要不然还找不到好的位置呢。考试嘛，前后都有监考老师，坐在监考老师旁边会影响心态，所以坐在中间比较合理。

我专门挑了一个教室正中央的位置，让铃铛坐下，然后自己坐在她身后的位置，继续陪她说话。

"行了，我知道了，今天怎么这么啰唆？"铃铛笑骂道，"你回去吧。"

"没事，再聊会儿。"我满不在乎地说，"我和你多聊聊，帮助你放松心情，你考试的时候心态会平稳一些。"

又聊了一会儿，随着教室大门的一声响，监考老师抱着补考试卷走进了教室。

"生物化学补考啊，别走错教室了。"老师一边说着，一边拆着试卷的包装。

这一下铃铛真的着急了，她拽着我的衣袖，低声说："老师都来了，你快走，快走啊。"

拽了几下，我没动。铃铛疑惑地回头看着我。

我有点儿尴尬地挠挠头，说："其实，我也考。"

就这样，两次生物化学考试都没有通过的我，利用这最后一次补考的机会，顺利通过了。我的心情大好，所以在人体寄生虫的补考中，也算是超常发挥，顺利通过。这样一来，前 3 年的"欠账"我就都还清了，一身轻松地进入了大四阶段的学习。

大四一年几乎都是专业课的学习，我们除了要和临床医学生们一样，学习内科、外科、妇产科、儿科等专业课程，还要多学 300 多课时的法医学专业课。比如法医病理学、法医临床学、法医物证学、法医毒理学，这些都是以后工作中最为重要的理论知识，在大四的学业中占据了很重要的位置。另外，法医毒物分析、法医精神病学、刑事勘查学也不容小觑。

这一年的学习可真够苦兮兮的，看过医学课本的朋友们都知道，就那四门临床医学专业课课本，加在一起就有十几斤。请原谅我用重量来形容知识，可是那确实太厚重了。再加上我们法医学的七门课，一个书包都放不下所有的课本。

为了能在一年内完成所有专业课的学习，我们甚至晚上都要上课。

还有一年就毕业了，我们也开始考虑起就业的问题了。

那个时候的法医学学生就业渠道不像现在这么多，因为当时还没有第三方司法鉴定机构，因此法医学学生要想就业，就必须通过公务员考试，考去公安、检察机关或者法院等政府部门。所以公务员考试的训练，在大四的时候也就开始了，毕竟距离我们应届参加公务员考试，也就一年多的时间了。

我常常抱怨，既然法医学学生也同样学习了临床医学的专业课，为什么学法医学的同学就不能报考执业医师呢？为什么我们学业的负担明明更重，最后就业的选择面却比临床医学的要窄得多呢？

我把从圣兵哥那里得来的消息，告诉我们班的同学，他们也都纷纷表示不忿。可是，既然制度是这样规定的，我们也没有办法，只能埋头学习专业课知识的时候，兼学公务员考试的知识。

好在专业课知识比基础课知识有意思、好记忆，加之那时候二十出头，记忆力好，所以在大四结束的时候，我没有再挂科了。

转眼就是大五，所有法医学学生都要出去实习了。

我们专业的实习安排，是半年在医院，半年在公安局。

其他同学都对去公安局实习很向往，但我早就体验过了法医日常门诊的枯燥，先选择了在学校的附属医院实习半年。当然，在这里实习，还可以常见到学校里的铃铛，这才是最重要的。

很多人不理解，既然学法医的将来从事不了临床医学的工作，为什么还要花时间去医院实习呢？其实，法医学有一门必修的专业课，叫作法医临床学，就是运用于法医学人体损伤程度鉴定和人体伤残程度鉴定的科学，而这门科学是建立在临床医学的基础上的。

也就是说，法医也必须了解所有的临床科室的工作内容和基本理论，才能将伤情鉴定、伤残鉴定做好。不仅如此，即便是法医病理学里的解剖工作，也都需要依靠临床医学的理论和实践知识。所以，如果临床医学学得不好，也是无法干好法医的。

我虽然知道这个道理，理解得却不深。

在医院实习的日子很充实，很多人说，医院里地位最低的就是实习生了，而我不这么认为。因为实习生们只有什么活儿都干，才能全面锻炼医者的能力。医者仁心，但医者并不是只有仁心就可以，能力才是最重要的。只有医生、护士的活儿都抢着干，才能掌握更多的技能和方法。

实习阶段，也是医学生们第一次正式地穿上白大褂，和在学校里上实验课时穿着白大褂不同，这个时候的白大褂已经有了神圣的意味。

只是有些人穿白大褂也不像医生，比如我。有一次我在医院大厅里忙活着，一个患者在医院里找人，见到穿白大褂的就会问："医生（护士），你认识某某吗？"可没想到轮到问我的时候，他犹豫了一下，问道："师傅，你认识某某吗？"

难道我长得就那么不像医生吗？

我们在医院的实习是轮岗制，就是在每个重要的、病患较多的科室实习一段时间，然后轮岗到下个科室。因为学院的附属医院是本地最好的医院，所以每天的病患络绎不绝。我们跟着带教老师上门诊、查房、手术，还要帮护士量血压、抽血，就连休息时间，也要手写大病历，天天忙得不可开交。

好在学校和附属医院距离不远，铃铛没有课的时候，会来医院看我。每次来的时候，她都会带上我爱吃的小吃，我们坐在宿舍里或医生办公室里吃完，然后我再送她回学校。所以在这种忙碌而又温馨的环境里，实习期很快就过了大半。

从普外科轮转出来后，我去了神经外科。

神经外科对法医学学生来说也是很重要的一个科室。颅脑损伤，是法医实践中最为常见的一种损伤方式，我们法医必须要全面、系统地了解和研究它。所以，在神经外科实习期间，我就更加刻苦了。

很快，我就遇到了这辈子最难忘的一个病人。

法医秦明

VOICE OF THE DEAD

| 第五案 |

水上浮骸

人抛弃理智就要受感情的支配，
脆弱的感情泛滥不可收拾，
就像一只船不小心驶入了深海，
找不到停泊处。

马尔库斯·图利乌斯·西塞罗

1

那天，我跟着带教老师坐门诊，一个母亲带着个 4 岁的小男孩来就诊。

小男孩的小名叫小青华，虎头虎脑、眼睛大大的、皮肤白白的，长得非常招人喜欢。小青华特别爱笑，而且一张小嘴能说会道。来医院就诊，他也是一脸笑嘻嘻的表情，还时不时地纠正他妈妈给医生的主诉。

因为小青华在 1 个月前突然头痛、头晕，并且伴有恶心、呕吐，他妈妈就带他就诊了。开始以为是消化道出了问题，但经过检查排除了这种推测。消化科的医生建议他们来神经外科看看。

带教老师给小青华开了住院单，让我带着母子二人去办住院手续。一路上，小青华都在不断地问这问那，阳光活泼，让我心生爱怜。

住院后，我的带教老师就是小青华的床位医生，所以我和小青华每天都要见面。小青华不仅能说会道，嘴还特甜，所有的医生、护士和同病房的病友都特别喜欢他，因为他总是能逗大家开心，让一屋子的人笑得前仰后合。

但上天并没有厚待这个活泼爱笑的小男孩，小青华入院一周后，诊断结果出来了：脑癌。

小青华的爸爸妈妈不知道怎么和 4 岁的孩子解释脑癌，只能天天以泪洗面。小青华虽然小，但也渐渐明白了自己的处境，他问妈妈："我是不是要死了？不要紧的，下辈子我再来陪你，好不好？"

当一个 4 岁的孩子天真坦率地提到"死亡"的字眼时，所有在场的人都不禁为之动容，更是让我这个管床实习生心痛不已。

在小青华接受手术的前一天晚上，铃铛又来看我了。当时我正在医生办公室里值夜班，铃铛带着一碗麻辣烫来找我。就在我们正准备大快朵颐的时候，小青华那小小的脑袋从医生办公室的门缝里钻了进来。

"秦医生，你们在吃好吃的呀？"小青华说。

"小青华，你怎么跑出病房了？妈妈呢？"我走到门口，拉着他的小手走到了桌子前。

"妈妈睡着了，我闻见了，好香，就过来了。"小青华稚嫩的声音刺痛了我的心脏。

"小青华乖，明天就要手术了，今晚是不能吃东西的。"我说，"等你好了，哥哥请你吃麻辣烫好不好？"

小青华狠狠地点了点头，说："我知道，我不吃，我就是来闻闻。"

"你叫小青华啊？"铃铛见小青华长得可爱，把他抱在了怀里，问道。

"是啊，姐姐，你好漂亮啊。"小青华说。

这把铃铛逗得开心无比，说："你这小嘴怎么这么甜啊！"

"姐姐就是好漂亮呀，你经常来看我好吗？"

"好啊！明天姐姐还来。"

铃铛和小青华聊了十几分钟，开心极了，我从来没有看见她如此喜欢一个小孩。

小青华回去病房后，铃铛问我："小青华是什么病啊？严重吗？"

"脑子里长了东西，明天要做个手术。"我想了想，说，"良性的。"

"哦，那就好！"铃铛紧张的表情缓解了下来，催着我快点吃完麻辣烫。可是，我还哪有心思享用美味呢？

我第一次上神经外科的手术台，就是参加小青华的脑部手术。手术不仅要对小青华脑部的病灶进行切除，还要对他的脑室进行插管减压，也就是在他的脑室里插一根管子，直接通过皮下，连接到腹腔，然后通过一个阀门，将脑室内的积水抽取到腹腔。这手术很残忍，和我想象中那种用素描绘制的手术动作完全不一样。

小青华因为全麻，静静地躺在手术台上，嘴里插着插管，小小的头颅随着医生的动作而微微晃动着。想到他昨晚那可爱的模样，我甚至都无法坚持看下去。这种感受，和我第一次看解剖时截然不同，饶博出现在我的面前时，已经死了，而小青华生死未卜，更让人揪心。

看来，医生这个职业，也同样需要强大的心理承受能力啊。

但出乎意料的是，小青华术后恢复得非常好，能蹦会跳，就是说话有一点儿障碍。铃铛自从认识了小青华后，几乎每天下课都会来医院看看他，给他带一些棒棒糖、小馒头之类的零食，在小青华病房待的时间比和我吃饭的时间还久，我都怀疑她只是顺带来看看我而已。

小青华每次看到铃铛来可开心了，像只小麻雀一样叽叽喳喳地和铃铛聊天，还会扮鬼脸逗铃铛开心。这小不点，要是长大了，肯定不愁找不到女朋友。小青华告诉铃铛，他的头顶上有一个小包，每次感觉不舒服的时候，按几下，就好了，特别神奇。

铃铛接着他的话，笑着说："真神奇！那你岂不是和变形金刚很像啦。"

出了病房，铃铛就问我："为什么小青华的头上要装这个东西啊？不是说良性的肿瘤，切除了就好了吗？"

好在铃铛还没有学到专业课，所以被我支支吾吾地搪塞过去了。铃铛多愁善感，所以我不忍心把真实情况告诉她，怕她为此事太过伤心。

眼看小青华身体状况一天好过一天，到了出院的时候，我心里也松了一口气，以为他完全康复了。可听到医生和他妈妈说的话，我的心再次跌到谷底。

"这种病，不是我们现代医疗科技能治愈的。"医生说，"虽然这次手术很成功，但是有大概率还会复发。而一旦复发，就凶多吉少了。"

原来死神并没有被驱逐，而是依旧在小青华的身边如影随形。

"什么？还会复发？还要二次手术？"

小青华的妈妈整个人像是冰雕一样愣住了，眼泪不自觉地往下流。

"是的，如果复发了，我们这里就解决不了了，需要去上级医院。"医生说，"你们要做好心理准备。"

"上级医院，太难了……而且费用我们真的快撑不住了。"小青华的妈妈想要抹去脸上的泪水，却怎么都抹不尽。

医生用同情的眼光看着小青华的妈妈。良久，他转身离开了。是啊，医生是人不是神，他们也只能尽力而已。

唉，生命竟是如此脆弱。

我透过窗户，目送小青华一家人离开。小青华的妈妈应该是掩饰住了自己哭过的痕迹，因为小青华一路上蹦蹦跳跳的，看上去很高兴的样子。他可能是觉得不会再回到医院来治疗了吧。我默默祈祷着，他已经足够懂事了，就让他平平安安长大吧。

医院门口依旧人来人往，我只是其中一个很渺小的人影。

是啊，这里每天都有各式各样的人进进出出，有的人进来半天就能出去，有的人得几周才能出去，而有的人，可能进来永远就出不去了。没有谁能够比医院的病人和医生更清楚死亡的可怖、健康的可贵，只要还有一丝希望，谁又愿意放弃呢？

半年的医院临床实习期转瞬即逝，我要去公安局继续开展半年的法医学专业实习了。

和医院不同，各个地市公安局的工作量是有很大差异的。无论哪个城市，医院都是很忙碌的，而公安局管辖的案件量则不一样了，多的很多、少的很少，这和人口密度有着很大的关系。

比如说作为邻省省会——南江，那里的人口就是我家乡城市的几十倍，当然案件量也会多很多。为了获得更多的锻炼机会，我在反复抉择后，决定去南江市公安局进行法医学专业的实习，因为听辅导员说，那里的硬件设施、软件能力都是国内首屈一指的。

但是，我去邻省的话，就意味着要和铃铛分别半年之久。那时候的交通、通信不像现在这么便捷，费用也很高。好在铃铛通情达理，听完我陈述的理由后，支持我远赴南江。

到了出发的那一天，天空正好下起了大雨，简直就是电视剧般的离别氛围。

铃铛穿着雨衣、骑着自行车来送我，雨越下越大，铃铛脸上滑落的也不知道是雨点还是泪水，她从雨衣下面拿出一大包零食，塞给我，说了一句"早点出来，我等你回来"，就头也不回地蹬着自行车走了，留我在原地惆怅……

不对啊！我这是去实习，又不是蹲局子。

小情侣分别的忧伤，很快就被新环境的刺激所冲淡。

南江市公安局法医中心，真的让我们大开眼界。

我们实习小队坐着学校包来的小面包车，刚一抵达，就受到了师哥师姐们的热烈欢迎。这里和老家的"法医门诊"真可谓天壤之别，别说当时只是 21 世纪初，就算是到现在，南江市公安局法医中心的基础设施在全国那也是首屈一指的。

整个法医中心占地面积 25 亩，有一栋办公楼、一栋宿舍楼、多个解剖室和能容纳 98 具尸体的冷藏库，另外还有鱼塘、菜地、靶场。这样的条件，我们省到目前也还没有建成一家。

作为法医，最关心的当然就是解剖室了。南江市公安局法医中心的解剖室，是围成一圈、四门相对的四个独立解剖室。每个解剖室里，都配备有先进的抽排风系统和空调。他们的解剖台在当时算是高科技解剖台了，因为有自动升降、自动旋转、四周出水的功能，解剖台的周围，甚至还有密集的抽风口。这样的设计，可以让尸体的臭气，在房顶上的下压排风系统作用后，被解剖台周围的抽风系统带走，最大限度地减少尸臭对法医身体健康的影响。

解剖室里，无影灯、X光机、蒸煮柜等附属配套设备应有尽有，让我们这些没有见过世面的实习生叹为观止，就像是刘姥姥进了大观园。

四个解剖室，十多名现场法医学专业人员，这就可以看出南江市公安局的案件，果真比只有一个不标准的解剖室、三名法医的老家城市多得多了。怪不得圣兵哥说要建设标准化的解剖室，不是一件简单的事情，那我可得好好珍惜在这里的学习机会，下回要是还能遇到圣兵哥，一定要让他刮目相看。

尸体冷藏库，也是我们最感兴趣的参观重点。建设尸体冷藏库可不是想象中那么容易，不仅要有场地、设备、人员，更重要的，还要有完善的尸体管理制度体系。全国这么大，有尸体冷藏库的法医中心屈指可数，就可以看出建设它的难度所在了。不过，如果没有尸体冷藏库，就无法建设独立的法医中心。道理很简单，总不能每次要检验尸体，都要派车去殡仪馆拉过来；然后每检验完一具尸体，就再用车把尸体送回去吧？正因为如此，各地公安机关都把解剖室建设在了殡仪馆里，方便尸体的储存。

而南江市公安局独树一帜，建设了尸体冷藏库。虽然听上去就很霸气，但这里也是我们公认的比较恐怖的地方，阴森寒冷的走道两旁整齐地罗列着数十组四联整体冰柜，而且这98个空位，长期都是"满员"的，殡仪馆只是定期过来拉尸体回去火化而已。

看守尸库的是一个老大哥，我们初来乍到的时候，他也关切地问我们害不害怕。我的同学们都觉得吓人，只有我，一方面已经有了解剖尸体的经历，另一方面又是传说中的秦大胆儿，所以总会硬着头皮，装作不屑的样子说："怕？这有什么好怕的？不就是尸体嘛！"

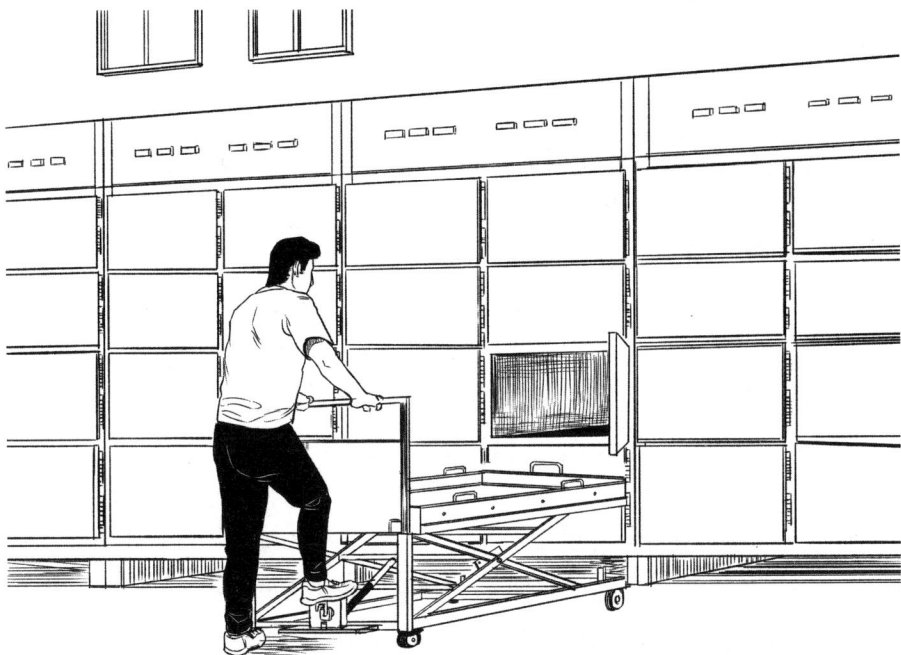

尸体冷藏柜及尸体升降车示意图

"你真的不怕？"老大哥说，"我刚来的时候，可是天天睡不着觉。"

"看尸体就睡不着觉了？看你五大三粗的，也不过如此嘛。"我嘲笑地说，"无神论者，怕这些干吗？不管是谁，到最后不都是一具尸体？"

老大哥很不服气，但也没有反驳我。

南江市的人口数量是我老家的几十倍，所以南江市局的工作量，也是我老家那样的小地方不能比拟的。实习期间，我们平均每天要跑三个非正常死亡现场，平均每天要解剖检验一具尸体。在这么忙碌的工作中，带教老师还十分负责，要求我们一有时间，就去法医中心一楼的"法医门诊"帮忙，学习一些法医临床学的知识和技术。

所以，我们在南江的实习生活十分忙碌，整天就是食堂、宿舍、解剖室、现场四点一线。

2

南江市公安局法医中心专门负责跑现场的法医，有十几名。而我们的实习小队，有将近二十个人。因为是轮班制，名义上没有按人分配带教老师，但是只几天的工夫，大家就都有了"心仪"的老师，并且习惯性地跟随着他出现场。

我跟随的带教老师叫张飙，大家都喊他飙哥，当时是法医中心的副主任。

飙哥个子高高的，一身令人羡慕的腱子肉，皮肤也被晒成了小麦色，乍一看，不像是法医，倒像是四处跑的侦查员。从这些天我跟着他跑了这么多非正常死亡事件现场来看，他不仅外表"彪"，工作起来更"彪"。细致认真、一丝不苟，对我的要求也非常严格。与温和亲切、喋喋不休的圣兵哥不一样，飙哥人狠话少、惜字如金，除了教学内容，就没从他那里听到什么好话，所以作为他的实习生，得有一颗坚强的心脏。更要命的是，他问的问题还特别难。我不敢说自己的专业理论有多扎实，但至少我有在认认真真学习。可是他经常爱问一些超纲的题目，我经常会被问到哑火。我常常质疑自己，我一个快毕业的人，怎么还有那么多不会的，法医的工作有这么难吗？

关于飙哥，有很多传说，据说因为他屡建奇功，连续破获了几起大案，南江市局奖励了他一套房子。当然这只是传言而已，每次我问他，他总跟没听见一样。还有传言说，飙哥是"易发案体质"，只要是他值班，无论是非正常死亡事件还是命案，都会上门。而轮到其他人值班的时候，一整天甚至都遇不到一件事。不过，这种"易发案体质"对我来说是件好事，至少说明我在半年的时间里，不愁没机会学习了。

这天，又轮到我跟着飙哥值班。令人意外的是，一夜无事。第二天一早，飙哥起得很早，正拿着一本印有"闵建雄编著"的专业书，仔细研究着。而我则无所事事地看着值班室里的电视。

"怎么我都没遇到一起有悬念的命案啊？体现不出我们法医的作用嘛！"我耷拉着脑袋嚷。

"乌鸦嘴啊！"飙哥用纯正的南江话说道，"这种事情不能说的，一说就中。你就不能找本专业书看看？省得祸害我们。"

"哪有这么邪门儿，还有半小时你就交班了。"我的话还没有说完，值班电话猛然响起。

飙哥郁闷地瞥了我一眼，说："看看，看看，灵不灵，灵不灵？"

"我才不信呢！要么是个非正常死亡，要么就是预约伤情鉴定。"我说。

这种事，说说就能来？怎么可能！

飙哥没搭理我，拿起了值班室的电话筒，静静地听着电话那头的情况。

很快，他挂上了电话，盯着我说："乌鸦嘴！走吧，去护城河，尸块！"

我浑身打了个激灵，真有咒语之说？我又不是巫师！要么就没案子，一来就是碎尸？

"什么啊？明明是你'易发案体质'，怎么就怪到我头上了？"我说，"这下好了，以后我都跟着你，你可以为你的'易发案体质'找个借口了。"

插科打诨归插科打诨，此时我的心里还是充满了莫名的兴奋感的。虽然我知道一旦发生命案，就意味着一条无辜的生命就此陨灭，我不该兴奋，但是作为一个新手法医，那种对大案子的摩拳擦掌、跃跃欲试的心态，其他人是很难理解的。

南江市是一座老城，有一条风景秀丽的护城河。护城河的两边，建设了沿河公园，供市民们休闲。每天上午，护城河的周围都会有大量晨练的市民。此时发生了碎尸案，可想而知，会造成多大的社会影响。

很快，我们驱车赶到了案发现场。护城河的两边都拉起了警戒带，交警、巡警、辖区民警和刑警的车辆在路边停了好长一串。南江大学曾经有一起轰动全国的碎尸案，过去好几年了，依旧没有侦破。所以一听到碎尸案，各部门都十分紧张。

这个时代，互联网已经开始普及，论坛也成了网友交流的主要阵地。关于几年前的南江大学碎尸案，网络上的"传说"很多，我也有所耳闻。所以到了南江市公安局之后，我也询问过案件的基本情况。其实那起案件虽然手段极其残忍，但并非像网络炒作的那么夸张或离谱。只可惜因为当时的技术所限，案件未能侦破，成了南江刑警们心中的痛。而那一起案件，因为社会影响大，所以在年复一年的热议中，也不断被网络妖魔化了。

警戒带的周围是黑压压的一大片围观群众。越过警戒带，在围观群众期待的眼神中，我们走进了警戒区域。此时，我心里升起一种神圣感，就像初次戴上手术手套一样。大家看我们的眼神，是希望我们尽快破案吧？

发现尸块的是南江护城河上的一名清淤工人。

他在小船上工作的时候，突然发现河面上有一块白花花的东西时沉时浮，他一边在心里暗骂往河里丢垃圾的人，一边划船过去。清淤工人拿起自己的长竿网兜，把那个未知名的物件给捞到了小船上，发现那居然是一块猪肉一样的东西。

再定睛一看，他顿时就被吓得乍了毛，一个踉跄，差点儿跌落水中。

这块肉的正中央，居然有一个乳头！很显然，这不是猪肉，而是一块被切下来的人的胸部！清淤工人好不容易稳住了心神，这才赶紧报了警。

民警接到报警之后，赶到了现场，基本确定打捞上来的是人体的软组织后，立即联络了消防、市政等部门，把能调动的船只都集中了起来。

此时，护城河上十几条小船全载着民警在做网格式打捞，希望能从水中再打捞出更多的尸块。碎尸案件中，发现的尸块越多，破案的线索自然也越多，但是茫茫护城河，再打捞出尸块的概率很低。

"他们捞他们的，我们看我们的。"飙哥板着脸说道。看来发生了碎尸案，他也十分紧张。

飙哥带着我跨越了护城河边的护栏，走到了河滩上。被打捞上来的尸块，此时就放在河滩之上。两名民警站在尸块的旁边，用身体挡住围观群众的目光。

尸块已经被水泡得发白，是一块直径大约不到 30cm 的类圆形软组织。软组织表面覆盖有皮肤，中央是一个黑褐色的乳头，皮肤下面可以看到黄色的脂肪和红色的肌肉。

"这，是人的吧？"我走近了尸块，下意识地问了一句业余的话。

"废话。哪个动物的皮肤是这样的？"飙哥瞪了我一眼，想了想，又开始科普，"不过，如果看不到皮肤的话，就可以通过脂肪层来判断。大型家畜，比如猪啊，羊啊，脂肪都是白色的，人的脂肪是黄色的。"

我点了点头，心想这些还真是在学校里学不到的知识。

"很显然，这是女性右侧的乳腺和胸大肌，尸块的分割面十分整齐，贴着肋骨卸下了胸前的软组织。"飙哥说道。

"可是，就这么一块软组织，能有什么线索呢？"我问。

"确实。除了能拿到死者的 DNA 以外，能给我们的线索不多。"飙哥说道，"除非能找到骨骼，毕竟骨骼可以给我们提供更多的线索。"

水上浮骸

我已经学习了法医人类学，我知道人体的各个部位的骨骼，对于法医来说都是很有用的，可以推断死者的年龄、性别、身高，也可以找到一些陈旧的骨损伤来缩小寻找死者身份的范围。这些理论都学过，但学了也就学了，并不知道推断出来这些有什么用。

突然，围观的人群开始嘈杂起来。

"看来有新情况了，说不准我的乌鸦嘴显灵了，真找到骨骼了。"我怀着报复心说道。

飙哥瞪了我一眼，期待地看着护城河中央的打捞船。

果然，其中一艘打捞船上的民警用抓钩钩起了一个塑料袋，在船上打开检查。很快，打捞船向我们所在的岸边驶来，这说明，真的有新发现了！

塑料袋刚刚递到岸上，飙哥就迫不及待地拉开了袋口。可是看到塑料袋里的物件，我们兴奋的心情很快又坠入了谷底。因为塑料袋里并没有骨骼，而是另一块尸块。

飙哥把塑料袋里的尸块展开，和之前发现的尸块长得差不多，是另外一侧的乳房。

既然仍不是骨骼，我们只能继续焦急地在岸边等待。一直到中午饭的时间，打捞船再次打捞出一个黑色塑料袋，袋子里是第三块尸块，是一个人的腹前壁的软组织，中间可以看得到肚脐。

"这一片都打捞完了，肯定是没有其他东西了。"负责打捞指挥的民警对飙哥说道。

"会不会是因为河水流动，导致其他尸块到别的地方了？"飙哥想了想，又说，"不对，我看抛尸地点可能是在别的地方，所以这些容易被冲走的尸块才到了这里。"

"这可就不好说了。"民警说，"护城河那么长，我们也不可能全部都打捞的。"

飙哥点了点头。他也知道，能打捞到骨头的希望基本是破灭了，下一步的工作也就陷入了僵局。

"走吧，回中心再仔细研究。"看着打捞船陆续靠岸，飙哥拍了拍手，把尸块装到运尸车的后车厢内。

回去的路上，我无助地问："飙哥，这就不打捞了吗？我们接下去该怎么办？"

"这么大的护城河，总不能把水抽干吧？现在抛尸点也确定不下来。不过，我估计下午会下蛙人的。但是面积这么广，能打捞到的希望很渺茫啊！"

"这样的案子，我们能发挥什么作用？"

"当然能发挥作用，碎尸案主要是找尸源，尸源找到了，案件就破获了一半。所以，碎尸案还得看我们的本事，能不能列出寻找尸源的条件，从而缩小搜查范围。"飙哥说道。

我似懂非懂地点点头，但是心里在不停地打鼓，就三块尸块，怎么缩小范围？虽然现在 DNA 技术已经很成熟了，但是我们国家没有大范围的 DNA 数据库，所以 DNA 只能作为证据，而不能作为寻找犯罪嫌疑人或者尸源的线索。我正是知道这一点，所以才完全不知道下一步该怎么办。

我后来才知道，看似冷静的飙哥，这时心里也同样没有任何把握。

回到中心，我们马不停蹄地办理了尸体入库的手续。虽然只是三块尸块，但是也必须按照全尸一样办理手续，三块尸块要分开放，DNA 鉴定认定为同一人以后才能放在一起。虽然这三块尸块是人体胸腹前面的三块软组织，不管可不可以"无缝对接"，但从证据的角度，以防万一出现的是两起甚至三起碎尸案，我们还是不能主观地就确定三块尸块是一个人的。

办理完手续后，我们又提取了少许肌肉组织送去 DNA 实验室，需要进行同一认定。然后我们回到值班室，开始讨论下一步的动作。

"不管怎么说，等到同一认定完以后，再把三块尸块拼在一起，然后再想对策。"飙哥若有所思。

看着沉思的飙哥，我知道在这个案子里，列出寻找尸源的条件的确会很难。尸源寻找的条件，包括必要条件，比如性别、年龄、身高、体重、衣着等，还有一些特定的条件，比如文身、疤痕、畸形或者胎记等。要"猜"出这些条件，仅仅依靠这三块尸块，真的可能吗？

如果我没有记错的话，这三块尸块上，任何特定的条件都没有，只有一颗很小的红色的痣，似乎并没有太大的意义。那该如何缩小范围？

一忙活，就是一整个上午。因为前夜是我们值班，我基本上没有睡觉，所以中午我在宿舍睡得昏天暗地。还在睡梦中的我，突然就被我的手机给闹醒了。这时候，手机已经开始渐渐普及，我不再依靠简陋的呼机，而是换上诺基亚 8310 了。

我睡眼惺忪地爬起来一看，是飙哥打来的电话："认定同一了，起来拼图吧。"

原本我以为，拼这三块尸块，也敢叫"拼图"？不就是看看边缘能不能对得上就行了？其实，拼接尸块这个事儿，听起来简单，做起来难。

按照飙哥的要求，我们把尸块摊放在解剖台上，沿着皮瓣的方向慢慢地拼接。因为皮肤和软组织切口的边缘并不是非常整齐和光滑，我们需要把那些不规则的边缘都尽可能地吻合起来，这就花费了很长的时间。好在，结果不出意料，三块尸块真的拼接成了一个整体，可以说是无缝对接，拼成了一个人完整的胸腹部。

"切口是对上了，软组织层与层之间分离得很专业，不会是同行干的吧？"飙哥沉吟道。

我们傻傻地盯着苍白的尸块，一时不知道该从何处下手。

对于身高、年龄的推断，法医界已经有了非常成熟的办法。年龄可以通过牙齿和耻骨联合面（两侧骨盆的连接处叫耻骨联合）的形态来综合推断，经验丰富的法医依据耻骨联合结合牙齿能够将年龄推断得十分准确，误差一般不超过两岁；身高也可以根据多根长骨的多元回归方程计算到误差 2cm 之内。但是对于这样只有软组织的案件，除了能根据乳房的形态来判断死者是个女性，其他的问题就一无所知了，连飙哥也没了办法。

突然，值班法医平哥哼哧哼哧地跑过来："完了，又出事了。"

这个案子还没有着落，又来了新案子，这不是雪上加霜吗？

平哥看着我们惊恐的眼神，"噗"的一声笑了，接着说："别紧张，是交通事故。"

大家都长舒一口气。

"交通事故，你大惊小怪的干什么？"飙哥吐槽道。

"这次多啊，十几个。"平哥擦了下额头上的汗珠。

"十几个？"飙哥也惊了。

一次交通事故死亡十几个人，就是特大交通事故了，相关的处置工作会比较复杂，但是对法医来说，只需要仔细进行尸表检验，排除他杀可能，再基本确定死因就完事了。但是，十几具尸体的尸表检验，至少也要做五六个小时，是一件非常辛苦的工作。

"你去现场了吗？"飙哥问道。

平哥说："去了，惨不忍睹，到时候你看到就知道了。我们就两辆运尸车，装不了，说是公交车拉来的。"

飙哥低头看了看解剖台上的尸块，又转脸看着我说："你不是以前实习过吗？那好，这起交通事故的检验和接待工作，交给你办，行不行？不过放心，这边的碎尸案一旦有了头绪，你继续参与，不耽误你学本事。"

飙哥说的接待工作，是指接待这些死者家属来法医中心认领尸体。因为死于交通事故的尸体通常很容易找到尸源，除非是面目全非的尸体。因为 DNA 检验是需要一定的时间的，而不可能让罹难者的家属一直等候，所以法医需要先根据尸体的衣着、面容、随身物品等，大致确定死者的尸源，然后让家属与死者见最后一面。不仅仅是见面，还算是认领，算是在 DNA 确定结果出来之前，提前进行尸源的认定工作。

说实话，当时的我有点儿自负，觉得这种事情让我来做实在是太小儿科了，不过带教老师既然吩咐了，我又是实习队的队长，那这种对于法医学专业来说非常简单的活儿，自然不好让老师们来受累，所以我也就欣然答应了。

说会儿话的工夫，一辆 8 路公交车驶入法医中心，停在解剖室外的小广场上。我等车一停门一开，便一个箭步蹿上公交车。

眼前的景象让我顿时石化。车厢里横七竖八地停放着十几具尸体，全都衣着光鲜，清一色的花季少女。

3

开来这辆公交车的是法医中心的驾驶员小李，估计公交车驾驶员是没有那么强大的心理素质单独和十几具尸体待这么久。

交通事故的案情很简单，一所旅游学校的礼仪专业学生乘坐一辆汽车租赁公司的面包车，准备前往一家五星级酒店开始实习工作。不料面包车行至一座水库旁时，为了避让一辆横冲直撞的渣土车，掉进了水库。驾驶员侥幸逃出，车上的 13 名十八九岁的女学生全部葬身水库。

听完事故的经过，我们都觉得很难受。不仅仅是因为花季少女的殒命，还因为她们和我们有太多的相似之处。想当初，我们来南江市公安局实习的时候，也是包了一辆面包车来的。她们和我们一样，对知识充满了渴望，对未来充满了憧憬。然而，十几条生命就这样戛然而止了。

现场空气变得沉重，但尸体还是要搬运的。我和同学戴上手套，将尸体一具一具地抬下车，在解剖室外的广场上一字儿排开，小小的广场上摆满了尸体，这样的景象实在触目惊心。这么多年轻女孩的猝然死亡，让广场上空的空气凝固了。为了节约时间，我把同学们分成四组，同时开始对这些尸体进行尸表检验。因为有了几天的实习工作，几乎每名同学都出过非正常死亡事件的现场。虽然检验的动作还显得比较笨拙，但是基本的要领大家都掌握了。

十多名死者都是赶赴实习单位的，身上多半带了身份证，这让身份识别简单了不少。尸表检验迅速地进行，13 个人，除了坐在副驾驶位上的女孩因为猛烈撞击车体，头皮被碎玻璃整个儿掀到了脑后，头部撞击车体导致颅骨粉碎性骨折以外，其余的死者全身都未发现致命性损伤，结合她们的口鼻附近都有明显的蕈状泡沫痕迹，基本可以确定是溺死。

整个过程中，大家心情都异常阴郁，一声不吭地埋头进行尸表检验，排除死者有衣着不整的情况，排除死者存在非车祸导致的致命伤，排除死者有被约束、威逼或抵抗形成的损伤。无论案件多简单、多明了，按照飙哥的话来说，这些工作都是需要一丝不苟地去完成的。拍照固定、测量尸长、发长，检测尸斑、尸僵，对尸体的眼睑、口鼻、外耳道和颈部进行初步检验，对尸体的双手、双足进行检验，脱去尸体的衣服对尸体其他部位进行检验……一切都在按部就班地进行。

原本在解剖室里对尸块进行检验的飙哥，此时颓唐地走出来了，看他脸上的表情，我知道神通广大的他对碎尸案也是一筹莫展。

虽然有了十多年的法医工作经验，但当飙哥看到眼前整齐地摆放着那么多具女孩的尸体时，也忍不住低声说了一句："我的天！"

飙哥稳了稳心神，背着手，走到我们身边，见我们十几名同学正分成四组，蹲在地上对尸体进行尸表检验。

"群体性死亡事件，懂得分组进行，不仅快，而且保证了结果的准确性，这很不错。"飙哥很少夸人，既然夸我这个队长的工作方法，那说明我的办法是对的。

"我估计再有 1 个小时，我们就能完成工作。"我说，"所有尸体我们都仔细检查过了，除了坐副驾驶位的女孩以外，其他女孩身上都没有任何损伤。"

飙哥听我这么一说，又连忙转头看了看地面上的尸体，突然眼里露出兴奋的光芒。我已经很了解飙哥，他有这样的表情，说明有新发现了。

"秦明，过来，我突然有个想法。"

我停下手中的工作，因为穿着防护服，所以只能甩了甩头，想甩去额头上让我觉得很痒的汗珠，问道："咋啦？"

"我问你，我们利用长骨、耻骨来推断身高、年龄，有没有什么科学依据？"

这个问题问得我摸不着头脑，咱法医用这些回归方程算年龄、算身高，算了这么多年，突然问起有没有科学依据，实在是有些莫名其妙。

"当然有依据，没科学依据，我们能算那么多年吗？能每次都推断得那么准确吗？"我回答道。

"那你说说，有什么科学依据？"飙哥又想考我了。

"这个……"我卡了壳，连忙在脑海里搜刮着各种理论知识，迅速找回了思路，"前辈们通过收集无数根长骨、耻骨，根据这些长骨、耻骨上的一些特征性指标，比对骨头主人们的身高、年龄算出一个系数，然后用多个指标系数，制定回归方程。我们之所以能够通过采集的数据来计算出我们需要的结论，因为有前期大量的数据支持，所以就会很准确。这……这叫统计学意义。统计学意义，也算是有科学依据。"

我一口气说完。

"说得好。"飙哥赞许道，"我们不能通过软组织推断身高、体重，是因为没有人去研究，没有人去收集检材，去计算回归方程，对吧？"

"您现在有做研究的想法，也来不及用在这个碎尸案上了吧？"我翻了翻白眼。

"谁说来不及？我们不一定要有大量的检材。"飙哥指了指广场上的尸体，"她们或许能帮助我们。"

我突然明白了。

飙哥的意思是说，利用眼前这13具女尸的软组织形态，找到指标，计算出系数，然后根据尸块上的相应指标，利用系数的回归方程计算出我们需要的结论。

"那，用什么当指标呢？"我好奇地问，内心的吐槽早已消失得无影无踪。

"我想好了，我们找到的尸块正好可以拼成一个胸腹前壁的软组织，这上面的标志点就是两侧乳头和肚脐，这三个点，可以形成一个三角形。这个三角形有三条边和一条高，我们利用13具已知身高的女性尸体上这四条直线的长度，和身高相除，计算出系数，四个系数再乘以尸块上的这四条直线长度，算个平均数，就可以大致推算出死者的身高了。至于体重，我们可以测量胸锁部、胸骨处、上腹和下腹的脂肪厚度，用同样的办法去算。"

这是一个大胆的想法。要知道法医在制定尸源条件的时候如果出现明显的错误，会导致整个案件侦破工作无法进行下去。这种办法，虽然是利用了我刚才说的"统计学意义"，是有科学依据的，但是，因为检材量只有 13 具，样本数量太少，所以出现误差的可能性也会很大。

"死马当活马医吧。"飙哥仿佛看出了我的心思，说，"我们先算一算这 13 名死者的这些系数的差距大不大，如果不大的话，就有意义。"

说干就干，我们开始测量相应的数据，很快计算出了上述八个系数，发现这些系数的数字差距都不大。按照飙哥的话来说，这个办法说不定就有意义了。于是，我们计算了系数的平均数，然后乘以尸块上已经测量完毕的数据，算出了这三块尸块的主人身高平均值是 161.9 cm，算出体重的平均值是 47 千克。

看起来，这个数据不离谱，和我们的直觉感受差不多。

我和飙哥隔着手套，击了一下掌。

"可是年龄怎么办呢？"我想起来，还有个关键的指标，我们似乎无法进行推断。

"这，这真的没办法测算。"飙哥也皱起了眉头。

这时，法医中心荣主任走进来："怎么样？"

荣主任五十岁左右，是一个久经沙场的老前辈了。

飙哥向荣主任简单汇报了我们设计的计算方法以及刚才完成的前期工作，说："就差年龄了，这个……真没办法。"

荣主任赞许地点点头，说："这个方法挺好的，我觉得算得也差不多。还有，谁说年龄没办法？"

他径直走到尸块旁边，把眼镜推到额头上，对着尸块的乳头仔细地看了 2 分钟："定 24 岁左右吧，没有哺育史。"

说完，荣主任就背着手离开了，留下了我和飙哥面面相觑。

直到现在，我依旧无法理解荣主任是用什么办法准确推断的年龄。我想，这也应该是统计学意义上的经验之说吧，或者是看乳头上的皱褶深度？总之，经验丰富的法医的直觉，一向很准。

5 分钟后，我们制定了寻找尸源的条件："女性，24 岁左右，无哺育史，身高 161 cm 左右，体重 47 千克左右，胸口有一颗芝麻大的红色痣。"

正在我们为顺利得出结论欣喜的时候，门口突然传来了呼天抢地的声音。

"去吧，你的活儿来了。"飙哥看着我说道。

他的那种眼神，是一种同情，更是一种鼓励。

原来，第一批认领尸体的家属到了，都是南江本地的。我突然想起了我的职责：接待死者家属。

我带着第一批家属来到了尸库，两名男子搀扶着一名中年女子，那女子的精神已经几近崩溃。当我从冰柜中拖出一具尸体，拉开尸袋露出死者面容的时候，那名中年女子顿时昏厥过去，旁边的两名男子也开始失声大哭。凄厉的哭声回荡在整个尸库之内，刺激着我的耳膜和神经。是啊，白发人送黑发人，是何等悲惨。看着这位失独的母亲，我于心不忍，赶紧摘下手套，扶起瘫软的妇女，说："节哀吧，人死不能复生，活着的人别出事！"

当然，在巨大的悲情面前，这样的安慰不过是杯水车薪。认尸结束后，我们几个人几乎合力才把死者的母亲搀上警车，送往附近的医院。

后面的几天，一方面，全市各派出所都在用我们通报的尸源条件在辖区内寻找符合条件的失踪女性；另一方面，我在艰难地接待交通事故中丧生的女孩的家属。用"艰难"这个词一点儿也不夸张，我也深刻体会到了飙哥让我接待他们的含义。

作为一名法医，必须要有强大的心理素质，而这样的心理素质，不仅要在现场和尸检过程中锻炼，更要在人情冷暖中磨炼。这些天来，我见到了一幕幕人间悲剧，那些刚刚得知孩子突然逝去的家人，有的愣在那里如槁木死灰，有的当场昏厥不省人事，有的呼天抢地哭声震天，有的扑到僵硬的尸体上不停地亲吻死者的面颊和嘴唇……可怜天下父母心，反复目睹那些父母的悲伤和绝望，我的心都跟着碎裂了。

生命如此脆弱，其意义又在何处？这个问题可能对于二十出头的我来说，太过于深奥了，所以越思考越不得其解。我越思考，就越对这份职业感到迷茫。

那些天，我每天都要被撕心裂肺的哭声所包围，整个人压抑到透不过气来。好在，接待认尸的工作接近尾声的时候，碎尸案的尸源也有了着落。

排查失踪线索比我想象中要难很多，虽然家人因为联络不上而报警的情况不在少数，但真正失联的人，其家属也有可能并未报警。

派出所发出协查通告后，我们在忐忑不安中收到了很多线索，而经过DNA实验室的亲子鉴定后，逐一都排除了。直到有一天，一对老夫妻来到派出所报案，说是自己的女儿24岁，没生过孩子，身高163cm，体重大约50千克，这些天电话联系不上，曾打电话询问自己的女婿，女婿说是去外地进货了，所以起初没有在意。直到他们看到了派出所的协查通报，"红痣"的特征和女儿太像了，越想越害怕，于是就来派出所问问。

DNA 的比对结果很快出来了，死者正是这对老夫妻的女儿小红。

确认死者身份后，我对飙哥和荣主任更是佩服得五体投地。利用三块软组织准确推断死者的身高、年龄和体重，简直是奇迹。同时，我也深刻体会到，当一名法医，不仅要有扎实的理论基础，更要善于发现周边的条件，能灵活利用看似不着边的线索，最终为案件所用，这就是区别一名好法医和一名普通法医的关键。

经过调查，小红的全名叫作梁红，是一个经营小服装店的个体户。1 年前，她嫁给了她的丈夫杜风。据称，两人婚后的感情并不是很好，经常会有吵嘴打架的事情发生。而对小红的外围调查发现，小红的风评也不是很好。可能是为了自己的生意能更加红火，她和当地的一些地痞流氓也有着一些不清不楚的关系。

不管是什么原因，既然杀人还要碎尸，必然有直接的社会关系，所以杜风作为第一嫌疑人，被刑警队控制了起来。一来他电话联系不上妻子却不去报案，很反常；二来他的职业很特殊——他是个屠夫。

在得知这些信息之后，我们相信，不用两天，杜风一定会败下阵来，和盘托出他杀妻的经过。

然而，事与愿违。

不知道是因为杜风的嘴太严，还是警方没有获取直接的证据，几经审讯，这个男人一口咬定小红是外出进货，还没有回来。而且在审讯过程中，杜风透露小红失踪当天，还和一个陌生的男人频繁联系，很有可能就是被那个神秘的男人带走的。

"那你们对这个所谓的神秘男人，进行调查了吗？"飙哥接着电话，神情有些焦急。显然他也没有想到，这起案件的审讯环节出现了问题。

"调查了，我们调取了小红的手机通话记录，在小红失踪的那一天，她确实和一个号码频繁通话。"电话那头的侦查员说，"这个号码的主人是一个叫作马斯原的人，表面上看，是一个供货商，其实就是那一片的地痞头子。"

"也就是说，小红真的和地痞有关系？"飙哥皱起了眉头，说，"那，杜风是个什么样的人呢？"

"虽然是屠夫，但是看上去很老实。"侦查员说，"问啥说啥的，弄得我们自己没信心了。现在，更多人怀疑这个马斯原。"

"看来，只有靠我们去搜证了。"飙哥说。

"证据，可能没那么容易。"

根据飙哥的安排，侦查员同时传唤了杜风和马斯原，给我们留出时间，对二人的住处进行搜查。既然是碎尸案件，就一定会在自己最熟悉的、最隐蔽的地方碎尸，而一旦碎尸，现场很难被打扫得干干净净的，必然会留下线索。

然而，很快我就明白，是我想得太简单了。

4

屠夫的家是一幢独门独院的小平房，前面是他卖肉的门面，中间是两间卧室，院里有几间猪圈和一间屠宰房，院子后面还有一片半亩左右的水塘。

简单看完他的住处，我们所有人都像泄了气的皮球，这么大的面积，要在里面找到一些证据，简直是大海捞针。当然，无论面积再大，只要真的是他作案的，只要我们下了足够的功夫，就不怕找不出什么来。我从来不相信什么完美犯罪之类的说辞。

但难处还不止于此。

因为那一间充斥着血腥味的屠宰房里，到处都是血迹和软组织，怎么才能在这么多猪血猪肉中找到一些属于人类的血或肉呢？

"猪的脂肪是白色的，人的脂肪是黄色的。"我想到了飙哥之前教我的技巧，一边念叨着，一边钻进屠宰房开始找起来。

这个举动把飙哥逗乐了，说："算了吧，你这办法，就是找个七天七夜，也未必能找得到啊。哪能那么巧，留下一块脂肪给你发现？我们还是去看看马斯原的家里吧，看看他是不是真的有嫌疑。"

放弃了在屠宰房里寻找痕迹后，我们去了马斯原的家里。这个马斯原的住所就简单多了，是位于一个居民楼内，两室一厅的小房子。房屋里的摆设很简单，但是很杂乱，看起来并不像经过了打扫。

我和飙哥在小屋子走了一圈，最后把注意力放在了卫生间里——如果他碎尸，肯定需要清洗场地，那贴着瓷砖的卫生间就是最适合的场所。

我拿着一根棉签，在卫生间各个拐角和隐蔽的地方蹭来蹭去，没有什么收获。反倒是飙哥在我已经蹭过一遍的马桶边缘内侧里，找到了红色的痕迹。

"你看看！你啊，以后心要细一点。"飙哥举起了他的棉签，我一看，棉签变成了暗红色。

"血！"我叫了出来，心情无比兴奋。

"你咋知道是血？"飙哥面无表情。

"不是血是啥？"我不服气地说，"回去做个DNA呗。"

"做是要做的，但是希望不大。"飙哥还是坚持自己的意见，"马桶里为什么会有少量的血？"

"碎完尸体，冲掉的呗。"我说。

"那，为什么我们还能找到三块完整的胸腹部软组织？那三块应该是最容易碎成小块的，能从马桶冲掉，为什么还要丢护城河里？"飙哥摇着头，说，"而且，这里距离护城河，最近的路也有10公里。"

"那杜风家呢？"

"他家就近多了。"

"所以，你还是怀疑杜风？"我看了一眼棉签，说道。

"不知道，回去先做DNA再说。"飙哥说完，又在现场巡视了一圈，带着我收队了。

南江市公安局的DNA技术在这个年代已经发展得比较完善了，所以没用几个小时，DNA结果就做了出来。令人意外的是，在这一处混合DNA基因型中，还真包含了死者梁红的DNA。

听到结果后，我很是兴奋，在一个地痞家发现了死者的血，我想，这他怎么着也赖不掉了吧？不过飙哥倒是没有任何情绪的变化，他淡定地把结果告知了办案单位，然后对我说："我还是不放心，我们去刑警队看看吧。"

虽然我不知道飙哥不放心什么，也不知道他去看看能有什么作用，但作为实习生，还是乖乖地跟着飙哥从法医中心驱车赶往市局刑警支队的办案中心。

办案中心的门禁旁边，来给我们开门的侦查员似乎和飙哥很熟悉。

"怎么样？"飙哥问道。

"都不交代，还在赖。"侦查员皱着眉头说，"那个马斯原，承认自己和梁红有不正当男女关系，但不承认杀人。"

"那血是怎么来的？"我插嘴道。

"他说是梁红经常去他家里过夜，来例假留下的。"侦查员耸了耸肩膀。

我有些生气，觉得这不就是说辞吗？但飙哥倒是一副意料之中的表情，没表达什么质疑，而是直接走进了办案区。

我们先去了马斯原的审讯室。

这是一个高大、壮实的男人，正歪坐在审讯椅上，一副吊儿郎当的表情。和他"处变不惊"的表情不相吻合的是，他的右手正在微微颤抖。

"他在发抖。"我小声提醒飙哥。

飙哥走到马斯原的身边，指了指他颤抖着的胳膊，问："胳膊怎么了？"

"被砍的。"马斯原毫不在乎地说完，然后撩起了袖子。

他的右上臂上，有一条二十多厘米的刀疤，几乎环绕了整个胳膊。

飙哥点了点头，拉着我走出了审讯室。

"他作案的可能性很小。"飙哥说。

"为什么？"

"精准地从软组织间隙中分尸，能够把软组织和骨骼完美分离开，是需要稳定性的。"飙哥说，"这也是我们法医都要保护好我们的手的原因。"

"那你直接怀疑杜风那个屠夫不就得了。"我说。

"我的确一直在怀疑他。"飙哥说道，"只是不好取证，所以我也很担心啊。"

刚刚走进杜风的审讯室，我发现飙哥的眼睛一下子就亮了起来。我顺着他的眼神看去，原来杜风的右手，居然包裹着纱布。

"这么重要的线索，为什么没告诉我们？"飙哥把侦查员拉出了审讯室，在门口问道。

"这，很正常啊，屠夫天天用刀，伤到自己很正常吧。"侦查员说，"我刚才看了，他那两只手上，到处都是疤痕。"

"看来屠夫也不容易干。"我说。

"他是左撇子吗？"飙哥接着问道。

"不是啊。"侦查员说，"他刚才是用右手在拘留证上签字的。"

"那既然是习惯性用右手拿菜刀，就是误切伤，也是左手受伤啊。"飙哥说，"可是他包扎的是右手。"

侦查员卡了壳。

"您还真是够心细的。"我自愧不如。

飙哥从侦查员身边走进了审讯室，对坐在审讯椅上的杜风说："你的手怎么了？"

"自己不小心切伤了。"

"把纱布拆开给我看看。"飙哥厉声说道。

"怎么？你们想刑讯逼供？"杜风毫不示弱，"要是感染了，你们可要负责！"

"拆开看一下，不会感染，不放心的话，我这里也有消毒的工具。"飙哥淡定地说。

杜风没了辙，磨叽了好一会儿，这才慢慢地把纱布拆开。

原来，他的小拇指有一部分缺失了，断端覆盖着消毒棉，断端皮肤是被缝合起来的。

"断端挺整齐的。"我说。

飙哥严厉地瞪了我一眼，我连忙闭嘴。原来圣兵哥让我在当事人面前少说话的教诲，我差点儿忘记了。我想说的是，断端还是比较整齐的，从这一点看，和他自己交代的切肉的时候不小心切掉了自己的小拇指还是很吻合的。

"手指切了下来，为什么不去医院接指？"飙哥严肃地说，"现在接指技术很成熟了。"

"切下来就直接掉下水道了。"杜风看上去一脸坦然。

"行了，包起来吧。"飙哥说完，离开了审讯室。

我追了出去，说："断端整齐，应该就是切的吧？这个和本案有什么关系吗？能通过断指，来判断是不是他杀的人？"

"至少要让我们的内心得到确认啊。"飙哥说，"是不是菜刀形成的断指，通过皮肤表面是看不出来的。"

"那你看了半天，有啥用？"我不解道。

"X光！"飙哥对侦查员说，"安排他去医院拍摄右手X线片。"

为了飙哥的"内心确认"，侦查部门费了不少力气，他们把杜风带去了附近的卫生所，拍摄了X线片。

X线片很快就出来了，杜风的小拇指从近节指骨的中段断裂，可以明显看到断裂面呈轻微的锯齿状，也就是说，他指骨的断裂形态，不可能是菜刀形成的。

"看这样的骨折面，这么不整齐，倒像是被牙咬的。"我又在主观臆测了。

没想到这次却得到了飙哥的赞同："没错，很有可能就是牙咬的。"

杜风的嫌疑迅速提升，我们决定再次搜查他的住处。

"如果小红真的是被杜风杀死的，那么分尸的现场很有可能是杜风的家。尤其是那一间看起来无法取证的屠宰房。既然他选择在屠宰房分尸，就是因为他觉得在这里分尸很安全，警方无法分清哪些是动物的软组织或血、哪些是人体的软组织或血。那么，他就不会对屠宰房进行细致的打扫，我们只要使用'分格式'提取，总会在他家找到一些证据的。"飙哥信心满满。

所谓的"分格式"物证提取，就是把现场的地面或者桌面画上方格，在每一个方格里都提取一点检材。这样，虽然检验的工作量非常大，但是可以把取材的覆盖面做到最大，覆盖整个现场。在有些难以取证的案件中，用这种方式来寻找证据，算是愚公移山的做法。

飙哥接着说："这个房间，至少要提取两百份检材，都做 DNA 的话，耗材太贵了，所以，我们回去先做种属实验。"所谓的种属实验，就是对生物检材进行初步检验，先明确是不是属于人类的软组织或血。这样可以大大提高检验效率、降低检验成本。

按照飙哥的指示，我们开始一点点地提取着屠宰房里的血迹和软组织，分别装进物证袋。两三个小时很快就过去了，太阳已经当空照了，我们依旧弯着腰在寻找可疑的线索。看着已经收集到的百余份检材，我暗想，这样回去慢慢做种属实验，还不知道要做到猴年马月才能出个结果。

飙哥也有些累了，脱下手套，走到院外的水塘边，拿出一根烟慢慢抽起来。现场内是绝对不能吸烟的，这是现场勘查的规矩。突然，我听见他大声喊我过去。

"我们在护城河里只打捞出了三块尸块，蛙人下去打捞也没有任何线索，对吧？"飙哥每次有新发现的时候，眼睛里都闪着光。

"是啊，我也觉得很奇怪，你说内脏什么的吧，丢在那儿别人可能注意不到，可是这人头和骨架不应该找不到啊？"我说。

"如果你是这个屠夫，把软组织抛掉以后，因为没有交通工具，没法将骨架也带去抛到护城河里，你会怎么处理这骨架？"

我想了想，回头看看这四周的环境，突然明白了飙哥的想法："哈哈，丢在这个水塘里！"

"对！因为骨架不像整尸那样会腐败膨胀、浮力变大。骨头扔进塘底很快就会被淤泥掩盖，永远都不会漂浮上来。这就是这个屠夫卸掉尸体上的软组织并抛掉的原因，他是害怕尸体扔进水里后会浮上来！"飙哥已经心中有数了，"来吧，我们干一件大工程！"

按照飙哥的要求，110指挥中心很快就调集了三辆消防车和两个中队的消防战士。他们的任务很简单，就是在天黑之前，利用抽水泵把这口塘里的水抽干！

我和飙哥眯着眼蹲在塘边，看着池塘的水面慢慢低下去。下午4点，塘底逐渐暴露出来。

如果在满是水的水塘里捕鱼，不是件很容易的事，但在一个没水的水塘里捕鱼，实在是易如反掌。这个脏兮兮的水塘自然是没有鱼儿，但水一抽干，塘底的淤泥上便露出了一大块被塑料薄膜包裹着的东西。

早已穿好高筒胶靴和解剖服的我，"呀"的一声大叫，兴奋地跳进塘里，蹚着塘底厚厚的淤泥，一脚深一脚浅地向那一大块不明物体慢慢移动过去。

飙哥缓缓地踩灭了烟头，沿着岸边走到离不明物体最近的位置时，才跳下塘里，说："笨哪，不知道走直线？"

不明物体果真是一具尸体，我们抬起来的时候已经可以清晰地辨认出塑料薄膜里的人骨。

屠夫的手艺，让人毛骨悚然。尸体上的软组织已经被剥离殆尽，只剩一具完整的人体骨架和少量没有分离下来的内脏。

"看来要找点儿肋软骨去做DNA了。"我说。

"即使证明这具尸体就是小红，怎么能确定就是她丈夫杀了她抛进塘里呢？"飙哥又在考验我了。

"这……这个……就在他家门口，他赖得掉吗？"我一时没了办法。

"律师会和你说这些吗？这可形成不了证据锁链。"飙哥摇了摇头，用手在骨架腹部剩余的一堆内脏里翻动起来。

"飙哥，你在找什么？"

"我在找胃。"

"找胃干什么？"我的话还没有问完，飙哥已经找到了胃，用手轻轻地捏着。

"有发现！"飙哥扬着眉毛边说边拿起了手术刀。

胃被划开了，看上去基本是空的，但里面的某样东西让我们集体振奋，我们真真切切地明白，这个案子破了！

——那正是一截残缺的小拇指，还有清晰的指甲盖。

"她咬下了杜风的手指，还吞进去了？"我大吃一惊。

"是啊，人在激烈的肢体冲突中，如果咬下来个什么，不一定会吐出来，而是会反射性地吞咽下去。"飙哥说道，"送去进行 DNA 检验。"

DNA 检验结果很快出来了，小拇指就是那个屠夫杜风的。不过，飙哥并没有满足于现状，作为带教老师，他开始布置新一轮的实习任务，命令我们实习生全员上岗，对现场提取的所有生物检材进行了种属实验。说一来是为了证据链的完整，二来是训练我们的实验室工作能力。

好在这种实验并不复杂，我们很快就找到了十几处人类的血迹。再将这些血迹检材拿去 DNA 室进行了检验，确定都是死者的血迹。至此，整个案子的证据锁链已经很完善了。

铁证如山，杜风不得不全盘交代。

原来梁红婚后一直和一些地痞保持着不清不楚的关系，杜风察觉到后，多次去找那些地痞交涉。不过，不但没解决问题，他还被地痞暴打了一顿。这种仇恨就一直积压在杜风的心中。他不敢当面和梁红对峙，因为他觉得自己作为一个屠夫，能娶到梁红这样外貌出众又能赚钱的女人当媳妇，算是上辈子修来的福分了。他只希望她有一天能回心转意，不再和外面的男人纠缠不清，好好和自己过日子。

但杜风的卑微退让，并没有打动梁红。案发前一天，梁红以外出进货为借口，再次去马斯原家里厮混。杜风一路尾随着梁红，在马斯原家门口蹲了一夜，终于在第二天一早，堵到了梁红。

两人回家后，杜风对梁红进行了盘问，她却一直死不认账。杜风忍无可忍，下重手将小红殴打了一番。不料在撕扯过程中，小红一口咬掉了杜风右手的小拇指。杜风恼羞成怒，在疼痛的刺激下，彻底失去了理智，他抄起杀猪刀，一刀就砍断了梁红的脖子。

杀完人之后，杜风才害怕起来。

看着已经面目全非的梁红，他有种想要呕吐的冲动。曾经憧憬的好日子，已经没可能了。他并不想自首，是她先负了自己，凭什么要给她陪葬？

他知道如果把尸体扔进水塘，过不了两天就会浮上来被人发现，那样的话肯定逃脱不了罪责。他左思右想，邪念横生，干脆使上了自己一身的杀猪手艺。他利索地卸掉了小红全身的软组织，装进袋子里分几个地方抛掉，然后再用塑料薄膜把骨架和来不及处理的内脏包好，扔进了水塘。他闭门不出，花了一天一夜的时间，仔细打扫了杀人和分尸的现场——而那正是他们曾经的家。

"不管什么原因，都不可以成为杀人的借口。"飙哥说，"妻子不忠，他原本可以离婚的。说到底，还是占有欲和不甘心啊。"

一起碎尸案的破获，让支队领导很是开心。所以，领导"网开一面"，允许我们在刑警支队的食堂举办庆功宴。

因为是我亲自参与破获的大案，我很是兴奋，于是拿着啤酒杯，在各个桌子之间窜。来到了那名负责审讯的侦查员桌子旁，他问我："你们觉得这起案件，哪个警种功劳最大？"

"当然是法医。"我说。

"法医？"侦查员笑了一下，没说什么。

这是什么意思？难道这起案件的破获，不是我们的功劳？

难道我们法医只是一个辅助警种？怎么连同行也看不到我们的付出呢？

内心的喜悦，瞬间就被浇凉了。

法医秦明

VOICE OF THE DEAD

| 第六案 |

夜半敲门

———

无边的欲望的诗篇往往被占有所扼杀，
获得的事物难得同梦想符合。

———

奥诺雷·德·巴尔扎克

1

接下来的几天，我都闷闷不乐。

飙哥显然是注意到了我的不对劲，于是找了个时间来问我。我也没有隐瞒，一五一十地把自己的困惑说了出来。在我的角度看来，这一起碎尸案件的破获，从尸源的寻找，到嫌疑人的锁定，最后到物证的确凿，我们法医可是贡献了主要力量。为什么论功行赏的时候，大家却把我们遗忘了呢？

飙哥听完，哈哈一笑，问："你做这个行业，为了什么？"

以前只觉得破案很刺激，但也没有细想，所以我一时不知道该如何回答。

"难道你做这个行业，不是为了沉冤得雪吗？不是为了我们有个更太平的社会吗？"飙哥问道。

"是，是啊。"我有些结巴。

"所以，谁的功劳真的那么重要吗？"飙哥说道，"大家都是公安，都为了破案。需要所有警种密切配合，案件才能顺利告破。作为法医，我们只需要把我们领域的东西做到最好就行了，何必去关注别人的评论？有很多短视的领导，还认为法医学专业不仅没用，而且给他们惹麻烦呢。怎么说呢，路遥知马力，日久见人心吧。问心无愧，才是最重要的。"

我想到了圣兵哥之前的遭遇，点了点头。不过，被那些不了解法医职业的人误解、歧视就算了，在自己的行业内，也要遭受同样的境遇，这让我感觉有些寒心。如果把刑侦工作比作一台戏，那些容易"出成绩"的专业是在台子上唱戏的人的话，我们法医就是用血肉之躯扛起舞台的人啊！为什么也要被不理解？我还是不愤、不服。

看着我脸上一阵青、一阵白，飙哥笑了，他拍了拍我的肩膀，用罕见的温和口吻对我说："我和你说个笑话吧。有一年，我出勘一个非正常死亡的现场，测量死者的尸长是 171cm。可是死者家属对我们的结论不服，又挑不出毛病，于是就来上访说，死者生前体检的时候明明身高是 173cm，我们却写了 171cm，说明我们的工作不细致，结论不可信。反复上访，领导急了，就来批评我，说我一个长度都测量不好。"

"这，这算什么事儿？这算什么领导？"我很生气，说，"那你怎么说的？"

飙哥淡然一笑，说："领导，你的身高和尸长也不一样啊。"

我哈哈大笑，第一次觉得飙哥的毒舌很逗。

"所以啊，别想那么多，你做这个行业，就是对得起逝者，对得起你自己的良心。"飙哥说，"我们不关心任何事，除了事实和真相。"

那个时候，飙哥的话，我并没有完全理解。但是因为飙哥的"笑话"，我的心情好了许多。

"喀喀。"飙哥干咳了两声，话锋一转，说，"笑话说完了，得干正事儿了。刚才呢，我值班，接了个案件，不是个小案件，咱们得赶紧出发了。"

"难不成，又是杀人碎尸？"我吓了一跳，问道。

"那倒没有。"飙哥说，"但比碎尸案更恶劣，在城北区，一家三口都没了，社会影响很大。"

"杀三个！"我惊叫道。从我实习开始到现在，还没遇见过这么大的案子。三具尸体得检验多久啊？我第一反应就是这个。

城北区距离我们法医中心有数十公里，出现场要走高速。

怀着忐忑的心情出发，现场勘查车一路疾驰。上午 10 点，我们的车开进城北区元达小区，辖区分局刑警大队的领导已经在小区门口等着我们。简单的寒暄之后，我们徒步走向中心现场。

"应该是昨天晚上发生的事情了。今天早上 8 点，男主人回家以后发现的，辖区派出所已经保护了现场，第一时间上报了我们分局。"分局长说，"我们分局的技术队刚刚到没多久，现场勘查工作也就刚刚开始。"

"知道了。"飙哥说道。

元达小区是别墅区，是富人区，住在这里的都是高薪人士。案件的中心现场是位于小区大门附近的一栋小别墅，这栋别墅的产权是南江市某 IT 公司老板徐清亮的，别墅里住着徐清亮以及他的妻子、女儿和岳母。

中心现场警戒带外，密密麻麻地站满了围观群众。虽然这里处于南江市的城郊，但是随着城市范围的扩大，元达小区所处的区域已经发展成规模较大的住宅区。在一个大规模的住宅区内发生一起死了三个人的案件，社会影响是非常恶劣的。

我和飙哥拎着勘查箱，挤过密密的人群，越过警戒带，走到现场门口。现场门口旁边的墙角蹲着一个西装男子，大概有 40 岁，双手抓着自己的头发，一脸的痛苦。他应该就是徐清亮了。两名民警正在向他询问情况。

"我们搬过来 3 年了，就图这里保卫措施好、安全，没想到还会发生这种事。"徐清亮红着双眼说，"我和赵欣是 5 年前结婚的，我比她大 10 岁，很疼她。她没有工作，有了孩子后就专心带孩子。我们感情一直很好。"

我和飙哥正要听他说下去，他忽然沉默了。

我忍不住追问道："你是什么时候发现的？"

徐清亮无力地看了看办案民警，说："我都和他们说过了，别再问我了。"

侦查员接过话来说："哦，是这样的。去年，徐总在我们市下面的南林县开了一家分公司，从去年 8 月到现在，徐总每周的周日到次周的周二在南林县的分公司工作，周三回南江。今天是周三，徐总从县里回来得比较早，大约 8 点就到家了。他打开家里大门的时候，发现他的妻子赵欣仰面躺在客厅内，尸体已经硬了。他又跑到楼上，发现自己 3 岁的女儿和岳母被杀死在楼上的卧室里。"

徐清亮听着这些话，把头埋入了双手间。

谁能想到一夜之间，生命里最重要的三名家人就全部殒命，这种巨大的悲愤、震惊和痛苦，谁能承受得住啊。

飙哥递给我一袋勘查装备，和我一起戴好头套、口罩、手套和鞋套，走进中心现场。

现场是一栋两层别墅。一楼是客厅、厨房、卫生间和一间大卧室，二楼是数间客房和书房。徐清亮和妻子赵欣平时住在楼下的大卧室，女儿和岳母则住在楼上的一间卧室。

南江市公安局的各个分局技术队里，也配备了法医，主要职责是伤情鉴定和非正常死亡事件的初步出勘。此时，赵欣的尸体旁边，几名法医和痕检员正在仔细地寻找痕迹物证。为了增加工作效率，我和飙哥先到楼上，勘查楼上的现场。

楼上的客房门都是关着的，显得非常安静。别墅就是大，我们沿着走廊走着，挨个打开房间看了，每个房间都十分干净整洁，没有发现什么异样。

"都没有翻动，肯定不是侵财。"我说道。

"话是这样说，但是不到检验完毕，咱们法医可不能随便下结论。"飙哥说道。

直到我们打开走廊尽头的一间较大的客房，一股浓重的血腥味扑面而来，我才下意识地揉了揉鼻子。

相比于扑面而来的血腥味，眼前看到的景象更加令人震撼。卧室的地上躺着一具老年女性的尸体，床上躺着的则是一具小女孩的尸体，两具尸体都穿着棉布睡衣。睡衣、床单和被子的大部分都被血染红了，床边的墙壁上布满喷溅状、甩溅状的血迹。

"除了血迹，并没有发现什么其他明显的痕迹。看来凶手在这个房间并没有多余的动作。"飙哥说。

我的脑海里浮现出凶手杀完人就走的身影，这可能就是最直观、最简单的现场重建了吧？这个重建似乎更加印证了我之前的推断，凶手只是单纯地想杀掉这两个人而已。

老年女性的尸体穿着拖鞋，俯卧在床边的地板上，头发已经被血浸透，整个颅骨已经变形，白花花的脑组织夹杂在头发里，头下方一大摊血。我轻轻地翻过尸体的头部，发现死者的脸部肌肉已经僵硬，面部遍布血污，看不清楚五官。

脑组织黏附在我的乳胶手套上，滑腻腻的，让人有作呕的感觉。

我试了试死者的大关节的尸僵，说："飙哥，尸僵完全形成，看来还真的是昨天晚上的事情。"

"嗯，尸斑也印证了这一点。"飙哥按了按尸体背侧的尸斑，说道。

床上小女孩的尸体更是惨不忍睹。她躺在床上，圆圆的双眼还睁得大大的。她的额部有一处塌陷，应该是遭受了钝器的打击后，发生了凹陷性的骨折。这样的损伤，通常是致命的。不仅如此，她的颈部还被锐器切割，小小的头颅与躯干只有颈椎相连，软组织基本都断开了。透过颈部哆开的大创口，能看到里面红色的肌肉、白色的气管，真是触目惊心。

沿着颈动脉的方向，有大量喷溅状的血迹，说明她被割颈的时候，还没有因为颅脑损伤而死亡，可以想象到她当时该有多么惊恐！

小女孩全身没有尸斑，因为她的血流光了。

我最看不得的就是小孩被杀，心就像被猛烈撞击过一般地痛。我咬了咬牙，暗自发誓一定要为这个小女孩讨个公道。可是，还没有经历过大案侦破的我，此时不知道该从何处入手。

看过现场，我和飙哥没说话，慢慢地走下楼。赵欣尸体附近的勘查已经结束，从技术员们脸上的表情看，他们和我们一样，也没有发现什么有价值的痕迹物证。换句话说，完成了初步勘查的我们，居然没有找到任何破案的"抓手"。

我和飙哥走近了赵欣的尸体，尸体还没有被翻动。这是一个三十岁左右的女人，瞪着双眼仰卧在地板上，和老年女性的尸体一样，头下一片血污。显然，她也是头部遭受钝器打击导致的死亡。女人上身穿着棉毛衫，下身的棉毛裤和内裤被一起褪了下来，胡乱地盖在阴部。

飙哥走过去拿开了遮盖她下身的棉毛裤，脸色一惊，她的下身居然插着一把匕首！

"半裸的，下身还插了匕首。这是心理变态的人作的强奸案？"我说。

"不，可能是奸情。"飙哥皱起了眉头。

法医勘查完现场，会在自己的脑海中形成一个对案件性质的初步判定，这种初步判定并不一定有充分的依据，只是一种猜测，而不是推断。这种猜测多半是根据直觉而做出的，而产生直觉的基础是参与大量现场勘查后形成的经验。有了初步判定，法医会通过尸体检验、现场复勘来不断地验证或者否定自己的猜测，最终得出推断的结论。

我知道飙哥此时的判定就是直觉使然，想在短时间内整理出充分的依据，条件还不充足。所以我也没有继续追问飙哥为什么会认为是奸情导致的杀人，而不认为是心理变态的人作的强奸案。

但有一点是肯定的，赵欣的尸体是半裸的，而且下身还插了一把匕首，这一定是与"性"脱不了干系。

我们分别检测了尸体的肛温和环境温度，记录下来，用于下一步的更加准确的死亡时间推断。

"尸体拉去法医中心吧。"飙哥说。

现场勘查还是需要继续的，但是尸检则必须在几十公里外的法医中心里进行。这也是城市太大的坏处，如果我们要再次复勘现场，则不得不两边跑。

我和飙哥坐上车，都不说话，脑子里放电影般重温着每一个现场情景，期待能把现场串联在一起。犯罪分子在现场的动作很简单，我们也没有发现有价值的痕迹物证，所以此时，我们的压力很大。

一路颠簸，我们回到了法医中心，在食堂简单吃完中午饭后，就有人通知我们，三具尸体都运到了。因为法医中心只有两辆运尸车，所以小女孩的尸体和老太太的尸体是放在一辆运尸车里拉回来的。

飙哥喊来了法医中心里的两名年轻法医，带着和我一起实习的几名同学，同时对三具尸体进行解剖检验。但是毕竟飙哥是这一起案件的主办法医，所以他必须在三间解剖室之间巡视，以便于全面了解三具尸体的解剖情况。

"老规矩，从易到难。"飙哥率先走进了1号解剖室，说，"从小女孩开始吧。"

我点点头，跟着飙哥走了进去。

因为小女孩的颈部软组织完全被割裂了，所以当她的尸体从尸袋内被搬出来的时候，头部过度后仰，小小的头颅好像要和躯干分离一样，我的心脏猛然抖了一下。

小女孩的死因很明确，是失血性休克死亡。

她的颅骨额部中央有些凹陷，显然是生前遭受了钝器的打击，但是其下的脑组织出血并不多。虽然颅脑损伤同样可以致命，但是颅脑损伤致死是需要一个致死过程的，是有一定时间的。左右颈部的动静脉都完全断裂，心脏也呈现皱缩的状态，所以和我们在现场推测的一样，她应该是被钝器打击、失去抵抗的情况下，被人用匕首类工具割颈，导致失血性休克死亡的。

这是一种极其残忍的死法，尤其还是发生在3岁的孩子身上。

小孩子的尸体检验是最快的，所以当我和飙哥来到2号解剖室的时候，老年女性的尸体刚刚被打开颅腔。

判断老太太的死因也同样简单。

她的后枕部遍布挫裂创口，枕部颅骨完全粉碎性骨折，脑组织已经完全被挫碎了，她是重度颅脑损伤死亡，作案工具也是钝器。除了死者枕部的损伤之外，她的双手也有瘀青和挫裂口，这就是经常说的"抵抗伤"了。当她被打击头部的时候，下意识用手去护头，从而导致了手部的损伤，这也说明凶手在用钝器袭击老人时的动作非常快。

因为老人除了头部和手部之外，其他部位并没有损伤，所以对老人的尸体解剖接下来就是程序化的工作了，不太可能发现其他的线索。因此，在法医们准备对老人尸体的胸腹腔进行解剖之前，我就跟着飙哥来到了3号解剖室。

3号解剖室里的尸体，是赵欣，因为她的下体插着一把匕首，自然也就成了这一起案件中最受关注的一具尸体了。

在尸体解剖之前，法医们对赵欣的阴道擦拭物进行了提取，并用试纸条进行了精斑预试验。从试纸条上的红线来看，阳性结果十分明显。这更加印证了这起案件和"性"有着某种关系。

难道，这就是一起强奸杀人案件？那为什么要把老人和孩子都杀了呢？我心里想着飙哥的推断，还是不得其解。

<h2 style="text-align:center">2</h2>

在完成了尸表检验和尸表物证的提取工作之后，法医们小心翼翼地从赵欣的下体取出了那把匕首，装在物证袋里送检。对赵欣的尸体解剖工作进展得也很快。虽然多了锐器对下体造成的损伤，但主要致死凶器，和前面的小女孩、老太太一样，也是同一把钝器。损伤形态单一、位置特定，所以解剖难度也不大。经过解剖，确定死者赵欣的额部钝器损伤，就是导致她死亡的原因。连续的打击，造成了她脑组织的挫碎出血，最终是因重度颅脑损伤而死亡。

因为匕首的插入，赵欣的会阴、子宫被匕首刺破，但从刺破处的出血来看，这些损伤是濒死期的损伤。也就是说，凶手在做这个动作的时候，赵欣已经基本没有了生命体征，因此即便导致了损伤，生活反应也不是很明显。

除此之外，尸体上就再也没有其他损伤了。

"三具尸体身上，除了老人的手部有抵抗伤，其他人都没有抵抗伤的痕迹，能不能说明是熟人趁其不备袭击的呢？"我问道。

"赵欣的损伤应该是趁其不备下手的，根据她尸体的位置，应该是开门的时候直接被打击，但其他尸体不能说是趁其不备。你结合现场想一想，"飙哥说，"老太太是穿着拖鞋、穿着睡衣，说明了什么问题？"

"睡眠状态下起床，被袭击。"

"对。而且损伤全部是在枕部和手上，手上的损伤也是倒地后下意识保护枕部形成的。然而，她的尸体正面没有任何损伤。这是在被追击的状态下遭到袭击的。"飙哥说，"而且老人死在床边，看得出来，她的目的很明显，是想要保护小女孩。"

"那犯罪过程是？"我问。

"说老实话，我们对现场还没有完全吃透，还是要回去复勘的。但是，根据初步勘查的结果来看，现在犯罪分子的路线应该很清楚了。现在是冬季，现场所有的窗户都是紧锁的，所以进出口只可能是大门。"飙哥说，"而大门的门锁没有损坏，说明不是撬锁入门，只可能是敲门入室。"

"赵欣的尸体就在门口，应该是赵欣开的门，对吧？"我说。

"现场没有拖动尸体、变动现场的痕迹。所以凶手应该是见到赵欣后，将她打晕，然后上楼。老人被惊动后起床开门，发现是犯罪分子后立即转身想保护小女孩，被犯罪分子击倒杀害。然后，犯罪分子快速杀死了小女孩，又走下楼，褪下赵欣的裤子，最后把匕首插进了她的阴部。"飙哥简单地勾勒出犯罪分子的活动过程。

这样的推断很合理，我们都点了点头表示认可。

"不对，"我补充道，"还应该有个过程。"

我指了指精斑预试验试纸上的红线。

我接着说："精斑阳性，红线出得很明显，应该是刚刚发生过性关系。"

"现场没有搏斗痕迹，尸体上也没有约束的痕迹，衣服也没有损伤。"飙哥说，"还有，死者的会阴部没有任何损伤，我认为不是强奸。"

"如果是杀了小女孩以后，又回到一楼，奸尸，然后再插匕首呢？"我说。

"不排除你说的这种可能。"飙哥皱起了眉头，陷入沉思。

"对啊，既然不能排除奸尸的可能，就不能排除以性侵害为目的的流窜作案。"我说。

飙哥想了想，说："我觉得是熟人作案。"

"有依据吗？"

"有。"飙哥说，"你计算她们几个人的死亡时间了吗？"

原来飙哥在利用死亡时间来分析了。

我说："我算一下。人死后 10 个小时之内，1 个小时降低 1℃，算出的数值在冬季要乘以 0.8。我们上午 10 点测量的 3 具尸体温度是 26℃左右，说明下降了 11℃，11 个小时乘以 0.8，是死后约 9 个小时。"

虽然我的数学不是很好，但是算起尸体温度还是很快的。

"3 个人都是今天凌晨 1 点左右死亡的。"飙哥做了一个简单的加减法。

"这个时间，通常是流窜犯罪分子喜欢选择的时间点。"我仍在坚持我的想法。

"我还是认为不是流窜，而是熟人。"飙哥说，"第一，这个小区保安严密，而且犯罪分子既然不是为了求财，为什么要选择风险更大的小区呢？第二，如果是流窜，不可能选择敲门入室的笨办法，在这个时间点，受害人也不会给陌生人开门。"

我点了点头，仍然坚持说："但是如果犯罪分子化装成修理工或者警察什么的骗开了门呢？"

"这就是我说的第三点。"飙哥说，"如果是犯罪分子无法通过其他途径进入现场，只有通过骗开门的手段进入的话，赵欣也不会是这种衣着。"

飙哥说得很有道理。一个年轻女子，半夜有陌生男人敲门，即使信任对方去开门，也不该穿着棉毛衣裤开门。

"是了。那就是熟人，进入现场后打死赵欣，再上楼杀死两人，再下楼奸尸。"我最终点了点头，"现在就是搞不清楚是为了仇恨杀人，还是心理变态的人为了奸尸而杀了。"

"这不一定重要，"飙哥拿起身边的一个物证袋，装的是赵欣的阴道擦拭物，"我们有关键证据。精液的主人，很有可能是犯罪分子。送去检验吧。"

飙哥把物证交给了另一名年轻法医，让他抓紧时间送去同样位于法医中心的DNA实验室。希望DNA实验室可以加班加点，第一时间做出精斑主人的DNA，以利于侦查部门的排查工作。

"等解剖完全结束，我们还得通知办案分局，赵欣的熟人，有奸情的，要赶紧查。"飙哥说，"等有了DNA，应该是能破案的。"

确实，有因果关系的作案，对于警方来说要比那些随机作案侦破难度小多了。

"不用查了。"一个爽朗的声音响起，飙哥的好朋友、城北区公安局副局长邢建国走进解剖室，"我刚才在市局开会，被这个案件搞得完全没了心思。整个会议期间，都在和刑警大队短信联系。这不，有一点儿侦查结果了，我想着就来看看兄弟，顺便告知一下侦查结果。"

飙哥脱下手套，和邢局长握了手，说："我看你是来讨问我们的解剖结果，顺便看看兄弟吧？"

"看破不说破啊。"邢局长爽朗一笑，说，"不过，说正经的，这个赵欣啊，还真是有奸情的！"

"真的？这么快就查出眉目了？"飙哥笑着说，"领导有方啊！不过，我还是忍不住问一句，可靠吗？"

"看你这话说的。"邢局长捶了一下飙哥的胸口。

"小心啊，有血的。"飙哥指了指解剖服的胸口位置，说。

"目前的线索很重要。"邢局长把手在飙哥的背后蹭了蹭，说，"我们侦查组的侦查员反馈消息说，赵欣和一个叫张林的男人走得很近。关键是张林这个人在上学的时候追求赵欣追得很厉害，尽人皆知啊。"

"这就是线索？"飙哥一脸失望，"这种消息也敢说是线索？太不靠谱儿了吧？"

"当然不止这些。"邢局长神神秘秘地说，"通过我们视频组侦查员的侦查，虽然赵欣家所在周围是没有监控可以拍摄到的，但是我们没有放弃，我们调取了小区大门的监控，专门找这个张林。很快，我们就发现这个张林每逢周一、周二都会进出元达小区的大门。他说他是来打酱油的，没人会信吧？"

"嗯。"飙哥失望的表情顿时退去，"每逢？那昨晚是周二，他又来了吗？"

"是的，昨晚9点，他进了小区大门。"邢局长说。

"哇，是1点钟杀的人。"我说道。

飙哥给我做了个手势，让我别打断邢局长的叙述。

"非常可疑啊。那么，现在张林他人呢？你们控制了吗？"飙哥问，"这两个人如果是这么明目张胆地玩婚外恋，难道赵欣的母亲和孩子不知道吗？"

"不知道也是正常的，楼上楼下的，动静不大，就听不见吧。而且，毕竟老妇人是赵欣的妈妈嘛，又不是婆婆。"邢局长说，"还有，最可疑的是，张林今天早上居然出差走了。"

"出差？"飙哥来了力气，"早不出差，晚不出差，偏偏在这个时候出差，说出来也没人信啊。看来，凶手应该就是他了。"

"嘿嘿。"邢局长挠了挠头，自豪地说，"我的兵可以吧，管他出差去哪里，就是天涯海角，也跑不掉。现在我的兵已经去抓人了，估计你们吃完午饭、睡完午觉，就有好消息了。不过，侦查毕竟是侦查，你们发现什么能认定犯罪的痕迹物证没有？"

看来飙哥是真的了解邢局长，他显然不是来通报情况的，而是来讨要物证的。

飙哥同样露出自豪的表情，学着邢局长的话说："我的兵也可以吧，找到了精液，还送去做DNA了，估计你抓了人、采了血，就有好消息了。"

两个人信心满满地哈哈大笑。

吃完饭，飙哥说："案件有头绪了，你也辛苦，可以回招待所好好睡一觉了。人抓回来要审讯，DNA检测还要一点儿时间，估计今天是没什么事了，明早等着听好消息吧。"

我们实习生都住在法医中心内部的招待所里，条件不错，比学校或者医院实习阶段要强很多，关键是还有网络。这时候网络刚刚兴起，我们都非常着迷，好不容易有了休息时间，不是用来QQ聊天，就是把时间都花在了刚刚兴起的网络游戏上。

铃铛在学校，学校门口有网吧，网吧都已经顺应时代潮流装上了摄像头。我也去买了一个摄像头，装在了法医中心的外网（公安机关的电脑分为连接外网和公安内网两种，不可混用）电脑上。能用QQ进行视频聊天，对"异地恋"的我和铃铛来说，距离一下子拉近了许多，真是科技改变生活！

快快活活地休息了一晚，第二天一早，我和飙哥驱车赶往城北区公安分局，昂首挺胸地走进了专案组的会场。

和当年我在老家实习的感觉一样，专案组会场一般都是烟雾缭绕的，南江市公安局的专案组也是一样。若不是那刺鼻的烟草气味，还以为是到了仙境呢。

没有想到的是，走进专案组看到的不是一张张充满喜悦的脸庞，而是一屋子的愁容满面。我的心头掠过了一丝不祥的预兆。

"板着脸干吗？"飙哥疑惑地问邢局长，"DNA没对上？"

"一个好消息，一个坏消息，先听哪个？"邢局长倒还有心思调笑飙哥。

"你先说好的。"

"好消息是，赵欣的阴道擦拭物上的基因型和张林的基因型对比同一。"

"这么好的消息，还不高兴啊？DNA对上了，不就认定破案了吗？能有什么坏消息？"我插话道。

"坏消息是，张林到现在仍没有交代。他一直喊着冤枉，"邢局长说，"而且我们的侦查员感觉确实不像是他干的。"

侦查员的直觉和刑事技术人员的直觉是一样的道理，都是建立在经验的基础上。有的时候很多人诧异为什么所谓的直觉会那么准确，其实都是经验丰富而已。有的时候侦查员的直觉甚至比技术员的直觉更准确，那是因为侦查科学本身就是社会科学。

"不交代就定不了案吗？"我说，"又不是没有零口供的案例。"

"关键是他能自圆其说，我们的证据链断了。"邢局长说，"张林交代，他从去年开始，一直和赵欣保持奸情关系。每周徐清亮不在家的时候，张林都会到赵欣家幽会，但是为了防止被赵欣的家人发现，都是完事了就回家。前天晚上，张林去赵欣家，偷情完也确实回家了。"

"赵欣前天晚上是什么时候吃饭的？"飙哥突然问了一个仿佛不着边际的问题。

"啊？哦。"飙哥的突然发问，让一名侦查员没有反应过来，他看到邢局长投过来的眼神，这才想起这是由他来调查的，于是说道，"晚上5点到7点，赵欣和她的妹妹在附近的饭店吃的饭。"

"你们有张林离开元达小区的监控录像吗？"飙哥问道。

"有。张林是深夜12点左右离开元达小区的。"另一名侦查员说道。

"放人吧，抓错人了。"飙哥皱着眉头，慢慢说道。

我知道飙哥的主要依据是死亡时间，我们推断赵欣是凌晨1点死亡的，但是张林深夜12点就离开了，应该不是张林干的。

"可是死亡时间的推断有1个小时的误差，这也很正常啊，他杀了人再走，也不意外，也可以解释。"我仍不死心地说。

飙哥听我这么说，立即开启了教学模式，说："死亡时间确实是有误差的，所以我们推断死亡时间绝对不能仅仅使用一种办法，而是要用多种办法来多方面印证。第一，根据尸体温度来推断死亡时间，咱们之前已经算过了，赵欣是1点死亡的。第二，根据胃内容物的消化程度来推断死亡时间，赵欣是末次进餐后6个小时左右死亡的。刚才说了，她晚上7点吃完的饭，所以推断的结果也是凌晨1点左右死亡。两个死亡时间如此呼应，那么这个结果就非常可信了，误差也就不会那么大了，所以张林可能不具备作案时间。"

"我觉得不能简单地通过死亡时间的推断来排除。"我据理力争，"他就不能走了以后再回来吗？"

"监控显示他没有再回来。"侦查员插话说。

"不能是翻墙进来的吗？"我说。

侦查员沉默了。

"当然，我的论断不仅仅建立在死亡时间的推断上。还有别的，比如，赵欣的尸体上没有约束伤和抵抗伤，她是在毫无防备的情况下被打击致死的。"飙哥听到我的不同意见，不怒反喜，兴致勃勃地接着说，"而且她的下身除了插了一把匕首，没有其他的损伤。衣服没有损伤，楼上的人也没有被惊动。所以赵欣不是被张林强奸的，而是自愿的。既然刚刚有过奸情，张林应该没有作案动机。"

"激情杀人呢？"我问。

"激情杀人，也应该先有争吵、打斗，也应该存在抵抗伤。死者身上的每一处损伤都是致命伤，这说明凶手手段残忍、目的明确，并不像那种因为一时冲动而引发的伤害致死。"飙哥说，"而且本案本来就是预谋作案，不是激情杀人，这一点，解剖的时候我就已经确信了。"

"为什么？"我疑惑地问道。在解剖的时候，飙哥并没有提到这一点。

"根据目前种种证据，尤其是痕检部门提供的报告来看，外来足迹只有一种，那么凶手只有一个人。而现场有两种作案工具，钝器和锐器。"飙哥说，"如果不是预谋，很难在短时间内收集到两种工具，如果是激情杀人，也没有必要收集两种杀人工具，所以本案是预谋犯罪。"

看我没有反对意见，飙哥接着说："还有呢，如果张林是携带工具提前预谋，先来和赵欣发生关系，然后杀死她的话，赵欣不应该死在客厅大门旁边，在卧室里作案岂不是更无声、更安全？根据损伤的形态，赵欣应该是面对大门，迎面遭受打击。而且必须是在发生过性行为以后。"

"为什么是先发生性关系再被杀，而不可能是被奸尸？"这次我的提问不是出于反对，而是出于好奇，"死者会阴部没有损伤，无法从损伤处有没有生活反应来判断是强奸还是奸尸啊？"

飙哥翻动幻灯片，对我说："看看赵欣的内裤裆部，黏附有精液，这么重要的信息，你是不是又没注意到？"

3

这确实是一个重要证据。赵欣的内裤之所以黏附有精液，说明她是发生性关系以后又穿回了内裤，而不是死后被脱下衣裤奸尸。现场的赵欣之所以死后裤子还被褪下，看来凶手仅仅是为了在她的下身插一把刀。这么看来，凶手一定是和赵欣有着深仇大恨了，而且是因情生恨。

被飙哥这么一说，我顿时感到十分羞愧。其实以前圣兵哥就经常和我说，衣着检验是尸体检验中重要的组成部分，当年饶博被解剖的时候，圣兵哥就从衣着的破口上判断了致伤工具的形态。可是我从来没有想过，衣着检验居然还能起到这样的作用。圣兵哥的声音好像又回响在了我脑海里："秦大胆儿，咱们做法医，不光要胆大，更要心细。古人都说了，明察秋毫，咱们不能放过任何现场或者尸体的现象，因为你不知道这些现象什么时候就成了重要的推断依据。"

真是没想到，这些曾经让我头疼的大道理，今天全部应验了。

"所以说，赵欣和张林发生性关系后，又在大门口迎面遭受打击，只有两种可能。"飙哥抿了一口茶水，接着说道，"第一，是赵欣和张林完事儿后，赵欣穿好了衣服，送张林到门口，没想到送到大门口的时候，张林突然转头袭击她。第二，是有别人在张林离开后约1个小时敲门入室，赵欣此时已经重新穿好了内衣裤，或是立即穿上了衣服去开门。"

大家都在点头。

"如果是张林在门口突然回头袭击，那么他的钝器藏在什么地方，才能不被赵欣发现？"飙哥说，"身上藏两把凶器，还和被害人发生性关系，而且整个过程不让被害人发现凶器，这难度太大了吧？换成你们，你们能做得到吗？"

"别问我们，我们又不会和人家乱发生关系。"邢局长似乎心里有数，说笑道。

飙哥没理睬邢局长，还是很严肃地说道："所以，这一起案件，是张林走后，又有别人来敲门入室作案的可能性更大。从证据链的角度来看，这个死者体内的精斑，已经丧失了它的证明效力。"

"那岂不是没有证据抓手了？"邢局长咄咄逼人，似乎又和飙哥较上了劲。

飙哥也没了辙，他转头看向分局技术室的几名痕检技术员。

几名技术员面面相觑，技术中队长唯有说道："足迹花纹倒是有发现一种外来人员的，但都是残缺的足迹，没有多少比对的价值。"

"看来，暂时没有什么抓手。"飙哥只能承认。

我此时对飙哥上述的分析心服口服，完全忘记了有没有找到证据的问题。

邢局长哈哈一笑，说："没事，不着急，排除重点嫌疑人作案也是案件侦破的进展。飙专家分析得很在理，从现场情况看，确实不像是张林干的。而且调查情况看，张林确实没有杀害赵欣的充分理由和动机。"

"那……下面怎么办？"我回过神来，没了主意。

飙哥看看我，说："我说过，找不到线索，就去复勘现场，疑难案件很少可以通过一次勘验就能提全证据并破案的。走，我们再去现场周围看看。你啊，粗心的毛病要改一改了。"

我吐了吐舌头，跟着飙哥和一众侦查员一起走出了会场。

从侦查员们的表情和干劲上来看，虽然第一次抓错了人，但是他们依旧信心十足。熟人作案，凶手是身强力壮的男性，并且可能和赵欣存在奸情，这么多条件都被飙哥推断出来，已经把侦查范围缩到最小了。大家知道，新的线索很快就会被摸出来，新的犯罪嫌疑人很快就会浮出水面。虽然现在还没有能够迅速甄别犯罪嫌疑人的抓手，但是他们相信自己距离破案并不遥远。

出了会场后，侦查员继续分头开展调查工作，而我和飙哥坐上了去复勘现场的车。

从分局到现场，距离就近了很多，没多大一会儿，我们就重新来到了这个仍被警戒带围着的别墅旁。

我和飙哥穿戴好勘查装备，再次进入了这个血腥的现场，在现场仔仔细细地勘查到午饭时间，依旧没有新的发现。看来犯罪分子在现场的过程十分短暂，心狠手辣地杀了人，立即离开了现场。

犯罪分子在现场的动作越简单，对法医来说，勘查的难度就越大。没有发现任何有用的线索，我和飙哥非常沮丧。

"这里距离中心太远了，不行我们今天就住这里吧。"飙哥带着我，在分局大院旁的一个商务酒店开了房间。

"城市太大就是不好，就连出个现场，都要住宾馆。"我说。

"我们是市公安局的法医，这还算是好的。要是以后你分去了省公安厅，那你就做好准备天天出差吧。"飙哥收好房卡，说道。

"真不知道飙哥的话是不是'好的不灵坏的灵'，我要是真能分去省公安厅，一定请你吃饭。"我一边说着，一边畅想着，要是在省公安厅工作的话，是不是见到的疑难大案要比在市县级公安机关多得多啊？

回到宾馆，我们一人抱一台笔记本电脑，仔细地看现场和尸体的照片。这时候的笔记本电脑还是稀罕货，我的笔记本电脑是飙哥借给我的。

现场资料是非常有用的，法医通过对现场照片和尸体照片的审阅，有时可以找到一些自己在现场没有发现的痕迹。因为照相的光线、角度不同，有的时候能把不易被发现的东西展现出来。这也是飙哥花费时间来看照片的原因。

案发后第三天早晨，飙哥突然敲响了我的房门，说："我们再去现场看看吧，昨天看照片的时候，我发现一枚疑似血足迹。"

"血足迹？痕检不都说了，足迹是有，但是没有比对价值吗？"我睡眼惺忪。

"从照片上看，只是个轮廓，但是位置隐蔽，我担心痕检没有发现。我们去实地看一下吧。"

我和飙哥很快赶到现场，找到了照片上发现的痕迹。果然，这是一枚潜血足迹，用肉眼确实难以发现，即便是到了实地，也同样不容易发现。真不知道飙哥是如何从照片上发现的。我们找来了痕检员和现场照相技术人员，痕检员果真没有发现这一枚足迹，于是给足迹上喷了一些试剂，足迹很快就清晰了起来。照相技术人员立即把这枚半个脚后跟的潜血足迹拍下来，交给痕检员。通过痕检员的仔细观察，确定这是一枚比较有磨损特征、可以进行比对的痕迹。

至此，因为飙哥的细心，我们找到了本案的第一个抓手。

可是，这个抓手的前提是，嫌疑人的鞋子得被找到。但是，去哪里找嫌疑人的鞋子呢？虽然有了新的发现，却不能推动破案的进展。

我和飙哥又工作了一个上午，除了那小半枚足迹，没有其他发现。我们悻悻地走到小区门口的保安室，想看看当晚的监控录像，碰碰运气。那个时候，城市的监控设备已经开始建设，但是公安机关还没有视频侦查的警种，所以这种活儿得现场勘查员来做。我几乎把眼睛都看花了，才看完了案发时间前后的录像。只可惜，只看到进进出出的很多车，但是看不到可疑的人，这让我们很失望。

是啊，如果嫌疑人是开车进入小区的，那上哪儿查去？

飙哥站起身伸了个懒腰，点了根烟，在保安室门口来回踱步，在思考些什么。

突然，我听见飙哥在门外叫我："秦明你过来，看看这是什么？"

我最喜欢听见飙哥用这种充满惊喜的口吻说话，这意味着飙哥有了意想不到的发现。不过等我奔到飙哥身边，却有些失望。飙哥在一间小房边上，正看着地上一个类似窨井盖的东西。这有什么好大惊小怪的，不过是个井盖嘛，我心里想着。

不过仔细再看这个窨井盖，却发现它比正常窨井盖要大两圈，表面有些褪色，盖子的两边有突起的把手，还有一个插销。

"这个，是电机房。"跟过来的保安说。

"电机房在地下？"我说，"不用散热？"

"哦，你说的是这个盖子啊。"原来保安以为我们对身边的小房子感兴趣，"这个盖子下面是一个地窖。这个小区建设拆迁的时候，原先的住户有地窖。因为小区没有建地下车库，所以地窖也就保存下来了。"

"这个地窖现在做什么用？"飙哥追问道。

"没用，排水不好，常年积水，连储藏室都当不了。"

"一般有人下去吗？"飙哥问。

"谁会到这下面去？不可能。"

"不可能？那这个怎么解释？"飙哥指着地窖盖的插销。我们顺着飙哥的手指看去，原来地窖盖的插销是打开的，而且插销头上有新鲜的刮擦痕迹，说明插销不久前被人打开过。而且我注意到，地窖盖的周围有新翻出来的泥土，也证明这个盖子在不久前被打开过。我心里暗叹，这个飙哥，眼睛可真是尖啊。

"不会是有小偷以为这下面有什么好东西吧？"保安说。

"离你们保安室这么近，小偷有这么大的胆子？"飙哥问道。保安顿时语塞。

"我们打开，看看去？"飙哥好像发现了什么宝贝似的开始摩拳擦掌，我实在不理解，钻地窖有什么好兴奋的。

"作为法医，要对一切不正常的现象都充满好奇才行。瞧你那大脑袋耷拉的样子，我们只是下去看看而已，你不会怕了吗？"飙哥似乎读懂了我的不乐意，故意取笑我。

我"哼"了一声，开始干活。这个盖子挺重，我费了很大劲儿才打开，下面黑乎乎的，斜向下的楼梯遮住了我的视野，看不清地窖里的情况。虽然看不见，我却感觉到了异样。盖子打开的一刹那，一股热气夹杂着腐败的恶臭扑鼻而来，我下意识地揉了揉鼻子。

站在一旁的飙哥似乎对我的这个下意识动作很是了解，问道："有味道？"

我点点头："很臭。"

"那就做好防护。"飙哥指了指勘查车。

我和飙哥到勘查车里拿了胶鞋和防毒面具。我的心情很忐忑，地窖的黑暗里不知道会有什么东西，我有一种去探险的感觉，又刺激又紧张。

为了防止地窖内存在有毒气体，我们戴着防毒面具，穿着胶鞋和解剖服慢慢地走下地窖。地窖不宽敞，整个地窖也就能站五六个人。

当我用强光勘查灯照向地窖的一角时，发现了一个黑影。

我的心顿时提到了嗓子眼儿，屏住呼吸定睛细看，似乎有一个人躺在墙角的积水里，一动不动。飙哥看我怔在那里，催促道："过去看看，快一点儿，这里太热了，说明很密闭，很容易缺氧。"

地窖的正上方就是电机房，巨大的功率产生的热量，一大半散发在空气里，另一部分就蓄积在这个小小的地下室里。我们穿着冬天的衣服，才进到地窖里两分钟，就已经全身汗透。

我壮着胆子和飙哥走到那个人旁边，用勘查灯仔细照了一下，这个人的颈部和头部斜靠在墙上，颈部以下的部分全部淹没在积水里。

我们没有再去试探他的脉搏和呼吸，因为他已经高度腐败，恶臭扑鼻。

简单地看了看周围的环境，飙哥说："先弄上去，我有点儿头晕了。"

高度腐败尸体的皮肤很滑，极易剥离，所以我和飙哥很小心地搬动着尸体。在往地面运送尸体的时候，我问："飙哥，这个应该与本案无关吧？城北分局的人要恨死我们了，这个案子还没头绪呢，又给他们送来一个，这下你的'易发案体质'要远近驰名了。"

"为什么肯定与本案无关？"飙哥反问道。

"这……这都高度腐败了啊。"我说。

"在这种潮湿、高温的环境里，两三天就可以高度腐败了。咱这个命案到今天，也发案三天了。"飙哥说。

看来书本上没有写清楚巨人观形成的具体时间，原来每个案子都不一样。环境不一样、尸体状态不一样，就会造成不一样的结果。既然飙哥这么说，我心中顿时燃起希望，难道凶手畏罪自杀了？

我和飙哥费了九牛二虎之力才把尸体挪到地上，放在阳光下。

距离保安室这么近的地方，忽然被抬出来一具尸体，而且还是面目全非的尸体，一旁等待的保安吓得一个趔趄，差点儿跌倒，捂着眼睛蹲在了地上。巨人观的尸体我虽然已经见识过了，但每次见到还是心里发毛。因为体内腐败气体的膨胀，尸体已经严重变形，眼球从眼眶中明显地突了出来，舌头也被腐败的组织顶出了口腔，尸体的皮肤是绿色的，被水泡得锃亮。

尸体一晾在阳光下，就引起了我们的兴趣。因为尸体的衣着，和身边的保安身上穿的制服一模一样。

"兄弟，很可怕吗？"飙哥脱下手套，拍了拍在一旁瑟瑟发抖的保安的肩膀，"问你几个问题可以吗？"

被飙哥这么一拍，精神高度紧张的保安几乎是跳了起来。我算是亲眼见到了什么叫"吓了一跳"。

见是被活人拍的肩膀，保安情绪稳定了一些，他点点头，偷偷地瞥了一眼放在一旁的腐败尸体，又赶紧把头转开，一手挡着鼻子。

"那几位业主被杀的当天晚上，你们保安室是谁在当班？"飙哥马不停蹄地开始询问。

"齐老大。"保安低着头说，"哦，就是，就是我们的保安队长当班。"

"他是几点上班？"

"嗯我想想……他那天好像是下午5点接班，到第二天早晨7点。"

"那第二天，他和谁接的班？"

"和我。"保安说完想了想，又说，"不对，准确地说是我来接班，但没看到队长他人，他的钥匙放在桌上。"

"你接班的时候没见到齐老大？"飙哥似乎胜券在握了，接着问道，"发生了这么大的事，齐老大又神秘失踪了，你为什么不和公安局说？"

"这有什么好说的？接班没见到人很正常，有点儿事也可以先走的。我们物业公司管得没有那么严格。而且，他也不是神秘失踪啊，大家都知道老大他星期三上午应该是要回老家的，他早就提前请了假。所以我觉得他肯定是要赶火车，就提前走了，这有什么好说的？"

"你的意思是说，齐老大在案发前，请了假要回老家，但是在他当值的晚上恰巧发生了这起案件，所以你们都没有在意？"飙哥问。

保安点点头："是啊，你不信啊？不信你去他老家问问呗。"

飙哥皱起眉头："不用问了，不出意外，这具尸体就是你们的齐老大。"

保安的头摇得像拨浪鼓："不会不会，这是个胖子。我们家齐老大是个帅哥，可帅了！"

"这是腐败导致的肿胀，死者不是胖子。"飙哥说，"你们齐老大身体上有什么特征吗？"

"没什么特征吧。哦，有的，他左边长了个小耳朵。"

所谓的小耳朵，就是耳廓前方长出来的耳赘。

蹲在尸体旁听着他们对答的我，顺势翻动起尸体的头。

果然，尸体的左耳旁长了一个小耳朵。

4

南江市城北区殡仪馆。

我们太急切地想知道齐老大的死因了，为了节约时间，甚至决定不把齐老大的尸体运回法医中心进行检验，而是来到附近的城北区殡仪馆，在殡仪馆的一个犄角旮旯里进行尸体检验。

我和飙哥用了将近4个小时的时间仔细检验了齐老大的尸体，初步排除了机械性损伤和机械性窒息导致的死亡，也排除了缺氧、溺水导致的窒息死亡。对于死因，我们一筹莫展。至于其他的痕迹物证，更是一无所获。

飙哥用剪刀剪下了死者的一部分胃壁和肝组织，装在塑料物证袋里，然后和刚开始我们提取的死者心血放在一起，准备送检。

他的表情很沮丧。我可以理解他，唯一能够证明凶手的物证——那一枚残缺的血足迹，都没有派上用场，因为齐老大根本就没有穿鞋，仅仅穿了一双袜子。赵欣一家三口被杀案中，因为小女孩的动脉破裂，我们分析凶手身上应该黏附了血迹，可是齐老大的全身被泥水浸泡好几天，没有办法发现血迹。

"到底是不是他干的呢？"我十分疑惑。

"可能性很大。"飙哥说，我以为这又是飙哥的直觉，可是飙哥接着说，"你想想，案发前后，我们看监控看了那么久，如果有一点点可疑的情况，都会被我们发现的，可是我们什么都没有发现。我们设想一下，如果凶手一直都是在小区内，在监控不能拍到的保安室附近，就有可能不出现在监控里，对吧？"

我点点头，飙哥说得很有道理，但是不能成为判定凶手的依据。

"可是我们没有任何直接证据。如果凶手是坐车来的，我们同样不好发现。"我说。

飙哥点点头，说："自产自销的案件最头疼，死无对证，所以对于证据的要求更高，不然没法给死者家属、群众和办案单位一个交代。"

"自产自销"这个词，我在老家实习的时候，就已经听说过了，意思就是杀完人，然后自杀。在这里再次听飙哥也这样说，看来全国各地的法医俚语，还都是一样的。对于法医来说，自产自销的案件难度最大。因为没有被害人、目击人或者犯罪嫌疑人的供述，定案的依据完全靠刑事技术，对于证据的要求是最高的。如果是一起自产自销的案件，而法医又不能找到足够的证据支持，那么就不能武断地下决定撤案，而是要作为一个悬案。所以，和大家想象中不一样，法医发现是自产自销的案件，不会觉得很庆幸，反而会觉得更加麻烦。可是怕什么来什么，不仅仅是飙哥这么推断，就连我这个新兵蛋子，也同样觉得齐老大作案的可能性很大。

"下面怎么办？"我问道，"去参加专案会吗？"

"不去了，没意义。休息吧！又下地窖，又搬尸体的，今天太累了。"飙哥擦了擦额头上的汗，说，"我们的初步怀疑，我已经给专案组那边通了气，他们已经开始围绕齐老大做工作了。"

脱下了解剖服的飙哥洗完手，突然又像是想到了什么一样，重新戴上了手套，走去打开了一个塑料袋。这个塑料袋里，装着我们从齐老大身上剥下来的衣物，准备作为物证带回中心的物证室。飙哥把死者的衣服、裤子都摊开，然后把口袋翻了过来，说："你看，他的裤子口袋里有血！"

虽然死者的衣物被污水浸泡污染，但是裤子口袋布是白色的，所以黏附在上面的暗红色血迹还是很容易被分辨了出来。

飙哥拿过一把剪刀，把有血迹的部分剪了下来，装在物证袋里，说："这个也要送去 DNA 实验室。这很有可能是他杀完人，手上沾血，进裤袋掏东西留下的。"

"可是，即便这些血迹是死者的血迹，还是不能直接证明他杀人了呀。"我说。

"没关系，证据链本来就是靠一个个小证据拼接起来的。"飙哥的情绪好了一些，至少我们不是一无所获。

他重新洗完手，从裤子口袋里掏出了他的爱立信手机，看了看，说："喏，短信已经来了，今天的调查，一无所获。"

听出了飙哥语气中的无奈，我也确实没有力气再去做什么。作为法医，我也想不出下一步我还能做些什么，于是我和飙哥乘车回到宾馆。我的实习同学们倒是对于我的"出差"很感兴趣：没想到在同一座城市，出个现场还要出差。于是他们纷纷打来电话对我表示了慰问，而我倒是很肉痛，因为那个时候用手机接电话也是要钱的。

我在肉痛中，睡了一觉，睡得并不好。第二天一早，我一如既往地被飙哥急促的敲门声惊醒。打开门，飙哥径直走进我的房间，急匆匆地说："不出所料，齐老大是中毒死亡的。"

这确实是一个好消息，如果中毒也被排除的话，尸体高度腐败不能进行病理学检验，那我们就真的连齐老大的死因都搞不清楚了。我一直都觉得，死因鉴定是法医工作最为基础的工作，如果连死因都无法说清，即便是因为尸体条件太差，那也是法医最大的耻辱。

"昨天解剖完，分局就派人把我们提取的检材送去理化实验室了。我打电话督促他们忙了整整一夜。"飙哥说，"今天凌晨出的结果，毒鼠强中毒死亡。我一早起来，就看见了短信。"

"毒鼠强？"我很惊讶，"这可是违禁物品，一般弄不到的。"

毒鼠强是一种烈性、有剧毒的鼠药，无色无味，是一种杀人的利器。就因为它的这些特殊性质，所以国家已经明令禁止毒鼠强的生产、销售和使用。

"这个问题侦查部门已经解决了。"飙哥说，"虽然国家在管控，但是这个地区屡禁不止，以前市面上还是很容易买到毒鼠强，前段时间清理毒鼠强行动才控制住，不过有很多存货没有交出来。这个小区有段时间曾用毒鼠强灭鼠，保安室内可能就有毒鼠强。"

我点点头："死因是解决了，可是仍没有依据说是齐老大杀了赵欣一家。"

"我觉得很有希望。"飙哥说，"你给我背一背理论，毒鼠强中毒的临床表现。"

通过这小段时间的实习，我对飙哥也比较了解了，他就是行走的"出题机器"。为了不要太丢脸，我只能每天利用业余时间去温习功课，防备飙哥的随机提问。好在我刚刚学完专业知识不久，所以温习起来也不太费劲。

他这次问的问题，完全在我预判的范围内，于是我流利地回答道："哈！我知道。毒鼠强是神经毒性灭鼠剂，具有强烈的脑干刺激作用，强烈的致惊厥作用。进入机体主要作用于神经系统、消化系统和循环系统。临床表现为强直性、阵发性抽搐，伴神志丧失，口吐白沫，全身发绀，类似癫痫发作持续状态，并伴有精神症状，严重中毒者抽搐频繁几无间歇，甚至角弓反张。"

一口气背完，我连喘了好几口气。但是这么流利的回答，也没能换来飙哥的赞誉。他立即就结合理论，出了一道实践题目给我："既然这样，如果齐老大走到积水内服用了毒鼠强，在积水里剧烈抽搐，由于肌肉的抽搐和积水的阻力，会不会导致他鞋子脱落？"

我浑身打了个激灵，不是因为对飙哥的推断感到折服，而是因为我预判飙哥的下一句话很有可能是："我们再去那个地窖里看一看。"

那是一个恐怖的地窖，我真不想再下去了。

"我们再去那个地窖里看一看。"飙哥果然微笑着开口了。

我扶住了自己的额头，叹了一口气。

1个小时以后，我和飙哥穿着防护服，戴上橡胶手套和橡胶护袖，再次沿着漆黑的楼梯，走进那个闷热、恶臭的地窖。地上是齐小腿深的泥水，照明已经完全失去了意义。我和飙哥像摸泥鳅一样，在水里摸索。

"太臭了。"

"缺氧怎么办？"

我不停地抱怨着。

幸亏地窖的面积狭小，10分钟后，缺氧症状还没有出现时，我们终于摸到了一双黑色的高帮棉皮鞋。

对于这个发现，飙哥显得相当振奋。虽然我们不是痕检员，但是能简单地看出，这双黑色皮鞋的鞋底花纹，和现场的足迹极为相似，这可能会成为定案的依据。

我们拿着鞋子，重新回到地面。飙哥说："我马上把鞋子送去痕检实验室比对。顺便去看看昨天提取的血迹有没有做出来。"

这句话仿佛有潜台词，我下意识地问道："那我呢？"

"你休息一会儿，下去再捞捞看。"飙哥说。

"我？一个人？还下去？"

"如果害怕就算了，等我回来。"飙哥又用激将法。

"怕？有什么好怕的？你没听说过我的外号吗？秦大胆儿！下去就下去，不过，毒鼠强是粉末状的，用不着容器啊，下去还能捞到什么？"我连珠炮似的硬撑着说道。

"我知道应该没有容器，让你去捞的是凶器。"

我顿时明白过来。赵欣一家三口被杀案中死者有两种损伤，能形成锐器伤的匕首已经被提取，但能形成钝器伤的凶器还没有找到。如果真的是齐老大作的案，凶器不在保安室，那在这地窖中的可能性就很大了。虽然被水浸泡的凶器上做不出什么物证，但是至少可以作为印证齐老大杀人的一个重要依据。

我知道飙哥的这个分析很有依据，但是一想到我要一个人在这死过人的黑漆漆的地窖中打捞凶器，脊梁骨还是冒起了一丝寒意。

不得已，大话已经说出去了，我只有硬着头皮重新返回恶臭、缺氧的地窖里。积水里不知道有些什么东西，隔着厚厚的胶皮手套，我不断地触摸到一些软软硬硬的东西，别的倒不怕，就怕抓到一些活物，那会是一件很恶心、很危险的事情。

时间不长，我的指尖便触碰到一个硬邦邦的东西，拿起一看——锤子！

我喜出望外，赶紧爬出地窖，把锤子装在物证袋里，脱了防护服就给飙哥打电话。电话那头的飙哥也显得十分高兴："基本可以定案了，足迹鞋印比对一致，DNA 是小女孩的血！"

现场有齐老大的血足迹，齐老大的身上有死者的血，齐老大死亡现场有符合尸体损伤的凶器，齐老大的死亡时间和赵欣一家的死亡时间基本一致，监控录像可以排除其他可疑人员，但不能排除本身就在小区内的保安齐老大，而齐老大发案第二天早晨就已经自杀……种种证据证明，本案的犯罪分子就是齐老大。

但是这并没有让飙哥满足："齐老大的衣服上有一处新鲜的破损，虽然面积小，但是我还是觉得和本案有一些关系。"

看来飙哥果真是言出必行，既然是自产自销案件，就不能满足于某几个依据，而是要尽可能多地找出其他依据。

为了让飙哥把本案的犯罪过程尽量细致地重建，当天下午，我拖着疲惫的身躯，再次和飙哥复勘赵欣的家。

赵欣的卧室，依旧和初次勘查一样安静，被子是被掀起的，案发时，她应该是听见敲门声下床开的门。即便如此，飙哥还是发现了异常。

"你过来看。"

我走近飙哥所站的卧室窗边。卧室的窗帘是拉着的，但是没有拉好，露出了窗户的一角，阳光从窗帘没有遮盖的地方照射进来。

"走，我们出去看看。"

我和飙哥走到屋外，果然，在卧室窗外的花坛泥土上，有一枚和现场血足迹相似的鞋印。跟着我们一起来的痕检员蹲在地上看了看，说："特征点基本一致，应该是齐老大的鞋子！"

"他站在这儿，难不成是偷窥？"

飙哥笑着摇了摇头，说："窗下的这枚钉子上，你仔细看看，有衣物的纤维附着，这就能解释齐老大为什么衣服上有一处新鲜破损了，提取了送去进行微量物证检验，和齐老大的衣物纤维进行比对。这样，我们就可以去专案组了。"

来到专案组，侦查部门也获取了好消息。赵欣的一个邻居反映，上个月曾两次看到小区保安队长齐老大在当班的晚上进出赵欣家。

"飙专家分析得很对啊。"邢局长说，"看来这个齐老大和赵欣也有奸情。而且他们俩的奸情关系应该刚开始不久。"

"不仅仅是分析得对，更重要的是，我们的分析是建立在大量的物证基础之上的。"几天来，飙哥的黑脸上很少有这样舒展的笑容，此时他可以尽兴地回击前两天邢局长对他的"讽刺"。

他继续说道："根据监控录像和现场的一些物证，我们已经确定本案是齐老大作案。根据我们刚才的发现，我认为是齐老大在发案当晚想去找赵欣幽会。齐老大请了两个月的探亲假回老家，想在临走前和赵欣再温存一下。可是不巧，这一晚正好是张林到赵欣家。可能是齐老大没有联系上赵欣，就绕到屋后赵欣的卧室窗户窥探，不巧发现了赵欣和张林正在进行苟且之事。出于嫉妒，他一气之下就去保安室准备了锤子和匕首，等到张林离开小区后，就携带凶器来到赵欣家，和我们之前还原的犯罪过程一样，先杀了赵欣，后为了灭口，也是被巨大的仇恨与嫉妒所驱使，上楼杀了老太太和孩子，最后脱掉了赵欣的裤子，在她下身插了一把匕首来泄愤。"

飙哥喝了口矿泉水，接着说："显然齐老大杀了人以后立即选择了自杀，但是不想被别人发现，就想到了小区里那个根本不会有人注意到的地窖，他是想一个人静静地死去，化成白骨也不被发现。"

"如果不是你发现了那里，这个案子可能永远是个悬案了。"邢局长此时已经收起了喜欢调笑的面孔，他显得有些后怕。

"典型的因奸情引发的仇杀。"飙哥叹了口气说，"唉，十命九奸啊！自作孽，不可活。"

"可惜了老人和孩子，她们又犯了什么错呢？"

我想起那个孩子的惨状，也叹了一口气。

法医秦明

VOICE OF THE DEAD

| 第七案 |

腐臭古井

老人们最后的和高尚的过错就是妄想把他们的深思熟虑、
谨慎小心的美德遗赠给被生活逗得如醉如痴，
被享乐引得像热锅上蚂蚁似的小辈们。

奥诺雷 · 德 · 巴尔扎克

1

案件终于告破，虽然心里释然了，但因为耗费了飙哥将近一周的时间，所以等他回到中心的时候，办公室里已经积压了一堆要处理的琐事。作为他的实习生，这些活儿我也逃不掉。写鉴定、写信访报告、行政事务等等，忙得我俩焦头烂额。

好不容易清空了任务，又到了飙哥值班的日子。不出意外的，飙哥刚接班半个小时，我们就接到了电话。

看着我一脸嫌弃的表情，飙哥尴尬地拿起了电话。好在，并不是发生了一起命案，而是郊区国道上，发生了一起交通事故，造成两人受伤。其中一名伤者在送往医院的途中死亡，另一名正在抢救。

当时，所有交通事故中的死者，都需要公安机关法医到场确定没有可能存在的疑点；伤者也需要法医来进行损伤检验，从而做出人体损伤程度鉴定或伤残程度鉴定。

既然接报了交通事故，我们也就需要在第一时间出警。因为这一起事故，两名伤者都被送往医院了，所以我们赶去的不是现场，而是医院。

勘查车开进了南江市第七人民医院的大门，这是一所规模不大的医院，院子也很小，急诊小楼前面，密密麻麻站了几十个人，其中也有穿着制服的民警和交警。

我和飙哥下了车，我拎着勘查箱跟在飙哥后面，走到了急诊小楼前。楼前，一名中年妇女正坐在地面上蹬着腿大哭，旁边有几个人在安慰着什么。楼内还有十几个人正在焦急地谈论着什么。

"你们来了。"一名戴着白色大檐帽的交警走了过来，和飙哥握了握手，说，"这人就是死者的母亲，我们正在做工作。另一个伤者刚刚转入 ICU，还没有度过危险期，还不太适合看人，先看病历吧。"

"尸体在哪里？"飙哥问。

"还在急救室，刚刚宣布死亡，但是家属还是不愿意接受。你们等一下，我来和死者家属说一下。"交警说道。

说完，交警走到妇女的旁边，弯下腰说道："大姐，节哀，你看法医都来了。"

妇女旁边的一个老人家一凛，喊道："法医？法医来了？"

说完，哭号的声音更大了。

我还没有反应过来，人群中突然冲出来一个人，直接朝我扑了过来，一把推在我的肩膀上。我完全没有防备，被推了一个趔趄，勘查箱掉在地上，而我后退几步摔在了地上。

我猛地爬了起来，捏紧了拳头，怒目而视，喝道："干什么？神经病啊？"

飙哥跑过来一把拉住我说："别冲动。"

对方是个年轻男子，此时已经被两名民警拦腰抱住，他还在挣扎着，似乎要继续扑过来和我拼命一般。

"滚！什么法医！给我滚！晦气！"年轻男子叫嚣着。

刚才和飙哥说话的交警连忙来到我的身边，说："担待点，这个是另一名伤者的儿子。"

"我们招他惹他了？"我很不服气，气愤地说道。

"他可能觉得他爸只是重伤，你们来了，不吉利。"交警低声给我解释道。

"我们是牛鬼蛇神吗？"交警这么一说，我就更气了。

"不要那么年轻气盛，以后你会见到更极端的。"飙哥对我说完，又转头对交警说，"死者的尸体，让医生运去太平间，我们再检验吧。看这情况，对伤者进行初步的伤情检验也不合适，等他伤情稳定一些再说，那时候他家人的情绪也能稳定些。"

交通事故的尸检并不难，对我们这些常年跑命案现场的法医来说，算是最简单的工作了。可是整个尸检过程，我都心不在焉，又或者说是余愤未平。

飙哥可能理解我的心情，所以也没有继续教训我，而是默默地在医院太平间里检验完了这具死者因为重度颅脑损伤而死亡的尸体。然后又默默地脱了解剖服和手套，洗手后离开。

坐在返程的勘查车上，我还是一副气鼓鼓的模样。飙哥侧脸看了看我，说："还气着呢？也是，做这行的，迟早都会遇到这样的事。这样说吧，因为中国人几千年来对死亡的忌讳，导致咱们的这个职业很容易被歧视、被嫌弃。你从学法医、实习开始到现在，也已经有几年了，相信会有一些感受。所以，接下来的选择，决定权就在你了。不同的选择，可能会带给你不同的人生道路。你还年轻，在自己的人生事业上，做出正确的、适合你的选择，是很重要的。要么，你就趁早远离这个艰苦卓绝、被人歧视、被人忽略且成天工作在社会阴暗面里的职业；要么，你就继续走下去，用自己的力量，去改变这个职业在人们心中的印象。如果能够改变，哪怕只是一点点，都是成功的。"

"放弃？改变？"飙哥的话在我的脑海里萦绕，我一时也晕得很，没有把飙哥的话入脑入心，更不知道自己应该怎么选。但是，因为飙哥的安慰，我倒是没那么生气了，就是屁股摔得还是有点儿疼罢了。

勘查车开到了南江市区高速路入口的时候，本该拐上返回法医中心的大路，但是并没有。在飙哥的指引下，驾驶员小李把勘查车拐上了有着"南青县"标牌的高速匝道，通过了收费站。

"我们，不回去吗？"我回过神来，问道。

"咳咳，今天嘛，日子不好，早上就接了两个事情。"飙哥干咳了一下，似乎有点儿不好意思，"这个交通事故以外，还有个疑似命案，在南青县，两名村民失踪。"

"啊？您这'易发案体质'还真是名不虚传啊。"我很诧异，"不过，县里的也要咱们去？县里不是有法医？还有，失踪案也要我们去？去了做什么？解剖空气？"

"格局，你的格局呢！"飙哥没理我的调侃，挥挥手，说，"我早就和你说过，法医不是解剖工！法医是优秀的侦查员！"

"好好好，侦查员，侦查员。可是，"我敷衍道，"说正经的，既然连尸体都没有，我们去，真的有用吗？"

飙哥反将了我一军："愿意去挑战疑难案件的法医才是好法医，遇事就躲，有畏难情绪，不会有什么出息。"

"可是，失踪案那么多，我们都要管？"

"那倒不是。"飙哥说，"这个案件吧，虽然两名房主不见了，但是房子里却有大量的血迹，现在提取到的血迹正在进行 DNA 检验，如果可以证实是两名失踪者的，那么这么多的出血量，很有可能就没命了。"

我点了点头。

现场是位于南江市辖区下的南青县县城郊区的一个偏远小村落，叫作岬青村。根据飙哥前期掌握的情况来看，这个村子不到 100 人，位于南江市的最西边，是三县一市的交界处，治安情况不好，盗窃案件时有发生，但是因为这个地方人口少，命案倒是很少见。

听飙哥这么一说，我开始担心起来。从我这么久的办案经验来看，刑侦人员最害怕的就是流窜作案，尤其是这种跨区县的地区发生的流窜作案，甚至连头绪都很难捋清楚。

于是我接着问："今早发现的事情？"

"是啊，早上 7 点 30 分我接班前，就接到电话了，本来还琢磨着只是个失踪案件，我们可去可不去。现在既然到了高速口，不如就去看看。"飙哥说，"具体情况我也不是很清楚，只知道是今天早上 7 点有群众向当地派出所报的案，我们去了再问细节吧。"

"开慢一点儿。"飙哥戳了戳驾驶员，说，"现在不是急着出现场，没那么着急。这案子到现在还没有确定是不是命案，去早了也是白搭。高速上有雾，安全第一，不要超速。"

驾驶员应了一声，但是并没有减速，看来他是开出现场的车开习惯了。

南青县不远，预估中午 11 点左右就能抵达。因为对案情一无所知，所以也没有事先思考准备的必要，在摇摇晃晃的车厢里听着催眠曲一样的发动机轰鸣声，我很快就进入了梦乡。梦里，我还能依稀听见飙哥不停地拨打电话。

下高速的时候，我被收费站前的减速带颠醒了。我揉了揉眼睛转头对驾驶员说："睡得好香，到了？"

驾驶员点了点头。我看见飙哥正把脑袋靠在车窗上发着呆，于是问道："飙哥，咋啦？"

"死了两个。"飙哥说，"我在琢磨着，这还真奇怪了，最近怎么案件这么多，而且一死都是两个以上。"

"确定是命案了吗？"

飙哥点了点头，说："刚刚接到通知，在住户院内屋后的古井里发现两具尸体，高度腐败。"

"又是高度腐败。"我冷汗直冒，说，"之前我实习的时候，大夏天，都没怎么见过高度腐败的。这可倒好，现在明明天气还冷，净遇一些高度腐败的了。"

"防毒面具带了吧？"飙哥没理会我的牢骚。

"带了，在勘查箱里。"我说。

飙哥说:"还有个坏消息。听说经过现场简单勘查后,没有头绪,但基本确定是盗窃转化抢劫的杀人案件。如果真的是流窜犯的话,可就有点儿麻烦了。"

我低下头默默思考着。

"这个地方盗窃案件很多。"飙哥忧心忡忡地说,"我曾一直担心会出现盗窃转化的杀人案件,没想到真的发生了。"

"抓紧去现场吧。"我反过来安慰他,"毕竟咱们现在想那么多也没用。"

我们下了高速后,绕过了交通堵塞的城区,从绕城公路直达位于南青县边缘的岬青村。

这里一马平川,在金色的阳光下,绿油油的庄稼整整齐齐,放眼望去看不到边际。在成片的庄稼地中央,依稀有几栋红砖黑瓦的民房。数公里外,就能看到民房的窗户上反射着警灯闪烁的光芒。

很快,我们便到达了现场。这是一座宽敞的院落,但屋子看上去很破旧。警戒带内穿着现场勘查服的警察忙碌地进进出出。南青县公安局的副局长刘文印正在现场警戒带外进行勘查指挥,他一眼就看到了拎着勘查箱的我们,一边说着:"老飙到了。"一边快步向我们走来,伸出了他宽厚的手掌。

"看来,如果没有确定命案,你们还真不来啊?"刘局长说笑道。

"还没确定的时候,我们就上高速了好不好?他可以证明。"飙哥指着我说道。

"给你们介绍一下情况吧。"刘局长笑了笑,说道,"两名死者是这座院落的住户,是一对七十岁左右的老夫妇。有一对儿女,儿子50岁,一辈子没有结婚,在福林沿海做点儿小生意,据说入不敷出,和家里来往也很少,通常两年才回来一次;女儿44岁,和女婿两人都在江苏打工;死者的外孙20岁,这孩子是两个老人一手带大的,在南江市念大学。"

"也就是说,两名死者日常状态是独居的。"飙哥说。

我在院子里环视了一圈:"还是两层小楼呢,看起来是大户人家啊,院子不小。"

"据说这家祖上很富裕。"刘局长说,"不过到死者这一辈就渐渐败落了,据了解家里条件不是很好。死者70岁了还在种地,儿子每半年会从福林寄一笔钱过来,不多,也就几千块。"

"寄钱?"听到这个词,飙哥立马敏感了起来,"那今年下半年的钱是什么时候寄到的?"

"我们正在设法和死者的儿子联络。"刘局长说,"不过通过简单的初步勘查,现场没有发现任何现金和贵重物品。"

"没有发现现金和贵重物品，更能印证可能是盗窃转化为抢劫啊。"飙哥说道。

"家中也是有翻乱的痕迹的。"刘局长说。

"家里没有亲属，那死者的失踪是怎么被发现的？"我问。

"这家老头姓甄，甄家的邻居最后一次看到这对老夫妇是 3 天前的下午，当时夫妇俩刚从镇上买东西回来，后来就再没人见到他们了。因为他家的这座院落位于村子的边缘，所以如果没有人来找他们办事，是不会有人经过他家门口的。今天早晨 7 点，一个村民来甄老头家里借板车，发现院门虚掩，喊了几声没有人应答，就走了进去。"说到这里，刘局长猛烈地咳嗽了几声，像是感冒了。

"这么冷的天，容易感冒。"飙哥说，"您别急，慢慢说。"

刘局长笑着摇了摇手，说："没事。这个村民走到院子里后，发现屋里静悄悄的，喊了几声还是没人应。他看见屋门大开，就走了进去，发现堂屋的电视机还开着，电视机对面的太师椅上有大量的血迹，于是报了案。我们的派出所民警赶到以后，搜索完屋子，发现没有人，但是二楼床头和一楼堂屋的躺椅上都有血泊，且出血量还不少，所以怀疑是命案。派出所民警一面通知刑警队，一面上报了县局领导，县局领导研究后，还是决定在找到尸体之前，提前向市局通报。"

我们一边说着话，一边跟着刘局长一起走进了院子。院子很大，大概有 200 平方米的样子，院子收拾得干净整齐，一看就知道这是一家讲究的住户。院子的正北有一座两层小楼，角落的一些红砖已经残破不堪，看起来是座年久失修的老房子。

我们在院子里走了一圈，因为院子的地面是土地，所以几乎没有可能留下犯罪分子的足迹。院墙很高，有两米多，墙壁平整，所以是很难翻越的。而且，还有很多碎玻璃立在墙头四周，这就是最古老的用来防止别人翻墙入室的办法。既然这些锋利且易碎的碎玻璃都没有任何折断的现象，基本可以否定是有人从墙头翻越进来了。

院子里没有什么异常，我拎着勘查箱就准备走进小楼了。飙哥一把拉住我，说："等一等，别着急。"

"啊？"

飙哥又转头问刘局长："尸体是在哪里发现的？不在这个院子里吗？"

"嘿，尸体藏得可隐蔽了，这就是为什么我们找了几个小时才找到的原因。"刘局长神神秘秘地说道，"来，跟我来，我带你们去。"

刘局长没带着我和飙哥进屋，而是绕过了两层小楼。从两层小楼的侧面，我们绕到了楼后，发现这里别有洞天。小楼的后面和院落北墙之间有个 3 米宽的过道，种了几棵碗口粗的小树，树的周围长满了齐腰高的杂草，杂草东歪西倒，毫无规律，看来这里已经很久都处于疏于打理的状态了。

如果不是有几名警察正围在一棵小树附近，乍一眼看去，这个 3 米宽的过道中，除了小树和杂草，就没有其他东西了。但是，我还是很快察觉到了异样，因为刚绕到楼后，我就闻见了一股刺鼻的恶臭。

那是腐败尸体的气味。

2

我揉了揉鼻子，抬眼望去，小树附近的杂草地面上，停放着两具湿漉漉的尸体。尸体因为腐败，已经略显膨胀，辨不清容貌。站在一旁的南青县公安局孙法医正用戴着手套的手卷起他那潮湿的裤脚。孙法医是我的师兄。

孙法医看见我们来了，笑着打了声招呼后说："我们负责在院子里搜索的痕检员在这里的草上发现了滴落的血迹，这才发现深草里面居然藏有一口古井的井口。古井看起来很久没用了，漂着杂物，但是因为是活水，所以也没臭。如果不是有血迹，无论如何也想不到这里居然还有废弃的古井。于是，痕检员就探头下去看井里，用勘查灯照射后，感觉井里是有东西的。他用长竹竿捅了一下，确定了这种感觉，不出意外，尸体就藏在井里。刚才我吊了绳子下井，踩在井壁上，给尸体上捆了绳子才拉上来，费了半天劲儿。"

孙法医说完苦笑一声，又低头整理他弄湿了的裤脚。

原本打捞尸体并不是法医的活儿，但是既然在现场勘查的时候发现了尸体，也不至于再去外面找打捞队来。所以，这样的情况，通常是法医下到井里去打捞，而这项工作就比较艰难和危险了，下到这种没人下去过的古井里，随时都有可能因为二氧化碳超标而发生生命危险。在这种狭小的井口里给尸体上绑绳子，也不是那么容易的一件事。因为缺乏那种全封闭式的防护服，这样下到井里，就相当于在有尸体的井水里一同"泡澡"了。好在孙法医身手矫健，双脚踏住了井壁，避免自己全身浸泡进水里，不过即便这样，他的裤子、鞋子还是弄得又湿又臭。

我敬佩地看了孙法医一眼，说："师兄辛苦了。"

"选择了这个行当，就得忍受得了辛苦嘛。"孙法医对我一笑，说，"我们大致看了一下尸体，两人都穿着睡觉的衣着，都是头上的损伤，都有头皮的挫裂创，是钝器形成的。颅骨应该都骨折了，但是程度需要解剖才能知道。哦，还有，都没有发现明显的抵抗伤。"

"钝器打头？"飙哥凑到了尸体的旁边，看了看，说。

"是啊，都有很多下，不是一下。"孙法医说道。

"行吧，我们先把现场看一下，你们先把尸体运去殡仪馆。"飙哥说。

我点了点头，脑子里还在想着孙法医冒着危险下井打捞尸体的景象，由衷地被这些默默无闻、恪尽职守、不怕脏不怕累的基层法医所感动。我带上现场勘查的物件，率先走进了中心现场。现场内有几名痕检员正在各个不同的地方，用小毛刷刷着一些可疑的物品，期待能找出一两枚可能和案件有关的指纹证据。

但从他们凝重的表情上可以看出，他们似乎仍然一无所获。

所有的现场勘查员都在现场一楼，忙忙碌碌，虽然房子不小，但人多了也移动困难。所以我和飙哥只能先上二楼看看。

二楼正对着楼梯口是一个小门厅，门厅东、西两侧是两个卧室。东侧的卧室里摆放着一张小床，床铺上整齐地叠着一床干净的被子。显然，这个卧室不经常被使用。而西侧的卧室里则摆着几个大衣橱和一个五斗橱，衣橱的旁边有一张大床，床头两旁各有一个床头柜。五斗橱和床头柜都被打开了，里面的物品有一大部分散落在床周，连床上的被子也被掀了开来。

"看来真的是盗窃啊。"我指着被翻乱的房间说，"虽然整个房子里，只有这两个柜子被翻乱了，也足以证明这起案件的侵财性质。"

飙哥点了点头，算是认可了我的观点，然后走到了床边。床边的枕头上和被褥上，有不少喷溅状的血迹，由此可以看出，这里是杀人现场之一。

"DNA都送过去做出结果了。"刘局长说，"DNA检验明确，二楼床上的血迹是女性的，一楼躺椅上的血迹是男性的。虽然两具尸体都被移动到屋后的水井里了，但也可以通过血迹DNA来判断，老太是死在二楼，而老头死在一楼。"

"两个老人家不在一起睡？"我问。

刘局长耸了耸肩膀，表示这个无从调查，毕竟这个屋子里平时生活的老两口都殒命了。

"至少可以说明，是先后杀人的。可以断定是一个人作案，还是两个人作案吗？"飙哥问道。

刘局长咳嗽了两声，说："这也是我进入现场后，最关心的问题。可是，地面上虽然能够看得到一些血足迹的轮廓，但是你看看，这地面粗糙成什么样子了，根本就无法判断足迹的花纹类型。所以，至少从痕检上，没办法推断作案人数。"

"那就通过法医来判断。"我信心满满地说道，"正常情况下，如果两名死者死于一种工具，那么作案人数是一个人的可能性大。但如果是不同的工具杀人，两个人的可能性大。"

"你忘了不久前的案子，齐老大不就是拿了两个工具？"飙哥反驳道。

"啊，那毕竟是少数吧。"我挠了挠头，说道。

"法医学专业推断作案人数，只能是参考，不是确定性的。"飙哥说，"这也是法医学专业的局限性。"

我点了点头。

"二楼现场就是这样了，很简单。"刘局长接着说，"杀完人，偷完东西，把尸体拖了下去。痕迹物证已经找过一遍，但是毫无所获。"

飙哥推了推窗户，说："据说你们勘查现场的时候，发现一楼、二楼的窗户都是关着的，那小偷是怎么进来的？"

"这屋子进来不容易啊。"我说，"翻院墙肯定是可以排除的了，但是院子门怎么进来的？小楼的大门又是怎么进来的？"

"报案人进来的时候，发现这两扇大门都是虚掩的，都没有上锁。"刘局长说，"我们的技术员也都勘查过，这两扇大门都是用的挂锁。挂锁在门上，没有遗失，也没有任何被撬压、破坏的痕迹。如果人在屋内，一般是使用内侧的插销来关上门的，插销也都没有任何破坏。"

"排除了翻墙和撬门，那就只剩下两个了，一个是熟人作案，敲门入室；一个是老人家的门没有关好，犯罪分子溜门入室。"飙哥说道。

"如果要二选一的话，那我肯定选择熟人作案。"我说道。其实这个时候，我只是一种直觉，如果要是飙哥来问我依据的话，我还真的没有整理好思路。

"依据呢？"飙哥问道。

"呃。"我卡了壳，真是怕什么来什么。

"屋后抛尸的古井，非常隐蔽，如果是流窜犯作案的话，不可能对一口弃用很久的古井这么了如指掌。除非他能够像我们的民警那样仔仔细细搜查整个院子的各个角落，否则肯定找不到那口古井的所在。"飙哥解释道。

"对，我就是这么想的！"我心虚地点点头说，"我们可以去一楼了吗？"

"至少熟人作案的话，对我们来说，是个好消息。"飙哥说，"别急，先把楼上看完再说。"

说完，他走到床头柜和五斗橱旁边，观察了起来。

"柜子的抽屉里有少量擦拭状血迹，这个痕检都看了吧？"飙哥用手电筒照射着抽屉内侧，说道。

"看了，是有血，但是没有价值，找不到指纹。"刘局长说道。

"说明是先杀人，后翻动的。"飙哥说，"这里有没有值钱的东西，也不知道，对吧？"

刘局长摇了摇头。

"柜子里都是一些药瓶子、膏药什么的，看起来不像是会有值钱的东西的样子啊。"我戴着手套，前前后后地摸完了床头柜的内侧，说，"咦，不对啊！这个床头柜抽屉为什么这么短？"

我的话吸引了飙哥的注意，他走了过来，把床头柜的抽屉卸了下来。果然，抽屉的后面，还有一个暗格。

"很多人喜欢在打家具的时候，把床头柜做一个暗格，好放一些贵重物品。"飙哥说，"不错，你明显有长进了，这次比较心细了。"

听到一向毒舌的飙哥夸了我，我内心得意扬扬，接着将暗格拆了下来，发现里面空空如也。

我高兴地对飙哥说："你看，这就更加能够印证凶手是熟人了，不然怎么会知道这个床头柜里有暗格？而且暗格里什么都没有，估计是小偷得手了。"

"如果是熟人作案，那可就好了。"刘局长说，"我们派出的工作组，目前都是围绕两名死者的熟人开展的。"

"走吧，楼下的痕检估计弄完了，我们去看看。"飙哥挥了挥手，带着我重新下到了一楼。

"怎么样？"飙哥一下楼，就问正蹲在地上收拾勘查装备的痕检员。

"不行啊，地面不具备留下足迹的条件。"痕检员说，"周围的家具，我们也都刷了，刷出来一些指纹，但目前看，都是两名死者的，要么就是不新鲜的指纹，没有意义的。总之，是没有找到血指纹。"

"死者的指纹你们都取过了？"我好奇地问道，因为我也不知道高度腐败的尸体指纹应该怎么获取。

"都取了，还好，手指腐败程度不严重。"痕检员说道。

"说明凶手戴了手套？"我接着问。

痕检员摇摇头，说："不，没有发现任何手套纹路的痕迹。"

"找指纹没那么容易。"飙哥说道，"如果不去把作案过程重建出来，你怎么知道在哪里取指纹？这家的家具都很破旧，表面粗糙，本身就很难留下指纹。中心现场又没有茶杯、碗碟之类容易留下指纹的地方。"

"那可怎么办？"我一时没了主意。

"别急，先看看现场。"飙哥说。

现场一楼是客厅、厨房和卫生间，客厅的中央是一张饭桌和一张躺椅。饭桌上什么都没有，应该是晚饭后，老人已经把碗筷都洗刷干净放好了。躺椅的上面垫着一床毛毯，躺椅的头部放着一个海绵枕头。毛毯靠近躺椅头部的位置以及海绵枕头上，都黏附着大片血迹。血迹以海绵枕头中央为中心，向两侧喷溅，血迹形态提示出的方向非常明显。

躺椅的旁边放着另两把靠椅，对面是一台彩电，电视机还处于开启的状态，里面正在播放着花里胡哨的广告。

"报案人进来的时候，电视机就是开启的吗？"飙哥问道。

刘局长点了点头。

刚刚被飙哥当众表扬了，我的心情非常好，更有劲头去发现更多的线索。此时我从勘查箱中拿出放大镜，仔细地观察着躺椅头部的血迹形态，突然，我发现了毛毯上一处可疑的痕迹："飙哥，来看看这是什么痕迹。"

飙哥听我这么一说，走了过来，对着我的放大镜仔细一看，说："这是一个直角的压痕，能在软物上留下直角形的压痕，应该是有棱边的金属物体形成的。"

"砸脑袋的时候，砸偏了，所以落在了毛毯上。"我说。

"对。"飙哥继续夸我，"不错，这一处发现还是很有价值的。因为金属钝器打击在头上，不一定就能留下有特征性的棱边形态，更不用说是高度腐败的尸体，创口的形态很有可能发生变形，那样就更不好推断致伤工具了。如今有了这个痕迹，对致伤物的推断还是很有帮助的。"

我内心高兴得跟过年放鞭炮似的，接着说道："可惜，只能知道是有直角棱边的金属钝器，但不知道是空心的还是实心的？"

飙哥说："这个不着急，可以通过尸体解剖来进一步明确。"

我点了点头，说："我突然想起，刚才我们在看楼上床上的血迹时，那里的枕头上似乎也有类似的痕迹，不过看不清楚，结合这两处痕迹看，感觉是同一种工具，那么就推测很有可能凶手只有一个人。而且，至少可以断定两名死者都是在睡眠状态下被袭击的。"

"对，这个线索很重要。"飙哥说道。

"睡眠状态？"刘局长说，"刚才你们分析，不是熟人敲门入室，就是熟人溜门入室。既然都睡着了，所以应该是熟人溜门入室了？这老两口睡觉的时候，真的两扇大门都没有关上？"

"不，我觉得不能排除敲门入室的可能。"飙哥推测道，"如果是熟人敲门入室进来，和老两口说话，说到他们睡着了，再下手呢？"

刘局长哈哈一笑，摇着头，说："这说法实在是太牵强附会了。我觉得还是溜门入室的可能性大，我让他们重点去调查那些邻居去。"

"又或者，是凶手本来就留宿在他们家呢？"飙哥继续推测道。

听飙哥这么一说，我想起了二楼有一个卧室，被子是叠好的，很整洁。

"我现在就可以告诉你，这个不会的。"刘局长说，"他儿子、女儿我们已经先行调查了，不可能回来。还有一个外孙，在上大学呢，此时非年非节，也不可能回来。除了这些不可能杀他们的家人之外，老两口绝对不会让外人在家留宿。"

"万一是什么远亲呢？"我说。

"反正通过现在的调查结果来看，不可能。"刘局长说，"不过，你们说的这种可能性，我们也会进一步调查，看看是不是有可能有平时不来往的远亲最近过来了。"

飙哥点点头，带着我继续对一楼现场进行勘查。

我轻轻推开厨房的门，和飙哥先后走进去巡视了一周。厨房如同院子里一样，很整洁，锅碗瓢盆都分类摆放着。厨房里没有发现剩菜剩饭，但是冰箱里放着不少新鲜的蔬菜和肉。

"不是说家庭条件不好吗？"我说，"吃得不错啊。"

"看来他们是定期去镇里买菜，伙食看起来是不错，但是这么多菜老两口得吃上很久吧。"刘局长也探过头来看了看，说。

"万一是真的有亲戚来了，是不是也会备一些菜？"飙哥说道。

原来从冰箱里储存的菜品也能有所推断，我对飙哥佩服得五体投地。

"对啊，村民最后一次见他俩就是他们从镇上买菜回来。"我想起了刘局长之前说的话。

"毕竟这里去一趟镇子上挺费劲的。"刘局长说，"也许他们就是习惯了一次赶集，买个几天的菜呢。我们不掌握老两口平时的习惯，所以这个说明不了什么。"

我们觉得刘局长说的也有道理，于是准备离开厨房。

今天我的状态奇佳，可能因为被飙哥夸了几次"心细"而开了挂，在正准备离开厨房的时候，我眼睛的余光扫到了灶台上的一处痕迹。我跑了过去，趴在那里看了好久，说："飙哥你看，这里有血。"

在厨房窗户下的灶台上有滴落的血迹，但因为灶台上瓷砖的反光，并不是那么容易被发现。

"我说呢。"飙哥赞许地看了我一眼，说道。

"你说什么？"我问。

"尸体是在房屋后面的水井里被发现的。"飙哥说，"尸体上黏附有不少血液，如果从小楼的大门把尸体拖出去，再扔到井里，外面的地面上多多少少要有滴落状的血迹。"

我推开厨房的窗户，说："我明白了，你的意思是，死者的尸体是被凶手从这里的窗户扔出去的，然后凶手再绕到屋后把尸体扔进井里的。"

飙哥说："对，应该是这样。而且凶手在把尸体扔出去后，还打扫了灶台，但不小心遗漏了这一处隐蔽的血迹。"

我问："不过，这只能说明凶手是节省了运尸抛尸的路程。毕竟我们初步推断是一个人作案嘛，一个人的体力有限，所以采取了这个办法。就没有其他用处了吧？"

飙哥摇摇头，说："不，很有用。"

3

"你想想，"飙哥接着说，"凶手直接把尸体从这里扔出屋外，那么就说明他早就知道窗户的后面有一口古井。"

"你是说他对地形熟悉。"我说。

"不仅仅是熟悉，而且是非常熟悉，了如指掌。"飙哥说完，走出了屋子，到位于院子东侧的一间小房里看了看。

小房和两层小楼是相连的，房子很狭小，房子的北侧沿墙壁砌了一座池子，池子有1米多高。我指着池子问身边的飙哥："这个是做什么用的？"

飙哥比我见识广，说："这个池子是农村储存粮食用的，池底和四周都用塑料布铺好，粮食储存在里面，上面再盖上塑料布，可以防潮。"

"可是，"我指着池子里面说，"这里面怎么会有麦秆？"

飙哥显然也没有想明白。

刘局长此时正在接电话，挂了电话，说："联系上死者的儿子了，他儿子说前一周刚邮寄了5000元钱回来，他每个月都是这个时间寄钱过来。"

飙哥停止了询问，而是在思索着。

"现场没有钱，床头柜暗格被打开了。"我说，"看来凶手是得手了。"

"不过，"刘局长说，"这个凶手时间卡得还真准啊，这边钱刚到账，他就来作案，难道真有这么巧合的事情？"

飙哥没有接刘局长的话茬儿，而是继续指着池子里的麦秆，说："刘局长，你看看这里的麦秆，是做什么用的？"

刘局长探头看了看池子里面，说："不知道，这里不应该有麦秆，这里应该全是粮食。把麦秆放在里面，和粮食混在了一起，以后取粮食的时候不会很麻烦吗？"

飙哥指了指房子南侧的麦秆堆说："你们看，麦秆是从那里拿过来的，为什么要把麦秆堆放在这里？"

"家里的麦秆不多，"刘局长说，"应该是留下来生火用的。"

"有没有可能是凶手搬来这里，准备把尸体放在池子里焚烧呢？"飙哥大胆地推测了一下。

"完全有可能。"我支持飙哥的看法。

"凶手开始准备焚尸，但还没有拿过来多少麦秆的时候，想法就发生了转变，变成了把尸体扔进水井。这是为什么？"飙哥说，"从焚尸变为藏尸，说明凶手意识到如果着火会很快发案，他要拖延发案的时间吗？"

"那就说明凶手不是留宿在这里的，看来真的是溜门入室的！"刘局长把发现往自己的推断上靠，"他害怕火起来了，自己还没来得及跑回家里，就被发现了。"

"那也解释不通啊。"飙哥说，"如果是路过的贼，溜门入室的话，他点完火之后，完全可以贼喊捉贼，当火警的报案人。"

"每个人都有每个人的想法，这怎么琢磨得透？"刘局长说，"这个不着急，反正对于邻居和远亲的调查，我们都进行着，你们还是先尸检，看能不能有什么发现。"

南青县没有建设法医中心，也不可能把尸体拉回南江市公安局法医中心，所以这里发生的案件，尸体检验都是在县殡仪馆里进行的。

我们等着殡仪馆的工作人员把两具尸体装进尸袋、塞进运尸车后，和运尸车一起赶往南青县殡仪馆，对尸体进行检验。

坐在赶往殡仪馆的警车上，我和飙哥都低头思考。

"熟人作案是没有问题的。"我说，"了解井的位置，了解厨房的窗户后面是古井，趁被害人熟睡中下手，知道床头柜有暗格，甚至知道死者在前不久拿到了一笔钱，这不是熟人作案是什么。"

飙哥摸了摸胡楂儿，说："这个没问题。刚才我又想到另外一个问题。"

我说："什么？"

飙哥说："现场的电视机是处于开启状态的。"

我点了点头，说："是啊，老头应该就是躺在躺椅上看电视，然后睡着了，被袭击了。"

飙哥说："显然不可能是凶手杀完人后开电视机，所以你刚才说的是对的。但是，如果是死者没有关好门，凶手溜门入室，那他应该直接去翻找东西，何必先要杀人？而且，他敢在屋里开着电视机的情况下，拿着工具进行行凶？那胆子也太大了吧？如果是熟人作案，那么凶手就更不应该冒这个险，如果拿着凶器进门被死者发现，跑都跑不掉。"

我点了点头，说："这个有道理，我明白你的意思，你还是主张凶手应该是发案当天准备留宿在死者家里的熟人。"

飙哥扬了扬眉毛，说："对，这样的话，侦查范围应该就缩小了许多，能留宿在死者家里的人不多。"

"这就不是我们的事儿了。"我说，"反正刘局长说两条线他都派人在侦查。"

很快，我们就驱车来到了南青县殡仪馆。南青县殡仪馆是一座新建的殡仪馆，

腐臭古井

可能是受到南江市的影响，殡仪馆内的法医学尸体解剖室可以说是非常气派的。一座两层小楼，老远就能看见门口闪亮的"南青县公安局法医学尸体解剖室"的门牌。解剖室里的标准化器械一应俱全，具有上压风、下抽风的全新风系统，是一个规范化的标准尸体解剖室，能和南江市公安局法医中心的解剖室媲美。

在标准化尸体解剖室里进行尸体检验，再加之有防毒面具的第二重保护，虽然本案中的两具尸体都已经高度腐败，但我们也不会被恶臭影响了工作的细致程度。而且解剖室里有两张不锈钢解剖台，我们可以同时进行尸体解剖，节约了很多时间。

我和飙哥一组，南青县公安局的孙法医和他的徒弟一组，同时开始对两具尸体进行尸体检验。

因为尸体被浸泡在水里很久，所以尸体表面的物证已经不复存在了，所以对尸体表面的取证工作就节省了很多时间。而且两具尸体的损伤全部集中在头部，其他部位没有任何损伤，所以我们在解剖两具尸体的胸腹腔后，明确他们是死后被抛尸入水，而不是生前入水溺死后，重点对他们的头部进行了检验。

"老头的头上有开放性损伤，大量出血。"飙哥一边检查着男性尸体的头颅，一边说，"可惜头皮挫裂创被水浸泡加之腐败，看不出有什么特征性的改变了。"

孙法医在另一张解剖台旁，说："一样，老太的颅骨轻度变形，头上的挫裂创也很密集。"

"这就更能验证死者是在熟睡中遭遇袭击的。"飙哥说，"没有任何抵抗伤和约束伤，甚至连眼睛都没能睁开。挫裂创很密集，也说明被打击的时候，连翻身都没做到。唉，也算是去世的时候没有痛苦吧。"

我们一边为这对老夫妻活到70岁却不能善终而叹息，一边用手术刀慢慢地剃去尸体的头发。

法医都是好的剃头匠，对于法医来说，必须用最精湛的刀功把死者的头发剔除得非常干净，既不能伤到头皮，也不能留下剩余发桩。只有干干净净地剔除死者的头发，才能完全暴露死者的头皮，从而更清楚地观察死者头部有无损伤。这种损伤可能是致命性的，但是也有可能只是轻微的皮下出血，即使是轻微的损伤，也能提示出死者死之前的活动状况。

甄老头的头皮上有5处创口，创口已经被泡变形了。我们切开死者的头皮，发现头皮下有大片的出血，5处创口中的3处下方有凹陷性骨折。但骨折的程度不是很重，3处凹陷性骨折都是孤立的，没有连成片。

"颅骨凹陷性骨折，骨折边缘有压迹。"飙哥进一步分析说，"你看，这些骨折的边缘都是阶梯状的，而且有压迹，这种表现是木质工具做不到的。"

"所以，凶器是一个金属工具。"我说。

"你在现场的时候问过，是空心的还是实心的。"飙哥说，"从骨折的阶梯状表现就能判断，工具是实心的。"

我点了点头，表示我已经学会了。

"我们这边也一样。"孙法医说，"不过，老太的损伤比较严重，颅骨骨折连接成片了，所以整个颅骨都变形了。"

因为甄老头的颅骨比较厚，我们费了半天劲儿才锯开了颅盖骨，发现整个脑组织都存在蛛网膜下腔出血，还伴有几处脑挫伤。甄老太的颅内损伤和老头的损伤如出一辙，他们的死因都是重度颅脑损伤死亡。

我用手指丈量了一下甄老头颅骨上的塌陷面积，估计有 4cm 的直径。我又探过头去孙法医那边看了一眼，说："现场发现方形的棱边，说明凶器是金属类方头钝器。而且边长要大于 4cm。嚯，这个方锤可不小啊。"

飙哥看着我说："现场没有发现方头锤子，看来凶手是把凶器带走了。不过，这么大的方头锤子，应该非常重，对吧？"

"是应该非常重，"我知道飙哥又准备考我，于是很自觉地回答，"只需要很小的力气就能砸死人。而老头的头上损伤，似乎显得太轻了。"

"老太的伤倒是不轻。"孙法医说，"但也不算太重。"

"我想到有一种情况可以解释。"我说，"凶手的力气小。未成年人作案，或者是女性作案。"

大家听完都在沉思，看看我的推断能不能使用。沉默了许久，飙哥说："可是，在此之前，我一直认为，凶手是身强力壮的青年男性。"

孙法医"嗯"了一声，似乎理解了飙哥的意思，飙哥接着说："如果是老弱病残妇，怎么可能把一具这么重的尸体从那么高的厨房窗户扔出去？而且看地上也没有拖擦的痕迹，尸体应该是被背进或者抱进厨房的。那么这个凶手一定是个身强力壮的人。"

在场的人都在默默点头，我问道："那么为什么他决意要杀人，却没有使上全身的力气敲打死者头颅呢？"

"会不会真的是青少年或者女性，虽然他们有体力背动尸体，但是却没有下狠手杀人的强大心理？"孙法医有些犹豫不决。

"先不考虑这么多，把我们发现的情况客观地向专案组汇报一下。"飙哥对身边负责照相的痕检员说，"我们先把尸体检验完。"

因为高度腐败尸体的软组织会有变色，很多腐败造成的皮肤颜色改变都疑似损伤。为了不漏检一处损伤，我们仔细地把每处颜色改变都切开了观察。两具尸体的检验虽然是同时进行的，但是尸检工作还是持续了近 4 个小时。

我们没有被臭气熏着，衣服却沾满了臭气。当我们坐进车里的时候，驾驶员皱了皱眉头说："先去宾馆洗澡换衣服吧，你们这是顶着风头臭八里地啊。"

"在我们中心干这么久了，你还不能适应？"飙哥说。

"我倒是能适应，就怕你们走在街上，被人嫌弃。"驾驶员打着了火。

洗漱完毕后，已经到了晚饭时间，我们来不及吃晚饭，火急火燎地跑到了专案组，想获取更多的信息。

刘局长带着一众人等，正在专案组里开会，他看见我们走进专案组的大门，就喜笑颜开地说："发现重点嫌疑人了。"

"是吗？"飙哥也非常诧异，连忙问道，"什么人？"

"对甄老头、甄老太生前的熟人和亲戚，甚至包括远亲，我们都进行了仔细的调查，确定都没有问题，没人会来他们家留宿。"刘局长说，"倒是对有可能溜门入室的人的调查，出现了曙光。"

"邻居？"飙哥的表情并不是惊喜，而是担忧。

"是！就是老两口的隔壁邻居，隔了一堵墙。"刘局长说，"这个邻居啊，是个独居的女人，叫万燕飞。"

"为什么会怀疑她？"飙哥接着问。

"你别急啊。"刘局长笑眯眯地说道，"且听我慢慢道来。"

原来这个万燕飞今年 35 岁，10 年前嫁到了甄家老两口的隔壁。8 年前，她的丈夫因为车祸丧生了。之后，万燕飞就没有改嫁，也没有孩子，一直独居种地。但是她这个人不是个本分人，而是个游手好闲的人，平常经常在村子里偷鸡摸狗，有的时候也会为一些独居男性提供性服务来换钱。越是这样，她的名声也就越差，更嫁不出去了。

事发前一周，这个万燕飞曾经拿着一个方锤，在村里被人看见了。别人问她，她说是从甄老头家里借的，回去修家具用的。这条线索，引起了侦查员的注意，结合她的日常表现，她的嫌疑就很大了。加之我们在尸检的时候，分析过"凶手心理可能不够强大，所以打击力度小，有可能是女性"，又正好和她的情况吻合。

根据刘局长的分析，如果她是凶手，她之所以转变主意不去焚尸，是因为一旦起火，很有可能波及隔壁自己的家。如果把她家也点着了，那可就得不偿失了。因此，她被侦查部门列为重点嫌疑人。

"可是，她能够对死者家里的环境那么熟悉吗？"飙哥没有一丝兴奋的表情，说，"她家里同样位置也有古井？"

"没有。"刘局长说，"死者家的水井是很多年前留下来的，都不用了。"

"既然这样，一个普通的邻居，是怎么知道那里有水井的？"飙哥接着问道。

"万一她就是知道呢？"刘局长说。

"什么叫万一啊？"我站在飙哥这边，"这口井既然是被弃用的，又藏在屋子后面，还被那么多杂草覆盖着，这无论如何，她也没办法知道这个信息啊。"

"这个可不好说。"

"那她又是怎么知道老两口藏钱的大概位置？"飙哥说，"凶手只对主卧室的五斗橱和床头柜进行了翻找，其他地方根本就没有去。"

"农村藏钱应该就只会藏在这两个地方吧？"刘局长说。

"谁说的？"我也跟着飙哥反问道，"至少衣柜啊，次卧啊，得找一找吧？还有，她怎么知道死者儿子每个月这个时候会寄钱？"

"也许只是碰巧呢？"刘局长说。

"还有，她一个女人家，拿着锤子，趁人熟睡潜入家中去杀人，这胆子这么大，又何来心理不够强大所以杀人力气轻了之说呢？"飙哥摇着头。

"说不定她是这样想的，万一被发现，就说是回来还锤子的。"刘局长说。

"不，不，如果她早就已经还了锤子，那么凶手就有可能是就地取材的。"飙哥说。

"那凶手如果是万燕飞，她也有可能就地取材啊。"刘局长说。

飙哥继续摇着头，说："不会有那么多巧合的。但是，你说的怕把房子点着了，倒是给了我很多启发。"

"是吧？"刘局长以为自己说服了飙哥，满足地靠在椅背上。

"不是你说的那种。"飙哥说，"如果是她作案，她更可以在点燃老两口的房子后，再报警。因为她是邻居，她有足够的理由作为发现人。而且，她就住隔壁，也不需要拖延发案的时间，转个头就回家了。"

"总之，我们决定对她进行控制了。"刘局长有一丝不耐烦，说，"可是，你们技术部门还是得想办法拿到现场证据，否则，审不下来就不好办了。"

"不用你说，我这就去复勘现场。"飙哥忧心忡忡地起身。

4

在飙哥的要求下，我们叫上了县局的痕检技术员。一行几个人，趁着夜色，重新回到了这个有着腐臭古井的老宅。

这一次，飙哥有备而来。他非常有针对性地来到了现场小楼的一楼客厅，也把这一次的勘查重点放在了这里。

等我穿戴好勘查装备后，发现飙哥正背着手站在客厅的中央，目视着那个被我们看作勘查重点的躺椅。

"不去跟前看吗？"我走到飙哥身后，好奇地问，"在这儿能看出什么？"

"问题就在这里。"飙哥说，"我们法医容易被中心现场的重点物品吸引所有的注意力，却忘记了从宏观上来观察现场。"

"又来了。"我白了飙哥一眼，说，"能不能别卖关子？"

飙哥指了指躺椅，说："你看，躺椅的旁边，有两把靠椅。"

我心中一惊，连忙走到躺椅旁边，观察着旁边放着的靠椅。这两把靠椅原本的位置应该是和餐桌放在一起的，而此时挪到了躺椅的旁边，显然是被人为移动的。

"为什么要移动两把靠椅？"飙哥说，"不用我说，大家都知道，因为这里是有三个人同时看电视。"

"明白了。"我说，"正常情况，只有老两口在家里。既然有三个人一起看电视，甚至能看电视看睡着了，说明这个第三人应该就是留宿在他们家的，而且是让他们毫无防备的人。"

"是啊，那范围就更小了。"孙法医说。

"所以那个万燕飞，当然不会是嫌疑人。"飙哥耸了耸肩膀。

"那我去告诉他们。"我说。

"不用，你去了也没用。"飙哥说，"侦查部门依法审查，就让他们去审查吧。再说，我们也只是推断，而不是决断。如果要决断，则必须得找到有力的物证。这样既可以证明万燕飞不是凶手，也可以给下一步找到凶手提供甄别的依据。"

"所以，凶手会是谁呢？"我低头沉思，"什么人会在这里留宿，而且死者对他丝毫不设防？"

"家人。"飙哥说道。

"不可能啊。"我说，"侦查部门都已经调查过了，说死者的儿子、女儿都在外地，都没有回来的可能性。而且，自己的亲人，怎么会下得了这样的狠手，而且只是为了钱？不可能，不可能！"

"所以，这就叫作先入为主。"飙哥说，"作为法医，我们得切记三件事：不可先入为主，不可以己度人，不可偏听偏信。"

这话我听着耳熟，但我依然觉得不服气："可是他们家人的行程，是可以调查清楚的呀。侦查部门既然说了他们没回来，那肯定是没回来啊，没有作案时间。"

"不，如果我没有记错，刘局长当时是这样说的。"飙哥回忆着，"'他儿子、女儿我们已经先行调查了，不可能回来。还有一个外孙，在上大学呢，此时非年非节，也不可能回来。除了这些不可能杀他们的家人之外，老两口绝对不会让外人在家留宿。'"

"好像是这样说的。"我同意。

"所以，他们只调查了死者的儿子、女儿和女婿，并没有调查这个被死者一手带大的20岁的外孙。"飙哥说，"他们认为这一起案件是溜门入室，所以重点调查的方向是邻居和游手好闲之人，这叫作先入为主。他们认为一个被死者从小带大的孩子，绝对不可能对自己至亲之人下如此狠手，这叫以己度人。"

"你是在怀疑死者的外孙？"我说，"这……这我不能接受。"

"为什么不能接受？"飙哥冷笑了一下，说，"因为你也以己度人了。你不会这样做，但不代表所有人都不会这样做。如果是死者的外孙作案，那么案件现场的所有现象，都可以完美解释了。"

"现场现象？"我问。

飙哥扳着手指头数了起来："一、中心现场的三把椅子，看上去就是三口亲人其乐融融地在看电视，如果是死者外孙做的，这个现象就可以解释。老两口不会对这个自己一手带大的外孙设防，而且外孙回来理所当然在这里留宿。二、死者刚刚拿回那 5000 块钱，就被人侵入拿走，对方怎么知道他们拿钱的时间点？外孙的话，就有可能知道舅舅什么时候寄钱。三、既然从小在这里长大，自然知道老两口平时把钱藏在什么地方。即便是床头柜的暗格，他也一定了如指掌。四、同上一条，从小在这里长大，也就具备了了解古井位置的条件。五、死者家的冰箱里，储备了大量菜和肉，我们之前分析，像是有人回来住几天，要准备好的伙食。如果是死者的外孙回来，这一现象就再正常不过了。"

"我的天，你不罗列一下，还真想不到这些。"孙法医擦了擦冷汗，说，"细想起来，太可怕了。如果凶手是他外孙，确实可以解释一切现场的疑点。"

"我记得，在专案会上，刘局长说万燕飞作案的可能性之一，就是她不焚尸，是为了保护自己家的房子不被火灾殃及。"我说，"飙哥，你说这一点提醒了你。所以，你是指……"

"我是指，这个房子是死者的，死者的儿子没有结婚、没有后代，那么这个房子以后就有可能是由他外孙来继承。"飙哥说，"如果这个孩子心思缜密，就能想到这一点。所以，他不会用一把火毁掉有可能属于自己的财产。"

飙哥说得我起了一身的鸡皮疙瘩：我们的对手，和我差不了几岁，居然会有这样的心思？这太让人害怕了。

"可是，他真的能下如此狠手，杀死把自己一手带大的外公外婆？"我还是在纠结这个问题。

"这个我没法回答你，还是先找证据吧，只有证据能让你信服。"飙哥说道。

"可是证据不好找啊。"痕检员说，"我们已经尽了最大的努力，房间里能刷的地方都刷了，要么就是载体不好刷不出来指纹，要么就是根本没有留下指纹。"

"那是因为，没有法医的指导，没有进行完善的现场重建，就会漏掉很多重要的位置。"飙哥哈哈一笑，转头问我，"甄老太损伤重，甄老头损伤轻，这个问题，你回去思考了没有？"

"啊？"被冷不丁问了一下，我有些反应不过来，"这个，这个不是说，凶手的心理不够强大吗？对了！杀死自己的外公，心理极其矛盾，因此就轻了。杀完外公后，因为有了心理基础，所以杀外婆的时候，就不矛盾了，所以损伤重。"

我为自己的推断感到十分满意，虽然这个推断是刚刚才想到的。

"不对。"飙哥直接给我否定了，让我十分尴尬。

飙哥走到了躺椅的旁边，摇了一下躺椅，躺椅立即前后晃动起来。

飙哥说："这就是太师椅啊。下面是弧形的底座，所以有人坐上去的时候，是可以前后摇晃的。"

"这，我知道啊。"我还是很蒙。

"那么，既然是头部可以上下移动的椅子，凶手怎样才能击打死者致死呢？"飙哥用一根手指顶住太师椅的头部位置，用力压了压，太师椅向下沉了下去，随着飙哥手上的力度降低，太师椅重新翘了起来。

在飙哥的动作之下，我仿佛慢慢地找到了思路。对啊，椅子可以上下晃动，如果凶手直接打击的话，死者头部会随着椅子往下晃动，就有了一个缓冲的空间。

我说："明白了，因为锤子打击到头上，随着太师椅的下沉，会有缓冲，因此损伤就轻了许多。"

"对，甄老头的头上损伤较轻的原因就在这里，和凶手的心理状态毫无关系。"飙哥说，"正是因为有缓冲，所以相对较轻。但是，你们注意一下，我的力量越大，太师椅下沉的幅度就越大，对吧？如果是用铁锤这样直接打击头部，头部会随着太师椅较大幅度下沉。所以，直接打击的力量大部分被缓冲掉了。"

"既然大部分打击力都被缓冲掉了，那为什么还能造成颅骨的凹陷性骨折？"我脱口而出。

"对，你问到了重点。"飙哥说，"既然大部分打击力被缓冲掉了，自然不会造成颅骨骨折那么严重的损伤。所以，我们换位思考一下。"

"换位思考？"

"你想一想，凶手不是傻帽儿，而且他从小在这里长大，对这一张太师椅肯定也是非常了解的。他当然知道这样直接打击死者头部，死者头部会随着椅子的摇晃而缓冲，不会致命，那么他会怎么办？"飙哥说，"要是你，你会怎么办？"

我也走到了躺椅的旁边，比画着，说："要是我，我会用一只手扶住躺椅的头部，另一只手拿凶器打击。此时，虽然太师椅不会下沉那么大的幅度，但是毕竟不是完全固定的，所以还是会造成较为严重的损伤，但不如完全固定的严重。"

"对呀！"飙哥说，"如果凶手没有戴手套，躺椅的头部下方必然会留有指纹。"

我顿时出了一身冷汗！

这就是传说中的利用现场重建的理论来提取现场物证吗？

如果躺椅后面真的有指纹，那飙哥可就太神了！这个位置是十分隐蔽的位置，痕检员如果不结合法医学检验发现的疑点，不进行现场重建，怎么也不可能找到这个隐蔽的位置！

我相信，在场所有的人，都和我一样，又惊又喜。

几名痕检员立即走上前去，小心翼翼地把太师椅给翻了过来，然后两个人打灯，两个人趴在地上，观察着太师椅头部背面的痕迹。

"我去，飙哥你太神了！"一名痕检员突然叫道，"以后我每次见你，都膜拜你！"

听这么一说，我立即知道，他们找到东西了。

虽然痕检员们膜拜的是飙哥，但是那一刻我也跟着心潮澎湃。利用自己的分析，不仅可以框定侦查范围，还能指导寻找物证，这是一份多么强烈的成就感和荣誉感啊。在那一刻，我也真正明白了现场重建的重要性。

"记录。"痕检员说，"中心现场躺椅头部背侧，发现四指联指指纹，是灰尘减层指纹。"

每次出现场都和痕检一起，所以我渐渐也听懂了很多痕检的专业名词。他们说的意思是，本来太师椅的后面都附着有均匀的灰尘，因为手指按了上去，导致一部分灰尘被抹掉，从而留下灰尘减层的指纹痕迹。

这种指纹相对于玻璃上的汗液指纹来说，比较难提取，但是这些并难不倒痕检员们。他们一边用各种波段的光源照射着指纹，一边用相机啪啪地拍摄着。

此时公安机关已经配备了数码相机（在此之前，大部分都是胶卷相机），他们拍摄完之后，可以立即在相机的显示屏上观看拍摄的质量。在他们足足拍摄了十几分钟后，痕检员满意地从地面上爬起来，说："没问题了，至少有两根手指上的纹线是非常清楚的，而且是新鲜的，具备同一认定的价值。"

"那就行了。"飙哥说，"让南江市警方配合抓人，然后直接比对指纹吧。如果没有这枚指纹，怕是我们怎么说，他们都不敢轻易抓人的。毕竟，是个大学生嘛。"

涉及大学生，公安机关都是十分谨慎的。所以，即便是飙哥当晚就把我们的推断和证据交到了专案组，专案组还是迟迟不敢下令抓人。道理很简单，毕竟死者的外孙也是这个家里的人，如果不筑建完善的证据链，他完全可以辩称是来外公家探望的时候留下的。

为了谨慎起见，专案组决定派出两名刑警，和南江市公安局的民警一起，对甄家老夫妇的外孙陶梁，开展外围调查。

而飙哥和我一起乘车返回了法医中心，在中心等候着专案组传来佳音。此时的飙哥，信心满满，只等着侦查情况的反馈。

刘局长和飙哥关系很好，所以调查的每一步进展，都会及时反馈给飙哥。

晚上，我又使用法医中心的外网电脑和铃铛连线视频聊天。我和她说了自己在医院被交通事故伤者家属"袭击"的事情，想让她安慰安慰我，顺便也说了自己对法医这份职业的担忧。

铃铛倒是乐天派，说不理解我们的人，应该是少数。我说可拉倒吧，我以前没遇见过这类交通事故，这第一次遇见，家属就这么情绪激动，看我这一跤摔的，胳膊肘都破皮了。

铃铛哈哈一笑，说："我们老师今天还在说损伤的愈合转归过程呢，你这就是实打实的例子啊。每天发一张伤口愈合的照片给我，让我来总结总结规律。"

"你拿我当实验品啊？"我郁闷道。

不过转念一想，法医工作确实是需要非常多的生活经验作为铺垫的。尤其是损伤的愈合转归过程，可以帮助法医判断死者身上的陈旧性损伤的大致时间，从而为案件的侦破找到线索。看来我还真是要珍惜胳膊肘上的这块擦伤了。

第二天一早，我从宿舍的床上爬起来，洗漱完毕，就去了值班室。飙哥坐在值班室里，还开着台灯，应该是一夜没睡。

"怎么样？"我问道。

"进展是有的。"飙哥说，"一切都在向我们预计的方向发展。"

"说说呗？"我坐到了飙哥的身边。

原来，经过调查，死者的外孙陶梁在南江市的一所重点大学读大二。原本学习成绩优秀的陶梁自从在这学期谈恋爱以后，就仿佛变了一个人。因为家境贫寒，他利用上课的时间外出打工，来支付和女朋友租住校外的房租。由于总是翘课，他的学习成绩也一落千丈，这让年级辅导员很是担忧。

案发前两周，陶梁和自己的好友一起喝酒时曾称他女朋友要钻戒，一枚钻戒至少几千块，他刚交完房租，裤兜里没剩多少钱了，能维持日常吃饭就不错了，根本没有额外的钱买钻戒，担心女友会因此提出分手而显得十分沮丧。他的好友以为陶梁想问自己借钱，所以就把这个话题岔开了。

在侦查部门掌握这一条线索之后，又派人去盯了一下陶梁的女朋友，随即就取得了关键性的突破——侦查员发现陶梁的女朋友的手指上，戴上了一枚闪亮的钻戒。而在侦查员的眼里，这分明是一枚带血的钻戒。

腐臭古井

陶梁的女朋友告诉侦查员，这枚钻戒价值 6000 多，确实是陶梁在不久前送给她的。但是陶梁声称，是自己用业余时间打工赚来的钱买的。要知道，那个时候的 6000 块钱，相当于一名普通公务员两个多月的工资啊。

有了这一条线索，南青县公安局下定了决心，对陶梁进行抓捕，并对其指纹进行比对。经过比对，指纹认定同一。

在指纹比对认定之后，飙哥带我一起去了大学城的派出所，陶梁被抓获后，就暂时关押在那里。

据说，在抓捕民警给他戴上手铐的一刹那，陶梁的精神就崩溃了，他又哭又喊地闹了整整 1 个小时，被带回派出所审讯室以后才慢慢地恢复了神志。

据陶梁交代，他当天电话告知自己的外公外婆晚上回家小住，晚上回家吃完饭后，曾经试图找外公外婆要钱，但外公外婆听到才大二的他，居然要拿那么多钱给女朋友买戒指，担心他被人骗了，就没同意。陶梁心里很不高兴，因为他知道每月这个时候，舅舅都会寄钱过来，外公外婆分明就是有钱的。反正将来他们的钱都是自己的，早拿晚拿有什么区别？于是，他没再提钱的事，表面上继续陪外公外婆看电视，暗中已经起了杀心。

趁外公外婆睡着之际，他拿起家里的方锤子，先后杀死了他们，本来打算焚尸，后来改了主意抛尸入井，拿走床头暗格里的 5000 元后，第二天清早他就找地方丢掉了锤子，然后乘车返回了省城。这笔钱加上他打工攒的 1000 多元，就足够买那枚戒指了。

知道真相后，我在回去的路上一直缄默不语。

我心情异常沉重。我也是有外公外婆爷爷奶奶的，从小到大，爸爸妈妈不在家的时候，都是他们陪伴我长大，教会我做人的道理。而陶梁不仅没有想着长大后孝敬老人，还杀害了一把屎一把尿把他拉扯大的外婆，杀害了把他当成心头肉的外公，只是为了区区 5000 元，为了一枚钻戒，为了那所谓的"爱情"。

为了爱情，就可以不择手段吗？爱情可以作为违法犯罪的借口吗？建立在物质上的爱情，还是爱情吗？这样的结局让人实在无法接受。

"突然想到你也是有女朋友的人，你们现在的大学生，都流行给女朋友买很贵的礼物吗？"飙哥看我面色凝重，在车上冷不丁地问我。

"那也没有。我和铃铛的生活费都是家里给的，除了节日里攒点零花钱吃顿大餐，其他时候哪有钱买礼物呀，要送都是自己亲手做的小礼物。"一说这个，我就不闷了，"我们铃铛手可巧了，还给我叠过千纸鹤呢！"

飙哥乐了。

"比起礼物，我俩更看重两个人处不处得来、价值观是否一致、对方的缺点能不能容忍、争吵后能不能有效沟通……这些不比那硬邦邦的大钻戒更能维系感情吗？"我一本正经地分析道。

"那我可要替铃铛说一句了，等你要求婚的时候，硬邦邦的大钻戒要是有能力送，倒也别光想着省钱哈。"飙哥一副过来人的样子，难得地露出了慈父般的微笑。

"哦哦，所以飙哥求婚的时候送了飙嫂大钻戒吗？"我也跟着兴奋起来，"对了对了，传说中南江市局奖励你的那套房子，到底是不是真的呀？那是你和飙嫂的婚房吗？"

这下，飙哥又开始装睡了。

法医秦明

VOICE OF THE DEAD

| 第八案 |

半掌血印

—

我们不顾心灵桎梏，

沉溺于人世浮华，

专注于利益法则，

我们把自己弄丢了。

—

《小王子》

1

我们实习生都住在法医中心的招待所，招待所的南面正对着法医中心的大门，可以说是位置最好的一栋楼了。只不过，法医中心的马路对过，就是南江监狱。监狱高大的门脸和高墙把我们招待所的视线都遮挡住了。站得虽高，但是看得不远。

还有一点不好，就是监狱里的犯人起得太早了。每天早上6点半，我们总是会被对面的起床哨给吹醒。醒过来后，正准备睡个回笼觉，对面的"一二三四"的口号声就响了起来。这让年轻贪睡的我们，生不如死。

我们经常会开玩笑说，如果知道哪些人有犯罪的可能，带着他们来参观一下监狱，一定就不会犯罪了。

好在，虽然我们住在监狱对面，但我们还是自由的。

这一天一早，我又被起床哨和口号声喊了起来。既然睡不着了，我就拉开窗帘，站在了床边。室内虽然有暖气，空气却很污浊。我一把拉开了窗户，初春寒冷却清新的空气一下涌了进来，让我精神抖擞。

我深深地吸了一口新鲜空气，听着监狱里传来的口号声，突然看见一辆17座的警用依维柯汽车拐进了法医中心的大门。

这个点儿，来这么一辆警车，倒是挺少见的。我趴在窗台上，想看看这辆车究竟是哪个部门来的。

依维柯开到了办公楼前停了下来，随着车门的打开，跳下来十几个穿着警用常服的警察，不锈钢制的肩章和领花在阳光的照射下熠熠生辉。

我们这些法医学学生，对警服充满了向往。我们从来没有穿过警服，毕业后，需要通过公务员考试，才能进入警察队伍，那时候才能有警服穿。入学的时候，老师就告诉我们，传统的法医都是在公安机关的，所以以后你们都是要穿警服的。从那时候起，大家就期待着自己能有一天穿上帅气的99式警服。

　　这么多穿着警服的警察，迅速引起了我的兴趣。我用羡慕的眼神看着他们，这才发现，他们都很年轻，岁数和我们差不多，此时正站在楼边，一边跳着脚、搓着手，一边聊着天。

　　"喂，大胆儿，你看到没有，最左边的那个姑娘。"隔壁的窗台上传来了我同学的声音。

　　我这才注意到，隔壁几个房间的窗台上，都趴满了和我一起实习的同学，大家都注意到了今天的不寻常。

　　"怎么了？"我问。

　　"太漂亮了！怎么可以长得那么漂亮？"同学甲说。

　　"那些小伙儿也都好帅啊。"同学乙说。

　　"能有多漂亮？肯定没有铃铛漂亮。"我说道。

　　"你可拉倒吧！说违心的话，会打雷的。"同学甲说。

　　"他那是情人眼里出西施。"同学乙笑着说，"就是来挤对我们这些单身狗的。"

　　"放心，我有渠道把你那句巴结讨好的评价传达给铃铛。"同学甲哈哈一笑。

　　"看来传言是真的，长得好看的都交给国家了。"同学乙一边注视着楼下的场景，一边羡慕地说。

　　"那你们说，就以我们的颜值，有希望考上公务员吗？"同学丙说。

　　"扯什么啊，你听说过考公务员靠的是颜值？"同学甲说。

　　"不是有面试吗？"同学乙说，"长得好看的，总要占一点儿便宜吧？"

　　"不可能，你看看法医中心的平均颜值，还不如我们呢。"同学甲吐槽说。

　　"谁说的，我看飙哥就挺帅。"我在关键时刻还是很力挺我飙哥的，却招来一阵嘘声。

　　"别闹啦，你们快看，他们进去了欸，来这么多人，不会是来开会的吧？没听说今天有什么会议啊。要不然，我们也去看看？"同学乙说。

　　"还没到上班时间呢，荣主任值班。"同学丙说，"不过去看看也好，近距离看看那姑娘是不是真的那么漂亮。"

　　"走起走起！"几个男生应道。

　　我们一行数人，从招待所下来，向办公楼走去。

　　办公楼的大厅里，三三两两地站着那些穿着警用常服的年轻人。当他们看到我们走进法医中心的时候，居然也向我们投来了羡慕的目光。

"同学，你是哪个部门的呀？"同学甲胆子大，居然真的去撩小姐姐了。

穿着警服的漂亮女孩笑了笑，说："我？我是法医呀。"

"法医？"同学甲很奇怪，"你是分县局的法医吗？我以前怎么没见过你啊？还有这么漂亮的女法医吗？"

穿着警服的女孩被逗得合不拢嘴。

我走到门外停着的依维柯前，看了看车前窗玻璃。玻璃上贴着一张纸：《立案侦查》摄制组通行证。

哦，原来是演员。

"秦明在哪儿呢？"荣主任的声音从办公室里传了出来。

我连忙跑入办公室。

荣主任说："你今天不值班吧？省厅宣传处来的函，让我们配合一部电视剧的拍摄，你负责帮忙给剧组打打下手，顺便培训演法医的演员。"

"主任，我今天也不值班，能参与培训吗？"同学甲觍着脸说道。

"随便了，这个任务你们完成就好。"荣主任挥了挥手。

这是我第一次看电视剧的拍摄现场，这部剧里还有不少看上去十分面熟的演员。只是我一直以来不追星，不会去主动了解明星的情况，所以我也叫不上名字。但是看那位头发很长的导演指挥着演员来来去去，感觉也还是蛮有意思的。

说是打下手，也没有什么具体的活儿要做，不过就是搬搬桌子、挪挪椅子，然后指路带他们去尸体库而已。

我净干些体力活儿了，而同学甲的嘴则没闲着，利用"培训演员"的机会，和女演员聊得贼熟。

"你是女一号吗？"同学甲问女演员。

"哪有，我是……"女演员掰着手指头，说，"大概是女四号吧。"

"啊？我们法医，就排到四号？"同学甲不愤。

"是啊，这就不错了。"女演员说，"好歹有戏份、有台词的。你想想，以前的刑侦剧里面，法医不就是个递尸检报告的角色吗？"

听女演员这么一说，想想还真是这样。即便是法医能做主角的影视剧，也是港台的影视剧或者外国的影视剧。

"所以，你为什么不能当女一呢？"同学甲接着问。

"因为我没名气啊。"女演员说。

是啊，演员不能演一号，是名气不够，那法医不能成一号，也是同样的道理吧。我陷入了沉思。

剧组在法医中心的戏份并不多，拍摄了一整天的时间，就全部拍摄完毕了，看着同学甲恋恋不舍地和女演员分别，我又陷入了沉思：如果我从事了这个职业，真的能改变它的处境吗？

第二天，又轮到飙哥值班了。

"丁零丁零……"一阵急促的电话铃声将在值班室里辗转反侧的我无情地从被窝中拖了出来。我揉了揉惺忪的双眼，看着旁边原本睡在值班床上的飙哥一跃而起，冲到电话的旁边。

我知道飙哥的反应迅速绝非因为兴奋，而是一种条件反射。不止他一个人，所有的刑警恐怕都和他一样，对电话铃声很敏感，因为我们要 24 小时随时待命，手机也要保持全天待机，听到午夜铃声的瞬间就要做出反应。其实这样对心脏非常不好，但使命所在，又不得不这样。

所以，假如你有刑警朋友，能不在半夜打电话，就不要打，为了他的身体健康。

"法医中心。"飙哥说道。

"我是 110 指挥中心，丰华新村发生一起命案，辖区民警已经开始实施现场保护工作，请你们在 20 分钟内赶到案发现场。"电话听筒的声音非常响。

指挥中心要求我们在特定时限内赶到现场，这还真是不太多见。可能是因为命案发生在人口密集的市中心小区里面，需要尽快勘查完现场，赶在上班高峰前对现场进行清理，防止造成更大的社会影响。

甚至连洗漱都来不及了，我和飙哥拎着法医勘查箱，坐上了勘查车，风驰电掣般赶赴位于南江市市区的丰华新村。我抬腕看了看表，凌晨 5 点 30 分。

天刚蒙蒙亮，我们就赶到了现场。因为是凌晨，现场没有几个围观的群众，辖区民警把警戒线拉到了单元门口。中心现场在丰华新村 23 栋 4 楼的一套住宅里，现场住宅的门口站着两名衣着整齐的民警，他们正在看护着现场。

我们跳下车，拎着勘查箱，直接越过了警戒带，上到了现场 4 楼，在大门口第二道警戒带外面停了下来。一边穿戴着"四套"，一边听辖区分局刑警队的队长介绍发案的经过。

报案的是住在 5 楼——也就是现场楼上的一位老干部。他习惯每天早晨 5 点出门晨练。今天老人家下楼晨练的时候，发现 4 楼的房屋大门虚掩着。他知道楼下住的这户都是小年轻，不会起那么早的，犹豫着要不要提醒他们关好门，于是在门外喊了几声，却无人回应。于是他小心翼翼地拉开了大门，一股浓重的血腥味扑面而来，他立马觉得不妙。

当时天还没亮，现场也没有开灯，老人家拿着随身带的手电筒往里照了一照。跟随着手电筒的光芒，他看见客厅的地板上躺着一个黑乎乎的人影，显然是有人仰卧在那里。老人家胆战心惊地呼喊了几声，人影并没有任何反应。老人家壮起胆子又用手电筒照射了一下客厅的地面，隐约能看到地面上有大量的血迹，浓重的血腥味就是从这里来的。他连忙关闭手电筒，快速跑回家，打通了 110。

110 指挥中心指派辖区派出所抵达现场进行确认，民警 5 分钟后便赶到了现场，确定情况和老大爷说的基本符合，于是一边戴着鞋套进入现场，确认男子是否已经死亡，一边通过对讲机要求指挥中心指派刑警部门赶赴支援。

男子确实已经死了，现场民警从他的口袋里发现一张身份证，与死者的面容比对后，认定死亡的男子正是这一户的户主刘刚。

我们在接报后 20 分钟就赶到了现场，这时各个调查小组也刚刚被派出去，调查情况都还没有反馈回来。只知道，死者刘刚，今年 29 岁，是附近一家健身中心的健身教练，长得挺帅，一身腱子肉。刘刚的妻子崔玉红在 200 公里外的齐岭市上班，每个月中旬的周末回来一趟，两人处于两地分居的状态。如果说很多人因为工作成了周末夫妻，那他们就算是月度夫妻了。

在进入现场之前，我们对这个案子几乎是毫无头绪。

死者刘刚的父母刚刚得知此事，情绪激动，无法进行问话。警方联系了刘刚的妻子崔玉红，对方也是瞬间情绪崩溃，表示会尽快赶回来。对崔玉红的父母问话得知，两人结婚 3 年多了，依旧没有孩子。小两口说是现在的生活还不稳定，不愿意这么早要孩子。至于平时的夫妻关系，从崔家父母的表述来看，并不是特别融洽，但是也没有发生过激烈的冲突。对刘刚的健身房老板和同事的初步调查还在进行当中，没有任何反馈。

听完这 20 分钟内获得的初步调查情况后，我和飙哥已经穿好了勘查装备，小心翼翼地走进了现场。

"中心现场就是房屋客厅，我们已经把血足迹都圈了出来，你们沿着墙根走就行。"痕检员一边趴在地上寻找血足迹，一边说道。

这个时候，勘查踏板还没有普及，大多数分局都还没有配备。因为勘查踏板是痕迹检验专业的装备，所以我们法医中心也没有配备。在这种满地都是血迹的现场，其实如果有勘查踏板的话，是可以完整保存下原始状态的。而在当年，也只能通过痕检员在进入现场前拍摄的地面照片，来还原原始情况了。

"报案人是没有接触现场任何东西的，也没进入现场，对吧？"飙哥张开双臂，沿着墙根小心翼翼地向尸体靠近，说道。

"没有，就在门口看了一下，大门都没踏进过。"痕检员说，"不过，最先抵达的民警进入了现场，为了确证死者是否死亡。但他们进去是戴了鞋套的，现场保护意识还是不错的。"

"我怎么听说，现场被发现的时候，是一片漆黑的？"飙哥抬头看了看客厅天花板上亮着的吸顶灯。

此时还不到6点，天还没有完全亮。如果不是这一盏吸顶灯，估计这个采光并不好的房子里，会是漆黑一片。

"是啊，没开灯，所有的灯都是灭的。"痕检员说，"我刚才已经对家中的电灯开关进行了勘查，勘查完毕后，才打开的大灯。"

飙哥似乎放心了一些，说："那就好，那开关上，有血指纹什么的吗？"

"没有，一点点血都没有。"痕检员扬了扬手中的一管试剂，说，"开关上的血液预试验是阴性的。不过，有一枚汗液指纹。"

"是吗？"飙哥惊喜地看着痕检员。

痕检员摇摇头，无奈地说："刚才比对了一下，是死者的右手食指指纹。"

"也就是说，只有死者碰了开关。"飙哥失落地说，"凶手并没有碰上，尤其是在杀完人、手上沾血后，没碰上开关。"

痕检员点了点头。

"行吧，先看看再说。"飙哥叹了口气，沿着墙根开始熟悉现场的环境。

2

现场是一套两居室，大门口是玄关，玄关的西侧是一组鞋柜，东侧是卫生间。过了玄关是房屋的客厅，也就是中心现场。客厅的东侧有两扇门，分别通向两个房间，西侧有一扇门，通向厨房。

飙哥看了看两个房间和厨房，一切摆设都很整齐，没有任何被翻乱的迹象。从痕检员在地面上打出的足迹灯的照射下可以看到，房间里也没有任何血足迹。

"出入口都看了吗？"飙哥问道。

"窗户都是完好、封闭的，锁扣都扣上了，而且外面也有防盗窗。也就是说，别人从窗户是进不来的。"痕检员说，"如果要进来，就只有从大门这一条路径了。不过，我刚才看了，大门的锁扣也没有任何异常，没有被撬压的痕迹。"

和上一起案件的出入口分析一样，难道凶手又是住在现场的人？可是死者的妻子并不在本地啊。

客厅的面积仅有七八个平方米，地板已经被血迹全部浸染，无处下脚，墙壁上和东西两侧的门上有多处喷溅状、甩溅状和擦蹭状的血迹。这么复杂的血迹形态，提示了凶手和死者之间是有一个搏斗过程的。因为有搏斗、有闪避、有追击，才会让血液充斥了整个客厅。

死者刘刚直挺挺地躺在客厅西侧的墙根，瞪着双眼，张着嘴，一脸绝望似的看着即将要对他进行检验的我们。为了不留死角，我们用勘查灯照射尸体的阴影部位，发现尸体的头部仿佛有些变形，整个颈部血肉模糊，看不真切。不过，死者的衣着还算是整齐，从衣袖的隆起，看得出这个健身教练体格非常强壮。

死者穿着拖鞋，一只鞋子在脚上，另一只鞋子距离尸体1米远。他身上穿着厚厚的棉袄衣裤，上面都印有"南江光芒健身中心"的字样。距离尸体两米多远的大门口附近，还有一个运动背包，背包上也印有同样的健身房字样。背包是完好的，没有被打开的迹象，只是上面有一些喷溅状的血迹。

"杀了这么个强壮的人，看来凶手是狠角色啊！"我感叹道，"难不成会武功吗？"

"强壮不一定能打，这个概念不能搞错。"飙哥说。

"至少能杀他的，应该不是女人。"我说。

"这倒是。"飙哥点头赞同我的观点。

"同意！"痕检员说，"目前看，现场的血足迹只有两种，一种是死者脚上的棉拖鞋的花纹；另一种是一双运动鞋的花纹。我量了一下尺寸，42码，这个尺码，估计是男性的可能性要大很多吧？"

"所以，你们找到了足迹，是不是算抓手？"我问了个痕检专业的外行问题。

"不能算。"痕检员说，"磨损痕迹不明显，我们顶多能找出是哪一类运动鞋，而且这也很难找，是需要我们派人去市场上，一家鞋店一家鞋店地慢慢找。"

"除了足迹，就没了？"飙哥问。

"血手印或者血手套印，我们都没有找到，所以没有依据证明凶手是不是戴了手套。"痕检员说，"不，血手印是有一枚的，但是是死者的。"

"哦？"飙哥居然对死者的血手印也感兴趣，说，"在哪里？"

痕检员沿着墙根走到大门口玄关的位置，指了指墙壁上，说："就在正对着大门的玄关墙壁上，有半枚血掌纹，是死者左手小鱼际的部分。"

飙哥点点头，回头看看我，说："发什么呆呢，赶紧尸表检验啊。"

我连忙打开勘查箱，蹲在地上活动了一下死者的关节，尸僵还没有完全形成。我又撩起死者的上衣，见他的背部有一些浅淡的尸斑，于是用大拇指按了按，指压褪色。尸斑和尸僵的情况都说明死者是在12小时之内死亡的。

因为是春天，室内温度比外面要高不少，我摸了摸尸体被衣物遮盖的肚皮，发现尸体仍有温度残存，于是在勘查箱里寻找尸体温度计。

法医量尸温是为了计算死亡时间，而不是确证死亡。有些人会开玩笑说，如果法医在解剖的时候，发现人还没死，那多可怕？

其实这样的事情不会发生，因为尸僵和尸斑都是死亡的确证，也就是说出现了尸斑和尸僵就说明这人一定已经死亡了，这和临床医学上通过患者生命体征来确证死亡、宣布死亡不一样。临床医学上，有极小概率宣布死亡而"死而复生"的假死现象。而法医则不会，法医只会对出现尸斑和尸僵的尸体进行解剖。

我从勘查箱里拿出尸体温度计，然后解开尸体的腰带，将他的裤子褪下来一些，将温度计的探针插入他的肛门，等了几分钟，看了看尸体温度计上显示的数字，然后在心里默算着。

而飙哥此时也走了回来，正拿着死者的一个胳膊在看。

"算出来了。"我一边用酒精棉球擦拭着尸体温度计的探针，一边说道。

"死者的遇害时间是昨天晚上 11 点 27 分 50 秒，看这出血速度，估计死亡时间也就是 11 点 30 分左右。"飙哥说。

我的眼珠都快瞪出来了。我这么一番折腾，总算算出了死亡时间，大致也就是这个点儿，而飙哥只是看了看尸表而已啊。我不由得想起了荣主任通过尸块上的乳头判断死者年龄的事情了，难道死亡时间也可以看一眼就判断出来？

等等，无论我们怎么计算，误差 1 个小时都是非常正常的情况，飙哥是怎么能把遇害时间精确到秒的？难道现在出来了新的技术，我还没有掌握？不可能啊！最近我明明一直在认真学习理论知识的，甚至连每个月一期的《中国法医学杂志》都篇篇不漏。

不应该啊！

飙哥看着我下巴快要惊掉的样子，终于忍不住调侃道："前几天还在夸你观察能力急剧上升呢，今天怎么反应不过来呢？不吃早饭脑子就罢工了吗？"

说完，他指了指死者手腕上的手表。

我抬眼向死者的手腕看去，那只手表的表面已经完全碎裂了，手表的指针已经不再移动，应该是在死者和凶手的搏斗中被击打损坏了，而手表上的时间正是 11 点 27 分 50 秒。

"这，这不是观察能力的问题。"我懊恼道，"我只是没有经验，居然还有这种操作！"

"这可是基本操作。"飙哥说，"对于死亡时间的判断，可不能简简单单就只把关注点放在法医学上，其实现场有很多东西都可以证明死亡时间。比如，一具高腐的尸体死在家中，如果他家里有日历，看撕到哪一页，就知道大概是哪天死的了。又如一个独居老人，死亡被发现后已经成巨人观了，那我们甚至可以通过他家的水表和电表的规律，来判断他是哪天死的。总之，你要带着问题去看现场，而不是被动地去看现场。"

这些话很受用，都是有实操性的干货啊！我低头思考着，希望再过一下脑子。

"别发呆了，回去慢慢消化。"飙哥说，"继续尸检。"

按照尸体表面检验的顺序，我先是检验了死者的双眼睑和口鼻腔、外耳道，发现他的口鼻腔和外耳道内都是有血液的。这我知道，是颅底骨折的表现。我又用戴着手套的双手按了按刘刚的颅骨，触及的地方有明显的骨擦音，基本可以断定，他的颅骨粉碎性骨折了。我扒开死者的头发，发现头发里藏着不少处挫裂创。一定是这些挫裂创出了大量的血，才造成了这个血腥的现场。

检查完尸体的头部，我准备检查死者的颈部。可是颈部有大量的血污覆盖，看不清层次结构，只知道颈部有一个巨大的切口。我用止血钳在这个巨大的创口内，把凝血块和割断的肌肉组织拨开，发现双侧的颈动脉和颈静脉以及气管、食管都完全断离，露出了白森森的颈椎。离断的气管和食管因为回缩的作用，在创口里甚至都找不到了。颈项周围的地面上，有大面积的血泊，已经有一小部分开始凝固了。

"双手都是血染的，有钝器的抵抗伤。"飙哥检查着死者的双手，说道，"从颈部下方的出血量来看，他被割颈的时候，还没有死。"

我不由得想起不久前那起案子中被割颈的小女孩，不由得皱起了眉头，说："现在犯罪分子都这么残忍吗？杀人就杀人，为啥总要割颈？"

"恐其不死啊。"飙哥看着我，说道。

我一边掀开尸体的衣物，看他躯干部和四肢的皮肤，一边说："尸体的尸斑浅淡，死因应该是失血了，血都流完了嘛，没有东西去形成尸斑了。其他位置，因为有衣服保护，所以没看到特别明显的损伤。"

"死因对于这一起案件的侦破工作来说，并不是特别重要。"飙哥说，"不过，后续作为法庭证据，一定要非常严谨才行。"

"啊？不是失血吗？"我奇怪飙哥这样说是什么意思。

"没有解剖之前，死亡原因是不能随意下达的，下达的都是推断性的结论。"飙哥说，"把尸体拉回中心进一步做解剖检验吧。"

不知不觉，天都大亮了，回顾整个现场，只有客厅的搏斗痕迹非常明显，其余的空间，包括门口的玄关、灯的开关都没有什么痕迹，除了墙上的死者的半枚血掌纹。整个现场没有发现任何能证明犯罪和犯罪分子的痕迹物证，这让所有参加现场勘查的刑事技术人员都非常沮丧。

痕检员们不甘心，继续留在现场寻找蛛丝马迹。而我们则把尸体装进了尸体袋里，用担架抬着，迅速抬到了运尸车上，生怕在这个过程中，被围观群众拍摄了照片放在网上，引起炒作和谣言。

好在我们动作都很快，在上班高峰到来之前，现场楼道的警戒带已经撤了，只留下中心现场大门口还拉着警戒带。

虽然我们的心里有一定的分析推断思路，但是对于整个案子的认识和对案件侦破大方向的判断还不明确，所以在回去的路上，我们都默默地低头思考着自己的问题，一路无话。

回到法医中心，我和飙哥去食堂吃了一点儿东西，算是早饭，然后立即投入了尸体解剖工作。

在做好尸体表面取证工作后（虽然我们也知道取不到什么证，但这是程序性要求），我们测量了死者的颈部创口的长度和宽度，依次测量了死者头部 11 处挫裂创的长度和宽度，然后开始解剖检验。

按照飙哥的要求，我们先打开了死者的胸腹腔。死者的内脏器官都是萎缩、苍白的，这是过度失血而造成的，毕竟颈部的大血管已经全部断裂了。卸下死者的胸骨后，我们找到了因为回缩而藏在胸部上方的气管和食管。因为回缩作用，他的气管里并没有呛入太多的血液。从气管往下剪开，打开死者的胃部，发现是空的。死者晚上还没有吃饭。

规范提取胃内容物、心血和肝脏以备毒化检验后，我们开始解剖死者的头颅。

死者的头部遭受了多次钝器打击，虽然死者的颅骨较厚，但大多数还是都造成了颅骨的骨折。骨折线互相交错，有截断的现象。这些错综复杂的骨折线，导致了整个颅骨外形的崩塌。可想而知，颅内的脑组织也有大量的挫裂伤和出血。

"和上一个案子一样。"飙哥指着一处凹陷性骨折，说，"是金属类的钝器打击的，既然我们看不到棱角，那说明很有可能是奶头锤。"

"奶头锤一般不是特别重，不是像上个案子那种特别重的锤子，能打成这么严重的损伤，而且受害者还是在运动过程中，这说明，对手不简单啊。"我说。

"是啊，必然是一个身强力壮的男性作案。"飙哥说道，"现在你看看，死因是什么？"

我实在佩服飙哥的思维跳跃。刚刚还在刻画犯罪嫌疑人，为什么现在又绕回了死因分析？我几乎不假思索地说道："现场那么多血，当然是急性大失血。"

"难道他的颅脑损伤，不至于致死吗？"飙哥瞪我的眼神，几乎要把我穿透了。

"等等，我收回我刚才说的话！"

我赶紧回想刚刚温习过的"死因分析"的那一章。死因都有什么来着？

嗯……死亡原因分为直接死因、间接死因、辅助死因、联合死因和诱因。

这些死因分析的概念，当年在考试的时候背得我一头雾水。后来还是系主任举了一些例子，我才算全部记住。比如说一个人被烧伤了，最后感染性休克而死亡，那么感染就是直接死因，而烧伤则是间接死因。如果一个人的拳打脚踢诱发了某个人心脏病死亡，那么这个人的直接死因是心脏病，而拳打脚踢只是诱因。

还有就是，如果两种因素都可以致死，就叫作联合死因……啊，难道飙哥想让我回答的就是这个？

于是，我清清嗓子，回答道：

"如果是两种死因都可以解释死者的死亡，但无法判断其主次关系，那就要下达联合死因。但是，他的颅脑损伤虽然重，足以致死，但是割颈的时候，他并没有死啊，不然不会流那么多血。"

"不管割颈的时候死没死，但这两种因素作用在他身上，他都是必死无疑的。既然都能解释死亡，就要下达联合死因。"飙哥看着在一旁记录的区公安分局的年轻法医，说道。

年轻法医在尸检笔录上快速地记录着。

"好吧，那就下达联合死因呗。死者系急性大失血合并重度颅脑损伤死亡。"我说完，又嘀咕道，"可是这个，有那么重要吗？"

在我的印象中，所有死因里，诱因的概念才是最重要的，因为下达了诱因，行为人就并不一定要承担刑事责任，而是只需要承担民事责任，所以要格外注意。可是这个联合死因究竟有什么用？飙哥为什么从现场到解剖室，一直纠结这个问题，我一时想不明白。管他是被打头打死的，还是割颈死的，反正是凶手弄死的啊。

飙哥显然是听见了我的抱怨和不服，于是双手撑在解剖台上，两眼盯着死者的颈部创口。如果不是颈椎仍连着，这个巨大创口甚至可以导致死者身首异处。

飙哥指着创口的两端说："你看看这里。"

"看过了，是锐器割开的。"我说，"和之前别墅案件里那个小女孩一样，刀过之处，软组织尽断，是一把十分锋利的刀。"

"我是说断端的皮肤。"

"断端的皮肤，出血、充血明显，说明是有生活反应的，说明这个巨大创口是在刘刚死亡之前形成的。"我刚说完，抬眼看见飙哥似乎要责备我的眼神，连忙又俯身去观察创口，说，"啊，啊，我知道了，你说的，是这些。"

我用手中的止血钳，指了指颈部巨大创口的创角，因为我发现，创口的两角都有明显的拖尾，就像是眼角的鱼尾纹一样，仔细数了数，拖尾有七八条，很浅，只划伤了表皮。

"这又说明了什么呢？"飙哥继续问道。

3

我知道，这叫试切创，多见于自杀事件中，但是此案显然不会是自杀，我一时没有想明白，就摇了摇头。

飙哥说："这个看似试切创的拖尾痕迹，实际是多次切割同一位置形成的，因为着力点在颈部的前侧，而颈部的切面是类圆形，所以创口两侧的力度就会明显减少，多次切割颈部，造成一个巨大的创口，在创口的两端就会形成多条皮瓣。"

我挠挠头，仍然不明白飙哥的意思。

飙哥接着说："颈部的损伤，比起头部的损伤更集中。头部的损伤很分散，符合在搏斗中形成的特征，而颈部的损伤集中，且血迹流注方向是从前往后，说明颈部的损伤是在死者已经倒地并失去抵抗能力的时候形成的。"

我终于知道他想说什么了，于是接话道："我明白了，飙哥。你的意思是，死者明明已经失去抵抗能力，并且损伤已经足以导致他死亡了，但是凶手还要切割没有抵抗能力的死者的颈部——但是，你在现场的时候，不都已经给过答案了吗？这是凶手恐其不死的心态。所以，这是一起熟人作案的案子，侦查部门只需要查清死者的矛盾关系就可以了。"

飙哥点点头："既然是熟人作案，那么你看看这个熟人应该是何时、如何进入现场的呢？"

在回法医中心的路上，我已经理清了自己的思路，面对飙哥的问题，我如数家珍："死者的衣着整齐，尸体的旁边还发现他去健身中心工作时带的运动背包，家里没有任何房间是开灯的。结合刘刚的下班时间，所以我认为，这个熟人不应该是晚上敲门入室，而应该是和刘刚一起回到刘刚家的，而且刚进门就进行了打击，属于尾随作案或者相伴作案。所以要重点查和刘刚在健身中心交流过的人，或者是他下班时遇见的人。"

"你有什么依据说刘刚是刚进门就遭到了袭击呢？"飙哥接着发问。

"有依据。门口玄关处的墙壁上有一枚刘刚自己的血掌印，但门口玄关处没有搏斗的痕迹和血迹。为什么在客厅里搏斗、受伤，会在门口玄关处留下血手印呢？结合刘刚穿着外出的衣服但穿着拖鞋这一点，我认为玄关处的血手印应该是刘刚在门口换鞋的时候遭到了别人从背后的打击，导致头皮破裂，他下意识地用手捂了头，手上沾了血，因为头部受伤会导致昏厥感，他会下意识地去扶墙，所以留下了这半枚血掌印。而后刘刚被凶手推进了客厅，或者是他逃进了客厅，与凶手发生了打斗。为什么他在头部受伤后，不往门外跑，而是往客厅里面跑，这充分说明，第一下行凶的时候，凶手就在他的背后，堵着门呢！"

"有理有据！"飙哥难得地朝我竖起了大拇指，"我赞同。在现场的时候，我说死者身强体壮却被杀害，不一定是因为他不能打。正是因为凶手趁他不备偷袭，让他在搏斗还没开始的时候，就受了很重的伤，即便他身体强壮，也不是持有凶器的凶手的对手了，所以就有了后来的惨剧。"

"不过我觉得，尾随基本上可以排除！因为那个楼道里很亮，有人尾随他，他一定能注意到。而且，尾随作案一般都是陌生人去抢劫的。既然死者家没有任何翻动痕迹，之前我们又证明了凶手是熟人，所以基本不可能是尾随作案。你想啊！一个熟悉的人、有仇的，跟着他，他还能不发现？所以这个男人，极有可能是跟死者一起回家的熟人。"我自信满满地说道，"这样，范围不大了吧？"

飙哥思虑片刻，说："这个男人为什么这么晚来死者家？"

"同性恋？"负责记录的年轻法医猜测道。

"不会。"飙哥说，"因为现场应该不止两个人。"

"啊？"我们所有人都大吃一惊。

"哥，你不都说过，两种工具不能说明有两个人作案吗？"我说，"虽然现场有两种致伤工具，一种是锤类的钝器，一种是菜刀类的锐器，但是使用上有时间的先后顺序。所以，我认为一个人就可以完成了。"

"是，你说得不错。"飙哥缓缓道来，"我们再回到试切创上来。刚才我们说到，试切创是凶手密集切割死者颈部而导致的损伤，对吧？但为什么别墅案里的凶手，同样割颈，却没有留下试切创？在解剖的时候，你也说过，凶手的刀非常锋利，那么就不存在几刀都割不开的这种可能。只能说明，凶手在切割死者颈部的时候，心里十分慌乱，动作也没有力气。这和持锤子杀人的风格迥异啊。"

"啊，是这个原因。"我说，"之所以试切创在自杀里多见，正是因为自杀者的内心活动映射在了他的动作上，而这一起他杀案中，出现试切创，也只能说明杀人者的心理是崩溃的。"

我想了想，接着说："明白了，怪不得你一定要我搞清楚联合死因，就是因为不同的人，实施了不同的杀人行为，所以两人都有故意杀人的行为，且他们的行为都可以导致死者死亡。如果我们只下了急性大失血死亡的死因结论，那么用锤子打头的凶手，本应同样受到法律的惩罚，却因为我们的死因分析出现问题，而逃脱一死。"

"可是不对啊。"负责照相的痕检员说，"我看他们区分局的痕检员在现场地面勘查中，只找到了一种非死者的足迹啊。"

"我们在死者的身上，除了颈部切口，也没再找到锐器伤了呀。"飙哥笑了一下，说，"说明在开始打斗的时候，切颈的凶手没有参战。直到死者晕倒后，他才出现。"

"那毕竟现场那么多血，怎么的，也会留下足迹吧？"痕检员不服气。

飙哥终于卡了壳，想了想，说："这姑且算作一个疑点，等复勘现场的时候解决。现在的问题是，如果凶手是要和刘刚一起进屋子的，刘刚会带哪两个人一起进屋子？"

"啊？带了两个男人？"年轻法医耸耸肩膀，说，"难道……"

"想什么呢？"飙哥用手指了指他，说，"我说不是同性恋，是因为我觉得割颈的这个人，没有力气、心理慌张，看起来不像是男性，而是女性。"

"他带着一男一女回家？"年轻法医也想象不出哪种可能性了。

"难道是他老婆？"我转念一想，又摇摇头，说，"他老婆不是在外地打工吗？我们去现场的时候她刚接到通知，说电话里就大哭了一场，我们勘查完毕现场，她还没有赶到呢。侦查部门说打电话问了她公司的老板，说她这两天都是正常上班的。毕竟，她上班的地方距这里有 200 公里。"

"现在除了没找到足迹这一问题之外，还有一个问题。"飙哥说，"你们说，照明有没有问题？如果在半夜 11 点半，没有开灯的情况下，会是乌漆墨黑的。没有照明的情况下，不可能击打头部击打得那么准确，而且切割颈部切割得那么密集。这一点，你们赞同吧？"

说老实话，飙哥说的这一点，我还真是没有想到。看来法医绝对不能把目光全部盯在尸体上，更要结合现场环境、尸体损伤来分析。

"我在想，既然死者已经换好了拖鞋，那能不能说明他进门以后就开了灯，凶手离开的时候再把灯关掉了？"飙哥说。

"可是电灯开关上没有发现除了死者之外的其他人的指纹或者血印啊。"我说。

"是啊，就是这个问题啊。后来我又想，凶手会不会戴了手套？"飙哥陷入了沉思。

"既然是一起回家，那其中一人，还要戴好手套后再对死者突然袭击？死者还能不察觉？或者是在这已经不冷的天，戴着手套一路和死者回家？那也不对啊！手套上黏附的血迹也会留在开关上啊。"我说完，想了想，说，"还是很矛盾啊，藏奶头锤、藏刀，这也容易被发现啊。"

"会不会是杀了人以后，戴手套……翻动东西啊？"飙哥继续在猜测，"这样，血都在手套里面了。"

"可是现场没有翻动痕迹啊。"我说。

"是啊，那也不可能是凶手不戴手套杀人，杀完人再戴手套，这不符合逻辑啊。"飙哥说道。

分析来、分析去，也分析不出啥。我们只能把尸体进行了缝合，然后用电话通知了专案组，要求他们重点去查有可能去刘刚家的人，最好是一男一女，和刘刚有社会矛盾关系的。如果是一个人，或者是两个男的，也可以查一下。毕竟一人作案还是两人作案，目前还没有确凿的依据支持。我们还提出，本案是熟人作案，应该从刘刚案发当天在健身中心接触的和出健身中心后遇见的人之中入手，调查仇债关系。

侦查部门知道我们的结论后，显得有些失望，毕竟这一切，都还只是推理，而不是证据。即便他们发现了社会矛盾关系，也无法通过证据来对人进行甄别。所以侦查部门还是希望我们复勘现场，找到证据。

下午，飙哥要去市局参加一场十分重要的电视电话会议，而我就躺在宿舍里发着呆。不知不觉，一下午就过去了，我们值班室的电话并没有响起来。

直到晚上，飙哥意外地来到了中心，对我说："本来我准备下午复勘现场的，但是侦查部门却说案子估计要破，所以我就去分局了。"

我白了飙哥一眼，心想要破案了，你不带我去看热闹。

飙哥接着说道："通过外围调查，这个刘刚还真不是个本分人。他在健身房当教练，最大的乐趣，就是在健身房里泡妞。只要看到漂亮的姑娘，他就一定会去搭讪。据说，健身后，他也经常会带着勾搭上的妹子回自己家里。"

"果然是这种事儿！十命九奸，还真是不假！"我拍了一下桌子。

飙哥吓了一跳，瞪了一眼，说："瞎激动什么！听我接着说。案发当天晚上，有其他健身教练看到他在勾搭一个女孩，他说要请女孩去吃消夜。"

"那不对啊，他胃内容是空虚的，没有吃消夜。"我说。

"是啊，我也向专案组提出来了，不过专案组觉得，如果两人干柴烈火，等不到吃消夜，直接回刘刚家了呢？"飙哥说，"如果这样的话，会不会两个人一起回到家中，刚进门，就被尾随而来的女孩的男朋友打了？"

"这，这怎么可能？"我涨红了脸否决着，但脑子里很乱，没找出反驳的理由。

飙哥倒是很清楚，说："一、我们已经判断了，不可能尾随，因为有人尾随，刘刚肯定能看到，那女的难道不知道是男朋友尾随的？二、我说了，如果这是一男一女作案，那女的就是割颈的。刚刚勾搭完，就要做割颈这么残忍的事情？三、我问了他们侦查，经过调查，死者家没有锤子，也没有丢刀，刀上也没血。这说明凶器是凶手自己带来的，难道接女朋友的时候，身上会带着锤子和刀？这不是自相矛盾吗？"

"所以，你认为这个案子还是破不了。"我很失望。

"是啊，我觉得这个不太可能。"飙哥说，"不过他们还是调查了女孩，那女孩坚称自己没有男朋友，而且在她健身完毕后就回家了，并没有搭理刘刚的搭讪。她因为独居，所以没人能证明她的行踪。虽然他们还没有控制女孩，但对她的怀疑也没有打消，目前正在对她进行监控，同时对她有没有男友进行调查。"

"所以，我们要连夜复勘现场了？"我问。

飙哥点点头，然后挥挥手，和我一起重新坐上了勘查车。

复勘现场的不只我和飙哥两个人，另外两名痕检员也在披星戴月地复勘现场，正在地面上寻找第三人的足迹。

飙哥在门口鞋柜里看了看，拿起两双鞋子看了看鞋底，说："不用在地面找了，在这里。"

我凑过头去一看，飙哥手上拿着的，是一双女式拖鞋，和死者脚上的拖鞋款式一模一样，是一对。既然款式一模一样，鞋底花纹自然也是一模一样的。

痕检员狠狠地拍了拍自己的脑袋，说："我们就想着花纹种类了，没注意这些残缺鞋印的大小！你这一说，还真是这样！这地面上，有三种鞋印，除了之前说的两种，第三种就是这种女式拖鞋的！"

"真有人穿着女式拖鞋进入了现场！"飙哥也很兴奋，说，"那说明我没有推断错，是男人打头、女人割颈！不过，什么凶手会穿着拖鞋进来？"

"如果这样，那说不定那女孩还真的有嫌疑。"我说，"刘刚带着女孩进入现场，刚刚换好鞋，就被尾随而来的女孩男友打了。"

"那我之前说的一二三，你能解释吗？"飙哥问。

"能。"我说，"也许两人进门的时候正在激情热吻啥的，没注意到尾随的人。男人打晕刘刚后，逼女孩割颈。男人在跟踪两人的时候，在路边捡到了一把锤子。"

飙哥无奈地笑着，说："还真能解释，不过，刀呢？"

"刀，也许就是用刘刚家的刀，用完后洗干净了。"我说。

"能抓人了不？"痕检员很兴奋。

"不能。"飙哥说道，"这一切都是推测，巧合太多，我觉得不对。"

"是，巧合是多。"我说，"可是，为什么女的换鞋，男的不换鞋呢？只能这样解释了吧？"

飙哥显然没有足够的依据来反驳我，于是说道："即便你推测的都对，我们也没有足够的证据来证明是她和她的男友作案啊。"

"这倒是，没有证据，她坚持不承认，又调查不出她的男友，还真是难办。"我想着，希望可以像上个案件一样，能从现场重建中，找到提取物证的门路。可是每个案件都不一样，似乎看起来没有那么简单。

"你们继续找吧。"飙哥扬了扬手中的女式拖鞋，说，"这个，应该是刘刚妻子的拖鞋。我带回去进行 DNA 检验，看能不能找到其他人的 DNA。"

虽然复勘现场有了收获，但似乎并没有把案件往前推进一步。我觉得侦查部门的怀疑是有道理的，但飙哥坚信不是那个女孩。回到中心后，飙哥让我回宿舍继续思考，他也去办公室发会儿呆。他让我别忘记了另一个疑点，就是照明的问题——在没有照明的情况下，如何精准地杀人？

回到了宿舍，我躺在床上，思考着。

刘刚是在门口刚换好拖鞋就被袭击了，然后再在客厅里搏斗，这个过程是没有问题的。刘刚没有道理不开灯就换鞋，黑灯瞎火的，也不方便啊。如果是刘刚开了灯，凶手离去的时候关了灯，没有道理不在开关上留下凶手的指纹和血迹啊。难道是先开了灯打斗，然后在搏斗过程中不小心碰到开关关了灯？也不可能，因为开关所在的玄关处没有搏斗痕迹和血迹。也不可能是凶手用身体其他位置关的灯，因为凶手割破了死者的大动脉，身上应该沾有大量的血迹，看了卫生间和厨房，也没有清洗的迹象，不可能那么巧，关灯的部位正好没有沾到血吧？

我突然想到，如果现场本身就没有开灯，会不会是另外一个共犯负责照明呢？可是，刘刚回到家，连拖鞋都换好了，为什么不开灯呢？

电话铃在这个时候突然响起，着实吓了我一跳。

4

电话是飙哥从办公室里打来的："我猜你还没睡。你和我一样，在想灯的问题，对吧？"

"是的。"

"你想明白什么合理的解释没？"

"问题就出在这个灯的开关上。"我说，"没有手印、没有血、没有手套印，足以证明，这个开关凶手根本就没动过。"

"是啊，那怎么在夜间杀人？"

"和发现尸体的老头一样啊。"我说，"一个人在打，另一个人用手电筒照明。割颈的时候，也是这样。"

"不错！你还是很聪明的。"飙哥满意地笑着，说，"那我再问你，为什么死者不开灯？"

"会不会，还是那个理由？"我说，"因为激情热吻啥的，顾不上开灯？"

"总感觉怪怪的。"飙哥说，"明明是艳遇邂逅，结果成了帮凶杀人，还帮忙打着手电筒。这个女孩，翻脸比翻书还快吗？"

"我也觉得怪怪的，被捉奸了，女孩应该第一时间逃了吧？"我说，"又或者，得劝架吧？"

"所以，我总是觉得这是一起预谋作案，而不是偶遇的激情作案。"飙哥说，"可惜我还没有充分的依据来说服侦查部门。对了，今天我们尸检的时候，没有仔细查找死者的衣服口袋，你现在去尸体库看看尸体的口袋内侧，有没有什么不正常的东西，又或者内侧有没有血迹什么的。"

我知道飙哥是想起了之前的别墅案里，从保安的口袋里找到了死者的血迹。

可是，现在是晚上12点了，要我一个人去尸体库？

见我没有回答，飙哥说："怎么了？你不是胆大吗？尸体库都不敢去？"

"胡扯，我有什么不敢去的？"我立即反驳道，"你等我的回话。"

按照飙哥的指示，我在月黑风高的半夜，一个人去往尸体库的门卫室。春天的晚上，还是有一些冷飕飕的。法医中心地处的位置比较偏僻，周围没有什么住户，除了对面高墙里的那些人。尸体库背靠着一座小山，从我们招待所楼下向尸体库的位置看去，小山影影绰绰的，配合着楼间小风的呼啸，有些恐怖片的感觉了。

门卫室离尸体库有20米，是一座小平房，里面只有一张桌子和一张床，几名尸体库管理员轮流值班，都在这里过夜。桌子上放着一台彩电和一个电路操控台，从这里就可以操纵尸体库的大门和照明。

此时，管理员大哥也还没有睡觉，正靠在床上看电视。我走了过去，敲了敲窗户，让他帮我打开尸体库的大门。这种事情对于管理员来说，可能司空见惯了，他只是坐直了身体，眼神都没有离开电视机，扳动了操纵台上的闸门。只听尸体库的卷闸门"轰隆隆"地打开，随即里面的日光灯也打开了，整个尸体库一片通明。

我独自走进尸体库，找到储存刘刚尸体的冰柜，拉出载有刘刚尸体的停尸床，将床头架在移动运尸车上。这样，既可以保证一会儿放回去比较方便，又可以解放我的双手来做检验。在日光灯的照射下，我在刘刚的衣服上摸索着，逐个检查他的口袋。

就在这时，"轰"的一声，灯忽然灭了，我的眼前一片漆黑。更可怕的是，我的手此时正握着刘刚冰凉而僵硬的手。

我吸了一口凉气。

门卫室和尸体库距离比较远，而且尸体库空旷且隔音，我知道这时候喊门卫，喉咙喊破了，门卫也不一定听得见。于是我只能摸索着，想把尸体先塞回冰柜，然后再扶着运尸车走出尸体库，这样可以防止我撞上墙壁或者摔跤。

可是，正当我一手拉着刘刚的手，想把他重新在停尸床上摆正的时候，异样的声响再次响了起来。

"轰隆隆隆。"

这个声音，我以前听见过，是关门声。

尸体库的门不知道为什么，竟然关上了。也就是说，我被关在了漆黑的尸体库里。

我的大脑一片空白，难道世界上真有鬼？不然怎么会这么诡异地关灯关门？想到这里，我感觉全身的汗毛都立了起来，冰柜的轰鸣仿佛变成了鬼哭狼嚎的怪异声音。

我感觉神经已经紧绷到极限，就快要断裂了，尸体就在旁边，我看不见，却闻得到血液经过冷冻后的气味。我就这样傻傻地站了 5 分钟，空白的大脑才开始思考问题。我怎么出去？卷闸门从里面是没有打开开关的。虽然尸体库里的温度不至于把我冻死，但是让我和这几十具尸体独处一夜，那也不是什么好事情。

我摘了手套，摸了摸我自己的口袋，发现我连手机都没带出来。捶门呼救，不知道正在看电视的管理员大哥能不能听得见呢？

正在此时，刘刚本来举着的手，垂了下来，碰到了我的腰间，把我吓得"啊"了一声。我稳住心神，我知道，尸体的尸僵已经缓解了，刚才我举着他的手，达到了一个平衡，此时随着我微微的颤动，平衡被打破，所以他的手因为重力作用垂了下来。这是自然现象，而不是闹鬼。我不怕！我不怕！

就在我一身冷汗、汗毛倒立地安慰着自己的时候，忽然，日光灯又一盏一盏地亮了起来，门也"轰隆隆"地再次打开。

我有一种如蒙大赦的感受，连尸体都没推回冰柜，就向尸体库大门处快步走了过去。

门口，露出了管理员大哥龇牙咧嘴的笑脸："怎么样，秦大胆儿，你怕不怕？"

我马上反应过来，之前刚来法医中心的时候，我曾和管理员大哥说过，我什么都不怕，还嘲笑他胆小，嘲笑他不敢在尸体库门卫室里睡觉。没想到，他一直记仇，这不，报复我来了。

我脸色苍白，声音颤抖："原来是你恶作剧！你这么一大把年纪了，幼稚不幼稚啊？"

"你真不怕？"管理员大哥一边大笑一边指着远处说道，"你不怕，你跑那么快，尸体还没推回冰柜呢。"

"这有什么好怕的！"我依旧嘴硬，气呼呼地回身去把尸体推回冰柜，说，"世上又没有鬼，突然停电关门，不就是电闸系统坏了嘛！电闸？……对啊，电闸！"

看来人在极度恐惧的时候，肾上腺素大量分泌，能让脑子非常清醒，并激发灵感。这时的我，好像发现了电闸和这起案件中的灯的关系。如果现场那天正好跳闸了，会是怎样呢？我来不及多思考，跑到值班室向飙哥汇报了这个想法。

"你是说，会不会有人先进入现场，把总电闸给关了？"飙哥听完我的推理，说，"所以刘刚回来的时候，开了一下灯，没能打开，还以为是停电了，于是又把开关关上了。"

"是啊！"我说，"这样，预先躲在家里的凶手，就可以从背后偷袭，第一下就让刘刚丧失了一半抵抗能力。"

"因为凶手知道刘刚是健身教练，不容易对付，所以用了偷袭的办法。"飙哥说，"而刘刚家里非常小，无论躲在哪里，都容易被发现。但如果没有照明的情况下，即便他躲在玄关旁边的卫生间门后，刘刚都发现不了！"

"就是这个意思！"我拍着桌子说。

"那为什么，民警抵达现场的时候，一开灯就打开了？"飙哥说。

"电闸啊！"我说。

"不错，好想法！不如我们马上叫上痕检员一起再去现场看看？"飙哥很激动。

当我和飙哥以及痕检员赶到现场时，发现此时虽然没有人在勘查了，但是大门外居然还有一个辖区民警在值班守卫，可见局里对这起命案还是非常重视的。

辖区民警为我们打开了现场的门，我们重新打开现场的灯，进入现场开始找电闸，找了一圈一无所获。

"这房子并不老，电闸难道不在家里？"我的话音刚落。飙哥喊："我找到了！"

顺着飙哥的目光，我们发现在客厅的一个小矮柜上方，有一块墙纸不像其他地方那样平整。

飙哥穿着鞋套站到了矮柜上，敲了敲那块与众不同的墙纸，发出"砰砰砰"的空洞声，果真，这块墙纸的后面是空的。用强光手电仔细照了照，这块墙纸周围果真是有裂缝的，轻轻一掀，露出了里面的电源盒。

更让我们兴奋的不是这个电源盒，而是电源盒盖上的血迹。血只能喷溅到墙纸上，但不可能喷溅到墙纸里面的电源盒上，肯定是凶手杀了人以后，掀开墙纸动了里面的电源盒。这一切，都印证了我的推断。

痕检员也站上了矮柜，仔细地看了看，说："都是擦蹭状血迹，没有鉴定价值。"

飙哥一边小心地打开电源盒，一边说："不要着急嘛！就算找不到证据，也没有关系，因为这说明了很多问题。"

话音刚落，站在矮柜上的飙哥和痕检员都沉默了。

他们在总开关电闸上发现了一枚清晰新鲜的血指纹。

两人先是相视一笑，然后又一起击了掌，力气大的飙哥差点儿把痕检员从矮柜上推了下来。

提取到了关键证据，而且明确了侦查方向，这些意外的收获让我们倍感惊喜。

"别急着高兴，"飙哥说，"理一理思路吧。"

我抢着说："血指纹新鲜，可以确定是犯罪分子所留，是关键证据，这个就不说了。我来说说犯罪分子为什么会在杀人后动电闸。电闸的正常状态是开启的，我们到现场的时候，电闸也是开启的，里面的保险丝也正常，这种老式的电闸不可能自动跳闸，那么犯罪分子在杀人后动电闸的唯一可能就是他在杀人前关掉了电闸。为了不让我们生疑，所以杀人后又把它恢复到了原始状态。"

"是的，和你之前的分析接上了。"飙哥说。

有了飙哥的赞同，我瞬间自信了许多，清了清嗓子，说："既然是杀人前有条件关掉电闸，只有两种可能，第一种可能是电闸原来是坏的，修理电闸的工人和刘刚一起进入现场，后在修理电闸的时候出于某种原因杀了刘刚。但从电闸的状态来看，保险丝是被灰尘覆盖的，不是新的，电闸也没有其他烧坏的迹象。加上晚上11点30分，上哪里去找电工？而且也和我们之前判断的两人作案不符。可见第二种可能，才是事实真相了。"

飙哥看我在学着他现场勘查时候的动作和姿态，忍不住笑了。

我像解说员一样引导大家走到门口的玄关处，指了指一侧的卫生间，说道："第二种可能，就是凶手事先进入现场，关掉总电闸后，潜伏在这里。刘刚回家后开灯发现没亮，以为保险丝烧了，就关掉了灯的开关，然后换鞋。这个时候凶手从卫生间出来突然袭击了毫无防备的刘刚，刘刚捂住伤口，然后因为昏厥，用手扶了墙，留下血掌纹。凶手趁机推刘刚进入客厅，没想到刘刚体格健壮，虽然头部受了伤，但仍和凶手进行了搏斗。但是最终因为手无寸铁，刘刚被对手多次击打头部后倒地。另一名凶手恐其不死切割了他的颈部。最后重新开启电闸后，离开现场。这样解释的话，前面关于灯的矛盾就全部解开了。"

"很好。但是凶手为什么杀完人后，又要开启电闸？"

"这个动作说明了他最怕什么！凶手最怕我们知道他是提前进入现场的，所以离开前一定要开启总电闸。只是他没算到，这个时候满手是血的他不可避免地会在总闸上留下他的血指纹。"

"那为什么凶手在无灯的情况下切割颈部还能切割得那么密集，还能准确地找到电闸的位置？"痕检员问道。

"显然，应该有第二个人负责照明。"我说。

"如果提前能进入他家，只有可能是刘刚的老婆了。"痕检员耸了耸肩膀。

"是啊，前期调查说，这个家，只有刘刚和他老婆有钥匙。"飙哥说，"而且，从凶手进门还会换女式拖鞋的这个动作来看，他老婆作案的可能性很大啊！"

"你是说，他老婆是进门后习惯性地换了鞋子。而男凶手，则没有这个习惯。"我问。

飙哥点点头。

"可是，他老婆又确实不在本地。"痕检员继续问道。

"200公里，不算远吧？"飙哥说，"当天她虽然正常上班，但是下班后，赶回家，准备好一切，也是来得及的。杀完人后，再连夜赶回去上班，也是来得及的。只要男人有车，他们可以做一个完美的不在场证据。"

痕检员若有所悟地点了点头，说："既然是在死者家里，他老婆比那个男凶手要熟悉，所以开关电闸这种事肯定是他老婆来干，所以这枚血指纹很有可能是他老婆的。比对一下就好了，很简单。"

有了证据作为依托，破案就是势如破竹了。

二十多岁的崔玉红，也就是刘刚的老婆，和她四十多岁的老板陈方都有家室，但是两人长期保持着奸情。崔玉红倒是没觉得有啥，因为她早就打定主意要和花心的刘刚离婚了，只是还没有到时机，还没有向他提出来而已。可没想到，崔玉红有一次回家，被刘刚无意中发现了她手机里存有的她和陈方的床照。

这一下，崔玉红被抓住了证据，成了婚姻的过错方。虽然她知道刘刚经常会带一些不三不四的女人回家过夜，但是她却从来没有成心去捉奸在床，所以也没有刘刚出轨的证据。

刘刚并没有冲动过激的行为，喜笑颜开地拷贝了照片，不是为了作为离婚分财产的依据，因为他们婚后并没有多少财产。他是以此为要挟，勒索陈方50万元的赔偿款，否则就将二人的奸情公之于众。

被要挟后，陈方误认为自己是中了崔玉红的仙人跳，就对崔玉红大发雷霆。崔玉红感到无比委屈，对刘刚拿她做筹码感到无比愤怒和伤心。为了证明她的心里只有陈方、她对陈方是真爱，崔玉红就许诺如果陈方想杀掉刘刚，她一定会支持帮助。就这样两人一拍即合，在这个没有月亮的晚上，驾车潜回南江市。

因为刘刚身体素质极佳，陈方担心他们两人合力都敌不过刘刚，于是让崔玉红关掉了现场的电闸，趁黑从背后偷袭了刘刚，并在崔玉红用强光手电闪花刘刚眼睛的情况下，多次击中刘刚的头部，最终打倒了刘刚。为了确保崔玉红和自己成为一条绳子上的蚂蚱，陈方又要求崔玉红对刘刚进行割颈。为了宣誓效忠，崔玉红也就照做了。最后陈方又冷静地要求崔玉红恢复了电闸的状态，连夜驾车逃离南江市。

经比对，电闸上的血指纹是崔玉红遗留的，血指纹的血，是刘刚的。同时，陈方的车里也检验出了死者刘刚的血迹。

"居然还有这样畸形的婚姻？"我愤愤不平地说道。

"连续几起案件看下来，你会发现，这社会上很多人的眼睛里，只有钱。"飙哥故作深沉地说道，"至少，他们会认为，钱比命重要多了。"

法医秦明

VOICE OF THE DEAD

| 第九案 |

校园禁地

——

所谓恶人，

无论有过多么善良的过去，

也已滑向堕落的道路而消逝其善良性。

——

约翰·杜威

1

南江的春天很短，到 4 月的时候，天气就已经开始炎热了起来。

还有一个多月的时间，我的实习期就要结束了，面临着毕业找工作的大关。4 月，正是各个省公务员考试开始的时间。然而我们应届的这一年，公安法医招录的职位并不多。而检察机关和法院系统可以应聘的岗位，更是凤毛麟角了。

就这么点儿蛋糕，也不是全由我们这些法医学专业的应届毕业生来分。参与竞争的，不仅有尚未就业的法医学专业往届毕业生，还有很多临床医学及相关专业的人。

所以到了 3 月的时候，大多数实习的同学已经不参与办案了，而是把所有的时间放在公务员考试备考上，也有一些同学，在准备考研或者出国。

我就比较奇葩，可能是因为过于夜郎自大，也可能是实在不喜欢埋在非业务的书海里，所以我依旧跟着飙哥在不停地跑现场。飙哥以为我对公务员考试胸有成竹，所以也支持我说，没有实打实的专业基础，即便考上了公务员，也发挥不出多大的作用。

这段时间，我也思考了很多。

刘刚被杀案中，因为我意外获得的灵感，导致了案件的直接侦破。一直不善于夸奖别人的飙哥，居然一反常态地把破案归功于我。当然，已经 22 岁的我，并不会因为几句夸奖而昏了头脑，我很清楚自己距离飙哥的水平还有很长的路要走。但是通过这一起案件，我似乎找到了那种属于实习生的自信，那种在谜底解开后无法用言语来形容的成就感和荣誉感。

在这种逐渐膨胀的情绪驱使下，我报考了南江市公安局的法医职位招录考试。毕竟南江市是大市，经济条件优越，所以竞争也非常激烈。我心想，只要我顺利考入面试阶段，凭我的三寸不烂之舌，必然会力压群雄。

可是事与愿违，几乎是裸考的我，在第一阶段笔试环节，就被淘汰了。

"我还以为你胸有成竹，搞了半天，你每天晚上回去看的书都是白看了？"得知我的考试分数后，飙哥痛心疾首。

"我每天晚上回去，看的都是专业书。"我倒是没觉得有多大的事儿。

"难道你不知道，公务员考试是不考专业课的？"飙哥说，"我虽然说过，没有专业，即便当了公务员也是没有金刚钻。但你通过不了公务员考试，你有了金刚钻又上哪儿去使？"

"对啊，考公务员不考专业课，这也是够让人费解的。"我看着飙哥气愤又失落的表情，觉得有些好笑。

"那你毕业后怎么办？"飙哥问。

"没事儿，今年考不上，明年再考。"我十分乐观。

"你是不是以为，我们局每年都会招法医？"飙哥气得吹胡子瞪眼的，"我们今年好不容易才要到一个指标的！"

"大不了就不当法医喽。"我还在嘴硬，说，"反正法医这么苦这么累，还这么穷，有什么好干的？条条大路通罗马，社会这么大，还能饿死我不成？"

公务员考试失利，对于很多人来说都是一次打击，尤其是对我们这种选择面极窄的专业，公务员考试失利很有可能就代表着失业，更是一次巨大的打击。可是当时，我是真的没把这当回事。

我的话让飙哥直接哑了火，他眼神里怒其不争的光芒瞬间暗淡了下去，他摇了摇头，有些失落地走出了值班室。

飙哥离开后，我并没有任何情绪的起伏，依旧不知悔改地拿出一本闵建雄老师编著的法医学专业书籍，津津有味地看了起来。

不知道是不是飙哥的"火气"被我给灭了，这一夜，相安无事。

第二天一早，飙哥就拎着两件解剖服走进了值班室。

"呀，这是又有案件了啊？这都好几个月了，只要轮到您值班，就没有消停过。"我笑哈哈地说道。

飙哥显然还在生我的气，口气里充满了幽怨，说："现在新闻比警方还快，我刚接完电话，看网上就有新闻了。"

"这互联网越来越普及，怕是以后每一起案件都会被炒作呢。"我起床，在值班室里的水池上方拿了我的刷牙杯，往牙刷上挤着牙膏，问道，"这一次，又是哪里的案件？"

"这一次是大学里的案件。"飙哥拿起架子上的勘查箱，打开，蹲在地上收拾里面的工具，说，"信息已经传到网上了，没别的办法，就只有尽快破案，才能将社会影响最小化。"

"大学？"我有些讶异，这么久的实习期，从来没见过大学里发生什么命案，顶多是学生打架后来做伤情鉴定的。

"南江联合大学的校园内发生命案了，你没看新闻吗？"

"不知道啊。"

"你看看呗。"飙哥指了指值班室办公桌上的一台电脑。

之前说过，公安局里的电脑分两种，一种用内网，一种用外网，这些连接外网的电脑，机器配置极差，网速也极慢，所以我们甚至都不想用它在闲暇时间玩游戏。

飙哥成功引起了我的好奇，我一边刷着牙，一边打开了电脑。等到我刷完牙、洗完脸，电脑总算是启动了。

我在浏览器收藏夹里，点开南江市的新闻网站。果不其然，耀眼的头条标题"南江联合大学小树林今晨惊现女尸"在 10 分钟前发布。

我又点开了几个类似的新闻网页，果真这起案件清一色都成了头条。而且每一篇文章下面的评论区都在激烈地讨论，网友把这一起案件称为"小树林命案"。

"他们咋知道就是命案？"我冷笑了一下，问道。

"网友看到'尸体'的字样，都会认为是命案，这是惯性思维。其实，南江每年的非正常死亡中，只有不到 5% 是命案，可惜这些信息网友获取不到。"飙哥说，"不过，这一起，还真的就是命案。"

"这我知道，不是命案的话，有区分局的法医师兄嘛，您一出马，那肯定没好事。"我见飙哥还是闷闷不乐，于是故意逗他开心。

飙哥并没有被我逗开心，拎起勘查箱，说："少废话，你以后不一定干法医，那就珍惜当下吧。"说完，率先走出了值班室。

"那可不？"我跑步跟了上去，抢下了飙哥手里的勘查箱，说，"最后这一个月，我得多帮您破几个案子，这样您也对我印象深刻些是不是？"

法医中心距离南江联合大学比较远，在市区的两端，需要我们在上班高峰的时候，横跨整个南江市。好在那个年代的私家车并不多，道路也不拥挤。在 21 世纪初，私家车还是个很新鲜的东西，家里能拥有一辆私家车，不论车辆是什么品牌，都能算是富裕家庭了。

那个时候，没有智能手机，手机也不能上网。一路上，我都在担心，不知道现在网络上的新闻发酵到什么程度了？不知道会不会有人带着数码相机去现场偷拍一些照片，然后发布到网上？泄露命案现场的照片，无疑会对案件的侦办造成影响，而且血腥的场面势必会引起更巨大的社会影响。

虽然这个年份，"命案必破"的工作目标还没有被提出来，但是数千年来，中国人都信奉"人命大于天"的道理，人民群众和领导们对命案的关注程度和重视程度，都远超于其他案件。尤其是有社会影响的命案，更是会有"限期破案"的要求。

当然，对于法医来说，不管外界怎么给压力，我们都是一样的。因为我们是守护死者尊严的最后一道岗，即便外界没有压力，我们也会竭尽全力。因为我们直面尸体，而死者的尊严会敲打着我们的良心。

在车上，飙哥告诉我，这案子和我们想的不一样，尸体并不是在很容易被发现的地方。相反，学校里有一个很隐蔽的角落，而尸体就是在这个角落里发现的。

今天一早，学校的园丁负责给植物浇水，在对这个角落的植物进行浇灌的时候，无意中发现了这具尸体，于是报警。可是未承想，因为园丁的慌张呼救，消息很快在学校里发酵，然后被传到了网上。

因为我的母校面积非常小，所以我实在想象不出，学校里怎么会有飙哥说的那种隐蔽的地方？

车开得惊心动魄，很快便到达位于南江市北边的南江联合大学。

南江联合大学在省内不是很出名，但是学校面积不小，学生人数也不少。这个学校占地 2000 余亩，在校学生有两万余人。

我们的警车一驶入学校的大门，便引来无数学生侧目。很显然，大家都知道警察来到校园里是做什么的。新闻已经在网络上传得沸沸扬扬的，更不用说是在这个学校之内了。所有不上课的同学，也放弃了睡懒觉，向现场走去，希望在人山人海中能挤出一丝空隙一探究竟。

不需要问路，顺着人流的方向，我们很快找到了案发现场。

南江联合大学风景如画，小桥流水，杨柳依依，春光明媚。可是，谁也想不到的是，美丽的风景背后却暗藏杀机。虽然学校组织了几支治安巡逻队，但是校园面积实在太大，这些植被茂盛的地方，反而成了治安死角。好在这是在大学里，不然肯定会滋生更多的犯罪事件。

案发现场就位于学校图书馆和女生寝室之间，那是一条大约1公里长的林荫大道。据说这条大道曾经还在网上红过一阵，被称为最浪漫的大道。这条大道是学生往返图书馆和女生寝室的必经之路，平时熙熙攘攘，倒也看不出有危险隐患。但是一旦过了人流的高峰期，这条悠长的大道是非常僻静的。大道两旁是两排笔直的白杨树，长得十分茂密且高耸。白杨树的后面，是一片松林，松林繁茂且深邃。不越过白杨树钻到松林里面去看看，在外面是根本无法知道里面究竟是什么样子的。

我实在想不通，这看起来就十分幽深的空间，为什么会和"浪漫"这个词扯上关系？

此时，公安蓝白色的警戒带就拉在白杨树上，并且向松林内延伸。站在白杨树外面，都不知道警戒带拉了多长多远，圈起来的范围有多大。

警戒带彻底打破了林荫大道的浪漫感，取而代之的是肃穆和紧张。

在高校里，人们的素质确实要高一些。没有人对着警戒带往里张望，而是都离得远远的，把林荫大道中间一截给让了出来。民警的现场勘查装备都是放在这道路上。

虽然有一些同学手里拿了数码相机，甚至还有一些明显是记者打扮的人，拿着高端的单反相机在围观，但是距离比较远，现场又完全被密林遮挡，所以他们并不可能拍摄到什么。估计他们是想等尸体被搬运出来的时候再偷拍吧？我真想告诉他们，到时候尸体会装在尸袋里，运尸车会对着树林停，别费心思了。

我站在警戒带的外面，向里面看去，能看见闪光灯的闪烁，虽然知道里面有很多现场勘查的警察在工作，但是却看不见他们人，只能听见他们隐约的说话声音。

飙哥和我一起在警戒带外更换勘查装备。

"这俩是法医吧？"围观人群中，有声音传了出来。

"法医？厉害。"另一个声音传了出来。

我挺佩服自己的，居然可以在人群嘈杂声中，准确剥离出这么两句话。我心想，在高校里就是不一样，没人会觉得我们是在火葬场工作，没人会觉得我们晦气了，还有人会夸我们厉害。

想到这里，我不自觉地乐呵出了声。

飙哥也注意到了我的偷笑，穿好勘查装备的他，居然对着人群说道："他不是，他没过公务员考试。"

这一下没给我气死，不就没考到南江市局来吗？至于到处说我吗？我快走了两步，想和飙哥理论几句，没想到他已经率先钻进了松林。

松林不是那么好钻的，我们必须弓着腰往前走，才能避免被松针划疼。走了10米，我们越过了松林，这里别有洞天。我们看见一个穿着警服的熟悉背影，那也是我的一个师兄，在我刚来实习的时候还请我们实习队吃过饭。师兄姓王，现在已经不做法医了，被提拔成了城北分局的刑警大队长。

此时，王大队正蹲在松树的外侧呆呆地出神，我走过去拍了一下他的肩膀："师兄，我们来了。"

王大队梦中惊醒一般，站起来抖了抖裤腿上的泥巴，说："今天是你跟着飙哥来呢，我刚刚正想，这学校弄个这样的地方出来，岂不是给犯罪分子制造温床吗？"

"学校管得严，不让外人进来还好。"飙哥说。

"那不是，谁能保证大学生就不会成为犯罪分子？"王大队和飙哥资历一样老，于是笑着反驳道。

我点头赞同王大队的意见，因为我想起了那口阴森的古井。

我抬眼望去，确实有些出乎意料。白杨树遮挡住的松林后头，是一片翠绿的灌木丛。这片灌木丛的区域，四周摆放了假山，假山之侧种植了成片的竹子，包围着灌木丛。灌木丛有两三亩的样子，不知道学校要将这里留作何用，要是犯罪分子躲在灌木丛里，周围的人根本无法发现。因为进入灌木丛后，四周还有假山遮挡，若不是大声呼喊，周围的人也难以发觉。

2

"大概是什么情况？"飙哥看痕检员们正趴在地上努力地寻找痕迹物证，便没有继续往现场中心地带走，站在原地问王大队道。

"面积太大，无法确定犯罪分子和死者的出入通道，所以具体情况还不清楚。"

"师兄，听说不是学生发现的，是园丁报的案？"我比以往都更敢发问了。

"是啊。"王大队说，"这片灌木的主要水分来源是雨水，但是如果持续一周都是晴天，学校就有专门的园丁进来浇水。"

"他是进来就发现了吗，还是浇了一圈才发现的？"我问。

"这个我问了。他是按由外到里的顺序浇水的，也就是先白杨，再松树，假山也浇了一下。最后，浇到灌木丛中央的时候，发现了尸体，于是报的案。"

"也就是说，周边进入灌木丛中央的通道，都被破坏了？"我急着问道。

王大队无奈地点了点头。

"学生们知道这个地儿吗？"我环视了一下四周的环境，觉得这个寂静的地方实在是非常隐蔽。

"应该有人知道，但是谁会来呢？外面没有通进来的小路，里面也没有可以休息的地方。关键是这个季节的蚊子多啊。"王大队一边说，一边挠着自己的胳膊。我看了他一眼，果然他的胳膊给蚊虫叮咬了好几处。

"死的是大学生吗？"飙哥问。

"目前尸体还没有检验，身份还有待确认。听报案人说，是个年轻女性，又在校园，所以我们认为是大学生的可能性极大。"

"报案人现在在哪里？"飙哥接着问道。

"就在外面，我带你们出去。"王大队说完，跨过灌木，开始钻松林。

反正现在也不能靠近看尸体，我和飙哥就跟着离开了现场。

在围观群众的一角，两名民警正在询问一个男人，看来就是那个报案的园丁了。

园丁穿着一件蓝色的长大褂，印有学校的logo，估计是他们的工作服了。

"把工作服脱了吧。"飙哥走过去，让园丁脱了工作服，然后在他身上前前后后看了一遍。

看完后，飙哥啥也没问，就往回走去。

"你这是怀疑他？"我跟上去，低声问道，"如果凶手是挟持着一个女孩进入这片树林，势必会在身上留下划伤？"

飙哥点点头，说："不错，你悟到了，即便穿着长袖，也会被松针划出轻微划痕，我刚才就被划着了，更不用说挟持着个人进去了。不过这个园丁身上没有任何划伤，可能是因为他经常来这儿浇水，知道怎么躲避松针。"

"可他是报案人，没道理杀完人还故意报案啊，这里这么隐蔽。"我说。

"是啊，只是排除一下。"飙哥嘀咕道，"毕竟了解这里面结构的人，不多。"

我们正准备进入松林，忽然一阵呼天抢地的声音，引起了我们的注意。一辆警车停在围观人群的旁边，车上下来两个人，一个中年妇女和一个小伙子，小伙子正扶着颤巍巍的中年妇女，看上去像是母子二人。中年妇女一边走，一边号啕大哭，我听不清她哭喊的内容，只能从隐约的字眼里猜测她是在自责。

"估计是尸源找到了？"飙哥转过头来，说，"走，我们去看看。"

我和飙哥走到母子两人的身边，飙哥向他们出示了警官证。

"这是我母亲，里面的死者可能是我妹妹，胡悦悦。"小伙子抽泣着说道。

"先别急，慢慢和我说，怎么回事，您怎么知道死者是您的女儿？"飙哥看着已经哭得快昏死过去的中年妇女说道。

中年妇女没有回话，整个人哭得回不过神来。小伙子替她接话道："两个多月前，寒假快结束的时候，我妹妹在家收拾行李，因为一些琐事和妈妈吵了起来，然后就跑走了，从那天起，我们一直没有找到她。"

"是这样的，是这样的。"一个男声从身后响起。

我和飙哥转过头，发现一个戴着眼镜的中年男子一边擦着头上的汗，一边气喘吁吁地说："我是胡悦悦的年级主任，当时她家人问我胡悦悦是不是提前回到了学校，我查了一下，她并没有回来。所以，我们向派出所报了失踪，最近两个多月一直都在打听她的下落。这个，会不会是她？"

"失踪两个多月？"我说道，"不对啊，听说是一具新鲜尸体啊？"

"新鲜尸体"这个法医学的专业名词，让年级主任和小伙子都很不适应，他们不约而同地皱起了眉头。

飙哥瞪了我一眼，让我闭嘴，然后说："这样的，据了解，里面的尸体是刚刚死亡的，应该不会是两个多月前死亡的，但是我们不能保证一定不是胡悦悦。"

听飙哥这么一说，中年妇女眼中流露出希望的光芒。

"那，让我们进去看看可好？"小伙子也连忙说道。

"这，不合适。"飙哥说，"一是现在警方还在进行现场保护工作，二是如果不是胡悦悦，你们进去也不合适啊。这样，你告诉我们，胡悦悦有什么体表特征吗？"

"长头发，大眼睛。"小伙子说，"右手手背上有一颗挺大的痣。她离家的时候，天气还不热，穿的是一件绿色的薄羊毛衫，下身是黑色牛仔裤。"

"行了，你们别着急，就在这里等消息。"飙哥说，"我们进去看看。"

我和飙哥重新走进了松林，有了上次的教训，我们注意了避让，就没再让松针划着了。飙哥一进去，就说："现场通道打开了吗？"

"附近泥土上没有发现有用的痕迹物证，你可以去看看尸体状况了。"已经先进入现场的王大队说。

我和飙哥拎上勘查箱，深一脚浅一脚地向位于灌木区域中央的女尸走去，迎面扑来好多黑色的小点点，看来灌木丛的蚊子确实很多。

我走到尸体旁边，第一件事就是看她穿的衣服。

死者是一名年轻的短发女性，仰面躺在灌木丛中，蜷曲着双腿。死者的上衣被撩到乳房上，内衣也被解开了，牛仔裤的扣子被解开、拉链被拉开，露出白色的内裤边。不过，她的上衣是白色的，牛仔裤是蓝色的——和小伙子描述的胡悦悦的衣着不符。不过，为了防止是胡悦悦在这两个多月的时间里，剪了头发、换了衣服，我还是先拿起了她的右手。

白皙的手背上，光洁如玉，并没有什么黑痣。

"不是胡悦悦。"我有点儿欣慰。

"有什么好欣慰的？"飙哥说，"这孩子也有家人啊！她的家人说不定还不知道她失踪了呢！"

飙哥说的也是。我正准备站起身去通知一下松林外的母子二人，却被飙哥一个手势又给叫回来了。飙哥的意思是先不着急，得先把尸表检验给做完。

尸体显然死亡不久，尸僵还很强硬，尸斑用指压之后，还能褪色，角膜混浊的程度也还不严重。但是，因为是在野外，尸体裸露的皮肤上爬满了黑色的小虫。

"看来很可能是性侵害啊。"我有些害怕多足的虫子，连忙让自己转移注意力。

"衣着都这样了，那还用说？"飙哥又在训我了。

王大队点点头说："天气变热了，这样的事情多。"

我们蹲在死者旁边，移动着尸体的头颅，观察着她。死者是二十多岁的年轻女性，皮肤白皙，浓眉大眼，高鼻梁，薄嘴唇，看起来生前是个相貌出众的女孩。她的眼睑微张，眼睑结膜没有出血点，主要的损伤位于颈部。死者左侧的颈部，已经血肉模糊，看不真切颈部皮肤的损伤情况，但是从这么严重的损伤和其身下已经被血液浸透的土壤来看，这应该就是她的致死原因了。

我先检查了死者躯干部和四肢，除了有松针和灌木擦划在身上形成的划痕之外，没有其他的损伤。这些划痕也是有意义的，结合现场的血迹，可以断定她就是在这一处"禁地"被杀死的，而不是死后被抛尸到这里。

死者的皮肤本身就很白皙，在失血的情况下，显得更加惨白。

"看来是有强奸的过程吧？"王大队指着死者双脚下方的泥土痕迹说。

我看了看，死者双脚下方的泥土果真有明显的蹬擦痕迹，这说明死者躺在这里的时候，有双脚蹬地的过程。我把尸体向侧面翻过来，露出她身体下方的泥土。

"不太像。"飙哥说，"如果有在泥土地上被压住、强奸的过程，臀部下方的泥土应该表现出一些被压缩、擦蹭的痕迹，这个没有。"

我觉得飙哥说的有道理，连忙拉开死者的裤腰，简单看了内裤和臀部的状况，说："飙哥说得对，她白色的内裤没有黏附泥土，臀部皮肤也没有，凶手应该没有脱下她的裤子，可能并没有实质性的性侵害行为。因为只要脱下裤子，这么松软的泥土一定会黏附到内裤和臀部上。"

王大队点点头，说："嗯，有道理。但是这个凶手杀人，就是为了掀起上衣，拉开裤子拉链看看？"

"这不是什么稀奇事。"飙哥说，"你不做法医太久了，其实近些年有很多案件，也是以强奸为目的，但是并没有强奸成。原因可能就是被害人在生理期，或者凶手发现被害人已经死亡，失去了强奸的兴趣。"

"可是这个死者的死因是失血啊，死亡过程应该有一段时间。"我说。

飙哥轻轻捏了一下死者的颈部皮肤，皮肤上的创口立即从血痂中呈现出来，呈现出来的，不是一个创口，而是十余个。飙哥说："你们看，颈部这么多创口，凶手残忍至极，就是要置她于死地。"

"所以究竟是不是为了性侵害呢？会不会是有矛盾，故意伪装成性侵？"我说，"还好，尸体不会说谎，尸检可以还原真相。"

具体的尸体检验，需要将尸体带回法医中心解剖后才能进行。此时，我站起身来，环绕尸体一周，发现死者的双手紧攥着。我重新蹲下身，想掰开死者的双手，但因为尸僵形成得很强硬，我怎么也掰不开。透过指缝，看见死者的双手手心攥了一把枯枝，隐隐约约还有殷红的血迹，我抬头对飙哥说："看来她死之前承受了极大的痛苦，这是形成了尸体痉挛啊。"

尸体痉挛是一种特殊的尸僵现象。正常的尸体在死亡后，会出现全身的肌肉松弛。这就是为什么电视剧里一演到人死了，就让他的手垂下来的原因。肌肉松弛两三个小时后，尸体会出现尸僵的现象。而尸体痉挛，则是指在人体死后，某个部位不经过肌肉松弛而直接进入尸僵的一种尸体现象。通常我们认为，尸体痉挛的出现可能和死亡前精神高度紧张有关。

飙哥依旧在查看死者颈部的伤口，说："颈部神经末梢丰富，她的颈部遭受了多处刺创，而且还不是立即导致死亡，是经历了一个过程，应该会比较痛苦。"

"唉，太可怜了。"我抬起头，看着王大队，说："对了，死者的身份，有头绪吗？"

王大队摇了摇头，拿出对讲机检验了一下是否状态正常，说："奇了怪，这个学校就这么多学生，撒下去这么大的网，居然还没有消息。谁失踪了，这不好查得很吗？"

"没有发现失踪女学生吗？"我问。

"是的。"王大队说，"除了外面的胡悦悦家人反映胡悦悦两个多月前失踪以外，目前还没有发现其他失踪女生。"

"恐怕不能把视线固定在本校女学生身上。"飙哥开始检查死者的裤子口袋。

"死者没有随身物品，没有手机没有包，如果她不是本校女生的话，很有可能是被犯罪分子拿去了。"王大队分析道。

"你看这是什么。"飙哥检查完死者牛仔裤前面的口袋，没有发现物品，在检查后面口袋的时候，发现一张小纸片，"我说不要着急嘛，这是一张火车票！"

火车票显示的是从龙港市到南江市的火车，发车时间是前一天晚上8点。按旅途时间计算，如果这张火车票是死者的，死者应该在昨天晚上10点30分左右到达南江市火车站，即便是打车来南江联合大学，再走到这个事发地点，至少也到11点30分了。

可惜，那个年代买火车票并不需要实名登记，火车票也无法查出她的身份。

"死者是干什么的？她来南江联合大学做什么？"飙哥说，"不管怎么说，很有可能她是和这所大学的某个学生有着某种关系。比如，情侣？朋友？看来，王大队，你要吩咐下去扩大排查范围了，不仅要找本校失踪的女生，同时也要找怀疑自己朋友失踪的人。另外，王大队安排把尸体拉走吧，要用尸袋裹好，别让外面的记者和学生看见了，不然影响就太恶劣了。"

"好的。"王大队点头，然后张罗着让技术员和区分局法医们从勘查箱中拿出了一个新的尸体袋，平铺在地上，准备把尸体运走。

"我去和胡悦悦的家长说一下。"我站起身来，拍掉手套上的泥土说道。

飙哥点了点头。

我左右看看，如果我从进来的通道回去，等于绕了一个直角才能走到胡悦悦的家长那里。既然现场勘查已经结束了，不如就走个直线，从灌木丛中插过去，从另一面假山的背后出去，这样距离是最近的，这下飙哥可不能吐槽我不会走直线了。

于是，我按照自己的路线向灌木丛外走去。走到了另一面假山的旁边，我眼睛的余光无意中扫到了假山脚下有一堆枯叶似乎比其他地方的枯叶要堆得高一些。被飙哥三番五次鞭策下培养出来的观察力，在这个时候发挥出了作用。

"不好！"我喊了一声，正在收拾勘查箱的飙哥向我这边看了过来。

因为我发现枯叶之间夹杂着一块白色的东西，如果没有看错，那明明就是人类的股骨大转子！

股骨大转子是股骨颈与股骨体连接处上外侧的一个方形隆起，最近苦学法医学专业理论的我知道，人类的股骨大转子和其他哺乳动物的不同。而我现在看见的，就是人类的股骨大转子无疑！

"这边还有一个！"我咬着牙喊道。

飙哥二话没说，将勘查箱胡乱合上，拎了过来。王大队带着两名痕检员也跟着飙哥走了过来。

在痕检员对原始现场进行了拍照固定后，我蹲下身来小心翼翼地把枯叶一层层地抹开，暴露出了隐藏在枯叶之下的尸骨。

又是一具女性的白骨化尸体！

3

"我的天！"王大队甚至都忘记了自己手上戴着手套，他用手拍了拍自己的额头，说，"不发案则已，一发就来两起！我就这么点人，怎么同时组建两个专案组啊？"

"请求支队支援，或者从派出所抽人。"飙哥也蹲了下来，仔细打量着眼前的这一具尸体，说，"或许，一个专案组就行了。"

我没去深究飙哥话中的含意，因为我的注意力也集中在了这一具已经几乎完全白骨化的尸体上。而王大队则拿起对讲机，走到一边去布置任务了。

死者是俯卧在地面，头侧向右，左脸着地，头颅已经完全白骨化了，但头发没有消失，而是散乱在尸体头颅的一边，是长发。凑近了仔细观察尸体微张的口部，可以看到口中塞了一团卫生纸。卫生纸呈现出暗黄色，因为时间长久，已经开始风干破碎。躯干的骨骼隐藏在尸体的衣服之内，虽然有泥土和灰尘的覆盖，但还是能看得出，死者上身穿着的是一件绿色的羊毛衫，羊毛衫很薄。

看到这里，我的心"咯噔"了一下。

死者的双手被反绑在背后，绑手的物件是一条黑色女式牛仔裤。

完了，衣物都对上号了。

尸体的身侧还有一条黏附了泥土的黑色女式三角内裤，是被暴力脱下的，因为有轻微的撕裂的痕迹，而且内裤是翻卷着的。尸骨下身没有任何衣物，白森森的盆骨和腿骨暴露在我的面前。

看到这里，虽然尸骨双手软组织消失殆尽，无法得知她的右手背有没有黑痣，但我心里已经基本确定，这名死者就是胡悦悦。

"除了腿部少数肌肉和一些因风干皱缩的内脏，其他的软组织都腐败殆尽了。"飙哥说，"这恐怕时间不短了，你觉得白骨化时间有多久了？"

"书上说，尸体暴露在空气中，完全白骨化是要 3 个月以上时间的啊。"我心存侥幸地说道。

"时间不会那么长。"飙哥摇了摇头，说，"现在天气越来越早热，而且南方城市潮湿，这里的环境还像天井一样密不透风，再加上满地的昆虫，尸体白骨化是会加速的。"说完，飙哥从地上捡起一截干枯的竹枝，拨动了一下尸骨下的树叶和泥土，果然有几只黑色的昆虫迅速地爬了出来。

"如果是这样的话……再结合死者穿的衣服，"我转头看了一眼身后的松林，说，"她可能就是那名母亲的女儿，胡悦悦。"

飙哥点点头，说："嗯，据她说，她女儿就是失踪了两个多月。"

我的心情很是低落，因为我知道，等会儿我们出去时，那名在外焦急等候的母亲，一定会上来询问。我甚至都可以想象到她那天塌了一般的表情。好在我经历过那次公交车交通事故的死者家属接待工作，心理已经比以前强大了许多。可能我们这份职业，就是不可避免地要去面对这些吧。

我蹲在尸体旁边，仔细观察着尸体。尸体没有了软组织，只有一副瘆人的骨架，我一时不知道该如何开始检验。

尸骨身下的地面被一些树叶和枯竹枝覆盖，突然，尸骨下身的几根干枯竹枝吸引了飙哥。他慢慢挪过身子，轻轻拿起那几根竹枝，晃动了一下。

这一下，我也看得真切，一股冷汗从我后背冒了出来，接踵而至的是愤怒的热血涌上心头。

"天杀的，真变态！"我咬着牙说。

看到王大队和身边几名技术员惊讶的表情，飙哥解释道："你们看，这三根竹枝，是隐藏在这些覆盖地面的枯叶之下的。"

飙哥一边说，一边把三根竹枝拿起悬空。

只见这三根竹枝的前端，位于尸骨的骨盆内，也就是说，这三根竹枝是被凶手从死者的会阴部刺入盆腔的。

意识到这一点后，技术员们纷纷咬牙切齿。

飙哥拿出一把钢卷尺，让我固定一头，他拉开卷尺测量了三根竹枝进入盆腔的长度后，说："刺入这么深，应该是刺破子宫进入腹腔了。"

拍照固定后，飙哥把竹枝从死者的盆腔中抽了出来，看了看，说："你们看，竹枝的前端比后端的颜色深，那是血。"

我实在不忍心凑过去看竹枝，转而用止血钳拨弄尸骨下身位置的泥土，说："死者下身位置的泥土表层颜色加深，也是血，说明竹枝是在她活着的时候刺入了她的会阴部，她应该是失血死亡的。"

"究竟是什么人干的？这么变态！"王大队也义愤填膺。

"她在死亡前，也是经历了莫大的痛苦啊。"我悲伤地说道。

"抓紧破！必须破！"王大队捏紧了拳头。

接下来，大家都不说话了，现场安静得出奇。每个人都在低头干着自己的事情：检查尸骨的检查尸骨，检查地面的检查地面，搜索假山的搜索假山。

直到现场勘查结束，现场都是静悄悄的。我和身边的技术员合力把尸骨装进了另一个从勘查箱里拿出来的崭新尸袋。

尸骨的软组织完全腐败消失，骨骼之间没有了连接，所以，我们与其说是把尸骨抬进尸袋，不如说是把尸骨一块一块地捡进尸袋。

"奇怪了，这尸体不臭吗？"我一边搬尸体，一边问道，"这里虽然僻静，但是距离道路不远啊，臭了都没人闻见？"

"尸体高度腐败后，最臭的时间也就一周。按照胡悦悦哥哥说的那样，胡悦悦失踪是在寒假结束之前，也就是说尸体腐败的时候，学校很有可能还在放寒假。这是其一。"飙哥说，"其二，这里的环境就像一个天然天井，有假山作为自然屏障，空气并不流通。而且，尸体是被人为用枯叶覆盖，也会遮挡部分尸臭。即便有人经过，也未必能闻到，即便闻到一丝，也不会引起注意。"

把尸体的颅骨和下肢骨骼都捡到尸袋里后，我们接着把尸体的躯干部位骨骼和上身的衣物一起放进尸袋里。在我们移动尸体躯干的时候，突然从尸体背后被反绑着的手骨中，掉落了一个亮闪闪的东西。不过，当时我正沉浸在愤怒之中，并没有注意到这个细节。

倒是飙哥的眼睛一亮，说："等等，这是什么？"

我顺着飙哥的手指，向灌木丛中看去，果真有一个什么物件在草丛中反射着太阳的光芒。我从勘查箱中拿出止血钳，小心地把这个东西钳了起来。原来是一枚亮晶晶、银白色的纽扣。纽扣的中央有四个用于固定在衣物上的小孔，孔中还可以看得见已经发黄的线头。为了防止线头脱落，我赶紧把纽扣装进了透明的物证袋中。然后拿起物证袋仔细观察，纽扣上没有其他的特征，只有似隐似现的几个凸起的字母，用拼音拼出来是"飞鹰"。

"是枚纽扣，你怎么看？"我问飙哥。

"我怎么看？咱们差一点就遗漏了这个证据。"飙哥瞪了我一眼。

"死者穿的羊毛衫没有扣子，内衣也不可能有这么大个儿的扣子，除非是牛仔裤？"我自觉惭愧，连忙岔开话题。

飙哥走到尸袋旁，把牛仔裤轻轻地从尸骨双手上褪了下来。这是一条春秋季节穿的薄牛仔裤，膝盖处附近故意开了几个破口，显得十分时髦，臀部位置有针绣的牡丹花，是一条比较有特征的牛仔裤。

飙哥翻来覆去仔细看了牛仔裤，说："排除了。这条牛仔裤上没有类似的扣子，也没有哪里有扣子脱落的痕迹。"

"那就有价值了。"王大队说，"这个没人来的地方，怎么会有枚这么新的纽扣？多半是犯罪嫌疑人留下的。"

"是的，我也觉得这枚纽扣非常可疑。"我说，"开始我们并没有发现它，但当我们搬动尸体的时候，它就掉了出来，我很怀疑是不是被害人在遭受侵害的时候从犯罪分子身上揪下来握在手中的。"

"如果真的是那样，"飙哥动容地说，"这个小女孩在被侵害的时候，就想到了结局。她是为了让警察破案、为她申冤，才死死攥着这枚纽扣的。"

"所以，她的手部也发生尸体痉挛了吗？"我的内心同样汹涌着，暗自发誓要将凶手绳之以法。

"去中心吧，看看尸体再说。"飙哥一边说着，一边把牛仔裤和死者的三角内裤分别装进两个透明物证袋，拿在手上率先走出了现场。

现场外，胡悦悦的母亲和哥哥被派出所民警扶进警车内坐着。飙哥走到车窗边敲了敲窗户，向胡悦悦的哥哥招了招手，胡悦悦的母亲也听见了，警觉地看着飙哥。

胡悦悦的哥哥几乎是一瞬间就打开车门，跳下了警车。飙哥拿出透明物证袋给胡悦悦的哥哥，问道："认识这条牛仔裤吗？"

话还没有问完，我就发现胡悦悦的哥哥双眼顿时充满了泪水。我明白过来，看来这条很有特征的牛仔裤真的是胡悦悦的，死者很有可能就是胡悦悦。

飙哥也读懂了他的泪水，拿着物证袋，没有走，给我使了个眼色，好像是要我来对胡悦悦的哥哥进行一次询问。

我拍了拍胡悦悦哥哥的肩膀，说："要确定是不是你妹妹，还要看 DNA 检验结果。"我觉得这句安慰实在苍白无力，于是接着说："兄弟，节哀顺变吧。我觉得你现在更应该做的是安慰你母亲，丧子之痛刻骨铭心，你要稳住她的情绪，别出什么事。"

这就是我当了这么久实习法医积累出来的经验。

胡悦悦的哥哥克制住了自己的悲痛，默默地点了点头。我见他情绪有所恢复，紧接着问："在看到这条牛仔裤之前，你们是怎么确定胡悦悦惨遭不幸的？失踪不等于遇害啊，但是你母亲一开始的反应，似乎早已经确定她遇害了。"

"两个多月前，"胡悦悦的哥哥哽咽了一下，开口了，"悦悦放寒假在家，因为家里的一些琐事和老妈发生了争吵，吵完了就说要回学校。"

"你家住在哪儿？"我插嘴问道。

"我家就在南江，城东区，从我们家到学校，打车要将近半个小时，如果坐公交车至少也要 1 个小时。"他说，"当时吵架的时候，已经晚上 10 点了。她转头冲出了家门，老妈也没管她。"

"放假的时候，学校的宿舍也可以住吗？你知道这个学校宿舍一般几点熄灯关门吗？"飙哥插话问道。

"可以住的，很多勤工俭学的学生放假都住里面，悦悦有一年暑假也没有回家，就住在宿舍里。她们寝室是晚上 11 点 30 分熄灯，12 点关宿舍楼大门。"他说，"老妈开始认为时间足够，她可以回到宿舍。但是过了一会儿，想到现在仍是假期，终究不放心，就打她的手机，当时是晚上 11 点 30 分。悦悦也接了电话，语气很不好地说了几句，突然就没了声音，电话也没挂，电话那头也没声音。老妈以为她还在生气，但听她说到了学校，就放心了，挂了电话，也没在意。可是第二天我知道此事后，再给她打电话，电话已经不通了。去学校、宿舍也没找到人，先返校的学生都说没看见她，我就觉得不对，连忙和学校老师说了。老师也去报了警，警察也在周边贴了寻人启事，找了几圈，都没有发现。"

我想了想现场的状况，即便警察走到灌木丛中，若不走到假山处也发现不了被枯叶覆盖的尸体。

他深深吸了一口气，接着说："开始，我们以为悦悦离家出走了，但是时间一长，我们就有种不祥的预感。后来老妈说她回想了一下当天晚上的电话，说总觉得电话突然没声音有些蹊跷，而且背景中仿佛有那种想喊喊不出来的呀呀声，越想越怕。直到今天早上听说学校发现了死人，我们就想着肯定是悦悦遇害了。"

说到这里，他忍不住捂着嘴抽泣起来。

我安慰了他几句，转头和飙哥并肩往车的方向走。我说："听他这么一说，死者在打电话的时候被突然袭击的可能性非常大。"

飙哥点了点头。

刚坐上警车，装着尸骨的尸袋就被抬出了警戒带。我眼尖地看到胡悦悦的妈妈下了车，赶紧也下了车，向她跑去，一把拦住了她。

"你干什么？"胡悦悦的妈妈哭喊道，"我再看我的女儿一眼也不行吗？"

"阿姨，您冷静些。"我说，"您还是别看了，真的，相信我，别看了，我们一定会抓到凶手的，好吗？"

我知道，如果她看见自己漂亮的女儿变成了一堆白骨，她一定会疯的。

这也是我当了这么久实习法医积累出来的经验。

胡悦悦的妈妈被两名女警搀扶着重新坐回了警车，我看着尸袋装进殡仪馆的运尸车，也默默地坐回警车。我的胸口如同被大锤锤过一样闷痛。

解剖室内，按照遇害顺序，我们先开始检验白骨化的女尸，也就是疑似胡悦悦的尸体。

我拿起死者的头颅，因为椎间组织已经腐败消失，头颅和颈部已经无法相连。头颅一拿起来，黏附着黑发的头皮"哗"的一声就脱落了，露出了光秃秃的颅骨顶部。我检查了一下长发，并没有什么可疑的物证，便将头发装进了一个物证袋，然后观察颅部口腔内的卫生纸。

突然，从口腔里快速爬出一只黑色的多足昆虫，又很快爬进了颅骨的眼窝，这把本来就害怕多足昆虫的我吓得不轻。双手肌肉一紧张，我差点儿没把颅骨扔了出去。

"你不是秦大胆儿吗？居然害怕虫子？"飙哥穿好解剖服走了过来，提醒道，"那你可小心了，这颅骨里，估计有不少虫子。"

"没有软组织了。"我连忙放下颅骨，岔开话题，说，"实在没法发现更多的线索。"

"不。"飙哥用止血钳在一堆骨骼里挑挑拣拣，最终夹起一块舌骨，轻轻地用手按压着，"死者的舌骨虽然没有骨折，但是舌骨大角的活动度明显增加，说明死者颈部遭受过暴力，不过应该不是致死的原因，窒息是有可能致昏的。"

我点了点头认可飙哥的判断："这就好解释了，现场有大量出血的痕迹，说明凶手是在死者活着的时候将三根竹枝插入死者会阴的，但死者身下的地面没有挣扎的痕迹，除非是昏迷的状态才有可能。"

我说完，随即拿起死者的髋骨，说："死者的髂缘和坐骨的骨骺还没有完全愈合，应该不到 22 周岁。"

"很符合胡悦悦的条件。"飙哥说，"她今年上大四，应该是这个年龄范围。"

没法发现更多的线索，我们只好开始检验另外一具尸体。尸体刚被我们抬上解剖台，在一旁亲自做尸检记录的王大队的手机响了。

王大队一边脱下手套，一边说："你们继续，我接个电话。"于是拿出手机，走出了解剖室。

我们刚检验完第二具尸体的衣着，没有发现明显的线索。当我们开始去除尸体的衣物的时候，王大队走进了解剖室，说："有进展了。"

我承认我最喜欢办案人员说这四个字了，每次说出来，都有种振奋人心的感觉。

"这名死者基本确定了。"王大队说，"不出意外，这女孩是龙港师范大学的陆苗，她和南江联合大学的一名女生是高中同学，关系很好。据那名女生反映，昨天晚上陆苗和她在 QQ 聊天，陆苗语无伦次，表达出失恋的意思。这名女生一直在安慰陆苗，陆苗却坚持要来南江联合大学找她。这名女生说从龙港到南江要两个半小时，太晚了，让她天亮再来。陆苗也同意了，然后就下线了。晚上 11 点 30 分，这名女生已经睡着了，突然接到了陆苗的电话，但是当她接的时候，对方已经挂断，再打过去，电话却提示不在服务区。她也没多想，直到今早我们提供了那张从龙港到南江的火车票，她才意识到死者可能是陆苗。"

"死者照片辨认了吗？"我问。

王大队点了点头，说："另一个好消息，我们找到证据了。"

4

"证据？"我很诧异，因为通过现场勘查，我们并没有发现可以证明犯罪的证据。

"是的。"王大队微微一笑，说，"你们发现的那枚纽扣，表面非常光滑，是指纹附着的良好载体，所以，痕检部门对纽扣进行了处理，在上面成功发现了一枚残缺的指纹，因为残缺的指纹上有很多特征点，能对甄别犯罪嫌疑人的工作发挥重大作用。"

这个好消息让我们仿佛看见了曙光，我兴奋地拍了一下解剖台。

"看到了吗？如果被情绪影响，就差一点遗漏了这个关键证据。"飙哥说，"虽然你还不确定以后当不当法医，但是我还是要教会你，当法医，是不能情绪化的。"

在现场的时候，飙哥能看得出我的疾恶如仇。这本身是一个褒义词，但是放到法医工作上，似乎就不那么褒义了。法医的素质，应该是淡然和平静，不受外界环境影响，不受案情影响，才能真正地做到尊重事实与真相。

"看来案子要破了！"我说。

"现在高兴还太早了！"飙哥一边检验着尸表，一边说，"这只能对甄别一名犯罪嫌疑人有用，怎么去把犯罪嫌疑人摸出来，确定这是一起案件还是两起案件，才是当务之急。所以，还是抓紧继续对陆苗的尸体进行检验比较靠谱。"

陆苗的致命伤在左侧颈部，血肉模糊。我们照相固定以后，用潮湿的纱布仔细清洗了她左侧颈部的皮肤，十余处创口随即浮现出来。我们仔细观察了死者的颈部皮肤，发现创口的周围还有很多细小平行的划痕，成双成对。

"这应该是什么工具形成的呢？"飙哥又考我，"创口呈椭圆形，而且不容易发现创角，创口旁边有铁轨样的擦划痕。"

"这？"我卡壳了，以前从来没有见过这样的损伤形态。

飙哥似乎预料到我猜不出来，说："不急，先打开看看吧。"

我用手术刀打开了死者颈部的皮肤，把皮肤翻到了下巴上，我发现她的右侧颈部有皮下出血。

在一旁观看的王大队插话说："这个也有扼颈的动作。"

扼颈的伤痕，似乎对判断致死工具无用，于是我继续用刀尖划开她左侧的肌肉组织，发现她的左侧颈总动脉有一个破口。有一处刺创深达气管，刺伤了声门附近的软组织，这样的损伤，足以让死者失语。

难怪并没有人听见任何呼救声。

为了仔细观察破口的形态，我拿来了放大镜，对准破口仔细观察。破口倒是没有发现什么异常，但是，破口旁边的肌肉组织中有一些痕迹引起了我的注意。用强光灯照射，仿佛能看见肌肉组织中插着一丝细细的黑影。

我用止血钳小心地把黑影夹了出来，用放大镜仔细观察后，又仔细看了看死者颈部皮肤的细小划痕，对飙哥说："我知道了，致伤工具是竹枝。"

"对了。"飙哥说，"若不是这处遗留下来的竹纤维提示了你，你还想不到这种损伤形态是竹枝导致的吧？其实这是非常典型的竹枝捅刺导致的损伤，今后你就认识了。"

法医损伤学也非常深奥，尤其是对致伤工具的推断。一万种致伤工具，就有一万种损伤形态，法医需要通过不断地工作来积累经验，才能做到对大多数致伤工具造成损伤的形态了然于胸。

"现场确实有竹林，所以有枯竹枝。"我说，"可是，竹枝能刺入颈部？"

飙哥点了点头，说："你看，创口的截面是类圆形的，直径也和现场地面的那些干枯竹枝差不多。创口的两角都有平行细小的划痕，符合竹枝一头的两个凸起点划伤的特征，这应该是'竹枝多次刺击颈部，有的刺击动作刺偏了'而形成的划伤。你发现的细小竹纤维，应该是竹枝刺入颈部后，因为颈部肌肉的反射性收缩，收缩的肌肉夹紧了竹枝前端的毛刺，才折断了其中一根竹纤维。"

飙哥的一通描述，听得我脖子疼。我现在几乎能想象得出来，这个被竹枝刺死的姑娘，承受了多大的痛苦。

经过对尸体的系统检验后，我们没有在其他部位发现明显的损伤。

除了死者的会阴部，那里有多处挫伤。

"不是说，没有强奸吗？"我说。

飙哥摇了摇头，说："不是强奸。除了现场的情况外，别忘了刚才我们已经检查了尸体的后背，后背皮肤和皮下组织没有挤压形成的出血，所以之前的断定没有错，死者生前并没有受压。死者的阴道擦拭物和子宫刚才我们也检验过，并没有精液，甚至精斑预试验都是阴性的。所以，我还是认为她没有被强奸的过程。"

"你的意思是，这个挫伤，其实是猥亵，对吗？"我说。

"挫伤呈小片状，不连贯。"飙哥说，"这符合手指形成的特征。结合现场的情况，死者的牛仔裤扣子被解开、拉链被拉开，却没有泥土进入裤子内，说明凶手并没有脱掉死者的裤子，只是伸手进去进行猥亵的。"

"这些挫伤大部分有明显的生活反应，但也有几处黏膜剥脱没有生活反应。"王大队补充说，"猥亵的过程应该是在死者受伤无抵抗能力之后，整个过程从她濒死持续到死亡。"

"这，太变态了。"我皱眉道。

"但是至少也可以说明，凶手的作案，就是为了性侵。"飙哥说，"如果是矛盾杀人伪装性侵的话，只需要弄乱她的衣着，没必要真的猥亵这么久。"

看检验完毕，尸体已经都缝合好了，再没有发现线索的可能后，飙哥决定去专案组听一听前期调查情况，再做定夺。

专案组里，我们又见到了南江市公安局城北区分局的邢建国副局长。他一脸凝重，说："目前我们最犹豫的事情，是不清楚这两起命案能不能串并。这个问题都搞不清楚，就难以进行下一步工作。"

大家都在沉默，因为整个现场，只找到了一枚残缺的指纹，并没有拿到能将两起案件串并的直接证据，大家都在构思如何能通过案情将两起案件进行串并。

未承想，倒是刚刚坐下来的飙哥举了手，说："我觉得这两起案件可以串并。"

王大队也附和般地点了点头，说："我也觉得是一个人干的。"

邢局长问："能不能说一下你们的依据？"

飙哥说："第一，作案地点相同。能发现并选择这个看似隐蔽又不隐蔽、说不隐蔽又很隐蔽的地点作案，应该是对现场和现场旁边大道非常熟悉的人。凶手知道这里没有人会进去，不大声叫喊，外面也不可能听见声音，他还知道外面大道上什么时候人比较少。"

这一段，说得大家都点头称是。

飙哥喝了口水，接着说："第二，作案时间相同，如果能确定两名死者分别是胡悦悦和陆苗的话，那么她们遇害的时间应该都是晚上11点以后。"

邢局长打断道："都已经通过DNA检验确认了。"

飙哥点了点头，接着说："第三，凶手选择目标、作案动机相同。选择的都是独自行走在大道上的单身年轻女性，受害女性的特征部位都遭受了侵犯，说明凶手的目的都是性侵害。最关键的是，胡悦悦遇害的时候，应该是她母亲给她打电话的时候；陆苗遇害的时候，应该正在给她的好朋友打电话。也就是说，犯罪分子选择侵害的目标都是正在打电话的女性，因为他认为这个时候她们注意力分散，警惕性不高，能有效抵抗的概率非常低。"

"有道理。"邢局长说。

飙哥接着说："第四，凶手使用的手段、作案工具相同。两具尸体都有被扼颈的过程，扼颈不仅仅是控制，更是制服、让其不能呼救的一种手段。而且凶手拿竹枝刺穿了陆苗的颈部、刺击了胡悦悦的会阴部。两者看起来，都是无准备的现场取材，取的都是竹枝。这种行为模式，实在是一模一样，应该可以说明是一个人所为。"

邢局长点了点头，说："如果并案了，那可就好了！我们可以集中优势警力，全力突破。那你们技术部门，有什么建议呢？侦查部门的排查应该从哪里开始？"

飙哥自信满满地说："我觉得凶手肯定是潜伏在校园中，可以自由进出校园，而且对校园整体构造，尤其是那片灌木丛非常熟悉的人。"

王大队补充说："嗯，同意，我觉得应该从学校的工作人员开始，摸排范围逐渐扩大到男性学生，尤其是要从寒假期间还滞留在学校的人入手。因为第一名死者被害的时候，学校还是放假状态。"

飙哥说："尽快查。现场的大道很长，而且很直，现场也没有拐角。在昨晚案发的时间，大道上并没有什么人。所以，如果凶手尾随或路遇死者，在那么晚的时候，死者即便在打电话，也不可能不对他进行防备，不可能一点儿没有抵抗就被拖进灌木丛。从我们法医的检验中，确实没有发现她身上有任何抵抗伤。所以，我认为最大的可能是凶手潜伏在松林之后，等待单身女性路过。那么，这个季节，这个地点，凶手一定会被毒蚊子叮得很惨。"

"对了，如果挟持一个人进松林，难免会被松针划出划痕。"我也补充道。

邢局长摸了摸下巴，说："有道理。说到对灌木丛熟悉的人，最熟悉的恐怕就要数学校维护绿化的工作人员了吧。"

"既然说到这儿，那我就忍不住说两句了。"主办侦查员开口了，"学校绿化维护工作，是交给物业管理的园丁的，我们早就注意到这一点了，也和他们有接触，但是觉得不太可能。你说如果是园丁干的，他为什么要在今早浇水的时候自发报案？拖延一些时日不好吗？"

"不是他。"飙哥说，"我们抵达现场，我就看了他的身上，确实有蚊子叮咬的痕迹，但那说明不了什么，因为他要进去干活儿。但他身上没有松针擦划的痕迹。还有，之前说了两起案件可以并案，那他没道理做第一起的时候不报案，做了第二起案件又立即报案。"

大家都沉默不语。

主办侦查员接着说："当然，他们有两个园丁。另一个园丁我们也找到了，确实也像你们刚才说的那样，身上被蚊子咬了不少包，一直在抓挠，好像也有一些松针刺划的痕迹。但是我们通过对他的外围调查后，觉得他就更不可能了。"

"为什么不可能？"飙哥和我异口同声。

侦查员羞涩地笑了一下，说："外围调查，他性功能障碍，去医院看过几次。"

"啪！"飙哥猛地拍了一下桌子，吓了周围的人一跳，他说："性功能障碍是不行，不行可不代表不想！你们不知道吧，陆苗没有被强奸，而是被手指猥亵的！胡悦悦有没有被强奸已经看不出来了，但是她的骨盆里有竹枝，感觉也不是正常人能干出来的事情！很有可能也没有实施强奸，而是用竹枝进行了猥亵！我开始就怀疑这个只猥亵不强奸的人性功能不正常，导致了心理变态。"

邢局长略加思考，说："盘查一下他，去办好手续，采集他的指纹，搜查他家。"

"是！"几乎全体专案组民警都站了起来。

夜幕降临的时候，飙哥带着我，跟随着现场搜查组，来到了园丁的家里。

刚刚走进这个园丁的家，我们的猜想就得到了证实。园丁家的墙壁上，都是自绘的一些不堪入目、极为变态的淫秽图片，还贴着一些女人的裸照。打开园丁家的一个大衣柜，我们居然发现了很多新新旧旧的女性用品，有内衣内裤，有女式手机，有女式挎包。

简单地清理了大衣柜里的物品，我们就宣布破案了，因为我们在一个女式挎包中找到了陆苗的身份证。

随后传来的消息是，被捕的园丁被采集了指纹，和现场纽扣上发现的残缺指纹认定同一！

有了这么多依据作为支持，园丁根本就没有负隅顽抗的资本了。所以，在负责审讯的侦查员向园丁宣布指纹比对的鉴定结果后，他立刻就对自己的犯罪行为供认不讳了。

原来他之前一直热衷于盗窃各种女性用品，企图恢复他已经丧失了的性功能，可是一直未果。两个多月前的一天，他喝了点儿酒去学校值班。在校园里闲逛的时候，他突然来了便意，一时找不到厕所，就去现场的灌木丛中方便。方便完以后，正在系着皮带的园丁，发现胡悦悦打着电话沿着大道走了过来。他顿时酒壮尿人胆，色胆包天。他知道这个时候是假期，学校里根本就没多少人。而在这个深夜，更没有人会到这个鸟不拉屎的地方来。

他二话不说，从灌木丛中突然跳出，从背后掐住胡悦悦的脖子，将她挟持进了灌木丛。在将胡悦悦完全控制住并用卫生纸堵塞住口腔后，他发现自己已经勃起了。他正想实施强奸，却遭到了胡悦悦的激烈反抗，胡悦悦挣扎中抓坏了他的衣服。于是他一怒之下将胡悦悦掐昏，并用三根竹枝插入了她的下体。因为，他在制服胡悦悦的时候，又软了下来。

杀完了胡悦悦，园丁用一些枯叶覆盖了尸体。他了解园丁灌溉灌木的规律，正常情况下，是无须灌溉的，只有连续干旱的天气，才会灌溉。即便是要来灌溉，也只会在松林外向内喷水，不会进入灌木中，也就很难发现尸体。

案发后，园丁还是有些害怕，天天有事没事就去现场附近看看，有的时候还会趁黑夜去灌木丛里，把那些被吹散的枯叶重新覆盖到尸体上。直至开学后几周，都没有人发现胡悦悦的死亡。园丁这下放心了，认为这里是校园里绝对的死角，无论如何也不可能有人会到这里来。于是，他的胆子就更大了，加之上次尝到的甜头，他决定再伏击一名女子，尝试让自己重新获取性功能。

于是，失恋的陆苗就成了园丁的猎物。

可是园丁并没有再次恢复功能，加之陆苗伺机逃跑，园丁追上她后刺伤了她的颈部，猥亵后发现陆苗的身体逐渐变凉，于是悻悻离去。因为过度自信，他并没有像上次那样用枯叶覆盖尸体。

案件破获后，已经是晚上 8 点钟了。

飙哥疲惫却如释重负地带着我上了警车，返回法医中心。

"总算是给两个小姑娘的家人一个交代了。这么年轻，却遇到这么恶心的人，真的太可惜了。"我叹了一口气，"不过，现在女大学生的防范意识也不太强。本来一个人走夜路就非常危险，还要边走边打电话，看似在壮胆，其实分散了注意力，很容易被犯罪分子抓住机会袭击得逞。"

飙哥靠在椅背上，似乎在自言自语道："反正你还没想好当不当法医，这种警世恒言，你也没必要这么早就开始总结了。"

我知道飙哥还在生我的气，他虽然看似很严厉，但实际上就像个小孩。我低头笑笑，没再搭话，把头靠在车窗上，不知不觉就睡着了。

随着一声刹车声，车辆停了下来。我没有睁眼，心想怎么这么快就到了，能多睡一秒就多睡一秒吧。

只听警车的驾驶员问："小姑娘，你在这儿干吗呢？"

"我找人。"一个熟悉的声音从窗外传来。

我顿时从座位上跳了起来，一个箭步冲下了车。

车外，是法医中心的大门，门口站着一个姑娘，正是铃铛。

"你怎么来了？你怎么半夜来？这大半夜的多不安全？这地方还这么偏僻！"我几乎是带着哭腔喊道。

铃铛倒是乐了，说："你这是咋了？吃了火药了？"

"你怎么不打个电话给我？"我边抱怨边拿出手机，却发现整整有五个未接来电，都是铃铛打的，最早的时间是 4 个小时前。原来我刚才在专案组开会的时候，就关了静音。后来连着搜查犯罪嫌疑人的家、旁听审讯，竟然都没看一眼手机。

"学校搞运动会，我又不参加，所以等于有了一个礼拜的假期。"铃铛扬了扬手中的手提袋，说，"你这不是公务员没考好嘛，电话打不通，有点儿担心你，所以我来看看你。"

"公务员考试算个啥？你这半夜三更来，有多危险！"我还是不依不饶地说，"你还在这么偏僻的地方，半夜打电话！"

"你这是怎么了？"铃铛饶有兴趣地看着我。

"他是被刚才的案件搞怕了。"飙哥也下了车，笑着说，"他皮厚，我骂他他不服，你来教训他好了。你今晚就住中心的招待所，久别重逢别聊太久啊，明天还是我值班。"

"怎么还是你值班？"我问道。

"我和平哥换了班。"

"居然有人敢和你这种易发案体质换班，佩服，佩服。"我见到铃铛很开心，抛下一句话后，就牵着她向招待所走去。

法医秦明

VOICE OF THE DEAD

| 第十案 |

大眼男孩

——

我什么都没有忘，

只是有些事只适合收藏，

不能说，

不能想，

却也不能忘。

——

史铁生

1

晚上，我带铃铛在招待所食堂吃了饭，然后聊了很多。

铃铛跟我聊了前一段时间发生的"非典"疫情。虽然那个时候，大多数人对疫情的概念还不够深，但我们毕竟是学医的，经常和医生们打交道，所以也能够认识到疫情的严重性。

只不过，这几个月我被飙哥一顿刺激，潜心钻研理论课本，全身心投入了办案中去，所以一直也没有重视这场莫名其妙、突如其来的疫情。更何况，那时候南江市还没有病例，所以大家都没有把疫情当回事。

然而，"非典"疫情却在这一年的4月出现了暴发的趋势，各个高校都开始注意到了这个问题。据可靠消息，我们学校的校长办公会也已经研究决定，准备在这几天之内，宣布提前结束实习期，召回所有在外实习的学生，并对学校进行封闭管理。

"封校"在那个时候是个稀罕事情，毕竟在此之前大家都没有过这样的经历。把我们这么多学生圈在那么小的校园里，不知道会是一番什么景象。也许，就是每天写写论文、谈谈恋爱、打打牌了，毕竟那时候宿舍里连一条网线都没有，更别说什么无线上网之类的高端玩意儿了。

对于我们这种小恋人来说，那是好事，至少封校给我们提供了更多的相处机会。只是如果学校在这周就下达召回实习生的通知，那么明天很有可能就是我跟随飙哥值的最后一个班了。

想到这里，我哑然失笑。我可真是一个矛盾的人，前两天还在和飙哥说，大不了不当法医，真要走了又这么恋恋不舍。看来，飙哥说的那些话，还是有触动到我。

"那你明天先回去，反正估计这几天结束，我也要被召回去了。"我对铃铛说。

铃铛摇摇头，说："不如我在这里等你两天，等召回通知下达后，我们一起回去？"

刚刚出勘过校园凶杀案现场的我此时仍然心有余悸，一听铃铛这样说，当然是连连称好。我心想，反正铃铛可以住在中心的招待所，见面也方便。

然而我还要跟着飙哥值班，总不能让铃铛一个人在中心里闲着没事干吧。第二天一早，我准备去问问铃铛要不要去南江市里游玩一下，结果发现飙哥正拎着勘查箱向我们招待所走来。

"可能，又有命案了。"飙哥挠了挠脑袋，说道。

"您还真神。"我竖了竖大拇指。

此时，铃铛正好也从招待所里走了出来，听见了我们的话。她一脸兴奋地说道："飙哥，我可以跟着去看看吗？"

"你去干什么，你还是个学生！"我叫道。

"你不也是？"铃铛反驳道。

"我是实习生！差别大了去了！"我说。

"你大一的时候，不就开始实习了？"飙哥居然为铃铛撑腰。

我瞪大了眼睛看着飙哥。

"你也是学法医的对吧，早点接触不是什么坏事。"飙哥对铃铛说道。

"好！"铃铛充满期待。

她虽然是学法医的，但是还没有学到专业课，更是从来没有见过尸体解剖。在这种毫无准备的情况下，就跟着我们出现场了？现在她是好奇，但看完后她又会是什么感受呢？

我想到了自己初次参与解剖的经历，打了个冷战。

很快，我们就一起坐在了去往宝河区的勘查车上。

"什么情况？"我问飙哥。

飙哥说："具体的还得去看。说是一个孤寡老人，平时靠修鞋为生。在城郊接合部买了一个门面，两层的小楼，一楼是门面，卷闸门，二楼是住的地方。门面的邻居发现老人昨天一天都没有开门，就有点儿生疑。今天早上6点左右，邻居听见他的手机响，但一直没人接，感觉不对，就去敲他的卷闸门，可是左敲右敲就是没有人开。不得已，就爬到门面对面的院墙上，从窗子里往里看，发现他的窗子是开着的，老人躺在床上，一动不动，枕边还有血，床上也有大面积的血，就知道出人命了，于是打了110。"

"确定是杀人案件？"我看了看飙哥，又看了看铃铛。我知道，只要是命案，那就必须要对尸体进行解剖了。

"110民警怕破坏现场，没有进入现场，就到报案人发现情况的院墙上，往屋内仔细观察了，床上有血，老人确实躺在那里，没有看到有呼吸。"飙哥说。

"卷闸门是关闭的，那就是说，行凶者是从窗子进去的？"我已经开始进入破案的状态，也想在铃铛面前好好表现一下。

"现场卷闸门是关好的，且没有损坏的痕迹。一楼没有窗口，二楼只有一扇窗户。"飙哥看出我的小九九，笑了笑，"你说得对，很有可能就是翻窗入室作案。不过具体情况不着急，看看现场，心里就有数了。"

"嗯。"我说，"得抓紧破案，因为'非典'疫情，我们这两天可能就要被召回，然后封校了。"

"是吗？"飙哥的眼神里似乎也有一些不舍，说，"那估计这就是你实习期办的最后一个案子了，得办漂亮点。"

我点了点头。

"不过，你以后也不一定干法医，都无所谓了。"飙哥又补了一句。

"啊？你不干法医？"铃铛在后排座好奇地问道，"为什么？很吓人吗？"

"嗯，一言难尽，反正我还没想好。"我耸了耸肩膀。

一路聊着，我们到达了现场。

现场已经被几辆警车左右一拦，形成了保护带。很多围观群众在警车后面探首观望，议论纷纷。

"这老头买了门面，哪儿还有钱啊，什么人会来杀他？"

"就是啊，没儿没女的，平时就修鞋，和谁也没矛盾啊。"

"这老人家人特别好，很热心。我们的鞋子有点儿小问题，他都是免费帮我们修的。谁杀他的，真是要遭天谴啊。"

"是啊，上次我看见一个小女孩晚上从这里走，很害怕，他还打手电筒把她送到亮的地方。"

从围观群众的议论来看，这是个口碑很好的老人，没有什么钱，看起来要分析这个案件的性质会比较复杂。

痕迹检验技术人员正在仔细地检查卷闸门上的痕迹。

卷闸门上的灰尘很重，外面没有任何开启的痕迹，也就是说，近期这扇门都是从屋内关闭的，可以排除从外面关闭的可能。

"看来犯罪分子真的只能从窗户进出。"我抱着手站在铃铛旁边，一边看着痕检人员忙碌地工作，一边给她解说着工作流程。

飙哥抬头看看上方的窗户，左顾右盼，疑惑道："这么高，窗户又是突出的，怎么才能爬进去？又不是《碟中谍》！"

"从屋顶下来呗。"我仰头看了看，觉得也不太可能从下面攀爬进中心现场，但是又不是从正门进入的，那么就只有这一种可能了。

"从窗户进来，从窗户离开，这种方式还真是挺少见的，不嫌麻烦啊？"飙哥说。

说话间，卷闸门被痕检员撬开了。卷闸门是在内侧用挂锁锁在地面的锁扣上的，状态很正常。

这个门面的面积实在是太小了，不如叫格子间更适合一些。从一楼那几个平方的面积看，二楼估计也就只能摆得下一张大床了。为了节省空间，甚至一楼和二楼之间都不安装楼梯，而是只用一个梯子作为上下楼的通道。

一楼的现场杂乱地放着一些旧鞋和修鞋的简易机器，还有一些废品。看来这个老人平时除了修鞋，也收一些废品贴补日常开销。

痕检员很快铺好了勘查踏板，通往梯子处。梯子上的痕迹尤为重要，如果梯子上也没有可疑的手印、脚印或是手套印、鞋印的话，那么犯罪分子的出入口就真的只能是窗户了。如果确定了这一点，对犯罪嫌疑人的刻画是很有帮助的。毕竟不是所有人都具备飞檐走壁的能力。

痕检还没有打开去二楼的通道，法医就没有必要进入现场。所以，飙哥带着我们两个人在现场外面等候着痕检完成工作。

"一会儿你就不要进去了。"我对铃铛说，"毕竟空间这么小，二楼除了床，站人的空间都没有。"

铃铛明显有些紧张，连忙点了点头。

"是啊，上去肯定挤。"飙哥说，"现在问题来了，我们一会儿怎么把尸体给弄下来呢？连个楼梯都没有的。"

"尸体装尸袋里，从梯子上滑下来。"我策划着。

"嗯，是一个办法，但要小心点，别对尸体造成损伤就行。"

听我们一唱一和，铃铛更紧张了。

"没关系，现场有什么发现，等我出来以后，慢慢说给你听就行。"我说，"别着急，你还没办过案件，没有现场分析的能力并不丢脸，关键是一会儿看解剖时认真点，那是我们法医的拿手本事。"

"说得好像你有现场分析能力似的。"飙哥撑我道。

"女朋友在，能不能给点面子？"我用肘部戳了一下飙哥。

飙哥哈哈一笑，说："好好好，你不错，有潜力。"

在现场等了10分钟后，痕检员在里面喊道："梯子上只有一种鞋印和指纹，都提取固定完毕，等我们回去再进行比对。如果是死者的，就说明行凶者没有经过梯子，那么他只能是从窗子进来并离开的。"

一见现场通道已经打开了，之前闲着的我们就忙碌了起来。我和飙哥打开勘查箱，拿出口罩、手套、鞋套和帽子，开始穿戴。

为了节省空间、方便爬梯子上下楼，我们准备不带勘查箱上去。于是，我拿了两把止血钳揣在裤子口袋里，又拿了几根棉签，准备进入现场。

我和飙哥沿着勘查踏板，直奔梯子旁。

这是一个破旧不堪的梯子，已经有一些年头，似乎随时都有可能崩坏。二楼地板上有一个窟窿，这个窟窿就是一楼和二楼的通道，梯子就架在窟窿一旁。

"上去吧。"飙哥身手矫健，率先爬了上去。我紧跟着飙哥，也小心翼翼地爬到了二楼。

二楼确实很小，所以布置得很简单。因为老人只是在二楼搭了一张行军床，所以省下来很多空间，窗口放了一张破旧的办公桌。除此之外，就没有其他摆设了。床头堆着一些破旧的衣物，连衣柜都省了。

现场虽然小，但是看起来还算整洁，并没有被打乱、翻动的痕迹。

"现场越小，越容易留下搏斗痕迹。"飙哥说，"我这样说，你明白吧？"

我点了点头。

"我以前遇见过一个类似的现场，也就这么大，桌子上还放着一些瓶瓶罐罐，都没有倒伏，就可以证明并没有打斗的痕迹。"飙哥接着说，"那个案子，后来被证实并不是命案。"

"所以，这个现场也没有打斗，是不是也不是命案了？"我说，"看来今天带铃铛来是好事啊！"

"至少我觉得，这里没有发生过打斗。"飙哥耸了耸肩膀，说，"不过，毕竟死者是个老人，如果凶手和他体力悬殊，在床上作案，也就不需要在房间里打斗了。"

"那倒也是，毕竟床上有不少血。"我指了指床上的尸体。

老人就这样安静地躺在床上，处于侧卧位，面朝内侧的墙壁，把后脑勺对着我们。他的后脑勺上有明显的血液干涸后结成的痂皮，把头发一缕一缕黏附在一起。

我站在小床旁边，观察着尸体所躺的床铺。床上铺的是白色的床单和白色的枕套，很陈旧，但还算干净。一床蓝色的薄被堆在靠墙的床内侧，被尸体挡住了大部分，并没有盖在尸体身上。枕头靠床外侧，已经被血染红了，但是看起来出血量不算太大。床头地面上也有一小摊血迹，血迹的旁边，似乎是有一些呕吐物。

颅脑损伤导致脑膜刺激征，发生呕吐是很正常的现象。因此，头部受伤的伤者到医院就诊时，医生一般会询问他是不是有呕吐过。

关键的"血迹"是在床的中间位置。床中间的白色床单，已经全部变成了深褐色。

"这个，不是血，你能看得出来吧？"飙哥指了指床中间深褐色的位置，问我。

"能看出来，明显不是血液的颜色，可是，这是什么？"我皱着眉头说道，"难不成是一瓶可乐全洒在床上了？"

"不是，这是尿。"飙哥说，"可能是因为老年人尿液的颜色太深，浸湿了白色的床单，就会出现这种颜色。"

"小便失禁啊？"我说，"难道真的是疾病死亡的？那他头上的伤是怎么回事？"

"这个暂时还不清楚。"飙哥说，"颅脑损伤也会导致大小便失禁的。"

"可是他头部出血量很小啊。"我说，"感觉伤并不重。"

飙哥点点头，说："不着急，你静态勘查完毕了，就赶紧动态勘查吧。我得看看窗户。"

飙哥还是最关心犯罪分子是如何进入现场的。他走到开着的窗边，仔细地观察着窗户的高度、离屋顶的高度和窗框上的痕迹。

我点点头，整理了一下乳胶手套，心想铃铛在下面搞不好等着急了，要赶紧开始检查尸体，明确死亡时间、致命伤后，早点下去。反正不能明确性质的尸体，都是要带回中心慢慢解剖的。

我先用手指顶了顶尸体的头部，没有发现明显的骨擦感。看来和我想象中的一样，死者的头部损伤并不是非常严重。

他究竟是疾病导致的死亡，还是有其他死因呢？这就要重点看看他的面部和颈部了。于是我慢慢地把侧卧位的尸体翻过来，让他面朝上方。

尸体软软的，看来是死亡 6 个小时之内，尸僵还没有完全形成。要么就是死亡36 小时以上，尸僵已经缓解大部分了。

尸体的双眼紧闭。按照惯例，要先检查眼睑结膜的情况以及角膜、瞳孔的情况。我用双手一上一下地撑开了尸体的一侧眼睑。

不可思议的事情发生了。

尸体突然睁开眼睛，直愣愣地瞪着我！

是的，确实不是我掰开的两只眼睛，而是他主动睁开的！

我脑子就像是被响雷劈中一样，"轰"的一声，一片空白。

全身的汗毛全竖了起来，我一动不动，强迫自己镇定下来。这一定是幻觉，一定是幻觉！一定是刚开始就睁着眼的，我没有注意到。心里虽然这样想，但我的双手还是不受控制，依然僵直地掰着他的上下眼睑。

直到那双可怕无神的眼睛下方的嘴里发出一声呻吟："嗯——"

2

我当时感觉腿都软了，连续后退了几步，险些掉进通向一楼的窟窿。我靠在墙上，牙齿都不自觉地发抖了。

飙哥仿佛也听见了那声幽幽的呻吟，回过头来，看到我脸色苍白、瑟瑟发抖，问："怎么了？"

我望着那具仰面朝天的"尸体"，老人依然直愣愣地盯着天花板，看上去异常诡异。我勉强从嗓子里挤出一句话："诈……诈尸了！"

可能是没控制好音量，我变形的声音从开着的窗户传了出去，很快，我就听见外面围观群众的讨论声也升高了八度。

"放屁！"飙哥三两步跑到尸体的旁边，两根手指搭在他的颈动脉上。几秒钟后，飙哥喊道："快叫人，没死，送医院！"

我还傻乎乎地靠在墙上，面色苍白，双腿发软。

"快去啊！"飙哥喊道。

我这才反应了过来，趴在二楼地板的"窟窿"边，对下面喊道："别看现场了，来人帮忙把老人运下去！"

听这一喊，几名痕检员连忙走到了梯子下面，其中一人上到梯子中央，接应我们。我和飙哥把意识模糊的老人从床上扶了起来，搀扶到了梯子旁，然后把他的双脚先放下去，见下面的同事扶稳了之后，再把老人的身体慢慢也放了下去。

直到一楼的同事们把老人安全移到了楼下，我和飙哥才先后从梯子上爬了下来。

"我看了瞳孔情况，应该还好。"飙哥说，"抓紧打120。"

"早就打过了。"

5分钟后，120急救车赶到，将老人抬上了车。

我喊铃铛一起坐上了勘查车，让勘查车跟随着120急救车，拉着警报、开着警灯，风驰电掣一般向最近的南江医科大学第一附属医院驶去。

我知道，南江医科大学第一附属医院的神经外科，在全国也是排得上号的。

上了车，铃铛才找到机会问我："你刚才在现场，喊了一句什么？"

我一听，差点儿没找个窗缝钻出去，连忙说道："啊？我没说话啊，我说话了吗？"

"说了。"飙哥淡定地复述了一遍，"他喊了一句——诈尸。"

铃铛"扑哧"一声笑了起来。

"你别笑，当时那种情况，真的非常恐怖！"我辩解道。

"先入为主了吧，侦查员说死人了，就一定死了？别忘了，赶赴现场确诊死亡是我们法医的职责。你太掉以轻心了，觉得看不到呼吸运动就死亡了？以后一定要记住，像这样的现场，一定要看尸体有没有尸斑和尸僵，尸斑和尸僵才是确证死亡的重要依据。"飙哥说道。

他说的这些，我都是懂的，只是实际操作中，并没有想到这种意外情况。

"他应该只是处于假死的状态。"飙哥说。

"假死？装死吗？"没有学过法医学专业课的铃铛问出了一句幼稚的话。

我当时很想也笑一声作为报复，但没敢。

"不，假死是法医学专业名词。"飙哥没有嘲笑铃铛，反而很有耐心地解释，"假死是指人的个体生命活动处在极度微弱的状态，用一般临床检查方法查不出生命体征，外表看来好像人已经死亡，而实际上还活着，这样说可以理解吗？"

这飙哥，平时对我说话，哪见过这么温和的？

"假死多见于颅脑损伤或者是机械性窒息。"我不能输，赶紧补充道。

"是啊，颅脑外伤或窒息后，脑组织缺血、缺氧，脑功能处在高度保护性抑制状态，就会出现假死的状态。"

"我知道这个，只是我真没想到会碰到这样的事。"我还在为自己找理由，说，"近距离观察都发现不了他的呼吸运动，我用手刺激了他的眼球之后，他才苏醒了过来，但是他受了伤，只能那样睁着眼呻吟。你想想，猛然看见，多吓人。"

"诈尸。哈哈。"飙哥撑我话少，可戳的尽是要害。

我还没有完全回过神。

一直号称"秦大胆儿"的我，没想到也会有被吓傻的时候。事情已经过去 20 分钟了，我仍然面色苍白，双眼充满了血丝，心脏跳速还在 120 以上，双腿还是软弱无力。就这样，我在惊魂未定却还要忍受他们嘲笑的情况下，来到了南江医科大学第一附属医院。

和急诊医生说明了情况，我们和办案单位民警一起送老人去做头部 CT。因为此事涉及案件定性的问题，所以医院给我们开了绿灯。老人做完了扫描之后，我们就立即拿到了他的头颅 CT 片。

飙哥拿过了 CT 片，看了看，说："这是对冲伤啊。"

我和铃铛一起凑脑袋去看。我学过法医学专业理论知识，自然是明白对冲伤是什么意思，而铃铛则是一头雾水。

既然确证了假死老人的头部损伤是对冲伤，我瞬间就放心了许多。

飙哥将 CT 片交回给急诊科医生。

我在路上，向铃铛解释道："对冲伤是指在头部着力点位置存在头皮血肿、脑组织出血和脑挫伤，不仅仅如此，还会在头部着力点位置的对侧也出现脑组织出血和挫伤，但是，对侧的头部位置是不伴有头皮的损伤和颅骨的骨折的。听起来挺拗口吧？你看看这个片子，就是典型的对冲伤。看到没有，老人头部的创口是在枕部的，枕部位置也存在头皮下出血。而他枕部的脑出血和脑挫伤不是那么明显，反而其颅内主要的积血集中在额部，额部脑组织也有一点点挫裂伤，但是额部的皮肤是好的，没有皮下出血，这就说明他头部损伤就是对冲伤。"

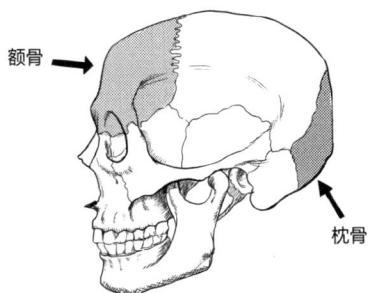

额骨和枕骨示意图

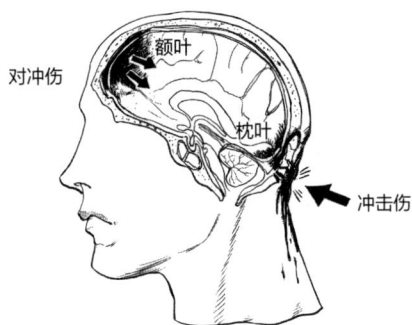

对冲伤示意图

铃铛已经学过了医学影像学，所以对这个比较简单的头颅 CT 的读片，也还是掌握的。

"明白了什么是对冲伤，后面的判断就好办了。"我学着飙哥的口吻，说，"这是在颅骨高速运动过程中，头颅突然静止，形成了头皮损伤处的脑损伤，因为惯性运动，对侧的脑组织撞击颅骨内壁，也形成出血和挫伤。所以对冲伤基本可以确诊是头部减速运动形成的损伤，比如摔跌、头撞墙等。"

"减速运动？"铃铛好像没有理解。

我接着科普道："减速运动啊！就是说原来是有速度的，被迫突然停止。人摔跌的时候，头部本来是有速度的，碰到地面就停止了，这不就是减速运动嘛。如果是被人打击形成的损伤，那头颅本身是静止的，被打击后出现移动速度，这就叫作加速运动！而加速运动，比如用工具直接打击头部，会造成着力点位置头皮、颅骨损伤，其下脑组织出血、挫伤，但是对侧的脑组织是不会有出血挫伤的，这种损伤叫打击伤。"

"哦，这么神奇。"铃铛眼睛一亮。

我不知道铃铛听懂了没有，我自己当时也是画了不少示意图才弄明白的。

我们站在急诊科诊室外面，等飙哥出来。

飙哥说："经过抢救，目前老人生命体征平稳。医生说，应该是没有生命危险了。"

"那是好事。我们救了一条人命。"我说。

"还是个好人的命。"铃铛说，"我刚才在现场外面，围观群众都说这个老人家特别好。"

"嗯。"我点点头，说，"不过，飙哥，我们似乎是法医，不是救死扶伤的医生吧？"

"是啊，我这不正在给痕检员打电话呢嘛。"飙哥扬了扬手中的手机，说道。

我们在送老人就医的过程中，痕检部门对现场进行了更加全面、仔细的勘查。现场发现一个滑跌的痕迹，是老人自己的鞋子形成的。在整个二楼，没有发现任何可疑痕迹，窗户也看了，和梯子上一样，只有老人自己的指纹。简而言之，这间房子里，没有第二个人出现的痕迹了。既然排除了外来人员从窗口进入现场，那么现场没有出入口，这就是个封闭的现场。

根据现场的痕迹发现推断，应该是老人晚上去开窗透气，走回床上的时候滑跌摔倒，伤了头部，但不是很严重。他自己爬上床后因为颅脑内有出血，就出现了呕吐、昏迷、假死、小便失禁的情况。

好在他被热心的邻居发现，并且报了警，这才保住了性命。

"让侦查部门继续调查吧，没有其他情况，这就是一起意外事件。"飙哥很高兴，回头看了看铃铛，说，"平时吧，我带着秦明，不像案件的案子到最后都是案件。你这一来倒好，看起来就是命案的案子，却不是案件了。"

"她那是幸运体质。"我说，"不过你别把我带上，我没实习的时候，你独自出现场，也是这调性。"

"你不会也改行吧？"飙哥问铃铛。

铃铛认真地说："这个问题，我还真没考虑过，我才大三呢。"

"秦医生！"

我们正聊着，忽然听到背后有人喊道。

怎么？这里也有医生和我同姓？

我好奇地回过头，一张熟悉又陌生的面孔却出现在眼前。

她是在叫我吗？可能我还没有从刚才的惊吓中完全缓过神来，一时半会儿竟想不起在哪儿见过她。

"你不记得我了吗？"女人的眉宇间充满了忧郁。

"你是——你是小青华的妈妈啊！"铃铛叫道。

看来还是铃铛记性好。

在一座陌生的城市巧遇了熟人，铃铛很是高兴，她过去拉住小青华妈妈的手，问:"小青华在哪儿呢?"

我的心里倒是"咯噔"了一下。因为我知道,小青华患的是脑癌,而南江医科大学第一附属医院的神经外科是全国排得上号的。

果真没有出乎我的所料,铃铛的话音刚落,对面的女人眼眶已经潮湿了:"那次手术后,半年多,他的病就又复发了,没办法,只好来这个全国最好的医院治,但是医生说了,希望渺茫。"

小青华妈妈叫付玉,三十多岁,面容姣好,不像是已经有个 4 岁孩子的妈妈。但从她朴素的衣着可以看出,她现在的生活并不轻松。

虽然我知道这样的病复发,凶多吉少,但还是关心地问道:"医生怎么说?"

"还要二次手术,不过想恢复,很难了……而且费用我们真的快撑不住了。"付玉说着说着就要流下泪来。

铃铛更是泣不成声。

毕竟我在医院实习的时候,骗铃铛小青华的头上只是长了一个良性的肿瘤,只要手术切除了就没事了。那个时候,铃铛也没有怀疑过什么。而如今,她乍听说了这一噩耗,比之前有过心理准备的我和付玉,都要伤心得多。

飙哥似乎已经洞悉了一切,把我拉到一边,说:"遇见熟人了是吧?"

"我临床实习时候的一个病人,特别可爱的小男孩,脑癌。"我垂着眼帘说道。

"你们俩去看看吧,我在停车场的勘查车上等你们,不着急。"飙哥从口袋里拿出 200 块钱,塞在我手里,说,"这是我的一点心意,到时候帮我转交吧。"

我一时愣住了,看着飙哥走出医院的大门的背影,似乎想到了些什么。

在付玉的带领下,我让铃铛擦干眼泪后,一起走到了神经外科住院病房。

小青华是在一个六人间的病室里,这是这所医院中最低档的病房了,病房里充斥着一股纱布和酒精的味道,异常刺鼻。

"秦哥哥!铃铛姐姐!"我们刚走进门,就听见了小青华清脆的声音,"你……你们怎……怎么来了?"

没想到小青华一下子就认出了我们,但是我们差点儿就认不出小青华了。

小青华的视神经被压迫,导致他的一侧眼球已经斜视,他的头发也已经脱落光了。从刚才说话的表现来看,他的失语症状愈加严重了。可是我看出了他斜视的眼睛里绽放出的乐观和笑意,我的眼泪情不自禁地奔涌而出,更不用说铃铛了。铃铛几乎是一路小跑走近他，抓住了他的小手，却一句话也说不出来。

"还好吗？"我能感觉到铃铛调整了半天呼吸，艰难地憋出来这三个字。

"没……没关系，我不怕死的，姐……姐姐。"小青华的声音依然熟悉，但每一个字听起来都异常艰难。

"别乱说，你不会死的。"

我能清晰地看见铃铛的眼泪像是断线的珠子一样落在病床上，小青华反而懂事地伸手想去安抚铃铛，看得出来，他对这样的场面也已经习惯了。

虽然他只是我曾经照顾过的一个普通病人，但是任谁见到他那么坚强的孩子遭受这样的折磨，都会忍不住眼眶泛红。我心里也十分难过，走到病床边，对小青华说："乖，好好养病，哥哥和姐姐明天一早再来看你啊。"

"好……好……好的。"小青华笑着说，"我……我……我没事，妈妈……妈妈说，这……这次，不……不一定要……要手术。我……我说，没关系，就……就是手……手术，我……我也不怕。"

曾经那么爱笑爱聊天的他，现在想要多说一句话，都变得如此艰难。

铃铛已经完全说不出话来，泣不成声。

"小青华最坚强了！"我摸着他光溜溜的脑袋上的手术疤痕，说，"上次都挺过来了，这次更没问题了，对不对？"

"嗯！"小青华坚定地点着头，说道。

我知道让铃铛再这样哭下去，也会影响小青华的情绪。更重要的是，我也快克制不住自己喉头的哽咽了。我怕小青华再跟我们聊下去，会消耗太多体力，于是聊了几句，就拉起铃铛的手，依依不舍地告别了小青华，走出了病房。

门外，付玉正趴在丈夫吴敬丰的肩上痛哭，吴敬丰无助地看着天花板。

"付大姐，现在是什么情况？"我打破了这悲恸的气氛，问道。

"医生说，这次复发的位置在大动脉旁边，手术会冒非常大的风险。"吴敬丰说，"冒这么大的风险，最后的结局，很可能还是一样的。所以，现在正在保守治疗。"

"有什么困难吗？"我看了一眼几乎哭出声音的铃铛，又转头问吴敬丰。

"费用太高了。我们已经卖光了值钱的东西，房子也卖了，快支撑不住了。而且，看到他放疗化疗后反应那么严重，吐得死去活来，我们……我们实在不忍心。"付玉说完，又开始痛哭起来。我毕竟是他们孩子之前的床位医生，他们对我是非常信任的。

对这可爱的男孩的遭遇，我感到很心疼，又自责自己无能为力。

走出了医院，回到了勘查车上，我们都没有说话。铃铛在后座上，不停地抽泣着。

回到了法医中心，我对飙哥说："今天，我不跟你值班了，我要回去组织捐款。"

"行啊，去吧。"飙哥说道。

3

多么可爱的一个孩子，才来到这个世界四年啊，还有很多风景没有看过，还有很多美好的事情没有尝试，还有很多小朋友没有来得及认识，生命就进入了倒计时。每次听到小青华说"死"这个字，我都特别心疼。

我想起自己小时候，爸爸妈妈工作忙，经常不在家。我为了让他们放心，就说自己胆子大，什么都不怕，可以一个人写作业、一个人吃饭、一个人上学，实际上内心怕得要死，只不过习惯了一个人，渐渐就真的不害怕了，就真的成了"秦大胆儿"。

小青华，一个4岁的孩子，难道他真的一点都不怕死吗？

他只是不想爸爸妈妈再为自己而难过流泪了。

虽然他只是我的一个普通病人，但我怎么能忍心袖手旁观呢。那时候没有微博、微信等自媒体，没法为小青华发起募捐筹款，我只有把希望全部放在我的实习同学们身上了。

回到招待所，我二话不说找出了自己的存折。虽然这个时候我还没有工作，没有自己赚钱养活自己，但是也有一小笔存款。这都是爷爷每个月偷偷地塞给我这个宝贝孙子的，我没有舍得用，想存起来等工作时买个像样的礼物送给爷爷。不过这个时候，救人要紧。钱虽然不多，但哪怕是杯水车薪，至少也可以让小青华在这个世上多停留几天。

铃铛和我一样，虽然她也只是个学生，但这个时候她也毫不犹豫地把平时自己省吃俭用攒下来的生活费全部拿了出来。室友受到我的影响，纷纷慷慨解囊，就这样七凑八凑，也凑了将近5000元钱。这在当时，实在不是一笔小数目，对于还没有上班的我们，真的算是一大笔钱了。

第二天轮休，我和铃铛立马去找小青华。

我们在出发前都调整好了情绪，约定好了这次绝对不在小青华面前掉眼泪。我们还特意先去了一趟玩具店，给小青华挑了一辆玩具车，因为铃铛曾经看到小青华目不转睛地看别的孩子玩汽车玩具。

最后我们怀揣着 5000 元钱和玩具，高高兴兴地走向医院。

刚刚走进医院大门的时候，我就感觉医院的气氛有些不太对劲。

不少穿着白大褂的医生护士看上去都心神不宁的样子，他们不在自己的门诊或科室工作，脚步匆匆，纷纷向发热门诊通道的方向走去。

因为当时"非典"疫情开始扩散，虽然南江市还没有确诊病例，但是按照国家的要求，所有的医院都开辟了发热门诊专用通道。对于发热的病人，是要专门、隔离进行诊治的。这个举措，可以有效防止"非典"感染的病人进入医院，造成医院感染。

难不成，南江也有"非典"病例了？我心里嘀咕着。

不仅如此，两辆呼啸着的警车也绕过人群，向发热门诊的方向驶去。

不对啊，即便是有了病例，也没必要派警察来啊。我很快就否决了自己的猜测。

"这是干啥？"铃铛好奇地朝警车的方向张望了一下，问道。

"不知道，看起来，是分局的警车。"我看了一眼警车的车牌照，说道。

"那不是还有一辆面包车？咦，不会是你们的勘查车吧？"铃铛指着远处，说。

我看了一眼，在视野的最远处，确实停着一辆闪着警灯的面包车，上面印着"刑事现场勘查"六个大字。我说："嗯，这不是我们中心的车。南江所有分局的刑事现场勘查车都和我们中心的一模一样，是一批购置的。不过，很正常，即便是一个盗窃现场，这个车都要出动的。"

"哦。"铃铛点了点头。

我们没有再关注医院出现的异常，而是径直来到神经外科的病房。

走进了病房，那种不对劲的感受更加强烈了。原本熙熙攘攘的神经外科病房里，此时人特别少。除了几个病人躺在床上之外，没看见一名陪客，甚至找不到医生护士。

突然，一种不祥之感涌上我的心头。我相信，这种不祥的预感也同时在铃铛的心里出现。她拿着给小青华买的玩具，快步走到了小青华的病房门口，来回张望。

"小青华？"她喊了一声。

"付大姐？"我也喊了一声。

但没有人回应我们，病房内居然空无一人。

我心中一凛，急忙拉起铃铛，跑去值班医生的办公室，有一名值班医生正用双手撑在窗台上向楼下眺望。

"医生，我们是 17 床吴青华的朋友，请问……"

值班医生用手指了指楼下："我也在看呢。听说 17 床病人昨晚失踪了，今早在发热门诊门口的池塘里找到了，已经淹死了。"

我顿时觉得天旋地转，强撑着看向铃铛，她的脸色也是一片苍白。我扔了礼物，和铃铛一道，向发热门诊的方向飞奔而去。昨天还那么开朗乐观的小青华，今天怎么就淹死了？昨天我们还说好今天见面的，他怎么可能爽约？我和铃铛都不相信，除非能亲眼看到他。

事发的池塘周围已经围满了医生、护士和病人家属，隔着人群，我听见了一片哭声。我推开人群，想要越过警戒带走到池塘边，却被负责现场守卫的派出所民警给拦住了。

"我是法医中心的。"我焦急地说。

"证件。"民警说。

我一个实习生哪有证件？

我踮起脚向池塘边看去，一个身影正在那里忙碌。我认识他，他是辖区分局刑警大队的法医——李华，也是我的师兄。

"李华师兄！"我喊了一声。

李法医朝这边看了过来。我朝他招了招手，又指了指守卫的民警。

"让他进来吧，他是法医中心的实习生。"李法医朝民警喊道。

民警点点头，顺手掀起了警戒带。我拉着铃铛正要往里面进，又被守卫民警拦了下来。

"她不能进去。"

"她也是我们法医中心的实习生。"我急忙说。

民警一脸惊讶，说："是吗？居然还有女生选择这个职业？"

"怎么了？"我反问道。

"没怎么，没怎么。"民警笑着挥挥手，示意我们进去。

在这个当口，急迫的心情不允许我去和这个民警理论一番，我和铃铛一起掀起警戒带，快速走到了池塘边。

这是一个小池塘，水不深，也就 1.2 米左右，但是足以没过小青华的头顶。

池塘旁边站着几个区分局的技术警察，都是熟悉的面孔。尸体已经打捞上来，李法医正在对尸表进行检验。

我和铃铛挪着沉重的步子，慢慢靠近尸体。

一张熟悉的脸，一双熟悉的大眼睛，眼睛里残留着惊恐无助的眼神。他全身湿漉漉的，光溜溜的脑袋上，有一个马蹄形的手术疤痕。疤痕的中央，有一个鼓起来的小包，那是我亲手给他装上的阀门。

死者不是别人，正是那么惹人喜爱、让人心疼的小男孩——小青华。

铃铛的情绪几近崩溃，已经看不下去了，只能蹲到一边，用双手蒙住了自己的眼睛。

我俯下身，拍了拍铃铛的后背，算是对她无声的安慰吧。我能感觉到她的后背在微微地颤抖着，不知道是因为抽泣，还是因为恐惧。

我深呼吸了几下，站起身来，重新走到了池塘边，仔细地看着躺在地面上的小青华。

他毫无生气地躺在那里，那双可爱的大眼睛已经失去了光彩。他穿着和昨天一模一样的病号服，因为他瘦弱的身躯无法撑起病号服，这套最小号的病号服也被他穿出了袍子的感觉。他的口鼻腔不断地往外冒着蕈状泡沫，即便被李法医擦去，很快就又会冒出来。

看起来，他不像是已经死去，而是像在那里淘气地吹着泡泡。

小青华的爸爸吴敬丰坐在警戒带外，轻轻地抽泣着。付玉好像已经大哭过一场，看上去精疲力竭，无力地坐在吴敬丰的身旁，脸上的泪渍还未风干，她绝望地望着天空。他们都没有注意到我的到来。

我从李法医的勘查箱里，拿出一双手套戴上，去握了握小青华的那双已经被塘水泡得发白发皱的小手。冷冰冰的。我突然注意到，他的两只小手，紧紧地攥着水里的水草。这也是生前溺死的征象。初步看，他确实是溺死无疑。

"你怎么会来？飙哥今天又值班？"李法医一边用止血钳夹起小青华的眼睑观

察着，一边说，"不对啊，就是你们值班，这种非正常死亡事件，也不需要你们来啊？我们区局就搞定了。"

我没有回答，直勾勾地看着小青华的那张小脸。

没听到我的回答，李法医奇怪地回头看着我，问："怎么了？不会认识吧？"

我木然地点了点头。

"长得挺可爱的孩子，可惜了。"李法医低头继续进行尸表检验，"难道你是来探望他的？正好碰上了？"

"嗯。"我从喉咙里挤出了一个字。

"因为是水中尸体，尸体位置翻滚不确定，所以尸斑不明显。不过尸僵强硬，可以说明死者的死亡时间在 12 个小时之内，应该是昨天晚上的事情。"李法医不再和我搭话，一边检验尸体，一边缓缓地对负责记录的法医说，"眼睑球结合膜可见出血点，指甲青紫，窒息征象明显。口鼻腔黏膜未见损伤，颈部皮肤无损伤出血。"

这是法医尸表检验的一般方法，在确定死者系窒息死亡后，必须确定是不是外界暴力捂压口鼻腔、扼压颈部导致的机械性窒息死亡。排除了以后，再确定有无溺死的征象，排除法和认定法同用，避免漏检、误检而导致对案件的错误定性。

"口鼻腔附近见蕈状泡沫，抹去后泡沫再生；指间见水草样物。"李法医说完，移动到池塘的旁边，用一根棍子在池塘里搅了一搅，带上来几根水里的水草，说，"与池塘内的水草形态一致。"

一名我不太熟悉的年轻法医在旁边抱着记录本奋笔疾书，记录着李法医的描述。

"初步看，死因很简单，是溺死无疑。"李法医对记录员说完，又扭头对我说，"对了，秦明，这是你亲戚还是熟人？"

"熟人。"我随口答道。

此时，我的心情很复杂，也不知道是对小青华的惋惜，还是对本案的一些忐忑和怀疑。一个重病的小男孩，夜里自己步行到几百米外的池塘，失足落水，这确实不可思议。他是如何逃避了医生、护士和父母的监护来到这里的？他深夜来到这里，又是为了什么呢？

即便排除他杀，那也一定不会是自杀。这么乐观积极、勇于面对重病的孩子，怎么可能选择自杀？更何况，昨天我们还约好了今天见面呢！想到这里，我不自觉地摸了摸我的衣服口袋，鼓鼓囊囊的，昨晚凑齐的 5000 元现金还在那里。

"是神经外科的吧？"李法医说，"看头上有手术疤痕，应该以前做过手术。对了，这种神经外科的疾病，病人行走都不是很方便的吧？"

我点点头，李法医的话似乎提醒了我。我随即走到吴敬丰夫妇身边，轻声问道："到底是怎么回事？"

吴敬丰似乎在想着什么心事，突然听我问了一句，吓了一跳："啊……啊……是……是秦医生？我也不知道，昨晚我们到厕所商量下一步医药费的着落，不知道小青华什么时候自己跑了出去，我们找了一晚上，却没有想到，他……他……呜呜呜呜……"

说完，吴敬丰又哭了，哭得双手都在颤抖。

"节哀！"我的心瞬间软了下来，说，"至少……他可以不用再承受那么多痛苦了。"

"他怎么会想到自杀的？他肯定是为了我们！他肯定是听见我们说家里没钱了，所以他才会这样。"吴敬丰哭着说，"他一直都是这么懂事的孩子，一直都是！为什么老天对他这么不公平啊？"

看来吴敬丰认为小青华是自杀的，但这个判断，我是不能认同的。

我叹了口气，安慰了他两句，重新走进现场。

此时李法医已经脱掉了小青华的病号服，仔细地检查尸体的全身，说："全身未见致命性损伤，未见威逼伤、抵抗伤和……"

按照常规，接下来的词儿应该是"约束伤"。正常情况下，法医在检验尸体表面的时候，都会注意发现有没有这三种损伤的存在，因为这三种损伤可能提示案情有疑点。

李法医之所以说到一半就停住了，是因为他注意到了小青华肩膀部位有一小块颜色加深的部位。几乎是在同时，我也看到了这一个部位。

凭经验，这应该是一块皮下出血，也就是说，这是一块损伤。

李法医回头看看我，又扭头看看十几米外的吴敬丰和付玉，小声对我说："不对啊，这案子可能有问题。"

"能确定是出血吗？"我知道李法医指的是什么，于是问道。其实我知道，这应该是皮下出血，而且是死前不久形成的。

李法医点点头，又担忧地看着我说："你，是不是该回避？"

"不，他们和我没关系。"我说，"小青华是我在临床实习的时候接触的一个病号，他如果是冤死的，我得为他讨回公道。"

"如果是这样的话，那就不用回避了。"李法医说。

"师兄，你说会不会是他落水的时候，和池塘下面的硬物磕碰形成的呢？"我猜测道。因为我真的不愿意相信，会有人伤害这么一个可爱的、得了重病的小孩。他是多么讨人喜欢，每个人都爱他还来不及，怎么会伤害他？除非……

"这个位置处于肩部的低凹部位，如果是磕碰形成的损伤，必然会在突起的部位，比如肩峰、颈、头部，不可能突起的部位不受伤，而低凹的部位受伤。"李法医说，"飙哥没教你这个吗？"

"如果是突起的硬物，恰巧磕碰到了他肩膀的低凹部位呢？"我依旧在做着一些毫无意义的假设。

李法医看着我，良久，说："我觉得你还是回避吧。"

虽然我不愿意相信会有人杀害小青华，但是看了看平整的池塘周边和平静的水面，我知道我的这个假设是不可能成立的，所以李法医才会觉得情绪可能会影响到我的判断。

"不，真的不用。"我咽了口口水，担忧地看着仍蹲在地上、双手掩面的铃铛，不知道一会儿该如何和她说明这一切。

"我觉得可能性比较大的情况是，他落水后，有求生的意愿，但是却有个硬物顶住了他的肩膀，不让他浮起来，直至他被溺死。"李法医摇了摇头，说道。

我不自觉地回头看了看吴敬丰和付玉。付玉依然精疲力竭地靠在丈夫的身上，茫然地看着天空。而吴敬丰却停止了哭泣，像察觉了什么似的，向警戒带内张望，与我眼神交会的时候，不自然地避了开去。

不祥的预兆在我的心里升起。

"既然有疑点，是不是这案子应该移交给中心？要拉回中心解剖吧？"一股悲愤之情在我胸口升起，我现在急切地想知道案件的真相。

"是啊，需要解剖。"李法医对身边的痕检员说，"你给局长去个电话请示一下，既然有疑点，是不是得去告诉死者家属，根据《刑诉法》，公安机关对死因不明的尸体有权决定解剖，并通知他们家属到场。如果家属不到场的，在笔录中注明。我们现在申请把尸体拉去市局法医中心进行解剖，需要县级以上公安机关负责人批准，他们家属如果不愿意到场的话，那就派人盯住他们。"

"好的。"

李法医想了想，又对痕检员说："局长同意了的话，你立即去分局办手续，你办好后，电话告诉我，我们就开始解剖。"

4

在李法医布置工作的时候，我没闲着。我拿起小青华的双手，左左右右地看着，希望找到些什么。虽然飙哥不在身边，但是他之前不止一次地教导我，在凶杀案件中，死者的双手经常能够带来一些信息或者证据，有的时候甚至能够成为定案的依据。但是，把尸体搬运回中心的过程中，因为搬运动作和中途的颠簸，说不定双手上附着的证据就遗失了。所以，在现场对尸表检验的时候，就必须拿出最集中的精神，来检验死者的双手。

我相信，在飙哥的不断鞭策之下，我的观察力已经今非昔比了。

此时小青华的尸僵已经很坚硬，我费了不少劲儿才掰开了他的双手。忽然，我发现了一些不正常的现象。

我在小青华的右手掌上，发现了一根细如绣花针般的硬刺，硬刺的大部分插入了小青华的皮肤。因为硬刺非常细，在阳光的照射下，不注意看还真是发现不了。我惊呼了一声，连忙用止血钳将硬刺拔了出来，放在一张白纸的衬垫下，仔细地观察。

李法医显然听见了我的呼声，走过来看了看，说："哟，这观察力还真是可以啊！我之前都没看出来。"

"这是什么？"我问。

李法医笃定地说："竹子！"

我抬起头来，四周看了看，现场并没有竹子，池塘内更不应该有。更重要的是，刺入竹刺的小青华的手掌破口处，生活反应不是非常明显，可以说是濒死期损伤。也就是说，竹刺刺入小青华手掌的时候，小青华已经接近死亡了。濒死期的损伤，是最有价值的，至少可以说明小青华不是生前经过竹林，不小心被竹刺刺入手掌。如果那样的话，这个竹刺就和本案没有关系了。既然水里没竹子，小青华即将溺死的时候才被刺入竹刺，那这竹刺就只能来源于外界了。

"这就把我们的怀疑给坐实了。"李法医一边说，一边招手叫来了派出所民警，说，"得抓紧办手续，抓紧拉回殡仪馆解剖，可能是起案件。"

"案件？"一直认为是起意外事故的派出所民警相当诧异，所以声音明显大了起来，"谁会来杀他？难道是？"

说着，民警望向警戒带外的吴敬丰夫妇。

此时，痕检员已经打完电话，走了回来，说："局长说，让我们决定。"

"已经决定了，疑点坐实了。"李法医说。

"啊？"痕检员连忙说，"发现什么了？"

我也看去了吴敬丰那边，我注意到了吴敬丰的变化，他仿佛隐约听见了我们的对话，身体开始微微发抖。

"那，孩子的父母……"派出所民警问道。

"先控制起来吧。"李法医说，"我们有足够的理由留置盘问他们俩。"

派出所民警点了点头，走向吴敬丰夫妇。

我实在不忍心看到这对刚刚丧子、极度悲痛的夫妻还要被带去派出所，转头不去看他们，看向了另一边的铃铛。

铃铛似乎也听见了我们的对话，所以把脸从手心里抬了起来，紧张地看着我。我站起身来，走到了铃铛的身边，说："事情可能没有我们想的那么简单，小青华不是失足落水，更不是自杀。"

"那你的意思是？"铃铛惊愕地问道。

我还没开口解释，突然听见了吴敬丰声嘶力竭的哭喊："青华，爸爸对不起你，爸爸是不想让你再这样痛苦下去，你痛苦的时候，爸爸更痛苦啊！"

我吃惊地回头望去。

吴敬丰跪在地上号啕大哭，付玉依旧那样痴痴地坐在地上，望着天空。

这等于是认罪了，是吴敬丰杀死了小青华，看付玉的状态，她应该也知情。

现场突然安静了，除了吴敬丰仍然在大声地哭喊，其他人都默然了。围观的群众也惊呆了，他们想不到这位父亲会下狠手杀死自己的儿子，而且是亲眼看着自己的儿子慢慢淹死。大家也都没有想到，居然在现场，吴敬丰就认罪了。

"没想到，我们的推断这么快就印证了。"李法医走了过来，安慰似的拍了拍我的肩膀，"我们去中心解剖，你去不去？要不，你就别去了，估计你看不下去，还有，你真的不需要回避吗？"

我似乎完全没有听见李法医说什么，脑子里一片空白，不愿意看到的情节这么快就看到了，一时间我晕头转向，不知所措。

"喂，没事吧？"李法医关心地问道。

"没……没事。"我回过神来，眼泪奔涌而出，说不清是为了可怜的小青华，还是为了这对苦命的夫妇。

铃铛也站起身来，困惑地看向李法医："你刚才说什么？解剖？这还需要解剖？"

李法医笑了笑，说："小姑娘你也是实习生吗？新来的吧？既然是案件，解剖是必需的，扎实证据。既然是故意杀人案件，就必须要起诉了，是需要证据的。"

听见"故意杀人"四个字，我的身体一震，真的不愿看到这对可怜的夫妇走上不归路。

"可是，他们是为了自己的孩子不再痛苦啊，法律真的这么无情吗？"我说，"虎毒不食子，他也是出于无奈啊。"

李法医耸了耸肩，表示理解我的感触，接着说："我们解剖尸体的另一个目的，就是明确孩子生前的疾病状况。既然是绝症，还是现代医疗科技不可能挽救生命的绝症，而且是很痛苦的绝症、每天折磨着孩子的绝症，那么，我相信我们把这个情况写进鉴定书，也会是减轻他们夫妇罪责的有效证据吧。"

"这个真的能写吗？"我似乎燃起了希望。

"当然可以。"李法医说，"取下死者的脑组织，进行组织病理学检验，就可以在显微镜底下明确这种疾病的类型了。这是科学的手段，为什么不能写进鉴定书呢？"

听了李法医的话，我的内心顿时安宁了很多。我相信，法医的职责不仅仅是守护着逝者最后的尊严，同时也包括明确犯罪嫌疑人的罪责轻重。只要我们在鉴定书里说明这一切，法官一定会酌情轻判的。法医不是冷血的职业，我们也是有温度的。

而此时，不得已而杀死亲生儿子的巨大悲痛击打着吴敬丰的心，他依旧跪在小青华的面前，大声哭喊着。

"实在是治不起了……每次看见青华头痛、呕吐的样子，看着他斜视越来越严重的眼睛，看着他饿得头晕却吃什么吐什么的样子，我的心里就跟刀割的一样……医生说了，救活的希望几乎没有，何必再让他受这么多痛苦？

"每天都要打吊针，有的时候他不能吃，还要插胃管，我没法看着他这么痛苦，我是真不忍心啊……昨天我和付玉商量过后，回到病房发现青华自己在病房外玩儿，就带他出去，吃了顿肯德基……他最爱吃肯德基了，我想在他临走前给他吃他最喜欢的……

"在肯德基门口，看见有一根竹棒，我就带上了。本来想用棒子打死他的，可是实在下不去手啊。后来他走到池塘边玩儿，我就推他下了水……

"没想到，没想到他浮了起来，喊着'爸爸爸爸'……

"他一定以为我是和他闹着玩儿的。我狠下心用竹棒顶住他，把他顶下水，他抓住竹棒挣扎，挣扎着……就这样慢慢地不动了，他肯定不明白，为什么爱他的爸爸要杀死他……我不敢看他的眼睛，我永远都忘不掉他那么看着我，永远都忘不掉啊……"

听着他凄厉的哭喊声，我、铃铛和现场的所有人都不禁动容。

这是我遇见破案最快的一起命案了。而此时，我却是满心的惆怅和悲伤。

哪怕吴敬丰夫妇不会被判处极刑，但我不知道，他们的心会不会就从此死了。但愿他们承担了应该承担的刑事责任后，能够走出这段阴霾的过去，好好地生活吧。

"痕检部门留下，寻找他说的竹棒。"李法医说，"我们去中心吧。"

南江市公安局法医中心第二解剖室。

案件已经移交给法医中心办理，由当天值班的法医平哥负责主刀，区分局的李法医因为熟悉案件经过，所以照例也参与该案的解剖工作。我作为实习生，也穿戴好解剖防护服和手套，作为助手。我知道，这就是我在南江市公安局法医中心参与进行的最后一场解剖了。没想到，我最后一次在这里解剖的，会是小青华。

铃铛还是法医系的大三学生，从来没有上过解剖台。这一次，在她自己的争取下，平哥同意她在一旁观摩。

想想还真是巧合，我第一次观摩解剖，遇见的是熟人；铃铛第一次观摩解剖，居然也遇见了熟人。这，实在是太悲恸的巧合。

圣兵哥曾经说过，作为法医，尤其是人口少的小城市法医，难免会在自己的工作中遇见熟人。既然这种事情不可避免，那咱们就不得不去适应。把自己的精力全部集中在工作上，不要情绪化，这才是调整好心态的最佳办法。

小青华躺在解剖台上，那身宽大的病号服已经被除去，瞪着的双眼也已经被平哥抚上。

"重点要记录尸体上仅有的两处损伤。"平哥和负责记录的实习同学说道，"一个是手掌上的竹刺扎伤，周围有轻微充血反应，是濒死期形成。另一个就是这个肩部的皮下出血了。这是一处类圆形皮下出血，中空，符合平头空心棍棒样钝器戳击形成，比如说竹子。"

虽然这是一起已破案件的尸体解剖，平哥工作时显得十分轻松，但是他轻松地说出来的每一个字，都像是重锤一般击打着我的心脏，而铃铛距离解剖台的位置越来越远，似乎快要退到解剖室的大门口了。

"两处损伤的致伤工具是一致的，这就是这起案件的重点所在了。"平哥说，"来，测量一下肩部皮下出血这个中空圆形的外径和内径，然后和提取到的竹棒比对一下。"

吴敬丰在现场交代了自己的罪行之后，就被民警押着，去了医院后面的竹林，找到了那根他用来顶住小青华肩膀的竹棒。竹棒经过测量后，被民警送去了DNA实验室进行相关的检验，以进一步固定证据。

"外周直径4.5cm，内周直径3.5cm，和提取的竹棒吻合。"我强迫自己迅速进入工作状态。

"好，这就妥了。"平哥轻松地说道，"现在就开始解剖，最后一步就是明确死者的死因。毕竟，通过尸表检验得出的推测，必须经过解剖得出的结论才能写到鉴定书上。"

"我们还要提取死者的脑组织进行组织病理学检验。"李法医说，"秦明，你去拿个桶，先把福尔马林配好。"

法医固定尸体脏器组织是用10%的福尔马林，也就是用一份甲醛加九份水来兑成。我背对着解剖台，配制着福尔马林。但是我敏锐的听觉，听见了手术刀划开皮肤，触碰到骨骼上的声音。这个声音我早已十分熟悉了，但是此时却十分刺耳。

这下，铃铛真的受不了了，用发抖的双手捂着嘴，立即跑出了解剖室，怕是再多一秒，她就要哭出声了。我此时十分理解她的感受，那把尖锐的解剖刀，仿佛也划在了自己的心脏上。

"这小姑娘是跟谁实习的？看着面生啊。"平哥惊讶地问道，"之前没看过解剖吗？不过也是，很多法医不怕解剖，但就怕解剖小孩子。这么年幼的生命，多可惜啊……"

学校果然在第二天就下发了通知：因为"非典"疫情的影响，为了保证校园安全，要求各个实习点的实习生立即打点行装，返回学校。学校将会在两日后，实施封校。

甚至连小青华的鉴定书都来不及写，我们实习队就打点了行装，坐火车返回。

坐在火车上，铃铛还是心事重重。

"其实你知道的，我第一次解剖，遇见的也是熟人，就要看我们怎么去面对了。"我像是安慰一般说道。

铃铛没有说话。

"小青华这件事，我也很悲痛。"我说，"但是生死的事情，有时候就是这么严酷。"

铃铛想了一会儿，轻声说："可能是吧。只是，我觉得我绕不出对生死的思考，也思考不透。我无法强迫自己面对这么悲伤的场景。"

"也许习惯了，就会好些？"我说完就被自己否定了，此时我已经解剖了数十具尸体，加上尸表检验的，有上百具了。可是，看到小青华的尸体，我依旧心痛不已。

"这两天跟着你们跑现场，我终于知道为什么都说法医是工作在社会阴暗面里的职业了。"铃铛没有回答我，而是自顾自地说道，"我也明白了，为啥你总说，当你凝视深渊的时候，深渊也在凝视着你。"

"不过，圣兵哥也跟我说过，当我们心中的那束光足够闪亮时，不仅不会被深渊吞噬，反而还能把身边的黑暗照亮了。"我安慰道。

但我心里隐隐觉得，铃铛的内心正在发生着某些变化。于是我紧张地问道："你是怎么想的？不会想转专业吧？"

她的这种心情，我是可以理解的。就连我这个已经经历了无数次战斗的实习法医，都还迷茫着自己该不该继续在法医这条路上走下去。

"嗯……我再想想吧。"铃铛的眼神里尽是彷徨。

"不管你怎么选择，我都支持你。"我搂住她的肩膀，轻声地说道。

"那你呢？听飙哥说，你还没有做出决定，是吗？"铃铛转过脸来，看着我问道。

"我……"我语塞了。

"你和我不一样，你已经到了该做选择的时候了。"铃铛说，"如果你要继续下去，现在就该准备其他省份的招录公务员考试了。"

铃铛问到了我的心坎里。

法医工作不仅累，而且苦，他们要直面死亡，要接触别人不愿意接触的事物，要承受几千年传统文化对死亡避讳而带来的歧视，要进出于血腥残忍、蝇蛆满地的现场，要面对腐败恶臭的尸体，要承受在公安队伍里难以立功受奖、难以被认可的尴尬境界，而且收入菲薄。这些，我都清楚不过。

但是，我在实习阶段参与侦办的这几起命案，让我感受到这份职业天然的魅力，侦办过程中的抽丝剥茧、指明方向后的成就感爆棚、破案后的那种无上荣光……都让我体会到了无限的满足感。

"要么，你就趁早远离这个艰苦卓绝、被人歧视、被人忽略且成天工作在社会阴暗面里的职业；要么，你就继续走下去，并且用自己的力量，去改变这个职业在人们心中的印象。如果能够改变，哪怕只是一点点，都是成功的。"

飙哥的声音，又在我的耳边响起。大一开始经历的种种案件，伴随着火车的轰鸣声，在我的脑海里快速地翻转着。我已经错过了南江市局的公务员考试，我还能竞争的法医职位已经不多了。再纠结下去，即便自己真的想踏上这条路，也没有机会了！

我看向火车窗外。

两张青涩而迷茫的脸倒映在玻璃上。

图书在版编目（CIP）数据

法医秦明.尸语者.上 / 法医秦明著. -- 北京：
北京联合出版公司, 2023.5（2025.4重印）
  ISBN 978-7-5596-6734-2

  Ⅰ.①法… Ⅱ.①法… Ⅲ.①长篇小说—中国—当代
Ⅳ.①I247.5

  中国国家版本馆CIP数据核字(2023)第038440号

法医秦明.尸语者.上

作　　者：法医秦明
出 品 人：赵红仕
选题策划：北京磨铁图书有限公司
责任编辑：龚　将
封面设计：王照远

北京联合出版公司出版
（北京市西城区德外大街83号楼9层　100088）
嘉业印刷（天津）有限公司印刷　新华书店经销
字数342千字　700毫米×980毫米　1/16　印张18.5
2023年5月第1版　2025年4月第9次印刷
ISBN 978-7-5596-6734-2
定价：52.80元